KB260638

수 능 에 꼭 나 오 는
세계
단편
지창영 옮김
윤종필 엮음 및 해설
〈영미권〉

가림출판사

책머리에

세상을 살아가면서 마음속에 오랫동안 남아 있는 가치들이 있다. 바로 우리가 명작이라고 하는 것들이다. 그것은 유형의 존재일 수도 있고, 무형의 존재일 수도 있다. 동서양을 막론하고 각 나라의 독특한 문화를 바탕으로 명작은 그 명맥을 유지해 왔다. 우리는 지금부터 미국과 영국의 단편선을 통해서 그 나라의 정신적 가치, 문화적 특징을 접하게 될 것이다.

이 책에 실려 있는 영미 단편 12선은 미국의 특색, 영국의 특색을 온전히 느낄 수 있는 대표적인 단편소설이라고 할 수 있다. 이 작품들은 오랜 시간을 두고 전 세계인들에게 읽혀 왔다.

이들 작품 중에는 이미 교과서에 수록되어 읽어본 작품들도 있을 것이다. 그러나 한 번 읽었을 때의 감동과 두 번, 세 번 읽었을 때의 소감은 제각기 다르다. 우리는 문학 작품, 특히 소설이라는 형식을 통해 간접적인 경험을 할 수 있다. 그러므로 정신적, 육체적으로 한껏 성장할 수 있는 시기에 동서양의 명작을 통해 정신적으로 마음껏 자랄 수 있도록 노력하는 것이 중요하다.

이 책은 이러한 점에 주안점을 두고 작품을 선정하였다. 더불어 수능·논술 시험에 도움이 될 수 있도록 작품의 내용을 탐구할 수 있는 기회도 가질 수 있게 하였다. 아무쪼록 여기 실린 미국·영국의 단편소설들을 통해 몸과 마음이 건강한 청소년으로 자라나기를 바란다.

2005년 9월
엮은이

이 책의 특징

    소설은 시대를 투영하거나 반영하는 문학 작품 중에 대표적인 장르라고 할 수 있다. 이러한 소설 속에는 작가가 바라보고 있는 우리들의 삶, 시대상이 표현되어 있다. 그러기에 시대가 흘러도 그 작품을 통해서 간접적으로나마 당시의 모습을 볼 수 있다.

    이 책에는 청소년 시기에 반드시 읽어야 할 작품들이 엄선, 수록되어 있다. 여기에 실린 작품들은 단편소설 분야에서 탁월한 재능을 보인 작가들의 대표작이라고 할 수 있다. 그러므로 인간의 내면을 함축해서 보여 주는 단편소설의 묘미를 제대로 느낄 수 있을 것이다. 또한 같은 영어권 국가의 작품이라도 자연환경과 정신, 문화 등의 차이에서 오는 각국의 독특한 문화를 엿볼 수 있을 것이다.

- 미국, 영국의 대표적인 단편소설 작가의 작품을 엄선하여 수록하였다.
- 중학교, 고등학교 과정에서 반드시 알고 넘어가야 하는 작품들을 수록하였으므로 내신이나 모의고사 등에 대비하는 데 도움이 될 것이다.
- 소설의 전체적인 내용을 파악할 수 있도록 소설 전문을 수록하였다.
- 소설을 이해하는 데 도움이 되도록 줄거리, 구성, 주제 등의 기초 학습 내용을 수록하였으므로 부모님들이 자녀들을 지도하는 데에도 도움이 될 것이다.
- 소설의 내용 이해를 심화시키기 위해 생각해 볼 수 있는 문제를 수록하였다.

- 각 작가의 작품 경향을 수록하여 작가별, 작품별 특성을 나름대로 정리해 볼 수 있도록 하였다.
- 번역 작품임을 감안하여 되도록 원문의 분위기를 살리도록 노력하였으며, 독자층의 이해를 돕기 위하여 쉽고 편안하게 읽히도록 하였다.
- 내용 파악이 빨리 될 수 있도록 편집의 시각화를 꾀하였다.

작가별 작품 경향

⟨⟨⟨ 오 헨리

보통 사람들, 특히 뉴욕 시민들의 생활을 낭만적으로 묘사하는데 탁월한 능력을 보였다. 오 헨리의 단편소설들은 우연의 일치가 작중 인물에 미치는 영향을 우울하고 냉소적인 유머를 통해 표현하고 있다. 또한 갑작스런 결말 기법으로 극적 효과를 높이고 있다. 이러한 기법은 그만의 특징을 잘 나타내는 요소로 평가를 받기도 하지만 한편으로는 작품성을 높이 평가받지 못하게 하는 요소가 되기도 했다. 그러나 무엇보다도 오 헨리 작품의 특성을 잘 나타내는 것은 단편소설에서 보이는 따뜻한 휴머니즘이라고 할 수 있다.

⟨⟨⟨ 에드거 앨런 포

탐정소설을 발표한 미국 작가 중에 처음으로 국제적인 명성을 얻었다. 포의 작품은 신비하고 사악한 것에 대한 낭만주의적 관심사뿐만 아니라 그 자신의 열광적인 공상에서도 많은 것을 따왔다.

포는 시와 산문에서 으스스한 생각이나 충동·두려움 등을 통하여 일상적인 경험의 세계에서 일탈하는 방식을 친숙하게 사용했다. 이러한 소재들로부터 그는 죽음에 관한 이야기의 놀라운 효과들을 이끌어냈다. 그의 등장인물들이 신비한 힘이나 미지의 세계와 봉착하지 않을 때도, 그는 두렵고 음울한 고뇌라는 제재를 절묘하게 사용하여 독자를 전율하게 했다.

한편 포는 긴 이야기와 이야기를 도입하거나 그 배경을 이루는 부분의 세부적이고 면밀한 관찰을 특징으로 삼았다. 그는 자신의 논리에 자부심을 가졌으며, 자신이 표현한 것보다 훨씬 더 많은 논리를 가지고 있다는 것을 사람들에게 심어주기 위해 자신의 실제 능력을 주의깊게 사용했다. 이것을 계기로 그는 분석적인 이야기들을 다룸으로써 탐정소설·공상과학소설을 만들어냈다. 이와 똑같은 이중성을 그의 기법에서도 뚜렷이 찾아볼 수 있다. 그는 뛰어난 운율감각과 설득력 있는 언어감각을 지니고 있었기 때문에 명백히 영감이 떠오르는 대로 나아감으로써 매우 아름답고 함축적인 산문을 쓸 수 있었지만, 딱딱하고 건조한 문체로 으스스한 심리 문제나 엄격한 플롯의 글을 쓰려고 했다. 평론가로서 포는 언어와 운율, 구조의 정확성을 크게 강조했다. 그는 단편소설의 규칙을 체계화하여 거기에서 고전적인 통일성을 추구했다.

우의적·상징적인 이야기를 잘 묘사한 미국 문학의 위대한 소설가이다. 호돈이 미국의 소설 작가 중에서 높은 평가를 받는 것은 다음과 같은 세 가지 이유에서이다.

첫째, 호돈은 형식에 대한 인상적이고 구성적인 감각을 지닌 숙련된 장인이었다. 이렇게 긴밀하게 유기적인 구성을 잘 보이고 있는 작품이 '주홍글씨'이다. 이러한 점은 호돈의 다른 작품들, 특히 단편소설들에서도 이와 똑같이 완벽하게 짜인 구성을 찾아볼 수 있다. 또한 호돈은 직접성·명쾌함·확고함·정확함을 표현의 특징으로 하는 고전문학 양식의 대가였다.

둘째, 호돈의 도덕적 통찰력이다. 호돈은 초월주의자들이 인간 본성의 잠재력에 대해 꾸밈없는 낙천주의로써 사물을 보는 것을 거부했다. 대신 인생을 깊고 정직하게 들여다보았으며, 그 속에서 많은 고통과 갈등, 결함을 메워 주는 사랑의 힘을 발견했다. 그의 작품에는 낭만적인 도피가 없으며, 오히려 인간의 조건에서 심리적·도덕적 사실들을 확고하고 결연하게 음미하고 있다.

셋째, 호돈은 비유와 상징에 정통하여 그의 소설에 등장하는 인물들의 행동과 딜레마를 인간 존재의 문제들에 대한 일반화된 개념들로 분명하게 나타내고 있다. 그러나 호돈은 이것에 해설적인 표현을 덧붙여 설득력도, 알

맹이도 없는 인물들을 만들어낸 것이 아니라 등장인물들을 침울하고 압축된 분위기에서 다룸으로써 힘과 무게와 진정한 비극의 필연성을 만들어내고 있다.

호돈의 작품은 죄의 보편성과 인간의 선택이 지닌 복잡성·모호성을 다룬 미국의 상징소설에 가장 지속적인 영향을 미쳤다. 그의 뛰어난 단편소설들과 '주홍글씨'는 심리적·도덕적 통찰력에서 어떤 미국 작가도 능가할 수 없는 깊이를 보여주고 있다.

〈〈〈 워싱턴 어빙

수필을 통하여 뉴욕의 삶을 신랄하고 유머러스하게 표현하는 재능을 보이기도 했다. 워싱턴은 역사 및 전기 작가로도 유명하여 '콜럼버스전', '그라나다의 정복' 등 걸작으로 평가받는 역사물들을 남겼다.

워싱턴은 간명하면서도 낭만적인 공상이 풍부하고 유머가 넘치는 작품들과 온화하고 정제된 매력적인 문장으로 미국 문학을 세계적인 수준에 올려놓았다는 평가를 받고 있다.

〈〈〈 오스카 와일드

오스카 와일드는 '행복한 왕자 외(外)'를 통해 동화 형식의 낭만적인 알레고리를 다루는 그의 재능을 유감없이 보여주었다. 그는 생애의 마지막 10년 동안 모든 주요 작품을 완성·출판했다. 와일드는 작품의 명백한 도덕적 결말에 관계없이 예술의 초도덕적 성격을 강조했고, 이전에 발표한 글들을 모은 평론집 '의향(Intentions)'에서는 프랑스 시인 테오필 고티에, 샤를 보들레르, 미국 화가 제임스 맥네일 휘슬러 등의 사상을 차용해 예술에 대한 그의 유미주의적 태도를 재천명했다. 그러나 와일드가 가장 큰 성공을 거둔 장르는 풍속 희극이었다. 사회적 음모와 인위적 장치로 갈등을 해결하려 한 프랑스의 '잘 짜여진 극'을 고수하면서 그는 19세기 영국 연극에 새로운 유형의 희극을 만들기 위해 역설적이고 신랄한 기지를 사용했다.

《《《 캐더린 맨스필드

영국의 여성 소설가로서 첫 결혼이 깨어지자 남성에게 버림받은 고독한 여성을 그린 '독일의 하숙에서'를 발표해 특이한 감성과 섬세한 스타일의 작가로 주목을 받기 시작했다.

'행복', '가든파티', '비둘기의 둥지', '어린애다운 것' 등의 작품으로 안톤 체호프와 비교되기도 했다. 맨스필드는 평범하고 일상적인 소재를 주로 다루었지만 그녀만의 예리한 감성으로 삶을 진지하게 대하는 태도를 작품에 잘 나타냈다.

《《《 로버트 루이스 스티븐슨

스티븐슨이 작가로서 처음 사람들의 관심을 받게 된 것은 특이한 감수성을 매우 명상적인 어조로 정교하게 표현한 초기 수필 작품들 때문이었다. 그의 수필은 다양한 인간 상황의 정곡을 예리하게 표현하고 있다.

그의 소설은 미묘한 도덕적 의미가 함축된 뛰어난 모험담이거나, 아니면 심리뿐만 아니라 역사나 지형과도 연관되어 인간의 행위를 보여주는 독창적이고 인상적인 작품들이다.

단편소설은 로맨스와 아이러니 사이의 관계를 새로이 효과적으로 변경시키기도 하고, 공포와 서스펜스에 도덕적인 분석을 결합시키기도 했다. 이렇듯 낭만적이고 공상적인 모험담 등을 정갈한 문체로 풀어 나간 것이 그의 작품이 가지는 특징이다.

스티븐슨은 시적인 재능이 풍부하지는 않았으나, 가끔 스코틀랜드어를 사용해 흥미롭고 독창적인 시를 쓰기도 했으며, '어린이의 시동산' 같은 시에서는 특별한 감수성이 돋보인다.

《《《 찰스 디킨스

1833년 어느 잡지에 단편을 투고하여 채택된 데에 힘을 얻어 계속 단편 · 소품 등을 여러 잡지에 발표하고, 이들을 모은 '보즈의 스케치집'이 1836년 출판되어 24세의 신진작가로서 화려하게 문단에 데뷔했다. 그 뒤 잇따라

중·장편을 발표함으로써 문명(文名)을 더욱 떨쳤다. 이렇듯 문명이 높아진 것은 몸소 체험하여 알게 된 사회 밑바닥 생활상과 그들의 애환을 생생하게 묘사함과 동시에 세상의 부정과 모순을 용감하게 지적하면서도 유머를 섞어 비판한 점에 있었는데 그의 소설에 영향을 받아 연소자 학대와 재판의 비능률 등이 개선되었을 정도였다. 1850년에 완결한 자전적 작품 '데이비드 코퍼필드'를 쓸 무렵부터 작품 성향이 조금씩 변하여 디킨스의 후기 특징이 뚜렷해진다. 이전의 작품처럼 주인공 한 사람의 성장과 체험을 중심으로 묘사하지 않고 꽤 많은 인물들을 중심으로 사회 각층을 폭넓게 바라보는 이른바 파노라마적 사회소설로 다가갔다. 작품에서 개인 힘으로는 끝내 해결할 수 없는 사회 체제의 벽에 가로막혀 디킨스의 장기인 유머도 어딘지 쓴웃음으로 바뀌고, 무력감·좌절감이 전편에 흐르게 되었다.

그의 소설은 일부 사람들에 의해 독자에게 영합한 감상적이고 저속한 소설이라고 비난받았으나 인간미와 유머가 풍부한 수많은 등장인물은 영원히 잊을 수 없는 생명력을 지녀 죽은 뒤 1세기에 걸쳐 각 나라말로 옮겨져 셰익스피어와 함께 영국문학을 대표하는 작가로 인정받는다.

책머리에 ● 7
이 책의 특징 ● 8
작가별 작품 경향 ● 10

오 헨리 _ 크리스마스 선물 ● 19
　　　 _ 마지막 잎새 ● 33
　　　 _ 인생 유전 ● 46

에드거 앨런 포 _ 검은 고양이 ● 63
　　　　　　 _ 어셔 가의 몰락 ● 84

나다니엘 호돈 _ 큰 바위 얼굴 ● 111

워싱턴 어빙 _ 뚱뚱한 신사 ● 137

오스카 와일드 _ 행복한 왕자 ● 157
　　　　　 _ 헌신적인 친구 ● 180

캐더린 맨스필드 _ 가든파티 ● 207

로버트 루이스 스티븐슨 _ 마크하임 ● 245

찰스 디킨스 _ 크리스마스 캐럴 ● 281

세계 단편

〈미국〉

크리스마스 선물

저자 소개 오 헨 리 (Henry O. : 1862. 9. 11.~1910. 6. 5.)

미국의 소설가. 본명은 윌리엄 시드니 포터(William Sydney Porter). 아버지는 지방의 유명한 의사였고, 어머니는 문학적 재능이 뛰어난 부인이었다. 그러나 어려서 양친을 잃어 학교 교육도 거의 받지 못한 채 숙부의 약방 일을 거들고 있다가, 1882년 텍사스주로 가서 카우보이 · 점원 · 직공 등 여러 직업을 전전하였다. 1887년 25세에 17세의 소녀와 결혼하였다. 1891년부터 오스틴 은행에 근무하는 한편, 아내의 내조를 얻어 주간지를 창간하였으며, 지방신문에 유머러스한 일화를 기고하는 등 문필생활을 시작하였다. 1896년 2년 전에 그만둔 은행에서의 공금횡령 혐의로 고소당하자 남미로 도망갔으나 아내가 병에 걸려 중태에 빠지자 돌아와 체포되었다. 3년간의 감옥 생활을 하는 사이에 얻은 풍부한 체험을 소재로 단편소설을 쓰기 시작했다. 그때의 감옥 생활이 한 저널리스트를 훌륭한 작가로 만든 계기가 된 것이다.

석방 후 뉴욕으로 나와 본격적인 작가생활에 들어갔다. 라틴아메리카의 혁명을 다룬 처녀작 '캐비지와 왕(*Cabbages and King*)'을 제외하고는 '서부의 마음 (*Heart of the West*)', '4백만(*The Four Million*)' 등 계속 단편집을 발표하여 인기 작가로서 지위를 굳혀, 불과 10년 남짓한 작가활동 기간 동안 300편에 가까운 단편소설을 썼다. 그는 순수한 단편 작가로, 따뜻한 유머와 깊은 페이소스를 작품에 풍기게 하여 모파상이나 체호프에도 비교된다. 미국 남부나 뉴욕 뒷골목에 사는 가난한 서민과 빈민들의 애환을 다채로운 표현과 교묘한 화술로 그려 놓았다. 특히 독자의 의표를 찌르는 줄거리의 결말은 기교적으로 뛰어나다. 문학사적으로 비중 있는 작가는 아니지만 그의 대표적인 단편 ‘경찰관과 찬송가’, ‘마지막 잎새’ 등에서는 따뜻한 휴머니즘을 탁월하게 묘사하였다. 이 밖에도 대표적 단편으로 ‘현자의 선물’, ‘20년 후’, 단편집으로 ‘운명의 길(*Roads of Destiny*)’, 사망 후에 나온 ‘구르는 돌(*Rolling Stones*)’ 등의 작품이 있다.

▶ 이 소설의 핵심 정리

갈래   단편소설

경향   감상적, 서민적, 서정적

시점   3인칭 관찰자 시점

배경   크리스마스 전날

의의   산뜻한 결론을 제시하기 위해서 평범한 진실을 일부러 왜곡하는 기법을 시도하고 있다.

특징   빈틈없는 구성과 독특한 문체, 기지와 유머 그리고 페이소스를 포함한 돌발적인 충격으로 결말을 유도하고 있다.

등장인물   짐 – 남자 주인공. 크리스마스를 맞아 아내가 갖고 싶어하는 머리빗을 선물하기 위해 자신의 시계를 판다.

델라 – 여자 주인공. 남편 짐에게 크리스마스 선물로 줄 시계줄을 사기 위하여 자신의 머리카락을 잘라서 판다.

구성   발단 – 델라가 남편의 선물을 준비하려고 하지만 1달러 87센트밖에 없어 고민에 빠진다.

전개 – 고민 끝에 거울 앞에 서게 되고, 자신의 탐스러운 머리를 팔
　　기로 결심한다.

위기 – 마담 소프로니의 가게에서 머리카락을 팔고 그 돈으로 남편
　　의 시계줄을 살 수 있게 된다.

절정 – 남편이 돌아오고 그녀의 짧아진 머리를 보고 망연자실함. 그
　　녀는 남편이 그녀의 길고 탐스러운 머리를 위해 머리빗을 준
　　비했고, 그 머리빗을 사기 위해서 시계를 팔았음을 알게 된
　　다.

결말 – 두 사람은 눈물을 흘리고, 서로의 사랑을 확인하며 환희 속
　　에 크리스마스 음식을 준비한다.

▶ 읽기 전에 알아두기

　오 헨리의 단편소설은 깔끔한 구성을 보여주는 것이 가장 큰 특징이다. 그러나 구성을 자세히 분석해 보면 의외로 허술한 부분이 많다. 예를 들어 이 작품 속에서 나오는 시계와 머리빗 한 개의 값이 같은가 하는 점이다. 또한 일상생활에서 꼭 필요하다고 할 수 있는 시계를 팔아서까지 아내에게 줄 선물을 사야 하는가 하는 점도 마찬가지이다. 짐과 델라 부부가 그토록 사랑하는 사이라면 굳이 무리를 해서 물건을 사서 그 사랑을 표현해야 할 필요가 있을까?

　우리는 소설을 읽을 때 이처럼 일상생활에서와는 다른 부분을 발견할 수 있다. 이럴 경우 왜 작가가 일상생활에서의 평범한 진실을 굳이 왜곡하고 있는가 검토해 봐야 할 필요가 있다. 이것은 소설의 '허구'로서의 특징을 살리기 위해서 다소 억지스러운 결말이라도 독자들에게 산뜻한 결론을 제시하기 위해서 작가가 의도적으로 사실을 왜곡해서 표현하는 것일 수도 있다.

크리스마스 선물

1달러 87센트가 돈의 전부였다. 그 중에서도 60센트는 1페니짜리 동전들이었다. 이 동전은 인색하다는 비난을 받고 얼굴을 붉혀 가면서까지 식료품 가게와 야채 가게, 정육점 주인들과 실랑이하면서 물건의 값을 깎아 그때그때 한 푼 두 푼씩 모은 것이었다. 델라는 세 차례나 돈을 세어 보았다. 1달러 87센트였다. 그리고 내일은 크리스마스이다.

작고 낡은 침대에 엎드려 우는 것 말고는 달리 방법이 없었다. 실제로 델라는 침대로 가서 그렇게 했다. 이렇게 울면서 생각하니 인생이란 눈물과 웃음으로 어우러진 것인데, 그 중에서도 눈물을 흘려보는 것이 인생살이 중에 제일 값진 교훈을 얻게 되는 거라고 생각되었다.

이 집 안주인의 눈물이 흐느낌으로 점점 변해 가는 동안 방 안을 한번 훑어 보자. 이 집은 가구가 딸린 집으로 주당 집세가 8달러짜리이다. 아주 형편없다고는 할 수 없지만, 확실히 안전을 조심해야 할 그런 집이다.

아래층 현관에는 한 번도 편지가 들어가 본 적이 없는 우편함이 하나 있고, 한 번도 사람의 손가락에 의해 소리난 적이 없는 초인종이 있었다. 또 거기에는 '제임스 딜링험 영'이라는 이름의 문패가 붙어 있었다.

'딜링험'이라는 이름은 전에 주인이 주당 30달러씩 받고 살림이 풍족하던 시절에는 반짝반짝 빛나 보였다. 하지만 수입이 주당 20달러로 줄어든 지금은 '딜링험'이라는 글자마저 희미해져서 마치 글자 자체가, D 글자 하나로 축소되어 버리려고 하는 것 같았다. 그러나 제임스 딜링험 영 씨가 집에 돌아와 이층의 자기 집으로 올라오면 이미 앞에서 '델라'라고 소개한 그의 부인이 '짐'이라고 다정하게 부르며 그를 안아준다. 어쨌든 이것은 아름다운 광경임에 틀림없었다.

델라는 울음을 멈추고 분첩으로 뺨을 두드렸다. 그녀는 창가에 서서 뒤뜰의 회색 담 위를 걸어가는 고양이를 바라보았다. 내일이 크리스마스인데, 짐에게 선물을 사줄 수 있는 돈은 1달러 87센트가 전부였다. 몇 달 동안 그녀가 알뜰하게 모은 돈의 결과가 이것이었다. 주급 20달러로는 어쩔 도리가 없었다. 지출은 항상 그녀가 생각한 범위를 넘어섰다. 그녀가 사랑하는 짐에게 줄 선물을 살 돈은 불과 1달러 87센트뿐이었다.

그녀는 남편에게 어떤 선물을 하면 좋을까 궁리하면서 몇 시간씩 행복감에 잠겨 시간을 보냈다. 멋지지만 흔하지 않고 진귀하여 짐이 가지면 정말 영광스러울 만한, 그런 가치가 조금이라도 있는 그 어떤 것을 그녀는 사고 싶었다.

그 방 안에는 창문과 창문 사이에 거울이 하나 있었다. 아마 여러분은 주당 집세가 8달러인 집에 걸려 있는 거울을 본 일이 있을지도 모른다. 거울에는 세로로 가느다란 줄무늬가 생겨, 몸이 가늘면서 동작이 빠른 사람만이 이 거울에 자신의 외관을 비춰 꽤 정확한 모습을 볼 수 있을 것이다. 델라는 몸이 마른편이기 때문에 일찍이 그 기술을 터득하고 있었다.

그녀는 갑자기 창문에서 몸을 돌려 거울을 바라보았다. 그녀의 눈동자는 아름다웠지만, 그녀의 안색은 금방 창백해졌다. 마침내 그녀의 머리채가 길게 늘어뜨려졌다.

제임스 딜링험 부부에게는 자랑할 만한 재산이 두 가지 있었다. 하나는 짐이 아버지에게 물려받은 금 시계로 할아버지 대(代)에서부터 물려받은 것이었고, 또 다른 하나는 델라의 긴 머리채였다. 솔로몬 왕의 왕비 시바(솔로몬 왕의 소문을 듣고 많은 보물을 바쳤다)가 만일 바람벽을 사이에 두고 건넌방에 살고 있다면, 델라가 창문 밖으로 머리채를 늘어뜨려 머리를 말릴 때마다 그 왕비의 보석과 타고난 미모가 송두리째 무색해졌을 것이고, 지하실에 보물을 산더미처럼 가지고 있는 솔로몬 왕이 이 집의 관리인이었다면, 솔로몬은 짐이 지하실을 지날 때마다 꺼내보는 시계가 탐이 나서 자신의 수염을 쓰다듬었을 것이다.

그처럼 아름다운 델라의 머리채가 황금빛 폭포를 이루며 그녀의 몸 주변에 멋지게 늘어졌다. 긴 머리카락은 무릎 아래에까지 내려와서 마치 옷을 입은 것처럼 그녀를 감싸 안았다. 그러나 그녀는 단호하고 재빠르게 다시 머리채를 손질해 올렸다. 그녀는 한동안 머뭇거리며 서 있다가, 붉고 낡은 융단 위로 눈물방울을 떨어뜨렸다.

여전히 눈물을 그렁거린 채 낡은 밤색 재킷과 낡은 밤색 모자를 걸치고는 스커트에 바람을 일으키며 총총히 방을 나와서 층계를 내려가 거리로 나섰다.

그녀는 '마담 소프로니 상점. 각종 미용. 머리용품상' 이란 간판이 걸려있는 상점 앞에서 걸음을 멈추었다.

델라는 단숨에 상점으로 뛰어올라가 숨을 몰아쉬며 마음을 가라앉혔다. 소프로니라는 이름과는 어울리지 않는 뚱뚱한 체구에 지나치게 희고 냉정하게 보이는 마담이 그녀를 바라보았다.

"제 머리카락을 사지 않으시겠어요?"

델라가 입을 열었다.

"사지요."

마담이 말했다.

"모자를 벗고, 어디 한 번 보여 줘요."

황금의 폭포가 스스로 흘러내렸다.

"20달러."

마담은 익숙한 솜씨로 머리카락을 만지면서 말했다.

"빨리 계산해 주세요."

델라가 말했다. 아아, 델라에게 그 후 두 시간은 행복의 날개를 타고 흘러갔다. 그녀는 짐에게 줄 선물을 고르느라 여러 상점을 돌아다녔다.

그녀는 마침내 그것을 발견했다. 그것은 정말 짐을 위해 맞추어 놓은 것 같았다. 다른 어떤 상점에서도 그런 물건은 없었다. 그녀는 상점이란 상점의 안팎을 샅샅이 뒤졌던 것이다. 그것은 백금으로 된 시계줄로, 디자인은 단순하고 품위 있었으며 화려한 장식으로 인한 것이 아니라 그 자체만으로도 상당한 가치를 가지는 그런 물건이었다. 짐의 시계에 꼭 어울리는 좋은 물건임에 틀림없었다.

그녀는 이것이 짐이 가져야 할 것이라는 것을 알았다. 품위 있고 값진 ― 이것은 이 두 가지에 모두 들어맞는 말이다. 시계줄값으로 21달러를 지불하고 그녀는 87센트를 가지고 집을 향해 걸음을 서둘렀다. 이 시계줄을 그의 시계에 채우기만 하면 짐은 어느 누구 앞에서도 시간을 보면서 창피해하지 않을 것이다. 훌륭한 시계였으나 그는 시계줄 대신 낡은 가죽줄을 쓰고 있었기 때문에 시계를 볼 때에도 남몰래 꺼내 보곤 했다.

집에 돌아오자, 델라는 황홀했던 기분을 가라앉히고 어느 정도의 분별과 이성을 되찾았다. 그녀는 머리를 다듬는 기구를 꺼내어, 진정한 사랑에서 비롯된 짧아진 머리를 손질하기 시작했다. 사랑은 언제나 위대하다.

40분이 지난 후 그녀의 짧고 곱슬한 머리는 잘 손질되어, 마치 장난꾸러기 남학생처럼 보였다. 그녀는 거울에 비친 자기의 모습을 오랫동안 자세히, 그리고 신중하게 살펴보았다.

"짐이 나를 나무라지만 않는다면."

하고, 그녀는 중얼거렸다.

"그는 나를 보자마자, 내가 코니아일랜드의 합창단원 같다고 할 거야. 하지만 내가 어떻게 할 수 있겠어. 아아! 내가 가지고 있는 건 고작 1달러 87센트 뿐인 걸."

그녀는 7시에 커피를 끓이고, 난롯불에다 프라이팬을 달구어 폭찹(돼지갈비로 만드는 음식 이름-편집자 주)을 만들 준비를 했다.

짐은 항상 같은 시간에 귀가 하였다. 델라는 시곗줄을 들고 짐이 늘 들어오는 문 가까이의 테이블 한쪽에 앉았다. 마침내 아래층에서부터 층계를 올라오는 발소리에 그녀의 얼굴이 창백해졌다. 그녀는 극히 사소한 일에도 날마다 속으로 기도하는 버릇이 있었는데, 지금도 기도를 중얼거렸다.

"하느님, 부디 그이가 아직도 절 예쁘게 여기도록 해 주십시오."

문이 열리고 짐이 들어온 후 문이 닫혔다. 그는 창백하고 몹시 굳은 표정을 하고 있었다. 그는 이제 겨우 22살의 나이로 가장 노릇이 힘에

겨웠다. 그는 새 외투가 필요했고, 장갑도 없었다.

문 안에 들어선 짐은 마치 메추리 냄새를 맡은 사냥개처럼 우뚝 멈춰 섰다. 그는 델라를 뚫어지게 쳐다보았다. 그 시선에는 그녀가 헤아릴 수 없는 복잡한 무엇인가가 서려 있어서 그녀를 두렵게 만들었다. 그것은 분노나 놀라움이나 실망이나 공포도 아니었고 델라가 미리 예상할 수 있는그 어떤 감정도 아니었다. 그는 표현하기 어려운 이상한 표정으로 가만히 그녀를 쳐다보고 있었다.

델라는 테이블 한쪽에서 몸을 일으켜 그에게로 다가갔다.

"짐!"

그녀는 소리쳤다.

"그런 눈으로 절 보지 마세요. 저는 다만 당신에게 선물을 드리지 않고는 크리스마스를 지날 수가 없었어요. 머리카락은 곧 다시 자라날 테니까 괜찮아요, 그렇지요? 전 그렇게 할 수밖에 없었어요. 내 머리칼은 아주 빨리 자라는걸요. 짐, 어서 '크리스마스를 축하해.' 라고 말씀하세요. 그리고 즐거운 기분을 가져요. 내가 당신은 생각도 못할 정말 멋지고 근사한 선물을 마련했어요."

"당신 머리카락을 잘랐다구?"

아무리 생각해도 그는 이 명확한 사실을 이해할 수 없다는 듯 괴로운 표정으로 물었다.

"머리카락를 잘라서 팔았어요."

델라는 말했다.

"그렇지만 저를 좋아하는 당신의 마음은 전과 다름이 없겠지요? 머리카락이 없어도 저는 그대로예요. 그렇지 않아요?"

짐은 뭔가가 이상하다는 듯한 눈초리로 방을 둘러보았다.

"당신 머리카락이 없어졌단 말이지?"

"찾아볼 필요도 없어요."

델라는 말했다.

"팔았다고 했잖아요. 오늘은 크리스마스 이브예요. 당신을 위해 그런 것이니 다정하게 대해 주세요. 제가 가지고 있는 머리카락은 하나하나 셀 수 있을지 몰라도 당신에 대한 저의 사랑은 그 누구도 셀 수 없을 거예요."

하고, 그녀는 갑자기 정성어린 애정을 보이며 말했다.

"짐. 폭찹을 만들까요?"

짐은 문득 정신이 번쩍 드는 것 같았다. 그는 델라를 껴안았다. 이제 10초 동안 우리는 이것과는 관계가 없는 어떤 문제를 자세히 살펴보도록 하자. 1주일에 8달러와 1년에 100만 달러 — 여기에는 무슨 차이가 있을 수 있는가? 어떤 수학자나 현인이라도 여기에 대해서는 정확한 답을 찾을 수는 없을 것이다. 동방 박사는 많은 값진 선물을 가지고 왔지만, 그 선물 가운데에도 그런 해답은 없었다. 이 암흑에 싸인 얘기는 앞으로 해명되리라고 본다.

짐은 외투 주머니에서 물건 꾸러미를 꺼내어 테이블 위에 던졌다.

"델라, 나를 오해하지는 말아 줘."

그는 말했다.

"당신이 머리카락을 잘라 버렸건, 면도를 했건, 머리를 감았건, 그런 것이 당신을 향한 내 사랑을 변하게 하지는 않아. 하지만 저 꾸러미를 펼쳐 보면 내가 왜 잠시 정신이 나갔었는지 알 수 있을 거야."

희고 재빠른 손가락이 끈과 포장지를 풀었다. 그러자 기뻐서 어쩔 줄 모르는 환성이 터져 나왔다. 뒤이어 가엾게도 방안은 갑자기 여성의 발작적인 울음으로 인하여 울음바다가 되었고, 이 방의 주인인 짐은 있는 힘을 다해서 아내를 위로하여야 했다.

그곳에는 머리빗이 — 델라가 오래 전부터 브로드웨이의 진열장에 놓여 있는 걸 부러운 눈으로 쳐다보았던, 머리의 옆과 뒤에 꽂는 한 세트의 빗이 놓여 있었다. 예쁜, 진짜 대모갑으로 되어 있고 가장자리에 보석이 박힌, 지금은 사라져 버린 그 아름다운 머리채에 꽂으면 꼭 어울릴 빛깔이었다.

워낙 비싼 머리빗인 걸 그녀는 알고 있었기에 그것을 가져 볼 엄두를 내지 못하고 그저 마음으로만 동경하였다. 그러던 것이 지금 자기의 소유가 되었는데, 정작 장식품을 돋보이게 해야 할 머리카락은 이미 사라지고 없는 것이다. 그러나 그녀는 빗들을 가슴에 품었다. 마침내 그녀는 고개를 들었다. 그리고 눈물을 머금은 눈으로 함박 웃으며 그에게 말했다.

"짐, 제 머리카락은 무척 빨리 자라요."

그리고 나서 델라는 털에 불이 붙은 조그만 고양이처럼 벌떡 일어나,

"아아!"

하고 소리를 질렀다.

짐은 아직 자신이 가질 근사한 선물을 보지 못하고 있었다. 그녀는 그것을 손바닥 위에 올려놓고 그에게 내보였다. 광채가 거의 없는 귀금속이었지만 그녀의 맑고 열렬한 마음의 반사를 받아 더욱 빛나는 것 같았다.

"어때요, 근사하죠? 이걸 구하느라고 시내를 온통 쏘다녔어요. 이제 당신은 하루에 백 번도 넘게 시간을 볼 수 있을 거예요. 당신 시계, 이리 주세요. 시계줄이 얼마나 잘 어울리는지 보고 싶어요."

짐은 시계를 꺼내는 대신, 소파에 양팔을 베개 삼아 드러누워 빙긋 웃었다.

"크리스마스 선물은 서로 잠시 따로 보관하기로 하지. 선물로 지금 쓰기에는 지나치게 좋은 걸. 나는 당신에게 머리빗을 사주려고 시계를 팔아 버렸어. 자, 그러면 폭찹이나 만들어요." 여러분이 알다시피 동방 박사들은 구유에 있는 아기에게 선물을 가져 온 매우 현명한 사람들이었다. 그들은 크리스마스 선물을 주는 법을 생각해 낸 사람들이다. 그들은 현명한 사람들이었기 때문에 그들의 선물 또한 현명한 선물이었으며, 아마 중복되었을 때에는 교환할 수 있는 특전도 마련했을 것이다. 그런데 나는 여기서 여러분들에게 서로를 위해 자기 집안의 가장 소중한 보물을 희생시켜 버린 이 셋방의 두 어리석은 신의 아이들의 평범한 이야기를 서툴게나마 늘어놓았다. 그러나 마지막으로 현대의 똑똑한 사람들에게 하고 싶은 이야기는, 선물을 하는 모든 사람들 중에서 이 두 사람이 가장 현명하다는 것이다. 온 세상에서 가장 현명하다. 그들이야말로 동방 박사들인 것이다.

줄거리

1달러 87센트가 전부였던 델라는 크리스마스를 앞두고 남편 짐에게 선물을 사 주고 싶어한다. 한참을 고민하던 델라는 마담 소프로니의 가게에서 그녀의 머리카락을 잘라 판다. 그리고 그 돈으로 남편의 시계에 어울리는 시계줄을 산다.

집으로 돌아와 거울에 비친 자신의 모습을 보면서 델라는 스스로를 위로한다. 그리고 남편이 돌아올 시간에 맞추어 음식을 준비한다.

집으로 돌아온 짐은 델라에게 생긴 일 때문에 한동안 혼란스러워 하지만 곧 델라를 이해하고 위로한다. 그리고 서로의 사랑을 확인하며 행복해 한다.

해 설

이 작품의 경우 서두는 다소 경쾌한 분위기에서 시작된다. 상대방에게 무엇인가를 선물할 수 있다는 즐거움 때문이다. 그러나 집 안에서 부부가 만나는 순간, 분위기는 반전된다. 머리카락을 자른 부인에게는 머리빗이 소용없고, 시계를 팔아 버린 남편에게는 시계줄이 소용없기 때문이다. 그러나 부인은 곧 머리카락이 자랄 것이라고 남편을 위로하고, 남편 또한 아내를 위로한다.

가난하지만 착한 사람들의 에피소드를 크리스마스를 시간적 배경으로 하여 묘사한 매우 감상적인 작품이다. 오 헨리는 280여 편의 단편을 쓴 단편소설의 개척자이다. 특히 결말 부분에 이르러 급작스런 반전을 통해 삶의 행복과 인간의 가치를 부각시키는 기법이 특징적이다.

▶ 주 제

부부 사이의 진실한 사랑

▶ 생각해 볼 문제

1. 오 헨리의 단편소설이 가진 전체적인 특징은 무엇인지에 대해서 서술하시오.

2. 이 작품 속에서는 평범한 사람들의 행복을 그려내기 위한 소재로 사용된 소재가 있다. 그것이 무엇인지 쓰시오.

3. 이 작품 속에서 델라가 남편에게서 선물을 받고 그녀의 기쁨을 표현하는 구절이 있다. 그 부분이 어디인지 찾아서 쓰시오.

4. "희고 재빠른 손가락이 끈과 포장지를 풀었다. 그러자 기뻐 어쩔 줄 모르는 환성이 터져 나왔다. 뒤미처, 가엾게도 갑자기 여성의 발작적인 울음이 터져 방 안은 눈물 바다로 변했다." 이 부분에는 작가가 자주 사용하는 기법이 적용되어 있다. 그 기법이 무엇인지 쓰시오.

5. 이 작품이 가지고 있는 표현상의 특징에 대해서 요점 정리하시오.

6. 오 헨리는 단편작가로서 따뜻한 유머와 깊은 페이소스를 작품에 풍기게 하여 프랑스의 모파상이나 러시아의 체호프에도 비교되는 평가를 받고 있다. 이러한 작가가 이 작품에서 추구한 기법은 무엇인지 간단하게 서술하시오.

7. 이 작품은 일종의 교훈적 성격을 가지고 있다는 평을 받기도 한다. 어떤 측면에서 이러한 평가를 받는지 서술하시오.

8. 플롯을 강조하는 기법에는 네 가지가 있다고 한다. 그 네 가지에 대해서 설명하시오.

마지막 잎새

▶ 이 소설의 핵심 정리

갈래	단편소설
경향	감상적, 서정적
시점	전지적 작가 시점
배경	1900년의 뉴욕 그레니치 빌리지
의의	작가 오 헨리의 대표적인 단편소설로서 인정과 애환이 깃들어 있는 작품이다.
특징	오 헨리만이 가지고 있는 기발한 착상과 오묘한 구성이 독자들의 풍부한 상상력을 자극하고 있으며 또한 극히 짤막한 단편에도 발단-전개-위기 · 절정-결말의 구성이 잘 되어 있다.
등장인물	잔시 – 화가 지망생. 수와 함께 아틀리에를 마련하여 가난 속에서도 그림 공부에 힘쓰고 있다. 그런데 그들이 살고 있는 뉴욕에 무서운 폐렴이 돌기 시작하고 잔시는 폐렴에 쓰러져 병상에 눕게 된다. 그런데 담쟁이덩굴 잎이 한 잎 두 잎 떨어지자, 그녀는 그것이 자신의 생명과 관계가 있는 것으로 여

기며 슬퍼하게 된다.

버만 – 화가. 잔시를 위해 마지막 잎새를 걸작으로 남기고 폐렴으로 세상을 떠난다.

수 – 수와 같이 지내는 여류 화가.

의사 – 동네 의사.

구성

발단 – 예술가촌에서 수와 같이 사는 잔시가 폐렴에 걸린다.

전개 – 병상에 누운 잔시는 삶에 대한 희망을 잃고 창 너머로 보이는 담쟁이덩굴 잎이 다 떨어지면 자신도 죽을 것이라고 생각한다.

위기 – 수는 아래층에 사는 화가 버만 씨에게 잔시의 이야기를 하고 버만 씨는 수를 따뜻하게 위로해 준다.

절정 – 다음날 아침, 수가 창문의 커튼을 올려보니 밤새도록 세찬 비와 사나운 바람이 있었는데도 불구하고, 벽돌담에 담쟁이 잎새 하나가 그대로 붙어 있었다. 그리고 그 다음날이 지나도 잎새는 여전히 붙어 있었다.

결말 – 잔시의 병세는 차도를 보이기 시작했고 의사는 버만 씨도 폐렴으로 앓고 있다는 말을 해준다. 그 날 오후에 수는 잔시에게 버만 씨가 죽었다는 것을 알리며 그가 담장에 잎새를 그렸다는 것을 말해 준다.

오 헨리는 순수한 단편소설의 작가로, 따뜻한 유머와 깊은 페이소스를 작품에 풍기게 하여 프랑스의 모파상이나 러시아의 체호프에도 비교된다. 미국 남부나 뉴욕 뒷골목에 사는 가난한 서민과 빈민들의 애환을 다채로운 표현과 교묘한 화술로 그려 놓았는데, 이 작품 속에도 그의 단편 작품이 가지고 있는 특성이 잘 반영되어 있다.

마지막 잎새

워싱턴 광장 서쪽, 작은 구역에는 몇 가닥의 길이 제멋대로 뻗어 '플레이스'라고 불리는 골목길이 있다. 이 '플레이스' 거리는 기묘한 각도와 곡선을 이루며 하나의 길이 몇 번씩이나 교차한다.

옛날 어떤 화가가 이 동네가 지니고 있는 아주 훌륭한 가치를 발견해 냈다. 물감이나 종이 또는 캔버스 요금을 받으러 오는 수금원이 외상값을 받으러 이 길로 들어왔다가 한 푼도 받지 못하고 어느새 지나간 길로 다시 되돌아온다면 어떻게 될까?

그래서 화가들은 괴상하고 낡은 그리니치 빌리지로 몰려들었다. 그들은 북쪽으로 난 창문과 18세기식 베란다와 네덜란드식 다락방, 그리고 세가 싼 방을 찾아 헤맸다. 그런 후에 그들은 6번가에서 백랍(백랍 벌레의 집 또는 백랍 벌레가 분비한 물질을 가열, 용해한 뒤 찬물로 식혀서 만든 물건)으로 만든 컵과 이가 빠진 접시 몇 개를 샀고, 이렇게 하여 '화가촌'이 생기게 되었다.

아담한 3층 벽돌집 꼭대기에 수와 잔시는 화실을 가지고 있었다. 잔시는 조안나의 애칭이다. 수는 메인주 출신이고, 잔시는 캘리포니아주 출신이었다. 이들은 8번가에 있는 '델모니코'라는 식당에서 우연히 만났다. 두 사람은 그림에 대한 생각은 물론, 치커리 샐러드를 좋아하고, 작업복의 취향 등이 완전히 일치한다는 것을 알고 금세 마음을 열고 가까운 친구가 되었다. 그래서 그들은 공동의 화실을 꾸미고 함께 살기로 했다.

그것이 5월의 일이었다. 11월이 되자, 이 '화가촌'에는 폐렴이라고 부르는 냉혹하고 눈에 보이지 않는 침입자가 찾아와 얼음 같이 차가운 손가락으로 이곳저곳 사람들을 건드렸다. 이 침입자는 뉴욕의 이스트사이드 거리를 제멋대로 활개치고 돌아다니며 수많은 희생자를 냈다.

이 폐렴은 기사도 정신을 가진 노신사가 결코 아니었다. 캘리포니아의 부드러운 바람에 익숙한 가냘픈 처녀가, 피 묻은 주먹을 움켜쥐고 가쁜 숨을 몰아쉬는 이 늙은 악당과 맞서 싸운다는 것은 거의 불가능한 일이었다.

폐렴에 걸린 잔시는 아무것도 하지 못했다. 그저 페인트 칠을 한 철제 침대에 꼼짝도 못 한 채 네덜란드식 유리창을 통해 하루 종일 옆집의 텅 빈 벽만을 바라볼 뿐이었다.

어느 날 아침, 며칠 동안 잔시를 치료한 의사 선생님은 숱 많고 하얗게 센 눈썹으로 수를 방 밖으로 나오라고 눈짓하였다.

"10% 정도…. 그녀가 살아날 가능성은 거의 없다고 볼 수 있어."

그는 체온계를 흔들며 얘기했다.

"그나마 잔시가 살아야겠다는 의욕을 가졌을 때의 얘기야. 잔시는 이미 자신이 회복할 수 없을 거라 생각하고 있는 것 같아. 혹시 무슨 고민이라도 있나?"

"그녀는 나폴리 만(灣)을 그리고 싶어했었죠."

"그런 것 말고 다른…. 혹시 남자 문제 같은 것은 없나?"

수는 영문을 모르겠다는 표정으로 말했다.

"남자…. 그럴 만한 사람은 없어요."

"그렇다면 의지가 약한 것이군. 아무튼 모든 의술을 동원해서 최선을 다 해보도록 하지."

의사 선생님이 돌아간 후, 수는 화실로 들어가 손수건이 흠뻑 젖도록 울었다. 그리고는 언제 그랬냐는 듯이 화판을 들고 경쾌한 곡을 휘파람으로 불면서 명랑한 얼굴로 잔시의 방으로 들어갔다. 잔시는 이불을 덮은 채 꼼짝 않고 누워 창밖을 바라보고 있었다. 수는 잔시가 잠들어 있다고 생각하고 휘파람을 멈췄다. 수는 한쪽에서 잡지에 실리는 소설에 필요한 펜화를 그리기 시작했다. 젊은 화가들은 예술가의 길을 포기하지 않기 위하여 소설의 삽화를 그리곤 했다. 수가 얼마쯤 그렸을까…. 잔시의 침대에서 나지막한 목소리로 무엇인가 반복해서 중얼거리는 소리가 들려 왔다. 수는 얼른 잔시의 침대 곁으로 다가갔다. 자는 줄 알고 있었던 잔시는 눈을 끄게 뜨고 창밖을 바라보며 숫자를 세고 있었다.

"열 둘… 열 하나… 열… 아홉…."

수는 도대체 잔시가 무엇을 세고 있는지 궁금해 하며, 창밖을 내다보았다. 창밖에 보이는 것이라고는 쓸쓸하게 텅 빈 뒤뜰과 벽돌로 된 볼품 없는 옆집의 담뿐이었다. 그 담에는 뿌리가 울퉁불퉁 썩어 가는 늙은 담쟁이덩굴 한 그루가 중간까지 기어 올라와 있었다. 차가운 겨울바람에 담쟁이에 붙어있는 잎들은 거의 떨어지고 앙상한 가지만이 벽돌에 엉켜 있었다.

잔시가 기어들어 가는 목소리로 여섯이라고 말했다.

"잔시 뭐하는 거야?"

"이젠 떨어지는 속도가 빨라지고 있어. 사흘 전만 해도 백 개 정도 있었어. 그때는 그걸 다 세기조차 힘들었는데…. 이젠 너무 쉬워."

그때 또 하나의 잎이 떨어졌다.

"이제 남은 것은 다섯 잎뿐이야."

잔시는 담쟁이덩굴의 마지막 한 잎이 떨어지면 자신도 죽게 될 것이라고 믿고 있었던 것이었다.

"그런 말도 안 되는 얘기는 들어 본 적도 없다, 애."

수는 애써 얼굴에 웃음을 지으며 아니라고 말했다. 하지만 잔시의 얼굴은 조금도 밝아지지 않았다.

"저 담쟁이덩굴의 잎이랑 네 병은 아무 상관이 없어. 오늘 아침만 해도 의사 선생님이 네가 곧 완치될 거라고 하셨단 말이야. 그런 바보 같은 소리 따윈 하지 말고, 이 수프나 좀 마셔 보렴. 그래야 나도 그림을 그릴 수 있으니까. 빨리 그림을 그려야 너를 위한 포도주랑 나를 위한 돼지고기를 살 수 있지 않겠니?"

수가 말했다.

"이젠 포도주 따윈 필요 없어. 잎이 또 하나 떨어지고 있어. 이제 네 잎 남았어. 어둡기 전에 마지막 잎이 떨어져야 할 텐데. 그래야 내가 잎이 떨어지는 걸 볼 수 있고 또 … 그래야 나도 같이 갈 테니까."

"애, 잔시야, 그럼 내가 이 그림을 다 그릴 때까지 눈을 감고 창밖을 보지 말아줘. 난 네 곁에서 그림을 그리고 싶어. 그리고 난 네가 저 빌어먹을 담쟁이덩굴의 잎을 세는 게 싫어."

잔시는 눈을 감으며 그림 그리기가 다 끝나면 알려 달라고 속삭였다.

"난 저 마지막 잎새가 떨어지는 걸 꼭 봐야만 해. 이젠 기다리는 것도 지쳤어. 저 마지막 잎새가 떨어질 때 나도 생의 집착을 버리고 저 잎새처럼 떨어질 수 있을 것 같아.”

“눈을 감고 잠을 좀 자보도록 해. 나는 버만 아저씨에게 늙은 광부의 모델이 되어달라고 해야겠어. 내가 돌아올 때까지 움직이지 말고 자도록 해.”

수는 버만 아저씨한테 갔다 온다며 방을 나갔다.

버만 아저씨는 1층에 살고 있는 화가다. 그는 화가라고는 하지만 여태껏 작품이라고 할 만한 것은 하나도 그리지 못했다. 40여 년 동안 붓을 휘둘렀으나 변변한 그림은 한 장도 못 그렸다. 사람들은 그를 보고 실패한 화가라고 말하곤 했다. 그는 지난 몇 년 동안 그저 상업용이나 광고용의 그렇고 그런 그림만을 그리거나, 직업 모델을 쓸 만한 재력이 없는 젊은 화가들이 그림을 그릴 때 모델이 되어 주고는 얼마 안 되는 모델료를 받아서 근근이 생활을 꾸려 나가고 있었다. 그러면서도 언제나 자신은 걸작을 그릴 거라고 큰소리를 치는 인물이었다.

그는 항상 위층에 사는 수와 잔시의 특별한 문지기를 자처하고 있었다. 수가 버먼 아저씨의 화실 문을 열자, 어두운 방에서는 시큼한 술 냄새가 코를 찔렀다. 방 한 구석에는 25년 동안 걸작의 기대를 가진 아무것도 그려지지 않은 텅 빈 캔버스가 세워져 있었다. 수는 버만 아저씨에게 잔시의 이야기를 하면서 눈물을 흘렸다. 수는 잔시가 정말로 나뭇잎처럼 가냘프고 약해서 세상에 대한 집착을 버리고 떠나 버릴지도 모른다고 걱정했다.

버만 아저씨는 눈가를 붉히며 잔시의 어리석은 생각에 화를 냈다.

“뭐라는 소리야? 그깟 별것도 아닌 담쟁이덩굴 잎이 떨어졌다고 죽는 사람은 세상 어디에도 없어. 살다가 그런 소리는 처음 듣는군. 수는 겨우 그런 얘기나 전하자고 나를 찾아왔어?" 수는 늙은 광부의 모델이 되어 달라고 부탁했다.

"나더러 폐인이 된 늙은 광부의 모델이 되라구. 그건 그렇구, 어떻게 친구가 그런 말도 안 되는 생각을 하도록 놔두었지? 잔시가 정말로 그런 생각을 하고 있다면 큰일이군."

"잔시는 병에 걸려서 마음이 약해진 것뿐이에요. 열이 나니 엉뚱한 생각을 하게 된 것 같아요. 모델이 싫으면 그만 두세요, 변덕쟁이 영감님."

"누가 안 한다 그래? 같이 올라 가자구. 이미 준비는 한참 전부터 하고 있었다니까. 이곳은 잔시같이 착한 아이가 병들어 머물 만한 곳이 아닌데 말이야. 내가 얼른 걸작을 그려서 다 같이 이곳을 뜨는 거야, 젠장. 알겠지?"

잠시 후, 수는 버만 아저씨와 함께 잔시의 방으로 올라왔다. 잔시는 창백한 얼굴로 잠이 들어 있었다. 창문 턱까지 커튼을 드리운 수는 버만 아저씨와 다른 방으로 갔다. 창밖에는 진눈깨비가 내리고 있었다. 두 사람은 걱정스러운 얼굴로 창 너머 담쟁이덩굴을 내다보았다. 그리고 수는 버만 아저씨를 모델로 광부의 그림을 그리기 시작했다.

그 날은 밤새도록 세찬 비바람이 휘몰아쳤다. 담쟁이덩굴의 잎들도 이런 바람에는 더 이상 견디지 못하고 떨어져 버릴 게 분명했다. 이튿날 아침, 잔시는 생기가 없는 커다란 눈으로 커튼이 내려진 창문을 바라보고 있었다. 그리고는 수가 일어나자마자 힘없이 말했다.

"창밖을 보고 싶어. 커튼을 좀 걷어 줘."

잔시는 수의 얼굴을 보며 애원했다. 잔시의 눈가에는 눈물이 그렁그렁 맺혔다. 수는 떨리는 손으로 커튼을 잡아당겼다. 그런데 이게 웬일인가? 세찬 비바람에도 담쟁이덩굴의 잎새 하나가 벽돌담에 뚜렷이 남아 있지 않은가! 그것은 줄기에 매달려 있는 마지막 잎새였다.

"마지막 잎새네. 밤새 비바람에 틀림없이 떨어졌을 줄 알았는데. 난 밤새 바람 소리를 들었거든. 오늘은 견디지 못하고 떨어질 거야. 그러면 나도 생을 마감하게 되겠지."

잔시의 슬픈 목소리를 들으며 수는 풀이 죽은 얼굴을 베개에 가져다 대면서 말했다.

"잔시 자신에 대해서 생각하기 싫다면 나를 위해서라도 그런 생각 하지마. 네가 이러면 나는 어떻게 하라고?"

수가 울부짖었다. 하지만 잔시는 수를 외면하며 아예 눈을 감아 버렸다. 잔시는 서서히 생을 정리하고 있는 것 같았다. 날이 저물어 밤이 되었을 때에도 마지막 잎새는 여전이 담쟁이덩굴 줄기에 붙어 있었다. 지난 밤보다도 거센 바람이 불었고, 이윽고 빗줄기마저 강하게 창문을 두드리며 네덜란드식 베란다 밑으로 흘러내렸다.

날이 개고 아침이 찾아오자 잔시는 커튼을 걷어 올려달라고 졸라댔다.

담쟁이덩굴의 마지막 잎새는 여전히 벽에 붙어 있었다. 세찬 비바람에도 떨어지지 않고 꿋꿋하게 줄기에 매달려 있었던 것이다.

잔시는 한참을 창문 밖의 잎새를 바라보았다. 그리곤 치킨 수프를 끓이고 있는 수에게 말했다.

"수! 난 참 어리석고 나쁜 아이였어. 내가 나쁜 생각을 하고 있다는 걸 알려주기 위해 저 잎새를 저곳에 그냥 남겨 놓았나봐. 스스로 목숨을 버리는 것은 벌 받을 짓인 거겠지. 수! 수프랑 포도주를 넣은 우유를 좀 줘. 그리고 베개 밑을 좀 받쳐 줘. 일어나 앉아서 네가 요리하는 걸 좀 보게."

시간이 지나 의사 선생님이 잔시를 찾아왔다. 의사 선생님은 잔시가 살 확률이 아주 높아졌다고 말했다.

"친구의 극진한 간호가 잔시를 살리고 있어. 난 이제 아래층 버만이라는 사람에게 가 봐야 해. 그도 화가인 모양인데, 폐렴에 걸렸어. 늙고 쇠약해서 증세가 심하지만 일단은 병원에 입원시킬 생각이네."

의사는 잔시를 보며 말했다.

"잔시, 이제 큰 위험은 벗어났어. 잘 먹고 간호만 잘하면 당신이 이길 거야."

그 날 오후 수는 침대에 누워 별로 필요하지도 않을 것 같은 목도리를 뜨고 있었다.

때마침 수가 다가와서 잔시를 껴안았다.

"잔시, 버만 아저씨가 오늘 폐렴으로 병원에서 돌아가셨단다. 그 아저씨는 이틀밖에 앓지 않았어. 관리인이 아저씨를 발견했을 당시 아저씨는 방에서 꼼짝도 못 하고 있었대. 아저씨는 구두와 옷이 흠뻑 젖어서 얼음같이 차갑더래. 그렇게 비바람이 사나웠던 밤에 아저씨가 어디를 갔다 왔는지 아무도 몰랐다나. 그러다가 불이 켜진 램프와 사다리를 발견했고, 노란색과 초록색을 섞어놓은 팔레트와 흩어진 붓들도 찾았대. 잔시, 창밖을 봐. 벽에 붙어 있는 마지막 잎새가 바람에도 흔들리지 않고 남아 있는 게 이상하지 않니? 저게 바로 버만 아저씨가 마지막으로 그렸던 그림이야. 최고의 걸작이지."

뉴욕 그리니치 빌리지의 아파트에 사는 무명의 여류 화가 지망생 잔시는 심한 폐렴에 걸려서 사경을 헤맨다. 그녀는 삶에 대한 희망을 잃고 친구 수의 격려에도 아랑곳하지 않고 창문 너머로 보이는 담쟁이덩굴 잎이 전부 떨어지면 자신의 생명도 끝난다고 생각한다. 이 사실을 알게 된 같은 건물의 친절한 노화가(老畫家) 버만 씨가 밤새 세찬 비바람 속에서 나뭇잎 하나를 벽에 그려 넣는다. 그리고 폐렴에 걸려 죽는다. 심한 비바람도 견딘 진짜처럼 보이는 담쟁이덩굴의 마지막 잎새를 본 잔시는 삶에 대한 희망을 되찾는다. 그리고 수는 버만 씨의 죽음에 대해 잔시에게 알려준다.

마지막 잎새는 작품 크리스마스 선물과 함께 오 헨리의 대표적인 작품이다. 가난한 예술가들이 모여 사는 그리니치 빌리지를 배경으로 하여 삶을 포기하고 의욕을 잃은 채 죽어 가는 화가 지망생 잔시를 위해 생애 최고의 걸작인 담쟁이 잎을 그리고 죽은 무명 화가 버만 씨를 통해 삶의 의미를 되새겨보게 하는 작품이다. 이 작품에서 '마지막 잎새'는 병들어 모든 희망을 포기하였던 잔시가 삶에 대한 의욕을 회복하는 계기가 된다. 따라서 이것은 삶의 가치와 의지를 의미하면서 작품의 주제를 집약적으로 제시하는 역할을 하고 있다.

따뜻한 인간애

1. 작품의 서두 부분에서 작가는 폐렴에 대해 의인화하며 비중 있게 다루었다. 그 이유가 무엇인지 서술하시오.

2. 잔시에게 '담쟁이덩굴'은 어떤 의미가 있는 대상인지 쓰시오.

3. 잔시가 "'열 둘' 하고 조금 있다가는 '열 하나', 그리고 '열', '아홉', 그리고 '여덟', '일곱'을 거의 동시에 세었다."는 행동을 통해 짐작할 수 있는 바를 서술하시오.

4. 잔시는 왜 하찮은 담쟁이덩굴에 그토록 큰 의미를 부여하게 되었는지 생각해보자.

5. 이 작품에서 버만 씨의 행동이 상징하는 바가 무엇인지 서술하시오.

6. 작가는 버만 씨를 매우 자세하게 묘사하였다. 버만 씨를 통해 오 헨리의 작품에 등장하는 인물들의 공통된 특징을 생각해 보자.

7. 수가 버만 씨가 그린 마지막 잎새를 걸작이라고 말한 이유는 무엇이라고 생각하는지 서술하시오.

8. 잔시가 마침내 '나폴리 만'을 다시 그리고 싶어하게 된 이유는 무엇인지 서술하시오.

9. '마지막 잎새'의 정체를 알게 된 후의 잔시를 상상해 보고 자신이라면 어땠을지 서술하시오.

10. 이 작품의 등장인물인 잔시, 수, 그리고 버만 씨는 모두 생활에 쪼들리는 가난한 예술가들이다. 그러나 이 작품에서 그들은 불행하게 묘사되지 않는다. 오 헨리 작품들의 특징과 관련하여 그 이유를 서술하시오.

인생 유전

갈래	단편소설
경향	교훈적
시점	전지적 작가 시점
배경	산골마을
의의	5달러라는 지폐를 상징물로 사용하여 인간이 추구하여야 할 진정한 가치는 물질이 아닌 영원한 사랑임을 강조하고 있다.
특징	서민들을 작중인물로 등장시켜 소박하고 토속적이며 서민적인 삶의 모습을 생생하게 묘사하고 있다.
등장인물	베나자 위더프 - 산골마을의 치안판사. 서민적이면서도 세속적인 시골관리의 모습을 보여주는 전형적인 인물이다.
	랜시 - 겉으로는 무뚝뚝하고 거칠지만 마음은 여린 남자. 아내에 대한 애정을 잘 표현하지 못하는 인물이다.
	아리엘라 - 랜시의 아내. 남편 랜시와 마찬가지로 무뚝뚝한 성격의 소유자. 남편을 마음속 깊이 사랑한다.

구성　발단 – 랜시와 아리엘라가 이혼판결을 받기 위해서 위더프 판사에게 와서 이혼을 하겠다고 말한다. 위더프 판사는 이혼하기 위해서는 수수료 5달러가 든다고 말한다.

전개 – 랜시 부부의 말다툼을 듣고 있던 위더프 판사가 랜시에게 이혼판결서를 주려는 순간 아리엘라가 위자료를 받아야 한다고 말한다. 이에 랜시는 수수료로 준 돈 5달러가 전부였다고 말하며 하루의 시간을 달라고 말한다.

위기 – 위더프 판사가 길을 가는데 강도가 나타나 돈을 내놓으라고 한다. 판사는 가지고 있는 돈이 5달러밖에 없다고 하면서 지폐를 돌돌 말아 총부리에 끼워 준다.

절정 – 다음 날 위더프 판사 앞에 랜시 부부가 다시 온다. 랜시가 돌돌 말린 5달러짜리 지폐를 위자료로 내놓는다. 랜시가 내놓은 지폐를 보고 위더프 판사는 잠깐 랜시를 의심한다. 마침내 이혼이 성립된다.

결말 – 돌아가려는 아리엘라에게 랜시가 시계에 밥을 줄 사람이 없다며 붙잡는다. 그 사이 랜시와 아리엘라의 마음에 변화가 생겨 두 사람은 다시 결합하기로 한다. 위더프 판사는 두 사람은 이혼한 상태이기 때문에 다시 결합하기 위해서는 이혼을 취소해야 한다며 수수료 5달러를 요구한다. 이에 아리엘라는 5달러를 판사 앞에 내놓고 랜시와 함께 달구지를 타고 집으로 돌아간다.

이 작품에서는 5달러짜리 지폐가 가지는 상징성에 대해서 알아야 한다. 작가가 5달러 지폐를 통해 말하려고 한 것은 인간이 물질에 앞서 지향해야 할 정신적 가치이다. 그것은 바로 인간 사이에 만들어지는 사랑이라고 할 수 있다.

사랑은 오 헨리가 살았던 시대보다 훨씬 많은 시간이 흐른 현대에도 적용되는 가치라고 말할 수 있다. 인간의 정신문화가 경시되고 물질문명이 우선시 되는 현대에도 인간이 지켜가야 할 소중한 진리와 가치는 시간의 흐름에 상관없이 변함이 없기 때문이다. 이러한 점을 염두에 두고 내용 파악을 해야 할 것이다.

인생 유전

베나자 위더프 치안판사는 낡은 파이프로 담배를 피우며 사무실 문 옆에 앉아 있었다.

오후의 안개 속에서 청회색의 컴버랜드 산맥이 솟아 있었다. 얼룩무늬 암탉 한 마리가 개척지 마을의 한가운데 거리를 꼬꼬댁거리면서 걸어다니고 있었다.

마차 한 대가 삐걱거리며 길 아래쪽부터 올라오고 있었다. 조금 후 랜시 빌브로가 아내와 함께 흙먼지를 날리며 가까이 다가왔다. 치안판사의 사무실 앞에서 마차를 멈추고 두 사람이 내렸다. 랜시는 갈색 피부에 노란 머리카락, 6피트 가량의 키에 비쩍 마른 남자였다. 마치 산처럼 태연자약한 태도가 일종의 갑옷처럼 그를 에워싸고 있다.

그의 아내는 화려한 옷을 차려입고 깔끔하게 빗질을 한 모습이었다. 뭔가 알 수 없는 욕망 때문에 지쳐 버린 것 같은 모습의 여자는 헛되이 지나가 버린 이젠 그 희미하게 흔적만 남은 젊음에 대해 원망하고 항의하는 것 같은 분위기가 느껴졌다.

치안판사는 벗고 있던 신발을 신고 위엄을 차리며 두 사람을 맞으려 자리에서 일어났다.

"저희 두 사람은…."

여자가 말했다. 여자의 목소리는 바람이 스쳐 지나가는 것 같았다.

"이혼하고 싶어요."

여자는 그의 남편을 살짝 쳐다보며 이렇게 말했다. 랜시는 아내가 혹시 설명을 잘못하고 있지는 않은지 지켜보고 있었다. 이것은 두 사람이 직면한 공통의 문제이기 때문이다.

"이혼하고 싶습니다."

랜시가 고개를 끄덕이며 엄숙하게 같은 말을 되뇌었다.

"저희 두 사람은 이제 도저히 함께 살 수가 없습니다. 남녀가 서로 사랑할 땐 산속에서 외롭게 살아도 상관없죠. 하지만 여자란 족속들이 살쾡이처럼 양냥거리거나 올빼미처럼 볼을 불퉁거리기 시작하면 남자는 더 이상 그 여자와 살 이유가 전혀 없다고 생각한다 이 말입니다. 그러니까…."

"그러나 남편이란 족속 역시 시시하고 쓸데없는건 마찬가지죠."

여자가 별로 화를 내는 기색도 없이 말했다.

"밥이나 축내는 인간들, 술집에서 빈둥대는 놈팽이들과 어울려 싸구려 위스키나 마시고, 비쩍 말라빠진 똥개들이나 집에 데려와 키우라면서 사람을 성가시게 하니 어디 집에 있는 사람이 견뎌 낼 수 있겠어요?!"

"마누라가 맨날 살림이나 집어던지면서…."

이번에는 랜시가 반박할 차례였다.

"컴버랜드 일대에서 제일 잘 나가는 곰 사냥개한테 뜨거운 물이나 끼

없고, 남편의 끼니를 차리는 것조차도 귀찮아 하고, 맨날 남편이 하는 일에 불평이나 하면서 밤에 잠조차도 편하게 못 자게 하면서 사람을 피곤하게 하는 것은 빌어먹을 일 아닙니까? 암요 그렇고 말고요."

"그런데 남편이란 사람은 매번 세무서 관리들과 싸움이나 하면서 이 골짜기 부근에서 골치썩이는 작자라고 소문이 났으니 밤에 편하게 자기를 바란다는 것은 바랄 수도 없는 일이 아니겠어요?"

치안판사는 위엄 있게 자신의 일을 시작했다. 하나밖에 없는 나무받침대와 의자를 민원인들에게 내놓고, 테이블에는 법령집을 펼쳐놓고 관련조항을 찾았다. 그는 안경을 닦으며 필기도구를 옆으로 치웠다.

"이 법전에 게재된 법률이나 조항에는, 이혼 문제에 대해서는 한마디 언급도 없네. 하지만 법률의 형평성, 그리고 헌법이나 기타 상식에 의거해 볼 때, 서로 관련된 두 가지 일 중 하나만 할 수 있다는 법은 말이 안 된다고 할 수 있지. 치안판사에게 남자와 여자를 결혼시킬 권한이 있다면, 두 사람을 이혼시킬 권한도 당연히 있다 그 말이지. 따라서 본 법정은 이 이혼이 성립된 것으로 판결하며, 대법원에서도 유효한 결정으로 인정할 수 있네."

랜시 빌브로는 조그만 담배쌈지를 바지 주머니에서 꺼내었다. 그는 담배쌈지를 흔들어서 테이블 위에 5달러짜리 지폐를 내놓으며 말했다.

"이건 곰 가죽과 두 마리 여우를 판 돈입죠. 제가 가진 전부입니다."

"본 법정이 규정한 이혼 수수료는 5달러이네…."

치안판사는 말했다.

치안판사는 평상시와 같이 5달러를 홈스펀(굵은 털실로 짠 옷감-편집자 주) 조끼 호주머니에 집어넣었다. 치안판사는 이리저리 몸을 움직이며 머리를 쥐어짜서 이혼 판결을 쓰고, 다른 종이에 베껴 적었다. 랜시 빌브로와 그의 아내는 판사가 자신들에게 자유를 선언하는 문서를 읽는 것에 귀 기울였다.

"오늘 모든 사람들에게 알린다. 몸과 마음이 모두 정상적인 랜시 빌브로와 그의 아내 아리엘라 빌브로는 오늘 본관 앞에 출두하여 앞으로는 서로 사랑하지도 않고, 존경하지도 않으며, 복종도 하지 않을 것을 서약하였다. 이에 정부의 평화와 존엄성에 의거하여 이 이혼 청원을 받아들인다는 것을 이 증명서에 의해 공고한다. 그대들에게 주님의 가호가 있기를 빈다.

　　테네시 주 피에몬트 카운티 치안판사 베나자 위더프"

치안판사는 증명서 한 통을 랜시에게 건네주려고 한 때 그의 부인이었던 아리엘라가 그것을 저지했다. 두 남자는 그녀를 동시에 바라보았다. 진지하지만 멍청한 두 남자가 한 여자가 제기한 뜻밖의 문제에 직면하게 되는 순간이었다.

"판사님, 저 남자에게 아직 그 증서를 주시면 안 돼요. 아직은 제가 저사람에게 받을 것을 받지 못했잖아요. 위자료 말이에요. 남편이 이혼하면서 마누라에게 한 푼도 주지 않는다는 것은 말이 안 돼죠. 전 호그백 산의 에드오빠에게 갈 겁니다. 신발도 한 켤레는 있어야 하고 담배와 또 다른 물건들도 필요해요. 전 랜시가 저와 이혼하려면 위자료를 주어야 한다고 생각해요."

랜시 빌브로는 한 방 먹은 것처럼 잠자코 있었다. 지금까지는 두 사람 사이에 위자료 따위의 얘기가 없었다. 여자들은 항상 생각지도 못한 예리한 문제를 제기한다.

치안판사 베나자 위더프는 치안판사로서 자신의 조정이 필요하다고 느꼈다. 판례집(법원에서, 같거나 비슷한 소송 사건을 판결한 전례를 모아 놓은 책-편집자 주) 같은 곳에도 위자료에 대한 단어는 한마디도 없었다. 그러나 여자는 신발을 신고 있지 않았다. 그녀가 호그백 산의 오빠에게 가는 길은 돌투성이의 가파른 길이었다.

치안판사는 엄숙한 목소리로 물었다.

"아리엘라 빌브로, 본 법정에 제출한 이 이혼에서 얼마의 위자료를 받으면 충분하다고 생각하는가?"

그녀는 선뜻 대답했다.

"신발과 다른 물건들을 사려면 5달러는 있어야 합니다. 뭐 그걸 위자료라 할 수도 없지만 그 정도면 호그백의 에드오빠에게 갈 수는 있을 거예요."

치안 판사는 말했다.

"그 정도 금액이라면 부당한 요구라고 할 수 없지. 랜시 빌브로, 본 법정은 이혼 판결을 내리기 전에 피고가 원고에게 5달러를 지급해야 한다고 판시한다."

"전 더 이상 가진 돈이 없습니다. 제가 가진 돈은 전부 이혼 수수료로 판사님께 드렸습니다."

"만일 돈을 내지 않는다면…"

치안판사는 안경 너머로 피고를 노려보았다.

"그건 법정 모독죄라네."

"내일까지 시간을 주시면 돈을 마련할 수 있을 겁니다. 위자료에 대해서는 한 번도 생각해 본 적이 없어서 말입니다."

치안판사는 말했다.

"이 사건은 내일 두 사람이 함께 출두하여 본 법정의 명령을 지킬 때까지 연기하겠네. 이혼판결서는 그 결과를 본 후에 교부하겠네."

치안판사는 다시 사무실의 문 옆에 앉아 신발을 벗기 시작했다.

"우리는 지아 아저씨네 집에서 쉬는 게 좋겠군."

마차의 한쪽에 앉으며 랜시가 말했고, 그의 아내 아리엘라는 그 반대편에 올라탔다. 랜시는 줄을 흔들어 작은 소가 방향을 바꾸게 하였다. 마차는 먼지 바람을 일으키며 서서히 치안판사의 사무실에서 멀어져 갔다.

치안판사 베나자 위더프는 낡은 파이프 담배를 피웠다. 그는 해가 져 더 이상 글씨가 보이지 않을 때까지 주간신문을 펼쳐들고 읽었다. 달이 떠서 저녁 식사 때인 것을 알릴 때까지 그는 테이블 위에 촛불을 켜고 앉아 신문을 계속 읽었다. 그의 집은 포플러 나무가 자라는 산비탈의 통나무 집이었다.

그는 그 날 저녁 집으로 돌아가는 길에 월계수 나무 근처의 어둑한 작은 개울을 건넜다. 이 때 검은 그림자 하나가 월계수 나무 사이에서 걸어나와 치안판사의 가슴에 총을 겨누었다. 그 사람은 얼굴의 대부분을 푹 눌러쓴 모자로 가리고 있었다.

검은 그림자가 말했다.

"가진 돈을 모두 내놔, 잔말 말고. 그렇지 않으면 그냥 확 쏴 버릴 테다."

"내, 내가 가진 것은… 겨우 오, 오, 오 달러밖에…."

판사는 벌벌 떨면서 지폐를 꺼냈다.

검은 그림자가 명령했다.

"그걸 말아서 총구멍에다 꽂아!"

지폐는 아직 새것이라 빳빳했다. 그래서 벌벌 떨리는 손가락으로 돈을 돌돌 말아 총구에 넣는 것이 그다지 어렵지는 않았다.

검은 그림자가 말했다.

"이제 여기서 어물거리지 말고 당장 꺼져!"

치안판사는 뒤도 돌아보지 않고 그 자리에서 도망쳤다.

다음 날, 작은 마차가 치안판사의 사무실 앞에 도착했다. 치안판사 베나자 위더프는 그들이 방문할 것을 미리 알고 있었기 때문에 이번에는 신발을 신고 있었다. 그의 앞에서 랜시 빌브로는 그의 아내에게 5달러짜리 지폐를 건네주었다. 그 돈은 어제 치안판사가 총구멍에 넣었던 것처럼 돌돌 말려 있었다. 치안판사는 날카로운 눈으로 그 돈을 쳐다보았으나 입 밖으로 다른 말을 꺼내지는 않았다. 다른 지폐도 그렇게 말려 있을 수 있으니까 말이다. 판사는 두 사람에게 각각 이혼 판결서를 내주었다. 그들은 그 종이를 천천히 접으면서 더 이상 할말이 없는 듯 가만히 서 있었다. 아리엘라는 아주 조심스럽게 랜시에게 눈길을 주며 말을 건넸다.

"이제 당신은 마차를 타고 집에 돌아가겠군요. 빵은 선반 위의 깡통 속에 있어요. 냄비 속에는 개가 훔쳐먹지 못하게 베이컨을 넣어 두었고요. 매일밤 시계 밥 주는 것도 잊지 마세요."

"당신은 에드오빠에게 갈거잖아?"

랜시는 관심 없는 척 물었다.

"날이 어둡기 전에 거기 도착해야 해요. 그 집 식구들이 나를 환영하지는 않겠지만 거기 말고 내가 달리 갈 만한 곳은 없으니까요. 이제 작별인사를 해요. 랜시, 당신은 얼른 작별인사를 받고 싶을 거 아니예요?

랜시는 마치 순교자 같은 목소리로 말했다.

"작별인사도 안 하는 나쁜 인간이 되고 싶지는 않아. 만약 당신이 작별인사를 하는 시간도 아까워 빨리 떠나고 싶지 않다면 모르지만."

아리엘라는 아무 말 하지 않고 5달러짜리 지폐와 이혼 증서를 조심스럽게 품속에 넣었다. 치안판사 베나자 워더프는 5달러짜리 지폐가 사라지는 것을 서글픈 눈으로 바라보았다.

그리고 치안판사는 본인이 생각해 낼 수 있는 최대한의 말을 하였다. 이 말로 인하여 그는 어떤 역할을 할 수 있을 것이라 여겼다. 그저 이혼한 부부들을 동정하는 흔해빠진 관객이 되거나, 어떤 일에서도 돈을 우려 낼 수 있는 소수의 자본가 중에 한 사람이 될 수 있을 것이다.

"자네, 오늘 밤은 혼자서 쓸쓸히 낡은 오두막을 지키겠군…."

그는 말했다.

랜시 빌브로는 아리엘라를 외면하고 햇빛 속에 파랗게 개어 있는 컴버랜드 산봉우리들을 말없이 바라보며 말했다.

"쓸쓸할지도 모르지만, 제가 싫다고 화를 내고 헤어지고 싶어하는 사람에게 같이 있어 달라고 부탁할 수도 없는 일이죠."

"헤어지고 싶어하는 사람은 내가 아니라 당신이잖아요."

나무받침대를 바라보며 아리엘라가 말했다.

"그리고 여기서 누구와도 같이 살기 싫다고 말한 사람은 없다구요."

"누군 살기 싫다 그랬나!"

"살고 싶다고 말한 사람도 없잖아요. 난, 이제 에드오빠에게 갈 거예요."

"이제 누가 그 낡아빠진 시계에 밥을 주란 말이지!"

"랜시, 당신은 지금 내가 당신이랑 마차를 타고 돌아가서 그 시계에 밥을 줘야 한다고 말하고 있는 건가요?"

산골 사나이 랜시는 얼굴에는 아무런 감정의 동요도 드러내지 않았다. 그는 다만 커다란 손을 내밀어 아리엘라의 검붉게 그을린 가느다란 손을 살짝 잡았다. 그녀의 그 무표정한 얼굴에 한순간 동요하는 흔적이 나타났다 사라졌다. 그 순간 그녀의 얼굴은 표정이 무척 행복해 보였다. 랜시가 말했다.

"이제 더 이상 개들로 인해 당신을 괴롭히지 않겠어. 나도 내가 아무 쓸모도 없는 남자라는 걸 잘 알아. 아리엘라, 하지만 낡은 시계의 밥은 당신이 줘야만 해."

"랜시. 내 마음은 이미 우리의 낡은 오두막에 가 있어요."

그녀가 속삭이듯 말했다.

"이제 더 이상 당신에게 화내지 않을게요. 랜시, 우리 어서 출발해요. 그래야 날이 어두워지기 전에 우리 집에 도착할 수 있을 거예요."

두 사람은 치안판사가 같이 있다는 사실도 잊은 채 문 밖으로 나가려 하였다. 그때 치안판사가 그들에게 말했다.

"테니시 주 정부의 이름으로….."

그가 계속해서 말했다.

"당신들 두 사람은 지금 법률과 법령을 무시하고 있다는 사실을 통보하겠네. 본 법정은 두 사람이 애정을 회복하고 불화와 오해를 극복한 것을 진심으로 기뻐하고 환영하네. 하지만 주(州)의 도덕성과 성실함을 유지하는 것이 본 법정의 의무이므로 두 사람은 이제 서로에게 남편도, 아내도 아니야. 당신들은 정식 판결에 의해 이혼한 것이니까 말이야. 따라서 혼인 관계에 따르는 특전이나 기타 권리와 의무를 가질 수 있는 자격도 사라졌다네. 이런 사실을 본 법정은 분명히 선고하는 바이네."

아리엘라는 걱정스러운 듯 랜시의 팔을 붙잡았다. 지금 두 사람이 금방 인생의 교훈을 배우는 그 순간 치안판사는 그녀가 남편 랜시를 잃게 되었다고 선고하고 있지 않는가? 치안판사는 계속해서 이야기하였다.

"하지만 본 법정은 이번 이혼으로 인한 자격 상실을 취소할 용의도 있네. 법정은 엄숙한 결혼식을 거행할 수 있는 권한과 함께 이 사태를 수습할 수 있는 권한도 있다는 거지. 이 사건의 소송 관계인들이 원하고 있는, 명예로운 동시에 고상한 부부 관계를 회복시켜 줄 수 있다는 말이야. 이상 말한 의식을 거행하는 수수료는, 이번 경우도 5달러라네."

아리엘라는 재빨리 가슴에 손을 넣어 좀 전에 위자료로 받은 5달러를 끄집어냈다. 판사의 얘기에서 희망을 찾아낸 것이다. 5달러 지폐는 테이블에 사뿐히 내려앉았다. 그녀는 남편 랜시의 손을 잡고 다시 볼을 붉히며 부부로서 인정받는 판사의 말을 들었다.

잠시 후 그녀는 랜시의 도움으로 마차 위에 앉고 랜시 역시 그녀의 곁에 자리 잡고 앉았다. 작은 소는 방향을 바꾸어 먼지 바람을 일으키며 손을 꼭 맞잡은 부부와 함께 길을 떠났다.

치안판사 베나자 위더프는 사무실 문 옆에 앉아서 구두끈을 풀고 신을 벗었다. 그는 테이블 위의 5달러 지폐를 집어 조끼 주머니에 넣었다. 그리고 파이프 담배를 피우기 시작했다. 얼룩무늬 암탉 한 마리가 개척지 마을의 한가운데 거리를 꼬꼬댁거리면서 걸어다니고 있었다.

　산골마을의 치안판사인 베나자 위더프 앞에 랜시 빌브로와 아리엘라 빌브로라는 부부가 나타나 이혼을 하겠다고 한다. 랜시와 아리엘라는 자신의 배우자에 대한 불만을 말한다. 그런 부부에게 판사는 이혼에 드는 수수료가 5달러라고 말한다. 랜시는 5달러를 내놓으면서 자신이 가진 전부라고 말한다. 위더프 판사가 수수료를 받고 이혼 증명서를 내주려고 하자 아리엘라가 위자료를 받아야겠다고 말한다. 이에 랜시는 하루만 시간을 달라고 말한다.

　위더프 판사가 일과를 끝내고 집으로 돌아가는 길에 총을 든 강도가 나타나 돈을 내놓으라고 한다. 위더프 판사는 가진 돈이 5달러밖에 없다고 말한다. 그러자 강도는 돈을 말아 총구에 꽂으라고 한다. 다음 날 위더프 판사 앞에 랜시가 아리엘라와 같이 나타나 5달러 지폐를 내놓는다. 랜시가 내놓은 지폐를 본 위더프 판사는 지폐가 말려 있는 것을 보고 의심하지만 아무 말도 하지 않는다.

　위자료를 받은 아리엘라가 가려고 하자 랜시가 아리엘라에게 이혼을 원했던 것은 아니라면서 자기의 잘못된 점을 고치겠다고 한다. 이 말에 아리엘라도 심경의 변화가 일어 서로 화해하며 집으로 돌아가려고 한다. 이에 위더프 판사는 두 사람이 이혼을 했기 때문에 이혼 취소를 해야 한다고 말한다. 그리고 이혼을 취소하는 데 드는 수수료도 5달러라고 한다. 아리엘라는 위자료로 받았던 5달러를 판사에게 주고 랜시와 함께 달구지를 타고 집으로 돌아간다.

해설

　오 헨리는 가난한 서민의 애환을 다채로운 표현과 교묘한 화술로 묘사했다는 평가를 받고 있다. 특히 독자의 의표를 찌르는 작품의 결말은 기교적으로 뛰어난 특징을 보이고 있다. 그의 작품에는 따뜻한 휴머니즘이 탁월하게 묘사되고 있다. 이러한 특징은 이 작품 외에 '마지막 잎새' 등에서 절정을 이루고 있다.

　이 작품에서도 오 헨리는 소박한 서민의 삶을 따뜻한 감성으로 풀어 내고 있는데, 이러한 묘사가 독자들에게 친밀성을 더해 주고 있다. 그의 작품들을 보면 교훈적인 내용을 담고 있다는 인상을 준다. 그러나 오 헨리가 작품을 통해서 말하고 싶은 것은 '～해라' 식의 교훈이 아니라 인간이 가져야 할 소중한 가치, 진리, 인간의 존엄성에 관한 이야기이다. 이 작품에서도 이러한 진리를 5달러짜리 지폐를 통해 상징적으로 보여주고 있다.

▶ 주제

영원한 사랑의 소중함

▶ 생각해 볼 문제

1. 오 헨리가 '인생 유전'을 통해 말하고자 하는 바가 무엇인지 서술하시오.
2. 이 작품에 등장하는 인물들의 성격을 보여주기 위해 묘사한 대목들을 찾아보고, 그 대목을 통해 그들의 성격에 대해 서술하시오.
3. 이 작품의 중요 소재인 '5달러'가 지니는 의미를 생각해 보고, 오 헨리의 작품세계와 연관지어 서술하시오.
4. 치안판사 베나자 위더프가 만난 강도가 정말로 랜시였다고 가정했을 때, 랜시의 행동으로 미루어 짐작할 수 있는 바가 무엇인지 서술하시오.
5. 등장인물들은 매우 순박한 시골 사람들이다. 그들이 순박하다는 것을 보여

주기 위한 장치들이 여러 군데에 나온다. 그것들을 찾아 각각 서술하시오.

6. 이 작품을 읽고 가족간에 정말로 필요한 것은 무엇이며, 그것을 지키고 유지
   하기 위해서는 어떻게 해야 할지를 생각해 보고 서술하시오.

7. 물질만능시대에 물질적 가치와 정신적 가치와의 상관관계에 대해 서술하시오.

검은 고양이

저자 소개 에드거 앨런 포(Poe, Edgar Allan : 1809. 1. 19.~1849. 10. 7.)

미국의 시인, 소설가, 비평가.

1809년 1월 19일 보스턴에서 태어났다. 3세도 못 되어 고아가 되어 리치먼드의 상인인 존 앨런에게 양자로 갔다. 일찍이 어머니를 잃은 포는 항상 이상적인 여성상을 추구하던 중, 14세 때 급우의 어머니인 젊고 아름다운 제인 스타나드로부터 그것을 발견하고 나중에 유명한 '헬렌에게'라는 추억의 시를 쓰게 되었다. 감수성이 강하였던 그는 18세 때 '티무르(*Tamerlane and Other Poem*)'를 보스턴에서 익명으로 출판하였다.

그러나 아무런 비평도 받지 못하고, 생활이 궁한 나머지 군대에 들어가 한때 웨스트포인트 육군사관학교에 적을 두기도 하였다. 그동안에도 제2시집 '알 아라프, 티무르(*Al Aaraaf, Tamerlane, and Minor Poems*)'를 볼티모어에서 출판하였으나 묵살 당하였고, 제3시집 '포 시집(*Poems by Edgar A. Poe*)'을 출판하기에 이르렀으나 시작(詩作)을 단념하고 소설을 쓰기로 하였다.

1831년부터는 미망인인 숙모와 그의 딸 버지니아와 함께 볼티모어에 살면서 각종 잡지와 신문의 현상소설에 응모하였다. 1832년 '병 속의 수기(*A MS. Found in a Bottle*)'가, 1843년에는 '황금 풍뎅이(*The Gold Bug*)'가 당선, 이로부터 그의 단편의 전성시기가 찾아왔다. 1836년에는 14세의 어린 버지니아와 결혼하였고, 각종 잡지의 편집자로 있으면서 단편을 계속 발표, '리지아(*Ligeia*)', '어셔 가(家)의 몰락(*The Fall of the House of Usher*)'을 포함한 '괴기 단편집 (怪奇短篇集)'을 간행하였다. 그 후 '모르그가(街)의 살인사건(*The Murders in the Rue Morgue*)', '큰 소용돌이에 빨려 들어서(*A Descent into a Maelstrom*)', '붉은 죽음의 가면(*The Masque of the Red Death*)', '검은 고양이(*The Black Cat*)', '잃어버린 편지(*The Purloined Letter*)' 등을 썼으며, 1845년에는 '황금 풍뎅이'를 포함해서 단편집을 출판하였다.

1847년 가난 속에서 아내와 사별한 포는 스스로도 건강을 돌보지 않아 2년 후인 1849년 10월, 볼티모어의 노상에 쓰러져 의식불명인 채 40세라는 젊은 나이로 세상을 떠났다.

사후에도 오래도록 무시당하여 1875년에야 겨우 그의 기념비가 세워지고, 말라르메는 "검은 재해(災害)의 벌판에 떨어진 조용한 운석(隕石)"이라 노래한 소네트를 프랑스로부터 보내와 비참하였던 그의 생애를 애도하였다. 이후 포의 명예는 점차 회복되어 19세기 최고의 독창적인 작가 중 한 사람으로 꼽힌다.

이 소설의 핵심 정리

갈래	단편소설
경향	괴기, 공포
시점	1인칭 주인공 시점
배경	1800년대 어느 집과 지하실
의의	병적인 범죄심리와 공포 분위기를 검은 고양이로 상징한, 작가의 초기 작품 중 대표적 작품이다.
특징	추리소설의 형식을 빌어 '검은 고양이'라는 상징물을 통한 암시에

의해 타락한 인간의 병적 심리와 양심의 가책을 적절히 가미하여 표현하고 있다.

- **등장인물** 나 – 주인공. 고양이를 좋아했지만 알코올 중독자가 되면서 성격이 변하게 된다. 집에서 기르던 고양이 '플루토'를 죽이고, 결국에는 아내마저 살해한 뒤 벽 속에 암매장한다. 그러다가 집으로 찾아온 경관들에게 벽에서 들려오는 고양이 울음소리 때문에 범행이 발각된다.

  아내 – 주인공 나와 비슷한 성격을 지닌 인물. 남편이 애완동물을 좋아하는 것을 알고 구해다 주곤 한다. 그러나 집에서 키우던 고양이를 죽이려던 남편을 말리다가 그의 손에 죽임을 당한다.

- **구성** 발단 – 주인공 '나'가 겪었던 기괴한 일을 말해 세상 사람들에게 전하려고 한다.

  전개 – 어렸을 때부터 온순하고 동정심이 많았던 주인공은 어른이 되어서는 애완동물을 사랑하게 되었고, 나와 성격이 비슷한 아내를 만나 결혼해 살게 되었으며 플루토라는 검은 고양이도 기르고 있다.

  위기 – 나는 알코올에 중독되면서 성격이 바뀌어 아내에게 폭언과 폭행을 휘두르게 되었고, 플루토에게도 잔인한 행동을 일삼다가 결국 목을 매달아 죽이게 된다.

  절정 – 술집에서 내가 죽였던 플루토와 닮은 고양이를 만나 집으로 데려온다. 어느 날 지하실에 볼일이 있어서 아내와 함께 내려오던 나는 고양이에게 걸려 나뒹굴 뻔했다. 이에 화가 치밀어 올라 고양이에게 위해를 가하자 아내가 나를 저지하려다가 그만 내 손에 죽임을 당하고 만다.

  결말 – 나는 아내의 시체를 지하실 벽 속에 묻는다. 그리고 그 날

이후로 고양이도 안 보인다. 며칠 후 경관들이 와 가택수색을 했지만 아무것도 찾지 못하고 돌아가려고 한다. 그 순간 나는 아무 일도 없다는 것을 증명해 보이기 위해 아내의 시체를 감춰둔 벽을 내려친다. 그 때 벽이 무너지면서 고양이 울음소리가 들리고 나의 모든 행각이 드러나고 만다.

읽기 전에 알아두기

현대 단편소설의 아버지라 불리는 에드거 앨런 포는 단편소설에 대한 다섯 가지의 명확한 규칙을 세워 소설을 창작했다고 한다. 이에 그 규칙을 소개해 본다.

* 짧아야 한다. 즉 한 번 책을 펼치면 그 자리에서 다 읽을 수 있을 정도로 짧아야 한다.

* 한 가지 효과나 독특한 효과를 노려야 한다. 한 편의 뛰어난 단편소설은 이야기가 시작에서부터 끝까지 일관되는 사건이나 행위의 단일성을 갖고 있다.

* 압축되어야 한다.

* 실재로 있는 것처럼 보여져야 한다. 모든 픽션은 자연스럽게 느껴지는 태도로 말하고 행동하는 실재의 인물 같은 등장인물을 묘사함으로써 정말 있는 일로 보여져야 하기 때문이다. 이 현실처럼 보이는 효과를 얻기 위해 작가는 불가능한 플롯을 고안하거나 인물들을 왜곡하거나 과장해서 풍자적으로 묘사하거나 등장인물로 하여금 일관성이 없는 이야기를 하게 하거나 미사여구만 늘어놓게 해서는 안 된다.

* 결말의 인상을 주어야 한다. 즉 독자가 결말과 그 결과의 불가피성을 느끼도록 만들어야 한다. 만약 그 플롯이 미완성으로 결론을 내리지 않은 채 끝나버리면 불안을 느끼거나 속은 기분을 느낄 것이다.

검은 고양이

지금부터 내가 쓰는 괴기스러우면서 거짓이 없는 이야기를 나는 사람들이 믿어주기를 바라거나 또 바라고 싶지도 않다. 내 자신도 스스로가 직접 보고 들은 사실이면서도 인정하지 못하는 일을 남이 믿어주길 바란다는 것은 미치광이나 다름없다는 것을 잘 알고 있다. 그러나 내가 지금 현재 미쳤다거나 꿈을 꾸고 있는 것도 아니다. 내일이면 나는 죽을 것이다. 그래서 오늘이 가기 전에 내 마음의 무거운 짐을 내려놓고 싶다. 지금 내가 바라는 것은 내 집에서 일어난 일련의 단순한 사건들을 다른 설명을 따로 덧붙이지 않고 세상에 공개하는 것이다.

그 사건들은 결과적으로 나를 공포에 빠뜨리고 괴롭혀서 끝내는 나를 파멸시키고 말았다. 그러나 나는 그것에 대해 시시콜콜 설명하고 싶지는 않다. 내게는 오직 공포뿐인 사건이었지만, 대부분의 다른 세상 사람들에게 이 사건은 그저 두렵다기보다는 괴기스러운 인상을 심어줄 것이다.

앞으로 나의 이 악몽을 평범한 일로 넘겨 버릴 지식의 소유자가 나타날지도 모른다. 그 지식의 소유자가 나보다 더 냉정하고 논리적이며 침착하게, 내가 겪은 두려움의 사건들도 아주 당연하게 여겨지는 평범한 일상의 연속에 불과하다는 사실을 찾아낼 수 있을 지도 모른다.

어린 시절의 나는 동정심 많고 인정 많기로 소문이 났었다. 마음이 여린 나는 항상 친구들의 놀림감이 되었다. 나의 부모님은 내가 동물을 특히 좋아하는 걸 아셨기에 여러 애완동물을 사 주셨다. 나는 항상 그 동물들과 함께 지냈으며, 그들에게 먹이를 주고 그들과 함께 할 때 가장 큰 즐거움을 느꼈다.

나의 이런 독특한 성격은 어른이 되자 더욱 심해져서 동물을 사랑하는 것을 유일한 즐거움으로 느끼게 되었다. 충실하고 영리한 개를 키워 본 적이 있는 사람들에게는 그것이 얼마나 큰 기쁨인지 일일이 설명하지 않아도 될 것이다. 인간들의 하찮은 우정과 얄팍한 신의에 여러 번 배신를 당한 사람이라면 동물들의 이기심 없는 헌신적인 사랑이 얼마나 가슴 뭉클한지 알 수 있을 것이다.

나는 일찍 결혼했는데, 다행히 나의 아내도 나와 비슷한 성품의 소유자였다. 내가 애완동물을 얼마나 좋아하는지 알고 아내는 여러 종류의 동물들을 사들였다. 그리하여 우리 집에는 작은 새, 금붕어, 영리한 개, 토끼, 작은 원숭이, 그리고 고양이 한 마리가 같이 살게 되었다.

그 중에서 고양이는 덩치가 매우 크고 새까맣고 멋진 몸집을 가진, 놀랄 만큼 영리한 녀석이었다. 이 고양이의 영리함이 화제에 오를 때면 적잖이 미신을 믿는 아내는 검은 고양이는 모두 마녀의 화신이라고 예로부터 전해 오는 말을 곧잘 입에 올리곤 했다. 물론 아내가 진짜로 그것을 심각하게 생각하고 있던 것은 아니었고 나 또한 지금 그 말이 우연히 떠올라서 쓰고 있는데 지나지 않는다.

플루토(그리스 로마 신화에 나오는 지옥의 왕-편집자 주)—이것이 고양이 이름이었다—는 내가 제일 귀여워하는 동물이고 또 놀이동무였다. 그의 먹이는 항상 내가 주었고, 그 역시 내가 가는 곳이면 어디든 졸졸 따라다녔다. 가끔 외출할 때도 쫓아와 떼어내느라 애를 먹을 때도 있었다.

우리의 우정은 여러 해 동안 이어졌는데, 그동안 나는 지나친 음주—털어놓기 부끄러운 일이지만—로 인하여 예전의 모습을 전혀 찾아볼 수가 없었다. 나는 나날이 변덕이 심해져 화를 잘 내고 다른 사람의 기분 같은 것은 염두에 두지 않게 되었다. 아내에게도 툭하면 욕설을 퍼붓고 마침내는 폭력을 휘두르기에 이르렀다.

물론 내가 좋아하던 동물들도 내 성격이 변하고 있다는 것을 느끼게 되었다. 심지어 나는 동물들을 돌보는 일을 게을리 했을 뿐 아니라 그들을 학대하기 시작했다. 토끼, 원숭이, 개들이 반가워 하며 내 곁에 다가오면 나는 사정없이 그들을 학대하면서도 플루토에게만은 아직 학대의 손길을 뻗치지 않고 있었다.

그러나 이제는 늙어 성격이 까다로워진 플루토까지도 내 병—음주보다 더한 병벽이 또 어디 있으랴!—으로 인해 학대받기에 이르렀다.

어느 날 밤, 늘 다니던 선술집에서 만취가 되어 집에 돌아온 나는 플루토가 나를 피하는 기색을 느꼈다. 나는 플루토를 움켜잡았다. 그러자 나의 난폭한 태도에 놀란 플루토가 내 손목에 가벼운 상처를 내고 말았다. 순간 나는 악마 같은 분노에 사로잡혀버렸다. 나의 순수한 영혼은 단숨에 내 몸에서 빠져나가고 술에 절어 구겨진 사악한 증오가 온몸을 전율로 떨게 했다. 나는 조끼 주머니에서 주머니칼을 꺼냈다. 그리고 고양이의 목을 움켜잡고 태연하게 고양이 한쪽 눈알을 천천히 도려냈다.

이 무섭고 잔인한 행위를 써내려가고 있는 지금도 나는 얼굴이 붉어지면서 몸서리가 쳐진다.

다음날 아침, 잠에서 깨어 취기가 가시고 이성이 돌아온 후 나는 내 자신이 저지른 죄악에 대해 후회스럽다 못해 공포스러운 감정을 느꼈다. 그러나 그것도 결국은 미약하고 일시적인 것에 지나지 않았으며 내 영혼을 완전히 흔들지는 못하였다. 나는 여전히 폭음으로 세월을 보냈고 내가 저지른 악한 짓에 대한 모든 기억을 술과 함께 묻어버리고 말았다.

고양이의 상처는 차츰 아물어갔다. 눈알이 도려내진 눈구멍은 끔찍한 모양을 하고 있지만 더 이상 고통을 느끼지는 않는 것 같았다. 전과 다름없이 집 안을 이리저리 돌아다니고 있었지만 내가 가까이 가면 몹시 두려워하며 달아나고 숨었다. 고양이의 달라진 태도에 나는 마음이 아팠다.

그러나 이런 감정도 곧 분노로 바뀌어, 나는 끝내 구원받을 수 없는 파멸을 자초하는 짓궂은 감정이 끓어올랐다. 이러한 인간의 근성에 대해서 어떠한 철학도 아직까지 아무런 언급이 없었다. 그러나 이런 근성이야말로 인간 마음에 내재해 있는 원초적 충동의 하나이며, 인간 성격을 형성하는 근원적 기능 또는 감정의 하나이다. 나는 그것을 내 영혼이 실제로 존재하듯 믿어 의심치 않는다. 하면 안 되는 것을 알면서도 비열하고 어리석은 짓을 저질러 보지 않은 사람이 몇이나 있을까? 뛰어난 분별력을 지니고 있으나 단지 그것이 법이기 때문에 그것을 어기고 위반하고 싶은 욕구가 늘 우리에게 있는 것은 아닐까?

내가 말한 이런 감정들은 나를 파멸로 이끌었다. 나는 단지 악을 위해 악을 저지르는 알 수 없는 욕망들로 인하여 죄도 없는 동물을 계속 학대했고 결국은 파멸로까지 이르게 된 것이다.

어느 날 아침, 나는 냉혹하게 고양이의 목에 올가미를 걸어 나뭇가지에 매달았다. 그 고양이는 나에게 아무런 잘못도 하지 않았고 심지어는 나를 사랑하고 있는데도 고양이를 매다는 것이 결국 내 불멸의 영혼을 —만일 그런 게 있다면—신의 무한한 자비심으로도 구해 낼 수 없는 깊은 구렁텅이 속에 빠뜨리게 되리라는 것도 알고 있기 때문에 눈물이 흐르고, 비통한 회한에 가슴 아파하며 나는 고양이의 목을 매단 것이다.

이 잔인한 짓을 저지른 그 날 밤, 잠들어 있던 나는 "불이야!" 하는 소리에 눈을 떴다. 침대와 커튼이 불길에 휩싸이고 집 안은 온통 불바다였다. 나는 아내와 하녀와 함께 가까스로 빠져나왔지만 집은 완전히 불에 타 버렸다. 내 재산은 완전히 재가 되었고, 그 뒤로 나는 절망 속에서 헤어나오지 못했다.

나는 이 재앙과 나의 잔혹한 행위 사이에 어떤 인과 관계가 있다고 생각할 만큼 나약한 사람이 아니다. 그러나 지금 모든 사실들을 있는 그대로 이야기하는데 어느 한 가지라도 불완전한 관계를 남겨두고 싶지 않다.

불이 난 다음날, 나는 불탄 자리에 가 보았다. 한쪽의 벽만을 제외하고는 모두 허물어져 있었다. 그 한쪽 벽은 내 침대의 머리가 놓여 있던 그다지 두껍지 않는 벽이었다. 그곳은 얼마 전 석회를 발랐기 때문에 석회가 불길을 막아낸 것이라 생각한다. 사람들은 그 무너지지 않은 한쪽 벽을 아주 집중해서 세심하게 바라보고 있었다.

"별일이네!"

"이상한 일도 다 있군!"

이런 소리들에 호기심을 느낀 내가 다가가 살펴보니 흰 벽에 얇은 조각을 한 것처럼 커다란 고양이의 모습이 나타나 있었다. 그 고양이는 모습은 놀라울 만큼 정확했으며, 고양이 목에는 밧줄이 감겨져 있었다.

이 괴물—이라고 밖에 여길 수 없었다—를 보게 된 나의 놀라움과 공포는 끔찍했다. 그러나 가까스로 냉정을 되찾고 깊이 생각해 보았다. 내가 그 고양이를 목매단 곳은 집 가까이의 정원이었고 "불이야!" 하는 소리에 사람들이 정원으로 잔뜩 몰려들어 그들 중 한 사람이 잠든 나를 깨울 생각으로 그 매달린 고양이를 내 방의 열린 창문으로 던져 넣은 게 틀림없다. 그리고 불에 의해 다른 쪽 벽들이 무너지는 바람에 고양이 시체는 새로 바른 벽으로 밀어붙여져 벽의 석회가 화염과 시체에서 뿜어져 나온 암모니아의 작용에 의해 이 같은 고양이의 형상을 만들었을 것이다.

지금 내가 말한 사실에 양심에 뭔가 찔리는 것이 있다 할 수 있으나 아무튼 이성적으로 이런 설명이 가능하다는 것이 내게 강한 인상을 남겼다. 여러 날 동안 나는 고양이의 환영을 지워 버릴 수가 없었다. 그러는 사이 나는 후회와는 다른 뭔가 애매모호한 기분을 느끼기 시작했다. 그 고양이를 잃어버린 것이 애석하게 느껴지기까지 하여 그 고양이를 잃어버린 것이 섭섭해진 것이었다. 그래서 그 고양이를 대신할 만한 비슷한 고양이나 어느 정도 닮은 고양이가 없나 뻔질나게 드나들던 싸구려 술집 같은 데를 기웃거리며 찾아보게 되었다.

어느 날 밤, 난 술이 취해 반쯤 넋이 빠진 상태로 멍하게 앉아 있었는데, 문득 그곳의 유일한 가구라고 할 만한 진인지 럼의 술통 위에 무언가 시커먼 물체가 웅크리고 있는 것을 보았다. 나는 계속해서 그 술통 위를 보고 있었는데, 그 검은 물체가 그곳에 있는 것을 이제까지 알아차리지 못한 것이 오히려 이상했다.

나는 가까이 다가가 그것을 손으로 건드려 보았다. 그것은 검은 고양이었다. 그것은 플루토와 비슷했는데, 온몸이 새까맣던 플루토와는 달리 가슴 부근이 윤곽이 확실치 않는 흰 점으로 덮여 있었다.

내가 손으로 건드리자 고양이는 얼른 몸을 일으키더니, 가르랑거리는 소리로 내 손에 몸을 비비며 아양을 떨었다.

이 녀석이야말로 내가 찾고 있던 그 고양이였다. 나는 곧 가게 주인에게 그 고양이를 내게 팔라고 말했다. 그러나 가게 주인은 자기 것이 아니며 어디서 왔는지도 모르고 전혀 본 적도 없는 고양이라고 대답했다.

내가 계속해서 고양이를 쓰다듬어 주다가 집으로 돌아갈 차비를 하자 그 고양이도 나를 따라가고 싶은 눈치를 보였다. 나는 고양이가 나를 따라오도록 내버려둔 채 걸어가며 이따금 몸을 굽혀 가볍게 고양이를 어루만져 주었다. 집에 오자 고양이는 곧 길들여졌고 아내에게도 귀여움을 받았다.

그러던 어느 날, 고양이에 대한 혐오가 내 마음 깊은 곳에서부터 솟아오르는 것을 느꼈다. 이것이 대체 무슨 까닭인지 모르게 고양이가 분명 나를 따른다는 사실이 성가시고, 그리하여 혐오와 곤혹스러움으로 인해 마침내는 맹렬한 증오로 바뀌게 되었다.

나는 고양이를 피했다. 나는 내가 예전에 저지른 잔혹한 행위의 기억 때문에 그 고양이를 못살게 굴지는 않았지만 일종의 수치심이 느껴졌다. 여러 주일 동안은 고양이를 때리지도 않았고 학대를 하지도 않았다. 그러나 서서히 아주 서서히 고양이에 대해 이루 말할 수 없는 증오를 느끼게 되었고 마치 몹쓸 병에 걸린 환자의 숨결을 피하듯 그 밉살스러운 존재를 슬슬 피하게 되었다.

게다가 집으로 데려온 다음날 아침 나는 그 고양이도 플루토처럼 한쪽 눈이 없다는 사실을 알게 되었는데, 그 후 더욱 더 그놈을 증오하게 되었다. 그러나 그 이유 때문에 아내는 그 고양이를 더 귀엽게 여기는 것 같았다.

이미 앞에서 말한 것처럼 아내는 이전의 내가 지녔던 남다른 성품을 가지고 있는, 더없이 소박하고 순결한 기쁨의 근원이었고 인정이 넘치는 사람이었다.

그러나 내가 미워하면 할수록 고양이는 일방적으로 나를 더욱 따르는 것 같았다. 고양이가 얼마나 집요한지 내가 어디에 가든 반드시 쫓아다니고 내가 앉으면 의자 아래에 웅크리고 앉거나 무릎 위로 뛰어올라 징그럽게 핥거나 또는 그 불길한 몸을 비벼대는 것이었다. 뿐만 아니라 일어나 걸어가려고 하면 두 다리 사이로 끼어들어 나를 곤두박질할 뻔하게 하고, 날카롭고 뾰족한 발톱으로 내 옷을 할퀴면서 가슴 언저리까지 기어오르곤 했다.

그럴 때면 단번에 고양이를 때려 죽이고 싶은 충동이 들지만, 그런 짓은 억눌러 자제하였다. 전에 저지른 잔혹한 행위의 기억이 아직 생생한 것도 있지만, 사실은 그보다도—솔직히 고백하자면—그 고양이가 너무 두려워 견딜 수 없었기 때문이었다. 이 공포감은 꼭 육체적 위협에 의한 것은 아니었다—그러나 달리 뭐라 표현할 수도 없다. 고백하기도 부끄럽지만—이 중죄수 감방에 있는 지금도 여전히 고백하기 부끄러운 기분이지만, 그 고양이가 나에게 안겨 준 공포와 전율은 실로 상상하기조차 힘든 어떤 망상에 의해서 더욱 증폭된 것이었다.

앞에서 말한 것같이 이 고양이는 내가 죽인 고양이와 확실한 차이점이 보이는 흰 점에 대하여 아내는 여러 번 내 주의를 환기시켰다. 처음에 이 흰 점은 크기는 하지만 그 윤곽이 확실치 않았다. 그러나 아주 서서히 거의 눈에 띄지 않을 만큼 서서히 그 흰 점이 마침내 매우 뚜렷한 윤곽을 드러내게 된 것이다.

이 뚜렷한 얼룩점은 입에 올리기에도 몸서리쳐지는 어떤 물체의 형상을 나타내고 있었다—그 때문에 무엇보다도 그 고양이를 미워하게 되었고, 무서워하게 되어 가능하다면 그 괴물을 죽여 버리고 싶었다. 지금 와서 보니 그 얼룩점은 보기에도 소름끼치는, 등골이 오싹해지는 교수대—무섭고도 두려운 교수대 모양을 나타내고 있었던 것이다.

나의 비참함은 이 세상에 존재할 수 없는 비참함을 훨씬 넘어서서 처절한 상태로 바뀌고 말았다. 더욱이 겨우 한 마리의 짐승이—내가 하찮게 죽여버렸던 것과 동일한 종류의 그 짐승이—하느님의 형상을 따라 창조된 인간인 나에게 이렇게도 참을 수 없는 고통을 안겨주다니! 아아! 이미 나는 밤이나 낮이나 안식의 기쁨을 털끝만치도 찾지 못했다. 낮 시간에는 잠시도 그 고양이가 내 곁을 떠나지 않았으며, 밤에는 형언할 수 없는 무서운 악몽에 시달려 눈 붙일 새도 없이 잠에서 깨어나 그 불길한 짐승의 뜨거운 숨결이 내 얼굴에 덮쳐왔고 그 묵직한 무게가—나로서는 뿌리칠 수 없는 악마의 화신이—내 가슴 위에서 나를 짓누르는 것을 느꼈다.

이러한 고통에 짓눌려 내 마음속에 미미하게 남아 있던 선량한 마음조차 완전히 무너져 버렸다. 사악한 생각—더 이상 할 수 없는 극악한 생각—이 내 유일한 마음의 벗이 되었다. 평상시 이런 내 성격은 점점 심해져 모든 사물과 모든 사람들을 향한 증오로 바뀌었다. 그리하여 이제는 가끔 전혀 기억이 나지 않는 돌발적인 발작으로 아무런 이유도 없이 몸부림을 쳤다. 나의 아내는 이런 나를 불평 한마디 없이, 누구보다도 괴로워하며, 참을성 있게 견뎌내 주었다.

우리는 가난 때문에 어쩔 수 없이 오래된 낡은 집에서 살고 있었다.

그러던 어느 날, 볼일이 있어 아내는 나를 따라 지하실까지 내려왔다. 그 고양이 역시 나를 따라 가파른 층계를 내려오다가 나를 층계에서 떨어지게 할 뻔했다. 나는 미친 듯이 흥분하게 되었다. 그동안 어린아이처럼 억누르고 있던 공포심도 잊고 나도 모르게 도끼를 집어 들어 고양이를 향해 내리찍으려고 했다. 만일 마음 내키는 대로 내려쳤다면 고양이는 물론 그 자리에서 숨통이 끊어져 버렸을 것이다. 그러나 아내가 제지하는 바람에 도끼를 내리치지 못하였다.

이에 나는 악마도 당하지 못할 분노에 휩싸였고, 나의 팔을 제지한 아내의 팔을 뿌리치고 그대로 아내의 정수리를 도끼로 내리 찍어버렸다. 아내는 한마디 비명도 지르지 못하고 그 자리에서 죽어버렸다.

이런 무서운 살인을 저지른 후 나는 곧 신중하게 이 시체를 감추는 일에 착수했다. 하지만 낮이건 밤이건 이웃 사람의 눈에 띄지 않고 시체를 집 밖으로 내가는 일은 애초에 불가능한 것이었다. 나는 여러 가지 방법을 생각했다. 시체를 토막 내어 불에 태워버릴까. 아니면 지하실 바닥을 파고 그곳에 파묻어버릴까도 생각했다. 아니면 안뜰의 우물에 던져버릴까, 그도 아니면 상품처럼 보이도록 상자에 담아 포장을 한 뒤 인부를 시켜 집에서 지고 나가게 할까 하고 궁리해 보았다.

그리하여 마침내 그 무엇보다도 훌륭한 방법이 떠올랐다. 시체를 지하실 벽 속에 집어넣고 발라버리기로 결심한 것이다. 기록에 의하면 중세의 카톨릭 사제들이 자신들이 죽인 희생자를 벽 속에 넣고 발라버린 것과 같은 방법이었다.

이러한 목적에는 지하실이 안성맞춤이었다. 벽을 아무렇게나 쌓아올리고 흙손질마저 변변치 않아 최근에 회칠을 슬쩍 한 번 했는데 그것이 습기 찬 공기 때문에 아직 굳지 않은 상태였다. 더욱이 장식용 연통과

난로가 있던 벽 한쪽 튀어나온 부분을 메워 다른 부분과 똑같이 보이게 한 부분이 있었다. 그 부분의 벽돌을 떼어내고 시체를 밀어 넣은 다음 누가 보아도 의심하지 않도록 벽을 완전히 발라버리면 될 것 같았다. 그건 너무 쉬운 일임이 틀림없다고 생각했다.

과연 내 예상대로였다. 나는 쇠 지렛대로 아주 쉽게 벽돌을 떼어낸 다음 시체를 조심스럽게 안쪽 벽에 기대 놓았다. 그리고 별로 힘들이지 않고 원래대로 벽돌을 다시 쌓아올린 후 반죽한 회를 벽돌 위에 골고루 발랐다. 일을 마친 후 나의 훌륭한 처리방식에 만족감을 느꼈다. 벽은 손을 댄 흔적이 조금도 보이지 않았다. 바닥에 떨어진 티끌 하나까지도 낱낱이 주웠다. 그리고는 의기양양하게 주위를 둘러본 뒤 혼잣말을 중얼거렸다.

"자, 이만하면 적어도 헛수고는 아니군."

다음에 할 일은 이 끔찍한 참극의 원인을 제공한 그놈의 고양이를 찾는 것이었다. 나는 반드시 그 고양이를 찾아서 죽여버리기로 결심했다. 만일 그 고양이가 내 눈에 띄기만 했다면 그 고양이의 생명은 끝나버렸을 것이다. 그러나 이 교활한 짐승은 지난번의 나의 격렬한 분노에 겁을 먹었는지 이러한 마음을 먹고 있는 내 앞에 얼씬도 하지 않았다.

그 재수 없는 고양이가 없어져 얼마나 홀가분하고 편안했는지는 도저히 말로 표현하거나 상상도 할 수 없다. 고양이는 그 날 밤새도록 내 앞에 모습을 드러내지 않았고, 덕분에 나는 고양이를 집으로 데리고 온 이후 처음으로 편안히 잠을 잘 수 있었다. 그렇다, 마음에는 살인을 했다는 중압감이 억누르고 있었으나 편안한 잠을 잘 수가 있었다.

이틀이 지나고 사흘이 지나도 여전히 나를 괴롭히던 그 고양이는 나타나지 않았다. 나는 다시금 자유로운 인간으로 숨을 쉬었다. 두려움을 주던 고양이는 겁에 질려 영원히 이 집에서 도망쳤을 것이다. 이제 다시는 그 고양이를 보지 않아도 된다고 생각하자 얼마나 행복했는지 모른다.

나는 내가 저지른 죄에 대해 그다지 양심의 죄책감조차 느끼지 않았다. 두세 차례 심문을 받았지만 거뜬히 대답할 수 있었다. 가택 수사까지 받았으나 아무것도 발견되지 않았다. 이로써 나는 앞날의 행복은 보장된 것이라고는 생각했다.

그러나 아내를 죽인 지 나흘째 되는 날, 뜻밖에도 한 무리의 경관들이 몰려와 온 집 안을 다시 샅샅이 수색하기 시작했다. 그러나 나는 시체를 감춘 곳을 찾을 길이 없다고 확신했기에 조금도 당황하지 않았다.

경관들은 현장과 함께 나도 수색했다. 경관들은 집 안 구석구석까지 한 군데도 빼놓지 않고 조사했다. 그리고 그들은 이번까지 세 번인가 네 번째로 지하실에 내려갔다. 나는 얼굴빛 하나 달라지지 않았다. 내 심장은 마치 아무 죄도 짓지 않은 천진난만하게 잠든 아이처럼 조용히 뛰고 있었다. 나는 팔짱을 끼고 지하실의 이 끝에서 저 끝으로 유유히 돌아다녔다.

경관들은 아무것도 찾지 못하자 집을 떠나려 했다. 나는 가슴 속에 기쁨을 억누를 수 없었다. 나는 내가 무죄란 것을 경관들에게 한층 더 확인시켜주고 싶어 견딜 수가 없었고 층계참을 올라가는 경관들에게 마침내 한마디 건넸다.

"여러분, 무엇보다도 의심을 풀 수 있게 되어 기쁩니다. 여러분의 건강을 비는 동시에 그와 더불어 앞으로는 당신들이 좀 더 예의를 지켜주셨으면 합니다. 그런데 여러분 어떻습니까? 이 집 말입니다, 이 집이야말로 썩 잘 지어진 집입니다. 그 구조가 썩 잘되어 있답니다."

나는 아무 이야기나 마구 지껄여 대고 싶은 격렬한 욕망에 싸여 내가 무슨 소리를 지껄이고 있는지조차 몰랐다.

"참으로 잘 지어진 집이라고 할 수 있지요. 무엇보다도 벽 말인데—아니, 여러분들 그만 돌아가시렵니까—이 둘레의 벽들은 아주 튼튼하죠."

이렇게 말한 나는 미치광이처럼 흥분하여 아내의 시체를 집어놓고 벽을 쌓은 바로 그 부분을 힘껏 내리쳤다.

그러자, 하느님 맙소사, 악마로부터 나를 구원해 주소서! 내리친 소리의 메아리가 잠잠해지자 마치 무덤 속에서 대답하는 듯한 소리가 들려왔다!—처음에는 어린아이의 울음소리처럼 짓눌린 채 간간이 끊어지는 소리였는데, 곧이어 사람 소리라고는 도저히 여길 수 없게, 견딜 수 없이 길고 높으며 울부짖는 듯한 괴상한 비명으로 바뀌었다. 그것은 지옥에 떨어져 죽은 사람과 그 파멸에 기뻐 날뛰는 악마의 소리가 뒤범벅된 소리이자, 공포와 승리가 반반씩 섞인 지옥이 아니면 들을 수 없는 울부짖음이었다. 나는 순간 정신이 아찔해져서 반대쪽 벽으로 쓰러질 듯 비틀거리며 걸어갔다.

한동안 경관들은 층계 위에서 공포와 두려움으로 우두커니 서 있었다. 그러나 다음 순간, 대여섯 명이 달려들어 벽을 허물어뜨리기 시작했다. 벽은 와르르 무너져 내렸다.

이미 핏덩어리가 말라붙은 시체가 사람들의 눈앞에 뚜렷이 나타났다. 그리고 그 머리 위에는 시뻘건 주둥이를 크게 벌린 채 불같은 노여움이 깃든 외눈을 번뜩이며 그 무서운 고양이가—나를 살살 꾀어 살인을 하도록 하고, 또다시 그 끔찍한 울음소리로 나를 교수대의 집행인에게 넘긴 그 고양이가—앉아 있었다. 바로 내가 벽 속에 그 괴물을 시체와 함께 처넣고는 그대로 발라버렸던 것이다.

　나와 아내는 애완동물들을 길렀다. 그 중에서 나는 플루토라고 이름 붙인 고양이를 가장 귀여워했다. 몇 년이 지나면서 나는 알코올 중독이 되어 갔고 동물들을 학대하고 아내에게도 폭언을 퍼붓고 폭력을 휘둘렀다.

　어느 날 밤, 나는 술을 마시고 고양이가 나를 피하는 느낌을 받자 칼로 고양이의 한쪽 눈을 도려냈다. 그 뒤에도 여전히 나는 술에 빠져 살았고 결국 고양이를 나무에 목매달았다. 그 날 밤, 집에 불이 났다. 그런데 한쪽 벽만 불길에 타지 않고 그대로 였다. 여기에는 조각한 듯한 고양이 형상이 나 있었다. 나는 이것을 보고 누군가에게 불이 났음을 알리기 위해 목 매달린 고양이를 내 방을 향해 던졌다고 짐작했다.

　여러 달 동안 나는 그 고양이를 대신할 만한 놈을 찾았고 어느 날 밤, 술집에서 가슴에 흰 털이 있는 검은 고양이를 발견했다. 나를 따라온 고양이는 곧 나와 아내에게 귀염둥이가 되었다. 고양이를 데려온 다음날 그 녀석도 플루토처럼 한쪽 눈이 없다는 것을 알게 되었다. 나는 고양이에 대해 곧 싫증을 느끼기 시작했다. 나는 갈수록 광란의 발작을 일으켰지만 아내는 불평 한마디 없이 받아 주었다.

　어느 날 볼일이 있어 지하실로 아내와 같이 들어가는데, 나를 따라온 고양이 때문에 가파른 층계에서 거꾸로 넘어질 뻔했다. 화가 난 나는 도끼로 내려치려 했지만 아내가 막는 바람에 치지는 못했다. 대신 아내의 머리에다 도끼를 내리 꽂았고 즉사한 아내의 시체를 지하실 벽 속에 집어넣고 회 반죽을 발랐다.

　나흘 뒤 집을 수색하러 온 경관들을 태연하게 대하며 보란 듯이 아내를 묻은 벽을 내려쳤다. 그 순간 벽에서 고양이의 울음소리가 들려왔다. 시체와 함께 고양이를 처넣고는 그대로 발라버렸던 것이다.

'검은 고양이'는 소설 전반에서 흐르는 음산하고 음울한 분위기에도 불구하고 논리적인 추리가 가능한 포의 다른 추리소설 작품들처럼 범인을 찾는 형식을 가지고 있다. 특히 이 작품은 주인공의 자의식을 따라가며 자신의 내면이 광폭해짐을 의식하고 범죄를 은폐하려 하지만 자신도 모르게 그 범죄가 발각되어지는, 다시 말하자면 일반적인 추리소설의 형식이 살짝 곁들여져 있긴 하지만 대부분이 자의식의 서술로 이루어져 있다.

이것이 현실과 환상의 경계를 모호하게 만들고 그로부터 환상적 이미지를 독자들에게 줄 수 있는 여지를 가지게 하는 역할을 하고 있다. 이 작품은 자의식에 의한 추리 형태를 가지고 있기 때문에 호프만이나 기타의 비슷한 시기의 환상문학 작품들에 비하면 상당히 현실적인 면을 많이 가지고 있다.

다만 주인공이 약간의 정신발작 증세를 가지고 있다고 암시되고 있다. 이를 테면 흥분과 광적 상태 속에서 자신의 아내를 살해하고 벽 속에 묻을 때에 검은 고양이도 함께 묻은 것을 까맣게 잊어버린 점이 그렇다.

여기서 '검은 고양이'가 주는 괴기적이고 공포스런 환상이란 검은 고양이의 존재가 감추어져 있다가 환상처럼 나타나는 점(물론 이 부분은 소설의 결말 부분에서 화자에 의해 스스로가 잊고 있던 행위임이 밝혀지지만), 소설 전체의 음산한 분위기가 전해 주는 어떤 전율, 그리고 음주, 살인 등의 소재들이 일상을 환기하며(지나친 음주와 살인, 영물이라 불리고 묘사되는 검은 고양이들의 존재) 우리의 생활을 지워내고 거기에 새로이 창조된 허구의 세계를 집어넣음으로써 독창적인 작품이 창조된 것이다.

인간의 이중성과 내면에 숨겨진 악마성에 관한 탐구

생각해 볼 문제

1. '나'는 애완동물 중에서도 검은 고양이를 몹시 사랑한다. 이 검은 고양이의 이름이 '플루토'인데, '플루토'는 그리스 신화에서 명계(冥界)의 신, 즉 죽은 자들의 신을 뜻한다. 이것이 상징하는 바를 서술하시오.

2. 작가 에드거 앨런 포는 1인칭 주인공 시점으로 이 작품을 써내려갔다. 많은 시점들 중에서 작가가 1인칭 주인공 시점을 선택한 이유는 무엇이라고 생각하는지 서술하시오.

3. 이 작품은 1인칭 주인공 시점이다. 만약 이 작품을 다른 시점으로 다시 쓴다고 하면 어떤 시점으로 채택할 것인지 쓰고 그 시점을 택한 이유를 설명하시오.

4. 두 번째로 검은 고양이를 만났을 때 고양이의 목에 있는 흰 점은 날이 갈수록 주인공 '나'에게 큰 공포를 안겨준다. 그 공포의 근본적인 원인을 무엇이라 생각하는지 서술하시오.

5. 주인공 '나'는 아내를 살해했음에도 불구하고 흰 점의 고양이가 보이지 않자 행복함을 느꼈다. 어째서 '나'에게 이런 감정적인 반응이 나타날 수 있는지 생각해보고 서술하시오.

6. 온순하고 인정 많았던 주인공 '나'의 성격이 점점 변화해 간다. 그 과정을 나열한 뒤 각각의 과정을 잘 드러내는 사건이나 행위도 함께 서술하시오.

7. 이 작품은 시종일관 공포스럽고 기괴한 분위기이다. 작가는 기괴하고 전율이 이는 듯한 분위기를 만들기 위해 여러 장치를 사용하고 있는데 그 소재들

을 찾아 나열하시오.

8. 이 작품은 인간의 내면에 천착하여 씌어진 작품이다. 인간이 얼마나 악해질 수 있는가를 주인공 '나'를 통해 극단적으로 보여주고 있다. 결국 작가가 파렴치한인 '나'를 통해 보여주려고 한 것은 무엇이라고 생각하는가?

9. 작가 에드거 앨런 포는 많은 기괴한 작품들을 남겼다. 이렇듯 예술은 아름다운 것을 표현하기도 하지만 에드거 앨런 포와 같이 기괴하고 엽기적인 것들을 표현해내기도 한다. 그들이 기괴한 것들을 소재로 삼아 예술행위를 하는 이유는 무엇이라고 생각하는지 자신이 생각하는 예술론을 정리한 뒤 그 관점에서 서술하시오.

어셔 가의 몰락

갈래	단편소설
경향	괴기, 공포, 추리
시점	1인칭 주인공 시점
배경	어셔 가의 오래된 저택
의의	1839년 발표되어 이듬해에 '괴기담'에 수록된 작품으로 정신이상을 두려워하는 작가의 불안한 심리가 엿보이는 산문시풍의 걸작이다.
특징	포가 추리소설을 통해 표현하려고 했던 그의 문학관을 잘 나타낸 작품으로서 화려와 문체와 고풍스런 장치의 배치로 환상적인 분위기를 연출하고 있다.
등장인물	나 – 소년 시절의 친구인 로데릭 어셔의 다급한 요청으로 어셔 가를 찾게 된다. 거기서 어셔 가 남매의 비극적인 일을 겪게 된다.
	로데릭 어셔 – 어셔 가의 쌍둥이 남매 중 오빠. 병약한 인물로 죽은 줄로 알고 장례를 치루었던 여동생이 나타나자 그 모습을 보고 죽게 된다.

마델라인 - 로데릭 어셔의 쌍둥이 여동생. 병에 걸려 고생하다가 죽는다. 로데릭 어셔를 지탱해 주는 인물이다.

구성

발단 - 나는 소년 시절의 친구인 로데릭 어셔의 다급한 요청으로 어셔 가를 찾게 된다.

전개 - 어셔 가에 도착한 나는 로데릭과 함께 시간을 보내면서 그를 위로해주고자 노력한다. 그리고 스쳐가듯 그의 여동생을 보는데 살아서는 더 못 볼 것 같다는 생각을 하게 된다.

위기 - 어느 날 밤 나는 로데릭으로부터 여동생이 죽었다는 말을 듣는다. 그리고 장례식에 참여한다.

절정 - 여동생이 죽은 후 로데릭은 매우 불안정한 나날을 보낸다. 폭풍우가 치는 어느 날 밤 장례식까지 치룬 로데릭의 여동생이 우리들 앞에 나타난다. 그 모습을 본 로데릭은 그 자리에서 숨을 거둔다.

결말 - 이 사건을 겪은 나는 공포에 떨며 그 즉시 어셔 가에서 도망쳐 나온다. 그리고 도망치다가 뒤를 돌아다보니 어셔 가의 저택이 무너지면서 늪으로 침몰하고 있었다.

▶ 읽기 전에 알아두기

에드거 앨런 포는 시대를 초월하여 독창적이었던 모든 작가들의 운명처럼 자신의 천재성을 이해하지 못하는 세상을 등진 채 불행하고 우울한 일생을 살았다. 포가 알코올 중독자였고 정신분열증으로 세상을 떠났다는 것은 널리 알려진 사실이다.

　비록 보들레르가 독창적인 상상력을 가진 미국 시인으로서 그를 세상에 소개했지만 우리들이 그를 기억하는 이유는 ‘검은 고양이’와 ‘모르그가의 살인’ 같은 추리 소설류의 작품들 때문이다.

　물론 포를 추리소설 작가로만 치부해 버리는 것은 그를 편협하게 이해하는 것이지만 그것을 완전히 틀렸다고 할 수만은 없다. 왜냐하면 그의 작품 전반을 관통하는 정서가 광기와 공포이고 이러한 그의 정서가 가장 잘 드러나는 형식이 추리소설이었기 때문이다.

　포는 소설 속에 나오는 주인공들에게 자신의 심리상태를 투사하고 그들이 처한 공간에 대한 묘사로 인물들의 심리상태를 표현하고자 했다.

어셔 가의 몰락

그 해 가을 어느 날의 일이었다. 하늘에는 음산한 구름이 무겁게 끼어 있고 온종일 어둡고 소리 하나 없는 정적이 감돌았다. 나는 하루 종일 홀로 말을 달렸다. 사람 하나 찾아볼 수 없는 황량한 벌판을 지나, 저녁노을이 깔릴 무렵이 되어서야 겨우 음침한 어셔 저택이 보이는 곳에 이르렀다.

나는 그 저택을 바라본 후, 특별한 이유도 없이 마음속에서 견딜 수 없는 침울함이 스며들었다. 견딜 수 없다고 한 것은 평소에는 그 우울한 정도에 상관없이 늘 시적이고 얼마간은 유쾌하게 받아들여지는데 지금은 조금도 누그러지지 않았기 때문이다.

나는 덩그러니 있는 한 채의 저택과 그 주변의 볼 것 없는 풍경과 황폐한 담, 공허한 눈을 연상시키는 창문과 몇 개의 무성한 사초, 몇 그루의 썩은 나무들을 그저 무어라 말할 수 없는 표정으로 바라보았다. 그때의 기분이란 마치 아편 중독자가 달콤한 꿈에서 비참한 현실로 돌아올 때의 타락한 느낌과 지붕이 무너져 무리위로 떨어지는 것과 같은 절망과 같이 세상 어떤 감정과도 비교할 수 없는 것이었다.

말을 몰고 대문을 지나 우중충하게 괴어 있는 늪 언저리로 갔다. 어두운 그림자의 늪이 저택을 감싸고 있었다. 말을 멈추고 물에 비친 회색빛 사초와 거창한 나무둥치, 공허한 눈을 연상시키는 저택의 창을 가만히 내려다보았다. 또 다시 느껴본 적 없는 공포가 온 몸을 타고 흘러내렸다. 도무지 원인을 알 수 없는 이상한 형태의 전율이었다.

내가 두려움을 느끼는 이유는 한 가지였다. 나는 수 주일 동안을 어셔 가에서 머물 계획이었다. 저택의 주인인 로데릭 어셔는 나의 소년시절 친구였다. 한 통의 편지가 없었다면 오래전 헤어진 이 친구의 소식을 들을 수 없었을 것이다. 그는 편지를 보내 본인의 집으로 급히 방문해줄 것을 내게 요구했다. 워낙 급하게 한 요청이어서 나는 앞뒤의 사정도 알아보지 못하고 무작정 말을 달려 왔던 것이다. 어셔는 심각한 정신적, 육체적 혼란을 호소하고 있었다. 내가 그와 함께 있어준다면 기분도 좋아지고 나아가 자기 병도 좋아질 것 같으니, 본인의 유일한 친구인 나를 꼭 만나고 싶다고 편지에 적어 보냈다.

사실 우리가 소년시절에 서로 친하게 지내긴 했지만 내가 그에 대해 아는 것은 거의 없었다. 그는 굉장히 우유부단한 성질을 소유한 인물로 어찌할 도리가 없을 정도였다. 그의 가문은 오랜 시대에 걸쳐 우수한 예술작품을 탄생시켰는데, 이는 그의 집안 특유의 풍부한 감수성에 의한 것으로 세상에 알려졌다. 어셔 가는 온 가문이 한 줄의 직계만으로 이어져 있으며 매우 유서가 깊은 혈통이었다. 어셔 가는 방계의 자손이 없고 아버지에게서 아들에게로 혈통이 똑바로 내려왔다는 사실은 저택과 거기서 살고 있는 사람들을 동일시하게끔 만들었다. 바로 그런 점 때문에 원래의 땅 이름대신 어셔 가라는 고풍스런 명칭으로 바꾸어 부르게 된 것인지도 모를 일이었다. 소작농들은 어셔 가라는 호칭을 일족과 저택을 동시에 의미하는 말로 여겼다.

늪에 눈길을 두고 있으면서 나는 처음 받았던 이상한 느낌이 더욱 깊어졌다. 나의 괴이한 느낌은 생각의 꼬리에 꼬리를 물며 자꾸만 불길한 생각을 불러 일으켰다. 공포라는 감정을 근처에 두면 다른 일체의 감정은 이런 모순적인 법칙을 가지게 된다는 것을 나는 이미 오래 전부터 알고 있었다.

늪에서 시선을 들어 저택으로 눈을 돌렸을 때, 문득 내 머릿속에 기묘한 망상이 떠오른 것도 아마 이와 같은 원인에 의해서일 것이다. 그 망상은 참 기괴한 것으로 그 감정이 얼마나 생생하게 나를 무겁게 덮쳐오는지 알려주기 위해서 지금 말할 따름이다. 이 저택과 영지, 그 부근은 어떤 특유한 분위기가 감돌고 있었다. 썩어서 넘어진 나무나 회색빛이 도는 벽이나 조용한 늪에서 자욱하게 솟아오르는 독기와 함께 피어오르는 안개 등이 이런 특유의 분위기에 더욱 일조했다.

나는 망상을 떨쳐 버리고 눈앞의 저택을 좀 더 자세히 관찰했다. 첫눈에도 그 건물은 굉장히 오래 된 것이라는 걸 알 수 있었다. 나무덩굴이 벌써 여러해 동안 건물의 외부를 빈틈없이 가늘게 뒤덮어 마치 거미줄처럼 처마 끝에 드리워져 있었다. 그렇다고 건물이 아주 황폐한 것은 아니었다. 석조로 된 건물은 그 어느 부분도 허물어지지는 않았다. 그러나 건물의 각 부분이 서로 꽉 짜여져 있는 상태와 개개의 돌이 허물어져 깨질 것 같이 된 상태와의 사이에는 뭔가 기괴한 부조화가 있는 것 같이 생각되었다. 마치 지하 납골당의 겉은 멀쩡하지만 이미 썩어버린 헌 나무관을 보는 것 같이 이미 버려진 채 전혀 돌보지 않은 것 같았다. 그러나 이런 기괴한 느낌을 제외하면 건물의 어디도 위험해 보이지 않았다. 단지 지붕에서 번개 모양으로 벽을 타고 내려와 물속으로 사라지는 미세한 금 하나만 빼고 말이다.

나는 짧은 흙길로 말을 모는 동안 이러한 것들을 눈여겨보며 저택으로 진입하였다. 마중 나온 하인이 말을 몰고 가자 나는 고딕풍 현관으로 들어갔다. 다른 하인들은 특별한 말없이 여러 개의 어둡고 교차된 복도를 통과하여 나를 주인의 서재까지 바로 안내했다. 이번에도 나는 막연한 공포감을 눈에 보이는 사물들을 통해 느끼고 있었다. 왜 자꾸 이런 느낌이 드는지는 알 수 없었다. 천장의 조각, 벽에 걸려있는 우중충한 러그, 흑색의 검은 바닥, 내 걸음소리에 맞춰서 달그락거리는 환상적인 문장이 박힌 전리품, 이런 것들은 내게 소년 시절부터 낯익은 것이었다. 그래서 나는 이렇게 익숙한 것들이 불러일으키는 기괴한 망상에 더욱 의아한 생각이 들 수밖에 없었다. 그러다가 계단 모서리에서 이 집의 주치의를 만났다. 그는 교활함과 곤혹스러움이 섞인 당황한 얼굴로 내게 인사를 하고는 그냥 지나가 버렸다. 조금 후 아까의 그 하인이 한쪽 문을 열어 주인에게 나를 안내했다.

나는 천장이 높고 굉장히 넓은 방으로 들어갔다. 기다랗고 좁은 창문은 참나무의 검은 바닥에서 한참이나 떨어진 곳에 있었다. 붉은 빛의 약한 광선이 격자로 된 창유리를 통해서 비쳐 들었다. 그 빛은 방안의 물건들을 뚜렷하게 보이게 하였으나 방의 구석구석과 둥근 천장의 저 안쪽 같은 곳은 아무리 눈을 크게 뜨고 보려 하여도 보이지 않았다. 벽에는 러너가 걸려있고, 많은 낡은 가구들이 다른 여러 책들과 악기와 함께 놓여있었으나 방에는 생기를 불어 넣어주지는 못하고 있었다. 공기를 호흡할 때 슬픔이 함께 호흡되는 것 같이 구원받을 수 없는 우울한 기운

이 이 방의 모든 것을 덮어 버리고 있는 것 같았다.

소파에서 몸을 일으킨 어셔는 즐겁고도 친밀한 태도로 나에게 인사를 건넸다. 내겐 다소 과장된 우정처럼 느껴졌으나 그의 얼굴은 그가 나를 진심으로 대하고 있음을 드러내고 있었다. 나는 의구심과 연민이 뒤섞인 기분으로 어셔가 다른 말을 더 할 때까지 가만히 쳐다보았다. 로데릭 어셔는 그 짧은 세월동안 정말 많이도 변해 있었다. 그는 내가 어릴 적 함께 지낸 친구와 같은 사람이라고 믿기 어려울 정도였다. 하지만 그의 얼굴은 여전히 사람들의 이목을 끌었다. 그의 큰 눈은 젖어 반짝거렸고, 핏기가 사라진 약간 엷은 아름다운 입술에, 안색은 시체와 같이 창백하였다. 그의 코는 화사한 유태 인형에서 흔히 볼 수 있는 것처럼 옆으로 퍼져 있었고, 턱은 뭔가 정신력이 결핍된 것 같은 상상을 불러 일으켰으며, 머리털은 거미줄보다도 더 가늘어 관자놀이 윗부분에 유난히 퍼진 것과 겹쳐서 잊을 수 없는 독특한 인상을 심어주었다. 나는 소름이 끼칠 만큼 창백해진 피부의 빛깔과 이상한 빛을 뿜는 눈을 보며 당황하였다. 손질을 하지 않는 머리카락은 흐트러진 거미줄과 같이 얼굴을 덮고 있었다. 그 때문에 아무리 애를 써도 그의 괴상한 표정은 도무지 사람의 그것이라 생각할 수 없었다.

나는 그와 몇 마디 덕담을 주고받으며 그의 말이나 행동이 이상하게 앞뒤가 맞지 않고 일관성이 없다는 점을 알아차렸다. 그는 잠시도 멈추지 않고 몸을 떨었는데, 아마도 극도의 흥분을 이겨 내려는 몸부림 때문인 것 같았다. 이러한 일은 어린 시절 그의 성격이나 그의 편지, 그의 특이한 성질과 기질에서 우러나오는 결론을 생각해 보면 예상할 수 있는 그런 점 가운데 하나였다. 그는 금방 쾌활하다가 또 바로 우울해지곤 했는데, 수시로 목소리를 변화시켜 활발하고 유창하다가도 바로 당돌하

고, 묵직하고, 차분하고, 공허하였고, 그러다가 술주정뱅이나 아편쟁이
처럼 되기도 했다.

그는 나를 만나고자 한 목적이라든가, 나를 꼭 만나고 싶었다는 마음,
내가 그에게 틀림없이 위로가 될 것이라고 생각했다는 것 등을 쉴 새 없
이 이야기했다. 그는 자신이 그의 가문을 좀먹은, 치료법을 찾아내기 불
가능한 체질적으로 고칠 수 없는 그런 병에 걸렸다고 생각하고 있었다.
그러나 그는 이 병이 쉽게 나을 수 있는 흔히 볼 수 있는 그냥 그런 신경
이어서 금방 좋아질 것이라 말하였다. 그의 병적인 증세는 다양한 형태
로 나타났다. 나는 그가 들려주는 자신의 병과 관련된 이야기를 들으며
어떤 것은 흥미를 느꼈고 어떤 때는 놀라기도 하였다. 아마도 그가 사용
한 말이나 이야기 전체의 분위기때문일 것이다. 그는 병적으로 예민해
진 감각 때문에 몹시 고민하였다. 그는 아주 싱거운 음식 외에는 어떤
음식도 먹을 수 없다고 했다. 심지어 옷조차도 특정한 천으로 되어 있었
는데, 꽃 냄새조차도 괴롭게 느껴진다는 것이었다. 그는 또 오직 현악기
소리에서만 공포감을 느끼지 않는다고 하였다.

나는 그가 헤어 나올 수 없는 공포에 빠져 있다는 것을 느낄 수 있었
다. 그것은 집안 전체에서 풍겨나는 그런 기괴한 분위기와 일맥상통하
고 있었다.

"나는 죽어가고 있네."

그가 계속해서 말했다.

"내가 왜 이렇게 비참하고 어이없이 죽어갈 수밖에 없단 말인가. 하지
만 나는 이렇게 무너질 수밖에 없다네. 나는 앞으로 일어날 일 그 자체
보다도 그 결과가 더 두렵다네. 아무리 사소한 일이라도 이렇게 견딜 수
없는 마음의 동요가 일어나는 것에 치가 떨린다네. 사실 나는 위험 자체

를 무서워하지는 않네만, 그 궁극의 결과인 공포가 두렵다네. 난 이제 기력이 쇠퇴하여 나를 사로잡고 있는 공포라는 그 무서운 망령에게 생명과 이성을 빼앗길 시기가 곧 닥친다는 것을 알고 있다네."

나는 그의 이야기를 들으면서 묘한 특징 하나를 알아차렸다. 그는 이미 몇 년째 외출하지 않고 있으며, 지금 살고 있는 집안에서 어떤 미신적인 주술에 사로잡혀 있다는 사실이었다. 그는 괴이한 힘이 지니는 가공의 지배력에 대한 이야기를 내가 지금 옮길 수 없을 만큼 흐릿하게 말하였다. 그는 저택에 내포되어 있는 오랫동안 삶을 견디어낸 유서 깊은 어떤 특이한 성질에 의해 어느새 정신적인 지배를 받게 된 것이라고 하였다. 다시 말해 저택의 회색빛 벽과 작은 탑, 그것들이 그림자를 던지고 있는 어둠침침한 늪이 그의 정신에 영향을 미치게 된 것이라고 그는 이야기하였다.

얘기를 나누면서 나는 그의 정신 상태를 파악할 수 있는 또 하나의 실마리를 발견했는데, 그것은 그를 괴롭히는 이상한 우울증의 직접적인 원인이기도 했다. 바로 오랜 세월동안 그의 유일한 혈육이었던 세상에 살아남은 단 한사람인 여동생의 오래 지속되고 있는 심각한 병이었다. 그는 시시각각으로 다가오는 누이의 죽음을 예감하고 있었다.

그는 비통한 어조로 말했다

"만약 누이가 죽으면, 그러면 난 어셔 가의 피를 이어받는 아무런 희망도 없는 유일한 인간이 되는 것이라네."

그의 말이 채 끝나기도 전에 그의 누이인 마델라인이 마치 미리 약속이라도 한 것처럼 방의 저쪽으로 천천히 지나갔다. 그는 내가 있다는 것도 알지 못하는 것 같았다.

나는 너무 놀라 그 짧은 순간에도 그녀를 자세히 보았다. 그것은 공포와는 또 다른 기이한 감정이었다. 나는 내가 느낀 그런 감정을 마땅히 설명할 수가 없지만 멀어지는 그녀의 뒷모습을 바라보면서 마음이 텅 비어버리는 기분을 느꼈다. 문이 닫혀 그녀의 모습을 더 이상 볼 수 없게 되자 나는 본능적으로 그녀의 오빠인 어셔를 쳐다보았다. 어셔는 얼굴을 두 손에 묻었고 그 야윈 손가락들 사이로 눈물이 쉬지 않고 뚝뚝 흘렀다.

주치의들조차도 마델라인의 병을 고칠 수 없게 되어버렸다고 하였다. 그녀의 병은 만성화한 무지각에, 점점 더해지는 육체의 쇠약, 일시적으로 발생하는 강박증 등의 증상을 보였다. 그녀는 끝임 없이 병마와 싸우고 있었는데 아무리 몸이 힘들어도 단 한 차례도 눕지 않았다고 한다. 잠깐 사이, 나를 스쳐간 그녀를 생각하며 나는 문득, 어쩌면 그것이 그녀의 살아 있는 마지막 모습일지 모른다는 느낌을 받았고, 그 예감은 적중했다.

어셔도, 나도 그로부터 며칠 동안은 그녀의 이름을 입에 담지 않았다. 나는 수단과 방법을 가리지 않고 어셔의 우울증을 풀어주기 위해 대화에 몰두했다. 나는 그와 같이 그림을 그리거나 책을 읽기도 하고 시간이 나면 그가 즉흥적으로 연주하는 기타 연주에 귀를 기울이기도 하였다. 시간이 지날수록 우리의 사이는 친밀해졌고, 나는 점점 더 깊게 그를 이해하게 되었다. 하지만 그뿐이었다. 내가 아무리 애를 쓴다 해도 근본적인 문제는 해결되지 않았는데, 그것은 마치 천성이라도 되는 것처럼 그의 마음속에 어둡게 자리 잡고 그의 마음을 떠나지 않았다.

나는 그와 단 둘이 보낸 많은 시간을 결코 잊을 수가 없다. 그의 즉흥적인 노래나 연주곡도 언제까지나 내 귓가에서 사라지지 않을 것이다. 특히나 그가 기묘하게 뒤틀어서 과장된 연주로 들려준 폰 베버가 지은 마지막 왈츠의 분명한 선율을 아직도 마음속에 간직하고 있다. 그는 때때로 그림에 몰두하기도 했다. 그의 치밀한 공상력으로 그린 그림은 붓자국마다 애매모호해서 나는 그것을 볼 때마다 어떤 알 수 없는 전율을 느끼곤 하였다. 그 까닭 모를 전율은 나를 더욱더 격렬하게 몸을 떨게 하였다. 나는 그가 그린 그림의 이미지를 지금까지도 뚜렷이 기억하지만 뭐라 표현할 길은 막막하다.

그의 그림은 단순 명확한 구도임에도 불구하고 단번에 보는 사람의 주의를 끌었다. 그것은 매우 위압적이었는데, 관념을 그림으로 표현한 사람을 찾는다면 로데릭 어셔를 가리키는 말이 될 것이다. 그의 그림은 대단히 관념적인 것들뿐이었지만 그 중 하나쯤은 어렴풋이 말로써 전할 수 있을 것도 같다. 그것은 굉장히 긴, 장방형의 지하실이나 지하도의 내부를 그린 작은 그림으로 평평하고 흰, 어떠한 장식도 없는 낮은 벽이 끝없이 이어져 있었다. 그림의 일부인 동굴은 지표에서 훨씬 깊은 곳에 있었고, 그 거대한 공간의 어느 부분에도 출구는 보이지 않았다. 횃불이나 기타의 인공적인 광원조차도 보이지 않았다. 그런데도 강렬한 광선이 가득 차 있었고, 기분 나쁜 광휘 속에 모든 것이 잠겨 있었다.

어셔는 모든 신경이 병적인 상태여서 현악기의 연주 소리 이외에는 어떤 음악도 견뎌내지 못했다. 기타도 한정된 범위 내의 곡만을 선택하여 연주했다. 나는 도저히 그의 탁월한 연주 실력을 글로 설명할 수 없다. 그는 연주하면서 즉흥적으로 가사를 읊곤 했는데 그 환상곡들의 가사는 물론이었으며, 곡조 또한 인공적인 흥분이 최고의 상태에 도달하는 순간에만 들을 수 있는 것들이었다. 나는 그 광상곡들중 한 가지의 가사를 힘들이지 않고 외울 수 있었다. 그가 그것을 읊는 것을 듣고 나는 강한 감명을 받았다. 나는 그의 고귀한 이성이 그의 왕좌에서 흔들리고 있는 것을 그 노래 가사의 신비로운 흐름 속에서 보았기 때문이다. 그는 이미 충분히 의식하고 있었으며 나 역시 그러한 사실을 자각하고 있었다. '마의 궁전'이라는 제목의 그 시는 이런 내용이었다.

초록빛의 골짜기에
아름다운 천사가 살고 있었네
그 옛날 그 곳에는 장려한 궁전이
빛나는 궁전이 솟아 있었네
사색이라는 왕의 영토 위에
궁전은 서 있었네
황금빛 노란 깃발이
지붕 위에 펄럭이고 있었네
(모두가 먼 옛날의 일이었네)
그 즐거웠던 날
깃털 장식 휘날리는 하얀 성벽에
어지러운 바람 불어와
내 마음의 향기를 거두어갔네
이 행복한 골짜기를 헤매는 사람들은
빛나는 두 개의 창을 통해 보았네
류트의 아름다운 선율에 맞추어
옥적을 둘러싸고 뛰노는 요정들의 춤을
옥좌에 앉아 있는 이는
(황제 포오피로진!)
그 영예에 어울리게 위풍당당한 그는

이 나라를 지배하는 자였네
화려한 궁전의 문짝에는
진주와 루비가 빛나고
그 문으로 흐르는 듯
번쩍거리며 들어오는
메아리의 무리.
왕의 슬기와 지혜를
아름다운 목소리로 찬양하는 것이
메아리의 즐거운 임무였네

그러나, 슬픔의 옷을 입은 악마들이
왕좌를 습격하였네
(슬프도다! 고독한 왕에게는
밝아올 내일이 없으니)
한때 왕의 궁전을 감싸고 돌던 영광도
지금은 묻혀진 먼 옛날의
허무한 이야기
그 골짜기를 찾는 자들에게
빨간 불 비치는 창 너머로 보이는 것은
어지러운 음악 소리에 맞춰
미친 듯이 춤추는 거대한 것들의 괴이한 움직임
창백한 문으로는
거대한 홍수처럼
부정한 무리가 끊임없이 뛰쳐나와

소리 높이 웃어대는데

그 옛날의 미소는 찾아볼 수 없어라.

노래가사는 여러 가지를 연상케 했는데 지금 생각해보면 어셔가 마음 속에 품고 있었던 것이 무엇인지 확실해졌다. 지금 내가 말하는 그 생각은 새로운 것이라기보다 그가 집요하게 주장한 것이다. 간단히 말해서 그 생각이란 모든 식물은 지각력을 갖추고 있다는 것이었다. 그것은 그의 미치광이 같은 망상 중에서 보다 더 당돌한 성격의 것이었다. 게다가 어떤 조건에 한해서는 무기물의 세계에까지 그것이 적용된다고도 하였다. 그가 얼마나 맹목적으로 그것을 확신하고 있었는지, 얼마나 진지하고 저돌적이었는지 나로서는 도저히 표현할 길이 없다.

이런 어셔의 신념은 묘하게도 대대로 이어져 오는 저택의 잿빛 석재와 연관이 있었다. 그는 석재들이 배치된 방법이나 석재 위에 퍼져 있는 많은 돌 버섯들, 저택 둘레에 서 있는 썩어빠진 나무들의 배치뿐만이 아니었다. 돌 그 자체의 배열, 아니 그보다 그러한 배치가 오랫동안 변함없이 유지되었다는 것, 또한 늪에 비친 건물의 그림자 등에서 방금 말한 지각력이 존재할 수 있는 조건은 충만하다고 그는 믿었던 것이다. 그가 말하는 식물이 지각력을 가지고 있다는 것이 그 증거였다. 늪의 물이나 저택의 벽 근처에 독특한 분위기가 서서히, 그리고 확실하게 응결해 가는 사실 속에서 발견할 수 있다는 것이었다. 그 결과는 그 일가의 운명을 형성하고 지금의 그를 만들어낸 수백 년에 걸쳐 어떤 보이지 않지만 끈질긴 놀랄 만한 영향력 속에서 발견할 수 있다고 그는 덧붙여 말했다. 나는 그가 광적으로 그런 말을 중얼거릴 때면 알 수 없는 공포에 직면했다. 그래서 그저 어떤 대꾸도 하지 않고 고개만 끄덕였다.

  몇 해 동안 그가 읽은 책들의 대부분은 이처럼 환상을 자극하는 것들이 대부분이었다. 그 책의 제목들은 레세의 '앵무새와 수도원', 마키아 밸리의 '밸페고르', 스베에덴보리의 '천국과 지옥', 홀베르히의 '니콜라스 클림의 지하 여행', 로버트 플럿과 장 댕다지느와 드 라 샹브르의 '수상학', 티이크의 '먼 푸른 곳에의 여행', 캄파넬라의 '태양의 도시' 같은 것들이었다. 특히 그가 애독한 책은 도미니크 파의 승려 에이메리크 드 지론느의 소형의 8절판인 '종교 재판법'이었다. 어셔는 폼포니우스 멜라의 저서에는 고대 아프리카의 반인반수신이나 이이지판 인에 대해서 쓴 대목을 정독하였고, 그에게 그 시간은 꿈결과도 같았다. 그러나 그가 가장 탐독했던 책은 지금은 잊혀진 어느 교회의 기도서 '마인츠 교회 성가대의 죽은 이를 위한 경야'로 4절판 고딕 글씨의 희귀본이었다.

  어느 날 밤이던가. 나는 갑작스럽게 어셔의 동생 마델라인이 죽었다는 소식을 들었다. 어셔는 그녀의 유해를 매장하기 전에 2주일 동안 저택의 지하 납골실에 안치할 것이라고 말했다. 그의 말을 들은 나는, 혹시라도 그가 희귀본 속에 나오는 기괴한 의식들을 행하려는 것이 아닌지 무척이나 걱정스러웠다. 그의 그런 결심 이면에는 어셔 가의 묘지가 먼 들녘에 있다는 이유도 있으나 누이가 이상한 성질의 병에 걸린 이유 때문이었다. 처음 그의 집에 도착하는 날 내가 계단에서 보았던 의사의 기분 나쁜 얼굴을 떠올리면서 어셔의 행동을 조용히 지켜보았다.

  다음 날, 나는 동생 마델라인의 시체를 가매장하는 일을 도왔다. 우리는 유해를 관에 넣고 둘이서 그것을 안치소까지 운반했다. 바로 내가 쓰는 침실의 밑, 아주 깊숙한 곳이 납골실이었다. 관을 안치한 지하 납골실은 외부의 광선이 전혀 들어오지 않을 정도로 비좁고 축축하였다. 아마도 그 곳은 봉건시대의 지하 감옥이었거나 발화성 물질을 저장하였던 곳이 틀림없어 보였다. 내가 그러한 추측을 할 수 있었던 것은 복도의 입구가 모두 구리판으로 정밀하게 씌워져 있었기 때문이었다. 무거운 쇠문에까지 동판이 씌워져 있었는데 무게가 굉장히 무거웠다. 그래서 문짝이 돌쩌귀에 받쳐서 돌아갈 때면 날카로운 소리를 내면서 삐걱거렸다.

운반이 끝난 후 나와 어셔는 관 받침 위에 시체를 얹어놓았다. 그리고 그 안에 놓인 사자(死者)의 얼굴을 조용히 들여다보았다. 두 남매의 꼭 닮은 얼굴이 나의 주의를 끌었다. 어셔는 나의 생각을 알아차렸는지 몇 마디 중얼거렸다. 어렴풋이 들려오는 그 말의 내용으로는, 어셔와 죽은 누이와는 쌍둥이 남매였으며, 둘의 사이에는 언제나 설명하기 어려운 공감이 존재하고 있었다는 것이다. 시체를 가만히 들여다보면서 나는 공포감에 몸이 떨렸다. 젊은 여자의 목숨을 앗아간 몹쓸 병은 붉은 기운을 가슴과 얼굴 근처에 남겨 놓았고 묘하게도 시체의 입술에는 희미한 미소가 어려 있어 보는 이로 하여금 섬뜩한 소름을 돋게 만들었다. 우리는 서둘러 관 뚜껑을 덮고 쾅쾅쾅 못을 박았다.

어셔는 슬픔에 잠긴 채 며칠을 보냈다. 누이가 죽은 후 그는 평소 침착한 모습에서 몰라 보게 변화하였다. 그는 창백한 얼굴과 초점 없이 흔들리는 눈동자를 한 채 이 방 저 방을 비틀거리며 걸어다녔다. 꼭 보이지 않는 어떤 비밀과 싸우고 있는 것처럼 보였다. 어떤 때는 꼼짝도 않은 채 허공을 응시하며 생각에 잠겨 있기도 했다. 한 마디로 그는 미쳐 가고 있었는데 그의 그런 상태는 나를 위협하며 나에게도 조금씩 조금씩 영향을 미쳤다. 나는 그의 그런 기괴하면서도 인상적인 그 미신에 동화되어 서서히, 그러나 확실하게 내 몸에 스며드는 것을 나는 느꼈다.

마델라인이 죽은 지 여드레째 되는 날, 그런 감정은 더욱 심해졌다.

그날 나는 이상한 기분에 사로잡힌 채로 잠에서 깨어나 몇 시간을 무료하게 뒤척였다. 창 밖에는 연신 비바람이 몰아치고 있었고 강한 바람이 연신 창문을 흔들었다. 나는 이성적인 생각으로 그 예민한 신경을 쫓아버리려고 무던히도 애를 썼다.

나는 나를 엄습하는 이상한 기운들은 모두 방안의 것들에서 기인한다고 생각하였다. 음침한 가구들과 벽 위에서 제멋대로 흔들거리고, 침대 곁에서 불안하게 세워져 있는 검고 낡아빠진 벽걸이 따위들 말이다. 그러나 그런 나의 강박적인 노력들은 모두 허사였다. 전신으로 퍼지는 참을 수 없는 전율이 마지막에는 내 심장의 바로 위에서 말할 수 없는 극한의 공포가 되었기 때문이었다. 나는 헐떡거리면서 몸부림치며 그것을 떨쳐버리려 애썼다. 그리고 본능적인 기분에 이끌려 베개 위로 몸을 일으킨 뒤 방안의 캄캄한 어둠 속에 눈을 돌린 채 귀를 기울였다. 한 차례 폭풍이 지난 후였다. 잠시 동안의 긴 간격이 있은 후 어디선지 모르게 낮게 흐느끼는 소리가 들려왔다. 나는 그 소리에 귀를 기울였다. 미약하지만 분명히 들려오는 그 소리에 나는 급히 옷을 걸쳐 입었다. 영문도 알 수 없는, 그러나 견딜 수 없이 소름끼치는 공포감에 압도된 채 방안을 이리저리 걸으면서 나를 애워 싼 공포를 극복하기 위해 몸부림쳤다.

내가 서너 번 방을 돌았을 때쯤 복도 가까운 계단을 올라오는 가벼운 발소리가 들렸다. 나는 곧 그것이 어셔의 발걸음인 것을 알았다. 여느 때와 마찬가지로 시체처럼 창백한 어셔가 손에 램프를 들고 문을 가볍게 노크하며 들어왔다. 그의 눈에는 광기를 띤 기쁨 같은 것이 떠올라 있었는데, 마치 어떤 흥분을 억누르고 있는 것처럼 보였다. 그러한 그의 모습은 이내 나를 움찔 놀라게 만들었다. 그러나 그의 그런 등장도 혼자서 견딘 불안한 외로움에 비하면 차라리 고마웠다. 하여 내방에 나타난 그를 구세주라도 되는 것처럼 기쁘게 맞이했다. 불안하게 주위를 살피던 그가 불쑥 말했다.

"자네는 그걸 보지 못한 것 같군?"

"무엇을 말인가?"

그는 아무런 대답도 하지 않은 채 엉뚱한 말을 했다.

"정말 자네는 그걸 보지 못했던 거야? 가만 있자. 그럼 지금 보여주지."

영문을 알 수 없어 하는 나를 뒤로 하고 그는 창가로 걸어갔다. 그리고는 폭풍이 몰아치는 창문을 확 열어젖혔다. 미친 듯 창문을 헤집는 바람이 부는, 그것은 광폭하면서도 한편으로는 엄격한 아름다움을 지닌 공포와 아름다움이 공존하는 그런 밤이었다. 저택 부근으로 회오리바람이 그 힘을 집중하고 있는 것 같았다. 바람의 방향이 몇 번이나 심하게 변하였고, 구름들은 마치 살아있는 것처럼 빠르게 소용돌이치며 사방에서 빽빽하게 모여들어 있었다. 달이나 별은 전혀 보이지 않았고 번개가 번쩍이지도 않고 구름만이 굉장히 짙게 드리워져 있었다. 바람 속으로는 가스 같은 안개가 기분 나쁜 빛깔 속에서 환하게 빛나고 있었다.

"도대체 무얼 보라는 것인가?"

나는 성을 내며 어셔를 진정시켰다.

"저건 다만 폭풍에 의한 전기현상일 뿐이라네. 이제 그만 창문을 닫게. 찬 공기는 자네 몸에 좋지 않아. 여기 자네가 가장 좋아하는 소설이 한 권 있네. 내가 읽을 테니 듣게나. 그렇게 해서 이 무서운 밤을 함께 보내도록 하세."

나는 라안스러트 캐닝 경의 '광란의 상봉'을 꺼내들었다. 내가 책을 읽자 어셔는 조금씩 침착함을 되찾았고, 이내 경청하였다. 나는 소설의

주인공인 에덜레드가 은둔자의 초옥으로 들어가는 대목까지 읽었는데,
여러분도 잘 아는 것과 같이 소설의 이 부분에는 다음과 같은 어귀가 씌
어 있다.

"원래 용맹한 자인 에덜레드는 이제까지 마음껏 마신 술의 효험으로
인해 한층 더 힘을 받고 있었기 때문에 묵묵히 은자와의 담판을 기다렸
다. 때마침 어깨에 내리치는 비를 느끼고 폭풍우가 올 것이 두려워 그는
당장에 그의 작두를 휘둘렀다. 그렇게 몇 번인가 타격을 가해 문에다가
순식간에 주먹이 들어갈 만한 구멍을 뚫었다. 에덜레드는 그 구멍에 손
을 걸고 힘껏 잡아당겼다. 그랬더니 문은 산산이 갈라지고 부서졌으며,
허공에 울리는 마른 나무의 째지는 소리가 숲 속 가득히 메아리쳤다."

문장의 끝 대목까지 읽은 나는 그 순간 말할 수 없이 섬뜩했다. 그것
은 방금 내가 읽은, 라안스러트 경이 기술한 문짝 쪼개는 소리와 비슷한
소리가 이 저택 어디선가에서 희미하게 들려왔기 때문이다. 하지만 이
성적으로 납득할 수 없었던 나는 우연의 일치라고 생각했다. 소설을 다
시 읽기 시작했다.

"뛰어난 전사 에덜레드가 문안으로 쳐들어갔다. 하지만 간악한 은자
는 그림자도 보이지 않았다. 에덜레드는 매우 분노한 한편 경악했다. 그
대신에 거기에는 비늘로 이루어진 몸과 불길 같은 혓바닥을 내민 거대
한 용이 있었던 것이다. 용은 바닥을 은으로 깐 황금의 궁전 앞에 쭈그
린 채 지키고 있었다. 번쩍이는 놋쇠의 방패가 벽에 걸려 있고 다음과
같은 글이 새겨져 있었다.

'여기 무사히 들어온 자는 곧 승리자이니라. 용을 쓰러뜨리는 자만이
이 방패를 얻을 지니라.'

에덜레드가 작두로 용의 머리를 내리쳤다. 그러자 용은 그의 앞에 쓰

러진 채 단말마의 독기를 뿜으며 소름끼치는 고함을 질렀다. 귀청이 찢어질 듯한 음향에 에덜레드도 두 손으로 귀를 가리지 않을 수 없었다. 그토록 두렵고 심장을 울리는 고함소리를 들은 사람은 누구도 없었으리라."

나는 깜짝 놀라 다시 읽기를 멈추고 귀를 기울였다. 그 순간, 귀에 거슬리면서 뭔가 길게 잡아끄는 이상한 외침 같은 삐걱거리는 소리가 멀리서 들려왔다. 마치 소설 속에 나오는 용의 울음소리와 소름끼치도록 닮은 소리였다. 두 번씩이나 우연의 일치가 계속되자 나는 놀라움과 공포에 압도되고 말았다. 그러나 나는 친구의 신경을 건드리지 않으려고 그 두려움을 입 밖에 내지 않았다. 그도 이 이상한 소리를 들었는지는 알 길이 없었다.

나는 호흡을 가다듬고 어셔를 관찰했는데 그의 거동에는 차츰 기묘한 변화가 일어나고 있었다. 그가 자기 의자를 서서히 돌려 방 입구 쪽으로 방향을 틀었다. 때문에 나는 그의 얼굴을 한 쪽밖에 볼 수 없었다. 그는 눈을 크게 뜨고 머리를 가슴에 파묻 듯 숙이고는 입으로는 연신 무엇인가를 중얼대며 떨고 있었다. 그는 끊임없이 똑같은 모습으로 조용하게 몸을 좌우로 흔들고 있었다. 나는 다시 라안스러트 경의 소설을 읽었다.

"용은 죽었다. 전사는 용의 노여움에서 벗어나자 놋쇠방패에 다시 생각이 미쳤다. 전사는 주문을 풀기 위해 용의 시체를 밀쳐냈다. 그리고는 은을 깐 성내의 마루 위를 당당히 걸어갔다. 그가 미처 가까이 가기도 전에 방패가 그의 발밑에 떨어졌다. 그 때 무섭고 굉장한 소리가 주위를 뒤흔들었다."

말이 채 끝나기도 전에 나는 정말로 놋쇠방패가 은의 마룻바닥 위에 큰소리를 내며 떨어지는 것 같은 소릴 듣고 말았다. 그것은 금속성의 물건들이 서로 부딪치면서 울리는, 뚜렷하면서도 공허한 그러면서도 한편으론 무거운 것을 누르는 듯한 소리였다. 나는 얼이 빠진 얼굴로 자리를 차고 벌떡 일어났다. 어셔는 여전히 규칙적으로 몸을 흔들고 있었다. 나는 그가 앉아 있는 의자 곁으로 달려갔으나, 그는 가만히 앞을 바라보고 있을 뿐이었다. 그의 얼굴엔 돌과 같이 굳은 표정이 퍼져 있었는데 내가 그의 어깨에 손을 얹자 그의 전신으로 심한 전율이 엄습하며 그의 입술 언저리로 병적인 미소가 피어났다. 그는 내가 곁에 있는 것을 깨닫지 못한 것처럼, 낮고 빠른 말씨로 영문 모를 소리를 계속해서 중얼거렸다. 나는 그에게 몸을 붙여 그 웅얼거리는 소리를 들으려고 애썼다.

"자넨 저소리가 안 들리나? 나는 너무도 잘 들리네. 그럼, 똑똑히 들리고말고. 아주 오래 전부터… 몇 분 동안, 몇 시간 동안, 며칠 동안, 나는 계속 듣고 있었단 말일세… 그렇지만 난 용기가 없어… 제발, 나를 불쌍하게 여겨 주게. 이 얼마나 처참한 인간인가! 나는 용기가… 말 할 용기가 없었단 말일세! 우리들은 그녀를 산 채로 무덤에 묻어 버린 거야! 내가 예민한 감각을 가지고 있다는 건 이미 얘기 했잖나? 이제야 하는 말이지만 나의 누이가 저 허무한 관 속에서 처음으로 약간 몸짓을 하는 소리를 들었단 말일세. 난 들었단 말일세… 그런데 용기가… 말할 용기가 없었단 말일세! 그런데 지금, 오늘밤… 에덜레드가… 하하… 은둔자 집의 문이 부서지는 소리, 용의 단말마의 외침, 그리고 방패가 바닥으로 떨어져 울리는 소리! 알겠나, 이렇게 말하면 되겠군. 누이가 누워 있는 관이 쪼개지고, 관이 있는 지하 감옥의 돌쩌귀가 삐걱거리고, 지하 납골실의 구리를 깐 복도에서 누이가 몸부림치고 있는 소리가 들린단 말일세! 아아, 나는 어디로 도망칠 수 있단 말인가! 누이가 이곳으로 올 거야! 내가 내린 성급한 처사를 꾸짖기 위해 누이가 바로 이곳으로 올 거야! 자네는 계단을 올라오는 발소리가 안 들리는가? 누이의 그 괴롭고 무서운 두근거림의 소리가 똑똑히 들리는 것 같네! 이 미친 녀석!"

맹렬한 기세로 일어선 그는 다시 소리쳤다.

"미친 녀석! 누이가 벌써 문 밖에 와 있다고!"

나는 그 자리에서 그만 얼어붙고 말았다. 왜냐하면 어셔의 말이 채 끝나기도 전에 방문이 활짝 열린 것이다. 억센 바람이 열린 방문으로 쏟아져 들어왔고, 그리고 그곳에는 마델라인이 커다란 수의를 입고 떡 버티고 서 있었다. 그녀가 입은 옷에는 피가 배어 있었는데 그것은 여윈 몸 전체로 무참하게 몸부림쳤던 흔적이었다. 그녀는 일순간 문지방 근처에서 부들부들 떨면서 이리저리 흐느적거렸다. 잠시 후 낮은 신음소리를 내며 방안에 있던 어셔의 곁으로 온 그녀는 그의 몸 위로 풀썩 쓰러지고 말았다. 그리고는 어셔를 마룻바닥 위로 밀면서 비명을 마구 질렀다. 어셔는 눈을 치켜 뜬 채 딱딱한 나무토막처럼 넘어졌다. 그의 심장은 공포에 질린 채 멎고 말았다. 결국 그 자신이 그토록 두려워하던 운명이 마침내 그를 구렁텅이로 내몬 것이다.

나는 공포에 진저리치며 그 집에서 도망쳤다. 오래된 포석이 깔린 길을 걷고 있을 때 한층 심해진 폭풍이 사방을 온통 휩쓸었다. 그 순간 갑자기 한줄기의 이상한 빛이 길 위에 번쩍였다.

나는 이런 빛이 어디서 갑자기 흘러나왔을까 하고 뒤돌아보았으나 내 뒤에는 그저 황량한 한 채의 큰 저택과 그 그림자 외에는 아무것도 없었다. 그것은 막 지려고 하는 피가 흐르는 듯한 시뻘겋고 둥그런 만월의 달빛이었다. 그 달빛은 전에 내가 이야기한, 그전에는 보일락 말락 했던 벽의 갈라진 틈새로 밝게 비치고 있었다.

저택 위로 커다란 달이 걸려 있었다. 달빛이 저택의 균열을 따라 그 빛을 조금씩 넓혀갔다. 그러다가 어느 순간 오래된 그 저택은 큰 소리를 내며 허물어졌다. 회오리바람이 극성을 부리며 저택을 애워 쌌다. 벼락이 치듯 요란한 폭음과 함께 수 백 년이나 묵은 저택이 허물어졌다. 어둠침침한 늪 속으로 서서히, 어셔 가의 잔재가 사라지고 있었다.

　전통 있는 집안의 후예인 로데릭 어셔의 긴급한 편지로 초대된 친구 '나'는 잔뜩 흐린 가을 날에 그 저택을 찾는다. 오랜만에 다시 만난 어셔는 심한 우울증에 걸려 있었다. 내가 도착하자마자 어셔의 쌍둥이 누이동생인 마델라인이 죽어 장례를 치른다. 폭풍우 치는 어느 날 밤에 가사(假死) 상태로 장례를 치렀던 누이동생이 책을 읽고 있던 오빠에게 와서 쓰러지자 남매는 둘 다 숨진다. 이 무서운 사건을 목격한 '나'는 겁에 질려 밖으로 달아나다가 뒤를 돌아본다. 그런데 저택이 두 동강나며 음울한 늪 속으로 침몰한다.

해설

　이 작품은 작가의 감정 상태를 주인공에게 투사한 작품이라는 것을 알고서 내용을 파악하여야 한다. 황량한 시골길, 죽은 나무의 하얀 등걸, 건물에 걸린 거미줄 같은 배경 묘사를 시작으로 원인을 알 수 없는 공포에 시달리는 주인공 로데릭 어셔의 파멸을 그리고 있다. 에드거 앨런 포가 썼던 많은 소설들 중에서도 특히 비현실적인 공포감을 주는 배경 묘사와 주인공들의 불안한 심리를 가장 잘 표현한 소설로 평가받고 있다.

　이 작품에서 작가의 감정 상태는 주인공인 로데릭 어셔에게 투사되어 있다. 로데릭 어셔는 극도의 불안에 시달리다가도 지극히 안정적인 감정 상태를 유지한다. 그러한 그의 공포는 원인도 없고 대상도 없다. 소설 속에서는 어셔 집안의 유전적인 성향 때문일 것이라는 막연한 설명만이 있을 뿐이다.

　로데릭 어셔처럼 포 자신도 현실 속에서 늘 악몽을 꾸었다. 로데릭 어셔가 자신의 공포의 원인과 대상을 알지 못했 듯 포도 그러한 악몽의 원인을 알지 못했다.

그리고 그의 악몽의 중심에는 성이 있다. 그 성은 늪의 한 가운데에 있고, 그 안에는 악몽의 불을 뿜는 용이 성을 지키고 있다. 이러한 성에 갇혀 있는 포가 탈출할 수 있는 방법은 용을 죽이는 것뿐이다. 그러나 작가는 용을 죽이지 않고 성과 함께 늪 속으로 잠기기로 한 것을 이 작품 속의 결말에서 암시하고 있다.

▶ 주제

오랜 전통을 가진 어셔 가의 몰락과 남매의 비극적인 운명

▶ 생각해 볼 문제

1. 작중 화자인 '나'는 친구인 어셔의 편지를 받고 이유를 알 수 없는 불안감을 느끼며 그의 집에 방문하게 된다. 작가는 앞으로 있을 어셔 가에서의 일들을 '나'의 눈을 통해 암시해 놓았다. 그 대목을 찾아 서술하시오.

2. 로데릭 어셔의 누이동생인 마델라인 어셔는 로데릭에게 어떤 존재인가?

3. 로데릭 어셔는 동생이 살아 있다는 것을 알았음에도 불구하고 그녀의 생매장을 방관했다. 그 이유가 작품에서는 명확하게 드러나 있지 않다. 로데릭 어셔의 감정 상태를 미루어 보고 짐작하여 서술해 보시오.

4. 어셔 가가 몰락하리라는 것을 결정적으로 드러내고 있는 단서가 있다. 그것을 찾아 쓰고 이유를 설명하시오.

5. 많은 문학 작품들 속에는 작가의 의도 아래 시나 노래, 격언 등이 인용되곤 한다. 이 작품에서도 로데릭 어셔가 쓴 '노래 가사와도 같은' 시가 인용되어 있

다. 이러한 인용문은 문학 작품에서 어떤 효과를 줄 수 있는지 서술하시오.

6. 에드거 앨런 포는 이 작품에서도 '검은 고양이'와 마찬가지로 극적 반전을 주었다. 그 의도한 바를 생각나는 대로 서술하시오.

7. 문학 작품에서 사용되는 여러 가지 서술기법 중에서 작가마다 혹은 작품마다 다양한 기법들로 인물과 사건을 그려낸다. 에드거 앨런 포의 작품들을 보면 여러 가지 서술기법 중에서도 특히 많이 쓴 기법이 있는데 그것이 무엇인지 쓰고, 또 왜 그 기법을 많이 쓰는지에 대해 서술하시오.

8. '검은 고양이'는 1인칭 주인공 시점이고, '어셔 가의 몰락'은 1인칭 관찰자 시점이다. 두 작품은 모두 공포와 불안이라는 공통된 정서를 가지고 있다. 먼저 1인칭 주인공 시점과 1인칭 관찰자 시점의 차이를 명시하고, 왜 작가는 공통된 정서를 바탕으로 하면서도 시점을 달리 하였으며 거기서 오는 효과는 또 무엇인지를 서술하시오.

큰 바위 얼굴

저자 소개 나다니엘 호돈(Hawthorne, Nathaniel : 1804. 7. : 4.~1864. 5. 19.)

미국의 소설가. 매사추세츠주 세일럼에서 선장의 아들로 태어났다. 17세기의 청교도를 선조로 모신 가정이었으므로 청교도의 사상·생활 태도에 깊은 관심을 가지고 많은 작품을 썼다. 1837년 단편집 '트와이스톨드테일스'를 발표했으며, 1839년 경제적 불안정에서 벗어나기 위하여 보스턴 세관에 근무하였다. 그 후 1850년 그의 대표작이 된 '주홍글씨'를 발표하였다. 1851년 청교도를 선조로 가진 고가(古家)의 자손에게 악의 저주가 걸린 '일곱 박공의 집(*The House of the seven Gables*)'을 발표하였다. 이듬해 자신이 참가했던 실험적 공동농장을 무대로 한 '블라이스데일 로맨스'를 출판하여 지상낙원에 모인 사람들의 심리적 갈등을 그렸다.

1853년 영국의 리버풀 영사로 부임하였으며, 그 후 이탈리아를 여행하였다. 이 여행 뒤에 목신(牧神)이 죄를 짓고 비로소 지성과 양심의 깨달음을 경험하는 '대리석의 목신상'을 집필하였다. 청교도주의를 비판하면서도 그 전통을 계승한 그는 범죄나 도덕적·종교적 죄악에 빠진 사람들, 자기 중심의 벽·고독에 사로잡힌 사람들의 내면 생활을 도덕·종교·심리의 세 측면에 비추어 엄밀하게 묘사하였다. 따라서 그의 작품은 교훈적 경향이 강하면서도 상징주의에 의한 철학적·종교적·심리적으로 의미심장한 세계가 전개되는 정교한 면도 있다.

이 소설의 핵심 정리

갈래   단편소설

경향   교훈적

시점   전지적 작가 시점

배경   남북전쟁 직후의 미국의 높은 산들로 둘러싸인 어느 분지

의의   위대한 사람은 생활과 사상이 일치하는 삶을 사는 이라는 작가 자신의 가치를 아름답게 형상화한 작품이다.

특징   작가가 만년에 쓴 작품으로 '큰 바위 얼굴'이라는 소재를 통해 여러 가지 인간상을 보여주면서 이상적인 인간상을 추구하고 있다.

등장인물   어니스트 – 주인공. 어머니에게 큰 바위 얼굴에 얽힌 사연을 듣고 바위 얼굴을 닮은 사람을 찾으려고 노력한다. 성인이 되어 시인이 어니스트에게 큰 바위 얼굴을 닮았다고 말하지만 그 말을 믿지 않고 여전히 언젠가는 큰 바위 얼굴을 꼭 닮은 사람을 만나기를 바란다.

어머니 – 어니스트의 어머니. 어니스트에게 큰 바위 얼굴에 대한 이야기를 들려주고 꿈을 가지게 한다.

개더골드 – 뉴포트 출신의 사업가.

올드 블러드 앤드 선더 – 뉴포트 출신의 위대한 장군.

올드 스토니 피즈 – 뉴포트 출신의 정치가.

시인 – 뉴포트 출신. 그는 어니스트가 큰 바위 얼굴을 닮았다는 사실을 깨닫고 그에게 말해준다.

구성   발단 – 깊은 산골짜기 뉴포트에 큰 바위 얼굴을 바라보면서 사는 소년 어니스트와 그의 어머니가 큰 바위 얼굴에 얽힌 이야기를 주고받는다.

전개 – 어니스트는 큰 바위 얼굴을 지켜보면서 성실하고 사랑을 소

중히 여기는 청년으로 자란다.

위기 · 절정 – 뉴포트 출신의 사업가가, 위대한 장군이, 정치인이 돌아왔을 때 사람들은 그들을 두고 큰 바위 얼굴을 닮았다고 말하지만 시간이 흐르면 그들은 사람들의 기억 속에서 평범한 사람으로 잊혀져 간다.

결말 – 유명한 시인으로 성공한 뉴포트 출신의 시인이 고향으로 돌아와 어니스트를 찾는다. 그리고 어니스트가 큰 바위 얼굴을 닮았음을 깨닫고 어니스트에게 큰 바위 얼굴을 닮았다고 말하지만 어니스트는 그 말을 믿지 않는다. 그리고 언젠가는 큰 바위 얼굴을 닮은 사람을 만나기를 바란다.

▶ 읽기 전에 알아두기

나다니엘 호돈의 대표작 중의 하나인 '큰 바위 얼굴'은 그의 또 다른 대표작인 주홍글씨처럼 교훈적 경향이 강한 작품이다. 작가는 이 소설을 통해 위대한 인간의 가치는 돈이나 명예, 권력 등의 세속적인 것에 있는 것이 아니라 끊임없는 자기 탐구를 거쳐 얻어진 말과 사상, 생활의 일치에 있다는 것을 보여주고 있다.

큰 바위 얼굴

어느 날 오후 해질 무렵, 어머니와 어린 아들이 자기네 오두막집 문 앞에 앉아 큰 바위 얼굴에 대한 이야기를 하고 있었다. 큰 바위 얼굴은 거기서 몇 마일이나 멀리 떨어져 있었지만, 눈만 뜨면 햇빛에 비쳐서 그 모양이 선명하게 드러나 보였다.

그런데 그 큰 바위 얼굴이란 도대체 무엇일까?

높은 산들에 둘러싸인 분지가 있었다. 그곳은 넓은 골짜기로 사람들이 많이 살고 있었는데, 그들은 대개 순박한 사람들이었다. 가파른 산등성이의 빽빽한 수풀에 둘러싸인 곳에 통나무집을 짓고 사는 사람들도 있고, 골짜기로 내리 뻗은 비탈이나 평지의 기름진 땅에 농사를 지으며 편안하게 살아가는 사람들도 있다. 또 다른 곳에는 사람들이 조밀하게 모여 마을을 이루며 살고 있었다. 그곳에는 높은 산에서 흘러내리는 급류를 이용해 방직 공장의 기계를 돌리고 있었다.

아무튼 이 골짜기에는 주민들도 많고, 사는 모양새도 가지각색이었다. 그러나 그들에게는 한 가지 공통점이 있었다. 그들 모두 큰 바위 얼굴에 대해 어떤 친밀감을 가지고 있다는 것이었다. 그 중에는 그 위대한 자연 현상에 대해 유난히 감격하는 사람들도 적지 않았다.

그렇게 모든 사람들이 우러러보는 그 큰 바위 얼굴은 자연의 장엄한 장난으로 인해 빚어진 작품으로 깎아지른 듯 가파른 언덕 위에 얹어진 몇 개의 바위로 이루어져 있었다. 그 바위들이 잘 어울려서, 어느 정도 거리를 두고 바라보면 마치 사람의 얼굴처럼 보였던 것이다. 타이탄(그리스 신화에 나오는 거인족) 같은 엄청난 거인이 절벽에 자신의 얼굴을 조각해놓은 것처럼 보이는 것이었다.

넓은 아치형 머리는 높이가 30미터나 되고, 갸름한 콧날에 넓은 입술…. 만약 그 우람한 입술이 열려 말을 한다면 골짜기 이 끝에서 저 끝까지 마치 천둥소리처럼 울릴 것 같았다. 아주 가까이 가보면, 그 거대한 얼굴의 형체는 사라지고 커다란 바위들이 질서 없이 여기저기 폐허처럼 포개진 것으로만 보인다.

하지만 점점 뒤로 물러나서 바라보게 되면 그 신기한 형상이 점점 눈에 뚜렷하게 드러나고, 거리가 멀어질수록 점점 더 사람의 얼굴과 비슷해진다. 그리고 그 거룩한 형상을 드러내는 것이다. 또 그 모습이 희미해질 만큼 멀어지면 큰 바위 얼굴은 마치 안개와 구름에 싸여 정말 살아 있는 얼굴처럼 보이는 것이다.

이곳 아이들이 그 큰 바위 얼굴을 바라보며 자라나는 것은 큰 행운이었다. 그 얼굴은 생긴 모습이 숭고하고 웅장한데다 표정이 다정했고, 마치 그 사랑 가운데서 온 인류를 포옹하고도 남을 것만 같았기 때문이다.

그저 그 얼굴을 바라보는 것만으로도 큰 교육이 되는 셈이었다. 이 골짜기의 토지가 기름진 것도 언제나 이 골짜기를 내려다보고 있는 이 온화한 표정의 얼굴 덕분이라고 믿는 사람들도 많았다. 구름을 찬란하게 꾸미고, 정다운 모습을 햇빛 가운데서 펼치고 있는 그 큰 바위 얼굴 때문이라는 것이다.

우리가 아까 이야기를 시작한 부분으로 돌아가 보자. 어머니와 어린 소년은 오두막집 문 앞에 앉아서 지금 쳐다보고 있는 큰 바위 얼굴에 대해 이야기하고 있었다. 그 아이의 이름은 어니스트였다.

"엄마!"

아이는 말했다. 그때, 그 타이탄 같은 얼굴은 그에게 다정한 미소를 보내주는 것만 같았다.

"저 큰 바위 얼굴이 말을 할 수 있다면 참 좋겠어요. 저렇게 친절한 얼굴을 보면 목소리도 참 듣기 좋을 것 같아요. 만약 저런 얼굴을 가진 사람을 만나면, 난 그 사람을 정말 너무너무 좋아할 거예요."

"옛날 사람들이 예언한 것이 사실이라면, 우리는 언제고 저것과 똑같은 얼굴을 가진 사람을 만날 수 있을 거야."

"어떤 예언 말이에요? 엄마, 어서 그 이야기 좀 해줘요."

어니스트는 열심히 물었다. 그러자 어머니는 자신 역시 어니스트보다 더 어렸을 때 자신의 어머니에게서 들은 이야기를 어니스트에게 해주었다.

그것은 과거에 벌어졌던 일에 대한 이야기가 아니었다. 앞으로 일어날 일에 대한 이야기였다. 그러나 그것은 또한 오래 전부터 전해 내려오는 이야기이기도 했다. 옛날에 이 골짜기에 살고 있던 아메리칸 인디언들 역시 그들의 조상으로부터 그 이야기를 전해 들었다고 한다.

그리고 그 조상들에게 그 이야기를 맨 처음 들려준 것은 산골짜기를 흐르는 시냇물, 나무 끝을 스치는 바람의 속삭임이었다는 것이다. 인디언의 조상들은 이 이야기가 확실하다고 단언했다. 이야기의 골자는 어느 땐가 장차 이 골짜기 근처에 한 아이가 태어나고, 그 아이는 고상한 인물이 될 운명을 타고났다는 것이다. 그리고 그 아이의 얼굴은 어른이 될수록 점차 큰 바위 얼굴을 닮아간다는 것이었다.

아직도 옛날식 생각을 버리지 못하고 있는 노인들과 어린이들이 아주 열렬한 희망과 변하지 않는 믿음으로 오래된 예언을 믿고 있었다. 하지만 오랫동안 많은 사람들이 예언이 말하는 큰 바위 얼굴을 닮은 사람이 나타나길 소원했지만 그 소원은 아직 이루어지지 않았다. 그래서 어떤 사람들은 예언을 그저 허황한 이야기라고 단정하기도 했다. 아무튼, 예언이 말하는 그 위대한 인물은 아직 나타나지 않았다.

"엄마! 엄마!"

어니스트는 손뼉을 치며 외쳤다.

"내가 커서 그런 사람을 만나보면 얼마나 좋을까?"

어니스트의 어머니는 애정이 풍부하고 생각이 깊은 여인이었다. 그래서 아들이 품고 있는 커다란 소망을 깨뜨리지 않는 것이 현명한 것이라고 생각했다. 그녀는 아들에게 말했다.

"너는 아마 그런 사람을 만나게 될 거야."

그 뒤로 어니스트는 어머니가 자신에게 들려준 그 이야기를 언제나 잊지 않고 있었다. 큰 바위 얼굴을 바라볼 때마다, 그의 마음속에는 어머니에게서 들은 그 이야기가 떠올랐다. 그는 자기가 태어난 그 오두막 집에서 어린 시절을 보냈다. 그는 어머니의 이야기를 잘 듣는 아이였다. 어머니가 하는 일을 자기의 조그마한 손으로, 사랑하는 마음으로 언제나 도와드리는 그런 아이였다.

이렇게 행복한, 그러나 가끔 생각에 잠기곤 하는 이 어린이는 점점 온순하고 겸손한 소년이 되어 갔다. 밭에서 일을 하느라 얼굴은 햇볕에 검게 그을었지만, 그의 얼굴에는 유명한 학교에서 교육을 받은 소년들보다 더 총명한 빛이 어려 있었다. 어니스트에게는 선생님이 없었다. 선생님이 있다면, 그것은 바로 저 큰 바위 얼굴뿐이었다.

어니스트는 하루의 일을 끝내고 나면, 몇 시간이고 그 바위를 쳐다보곤 했다. 그러면 그 큰 바위 얼굴이 자기를 알아보고, 따뜻한 미소를 띠며 자기를 격려하는 것 같다는 생각을 했다. 물론 그 큰 바위 얼굴이 어니스트에게만 더 친절하게 비칠 리는 없었다. 하지만 어린 어니스트의 생각이 무조건 틀린 것만은 아니었다.

사실 믿음이 깊고 순진한 그의 그 맑은 심성 때문에 많은 사람들이 보지 못하는 것을 볼 수 있었다. 모든 사람이 전부 누릴 수 있는 사랑이라 할지라도 그는 자기만이 유독 두터운 사랑을 받고 있다고 생각했던 것이다.

바로 이 무렵 이 분지 일대에 어떤 소문이 돌기 시작했다. 옛날부터 전해오던 그 이야기에 등장하는 인물과 똑같은, 큰 바위 얼굴처럼 생긴 인물이 마침내 나타났다는 것이었다. 여러 해 전에 이 골짜기를 떠난 어떤 젊은이가 있었다. 그는 멀리 떨어진 어떤 항구로 가서 돈을 좀 벌어 가게를 내었다.

그의 이름은 개더골드(Gather Gold : 황금을 긁어모은다는 뜻)라고 했다. 이 이름이 그의 본명인지, 아니면 그의 능숙한 처세술과 성공에서 기인한 별명인지는 알 수 없었다. 아무튼 이 젊은이는 빈틈없고 재빠른데다, 하늘이 주신 비상한 재능—세상 사람들이 흔히 '재수'라고 부르는 행운 덕분에 그는 엄청나게 돈이 많은 상인이 되었다고 했다.

그의 재산은 이제 모두 얼마나 되는지 계산하는 데만도 오랜 시일이 걸릴 정도라고 했다. 이렇게 큰 부자가 되자, 그는 자기가 떠나온 고향을 생각하게 되었다. 그리고 그는 자기가 태어난 그 고향에서 나머지 삶을 보내기로 결심했다. 얼마 후, 그는 자신의 고향으로 유능한 목수를 보냈다. 백만장자인 자신이 살기에 적합한 궁궐 같은 집을 짓게 하려는 것이었다.

이미 말한 것처럼 이 골짜기 일대에는 개더골드야말로 지금까지 오래 기다려왔던 예언 속의 인물이라는 소문이 돌았다. 그의 얼굴 생김이 큰 바위 얼굴 그대로라는 소문이었다. 게다가 지금까지 그의 아버지가 살던 초라한 집터에 엄청난 건물, 마치 요술로 만들어진 것처럼 엄청난 건물이 세워진 것을 보고 사람들은 그 소문이 거짓 없는 사실이라고 믿게 되었다.

어니스트 역시 예언이 말하는 그 인물이 드디어 마을에 나타났다는 사실에 몹시 마음이 설레었다. 어린 어니스트는 막대한 재산을 가진 개더골드가 곧 자선의 천사가 되어, 큰 바위 얼굴의 미소와 같이 너그럽고 자비롭게 모든 사람들의 생활을 돌보아줄 것이라고 기대했던 것이다.

그는 늘 하듯이 큰 바위 얼굴을 바라보았다. 이 얼굴이 자신에게 친절하게 대답해주고, 따뜻하게 바라볼 것이라고 상상했다. 그때 마차 바퀴가 구르는 소리가 들렸다. 구불구불한 길을 따라서 마차가 빠르게 달려오고 있었다.

"야! 드디어 온다!"

개더골드가 도착하는 것을 지켜보려고 모인 사람들이 외쳤다.

"위대한 개더골드 씨가 오셨다!"

길모퉁이를 돌아 네 마리의 말이 끄는 마차가 속도를 내어 달려왔다. 그리고 마차 창 밖으로 조그마한 늙은이가 얼굴을 조금 내밀었다. 그의 얼굴 색은 누런빛을 띠었다. 마치 자신의 손이 그 마이더스(그리스의 신화에 나오는, 손으로 만지기만 하면 모든 것을 황금으로 만들었다는 왕)의 손으로 빚어 만든 것 같은 색깔이었다. 이마는 좁고, 눈은 작고 매서웠다. 그 눈가에는 잔주름이 쪼글쪼글했다. 그렇잖아도 얇은 입술을 꼭 다물고 있어서 더욱 얇아 보였다.

"큰 바위 얼굴과 똑같다!"

사람들이 소리쳤다.

"옛날 예언은 사실이었다. 마침내 우리에게 위대한 인물이 오셨다!"

어니스트는 어리둥절했다. 사람들이 그를 보고 옛날 사람이 예언한 그 얼굴과 똑같다고 믿는 것을 도무지 이해할 수 없었던 것이다. 길가에는 마침 떠돌이 생활을 하며 멀리서부터 흘러들어온 늙은 거지 한 사람과 어린 거지들이 있었다. 이 불쌍한 거지는 마차가 지나갈 때 손을 내밀어 슬픈 목소리로 구걸을 했다.

누런 손이 — 이것이야말로 엄청난 재물을 긁어모은 바로 그 손이었다 — 마차 창문 밖으로 쑥 나오더니 동전 몇 닢을 땅에 떨어뜨렸다. 이 인물을 개더골드라고 부르는 것도 그럴싸하지만 이런 모습을 보자면 스캐터코퍼(Scatter Copper : 동전을 뿌리는 사람)라고 불러도 좋을 것 같았다. 하지만 사람들은 여전히 굳은 믿음으로, 이 사람이 큰 바위 얼굴과 똑같다고 소리쳤다.

하지만 어니스트는 낙심해서 고개를 돌렸다. 주름살이 쪼글쪼글한, 영악하고 탐욕만이 가득 찬 그 얼굴을 보고 싶지 않았던 것이다. 그리고 그는 산허리를 바라보았다. 거기에는 밝고 빛나는 그 얼굴이, 주위의 안개에 가려져 막 지려는 햇빛을 받고 있었다. 그 모습은 어니스트의 마음을 한없이 즐겁게 했다. 그 온화한 입술은 그에게 뭔가 들려주는 것 같았다.

"그 사람은 반드시 온다. 걱정하지 말아라. 그 사람은 꼭 오고야 만다!"

다시 세월이 흘렀다. 어니스트도 이제 소년은 아니었다. 그는 이제 젊은이가 되었다. 그가 그 골짜기 근처 사람들의 주의를 끄는 일은 거의 없었다. 어니스트의 일상 생활에는 그 골짜기 일대에 사는 다른 사람들과 유달리 다른 점이 없었던 것이다.

그가 남과 다른 점이 하나 있기는 했다. 아직도 하루 일을 마치고 혼자 앉아 큰 바위 얼굴을 바라보며 명상에 잠기는 것이었다. 다른 사람들이 보기에 그것은 참으로 어리석은 짓이었다. 그러나 어니스트는 부지런하고 친절했다. 또 사람이 좋은데다 자신의 일을 게을리 하는 일이 없어서 그를 비난하는 사람은 아무도 없었다.

사람들은 큰 바위 얼굴이 그의 선생님이나 마찬가지라는 사실을 알 수 없었다. 큰 바위 얼굴에 드러나는 고상한 감정이 이 젊은이의 가슴에 풍부한 애정을 심어준다는 사실을 몰랐던 것이다. 어니스트는 다른 사람보다 더 넓고 깊은 인정을 갖고 있었다. 큰 바위 얼굴은 어니스트에게 책에서 배우는 것보다 더 많은 지혜를 주었다.

또한 어니스트는 큰 바위 얼굴을 바라보면서 다른 사람의 부끄러운 모습을 경계할 수 있었다. 그리하여 현재 자신의 상태보다 더 나은 상태로 발전할 수 있었던 것이다. 그러나 사람들은 그러한 사실을 알 수 없었다. 어니스트 자신도 들판에서, 또는 모닥불 가에서, 그리고 혼자서 깊이 생각에 잠긴 가운데 자연스럽게 떠오르는 생각과 감정이 사람들과의 만남에서 생겨나는 것보다 더 품격이 높다는 것을 알지 못했다.

그는 어머니가 처음으로 오래된 예언을 말해주던 그 당시와 마찬가지로 순박했다. 그는 골짜기를 내려다보고 있는 큰 바위 얼굴을 바라보면서 왜 그것과 똑같이 생긴, 살아 있는 어느 인간의 얼굴이 좀처럼 나타나지 않는지 아직도 궁금하게 여기고 있었다.

그동안 개더골드는 죽어 땅에 묻혔다. 이상한 것은 그의 육체, 그의 영혼이나 마찬가지였던 많은 재산이 그의 생전에 모두 사라져버렸다는 사실이었다. 막상 죽을 때의 그에게는 쭈글쭈글하고 누런 살갗으로 덮인, 해골이나 마찬가지인 육체만이 남았던 것이다.

그의 황금이 사라지자, 사람들은 누구나 거덜난 상인의 천한 얼굴과 산 위에 있는 장엄한 얼굴이 전혀 닮지 않았다는 사실을 인정하게 되었다. 개더골드가 살아 있을 때에도 사람들은 더 이상 그를 존경하는 마음을 잃어버리고 말았다. 그리고 그가 죽은 뒤에는 그를 완전히 잊었다.

이 골짜기에서 태어난 인물로 유명한 장군이 한 사람 있었다. 그는 아주 오래 전에 군대에 들어가 수많은 전쟁을 겪은 끝에 이제 이름이 잘 알려진 장군이 된 것이다. 그의 본명은 잘 알려져 있지 않았다. 다만 군대나 전쟁터에서는 그를 '올드 블러드 앤드 선더(Old Blood And Thunder : 피와 천둥의 노인이라는 정도의 뜻 – 편집자 주)' 라는 별명으로 부르고 있었다.

이 역전의 용사도 이제 온갖 고생과 상처 때문에 몸이 허약해졌다. 그리고 오랫동안 들어왔던 북 소리나 나팔 소리 등으로 요란한 군대생활에 그만 싫증이 난 것이었다. 그는 이제 그만 고향에 돌아가 편히 쉬고 싶다고 발표하였다.

소문을 들은 골짜기 사람들의 흥분은 이루 형언할 수 없을 지경이었다. 많은 사람들이 지난 몇 년 동안 한 번도 거들떠보지 않던 큰 바위 얼굴을 다시 한 번 오래오래 바라보았다. 이 얼굴과 똑같이 생겼다는 올드 블러드 앤드 선더 장군이 어떻게 생겼는지 알고 싶었던 것이다.

드디어 큰 잔치가 벌어지게 되었다. 그 날도 어니스트는 골짜기 사람들과 함께 일자리를 떠나 숲 가운데 파티가 열리고 있는 장소로 걸어갔다.

어니스트는 멀리서라도 이 유명한 손님을 보고 싶어서 발꿈치를 치켜 들어야 했다. 그러나 큰 손님 주위는 온통 수많은 사람들로 북적거리고 있었다. 축사와 연설, 장군의 입에서 흘러나올 인사말을 한마디도 빠뜨리지 않고 들으려는 듯 사람들은 식탁 주위에 몰려들었고, 호위병으로 따라온 병사들은 임무를 다하느라고 사람들을 총검으로 무지막지하게 밀어 댔다.

원래 성품이 부드러운 어니스트는 이 바람에 뒤로 밀려 그의 얼굴을 볼 수 없었다. 그는 큰 바위 얼굴 쪽을 다시 바라보았다. 스스로를 위로하고 싶었던 것이다. 성실한 표정의 큰 바위 얼굴은 전과 마찬가지로 오래 마음속에 그리워하던 그런 친구를 대하듯 다정히 그를 마주 보며 미소를 띠는 것 같았다. 이 때 그 전쟁 영웅의 얼굴과 멀리 산허리의 얼굴을 비교하는 사람들의 말소리가 들려왔다.

"완전히 도장을 찍어놓은 것 같지 않나? 똑같은 얼굴이야!"

한 사람이 기쁨에 뛰어오르며 소리쳤다.

"맞아, 영락없구나! 바로 그 얼굴이야!"

다른 사람도 옆에서 맞장구쳤다.

"똑같고 말고! 마치 올드 블러드 앤드 선더가 커다란 거울에 자기 모습을 비치고 있는 것 같지 않은가!"

세 번째 사람도 이렇게 외쳤다.

"아무렴, 당연하지! 장군이야말로 역사를 통해 가장 위대한 인물이란 말일세."

이 세 사람은 함께 큰 소리로 외쳤다. 그 소리는 마치 전파처럼 거기 모인 군중 사이로 퍼져나갔다. 그래서 수천 명이 커다랗게 고함을 치고,

그 고함 소리는 산들을 지나 수 마일이나 울려 퍼졌다. 마치 큰 바위 얼굴이 천둥 같은 호흡으로 소리를 지른 것이 아닌가 의심스러울 지경이었다.

"장군이다! 장군이 나오셨다!"

마침내 사람들의 고함 소리가 들려 왔다.

"쉿, 조용히 하라구! 이제 장군이 연설을 하신단 말이야!"

과연 식사가 끝나고 박수 갈채 속에 장군의 건강을 기원하는 축배가 이어졌다. 장군은 감사의 뜻을 나타내려고 자리에서 일어났다. 어니스트는 그를 보았다. 그의 머리 위에는 푸른 월계수 나뭇가지가 얽혀 아치 모양을 만들고 있었다. 그의 이마에는 깃발이 그늘을 만들며 드리워져 있었다. 그리고 숲이 트인 곳으로 멀리 큰 바위 얼굴도 나란히 보였다.

그러면 장군과 큰 바위 얼굴 사이에는 사람들의 증언처럼 정말 닮은 구석이 있었을까? 어니스트는 그런 것을 찾아낼 수 없었다. 그는 수많은 전투와 갖은 풍상에 찌든 그 얼굴을 유심히 바라보았다. 그 얼굴에는 정력이 넘쳐흐르고, 강철 같은 의지가 드러나 있었다. 그러나 선량한 지혜와 깊고도 넓고, 따뜻한 자애심은 찾을 수 없었다. 큰 바위 얼굴은 준엄한 표정이었지만 그 바탕에 분명히 더 온화한 빛이 어려 있었다.

"예언이 말하는 그 인물이 아니다."

어니스트는 사람들 사이를 빠져나가며 혼자 한숨을 내쉬었다.

"아직도 더 기다려야 한다는 말인가?"

다시 평온한 세월이 계속 흘러갔다. 어니스트는 아직도 자기가 태어난 그 골짜기에 살고 있었다. 그도 이제는 중년의 나이였다. 그리고 별로 대단치는 않지만 그의 존재는 차츰 사람들 사이에 알려지게 되었다. 물론 그는 지금도 생계를 위해 일을 하는, 과거 그대로 순박한 마음을 지닌 사람 그대로였다.

어니스트는 그동안 많은 것을 느끼고 깨달았다. 생애의 가장 좋은 시절 대부분을, 인류를 위해 뭔가 훌륭한 일을 해보겠다는 거룩한 희망을 지닌 채 살아왔던 것이다.

자신도 모르는 사이에 어니스트는 일종의 전도사 역할을 하게 되었다. 그의 맑고 높은 사상은 소리 없는 덕행으로 나타나곤 했다. 하지만 그것은 또 그의 설교를 통해서도 사람들에게 전해졌다. 그가 토해내는 진리는 듣는 사람에게 깊은 감명을 안겨 주었다. 그리고 그 설교를 통해 새로운 생활을 할 수 있는 계기를 만들곤 했던 것이다.

하지만 그의 이야기를 듣는 사람들은 바로 자기 이웃 사람이요, 가까운 친구인 어니스트가 범상치 않은 사람이라고는 전혀 생각하지 않았다. 더구나 어니스트 자신 또한 꿈에도 그런 생각을 해본 적이 없었다. 그러나 그의 입에서는 아직까지 그 어느 누구도 말해 보지 못한 깊은 사상이 마치 속삭이는 시냇물처럼 한결 같은 힘으로 술술 흘러나오는 것이었다.

세월이 흘러 냉정을 되찾고 나자, 사람들은 올드 블러드 앤드 선더 장군의 험상궂은 인상과 산 위에 있는 자비로운 얼굴과는 비슷한 점이 없다는 것을 깨달았다. 그러나 이번에는 또다시 어떤 저명한 정치가의 넓은 어깨 위에 큰 바위 얼굴과 똑같은 얼굴이 나타났다는 소식이 들려왔다. 심지어 신문에까지 그러한 사실을 확인하는 기사들이 실렸다.

그 정치가는 개더골드 씨나 올드 블러드 앤드 선더 씨와 마찬가지로 이 골짜기에서 태어났다. 그러나 그 역시 일찍이 이 고장을 떠나 법률과 정치 업무를 해왔다. 부자의 재산과 군인의 칼 대신 그는 오직 한 개의 혀를 가졌을 뿐이었다. 그러나 그가 가진 혀는 앞의 두 가지를 합친 것보다 더 강력했다.

그는 웅변으로 유명했다. 그가 무엇을 말하든 간에 청중들은 그의 말을 믿지 않을 수 없었다. 그의 말을 들으면 틀린 것도 옳다고 여기고, 정당한 것도 잘못되었다고 여기게 된다는 것이다. 만일 그가 맘을 먹기만 하면, 숨을 내쉬는 것만으로도 자욱한 안개를 일으켜 대자연의 햇빛을 무색하게 할 수도 있을 지경이었다.

그의 웅변은 때로는 천둥과도 같이 으르렁댔고, 때로는 한없이 달콤한 음악처럼 사람들의 귀에 속삭였다. 또한 사나운 질풍처럼 휘몰아치는가 하면, 평화로운 노래이기도 했다. 조금 과장해서 말하자면, 그의 심장은 그의 혀에 들어 있는 것처럼 느껴질 정도였다. 그는 정말 놀라운 사람이었다.

정치가는 자신의 말재주를 이용해 상상할 수 있는 모든 성공을 거두었다. 그의 혀가 말하는 소리는 각 나라의 정부와 여러 왕들의 조정에까지 울려퍼지게 되었다. 그의 목소리가 방방곡곡에 울려퍼지고 온 세계에 그의 명성을 떨치게 되었다. 마침내 그의 웅변은 국민들로 하여금 그를 대통령으로 선출하도록 설복시키는 데까지 이르렀다.

이보다 앞서 그의 이름이 세상에 알려지기 시작했을 때, 그의 추종자들은 그와 큰 바위 얼굴이 비슷하다는 사실을 발견했다.

이런 사실이 알려지면서 이 신사는 올드 스토니 피즈(Old Stony Phiz : 늙은 바위 얼굴 - 편집자 주)라는 이름으로 전국에 알려지게 되었다.

그의 동료들이 그를 대통령으로 추대하려고 온갖 노력을 다하고 있을 때, 그는 자기 고향인 이 골짜기를 방문하려고 나섰다.

주 경계선에서부터 기마 행렬이 그를 맞이했다. 사람들은 빠짐없이 일을 쉬고 길가에 모여 그가 지나가는 것을 보려고 하였다. 어니스트도 그 사람들 가운데 있었다.

말굽 소리도 요란하게 기마 행렬이 달려왔다. 먼지가 어찌나 요란하게 일어나는지, 어니스트는 올드 스토니 피즈의 얼굴을 볼 수 없었다. 악대가 연주하는 감격적인 음악 소리가 커다랗게 메아리쳤고, 골짜기 구석구석마다 이 유명한 손님을 환영하는 소리로 가득 찼다. 그러나 역시 가장 멋있는 모습은 멀리 솟은 절벽이 그 음악을 메아리로 울리는 것이었다.

사람들은 모자를 벗어 위로 던지며 소리를 질러 댔다. 그 뜨거운 열기가 사람들의 마음에서 마음으로 통하였다. 어니스트도 가슴에 뜨거운 것이 솟구쳤다. 그도 모자를 위로 던지며 큰 소리로 외쳤다.

"영웅 만세! 올드 스토니 피즈 만세!"

그러나 어니스트는 아직 그 사람을 보지는 못하였다.

"왔다!"

어니스트 가까이 서 있던 사람들이 외쳤다.

"저기 저기 좀 보라구, 올드 스토니 피즈 말이야. 저 산 위의 노인과 비교해 봐. 마치 쌍둥이 같지 않아?"

화려한 행렬 한가운데로 네 마리 흰 말이 끄는 뚜껑 없는 사륜 마차가 달려왔다. 마차에는 유명한 정치가 올드 스토니 피즈가 모자를 벗어 들고 앉아 있었다.

"어때? 정말 대단하지!"

어니스트의 옆에 서 있던 사람이 그에게 말했다.

큰 바위 얼굴이 이제야 비로소 자기 짝을 만났다. 솔직히 말하여, 마차에서 고개를 끄덕거리며 미소를 띠고 있는 그 얼굴의 모습을 처음 보았을 때 어니스트도 산 위에 있는 얼굴과 무척 닮았다고 생각하였다. 흰

하게 벗어진 이마나 그 밖에 얼굴 생김생김이 참으로 당당하고 힘차게 보였다. 마치 타이탄과 경쟁하려고 만들어진 전형적인 모습 같았다.

그러나 정치가의 얼굴에는 장엄함이나 위풍, 신과 같은 위대한 사랑의 표정이 나타나 있지 않았다. 산 중턱의 그 얼굴은 그러한 위대한 표정으로 빛나게 있으며 그것이 그 거대한 화강암으로 이루어진 물질에 정신적인, 영적인 표정을 부여하고 있었다. 이 정치가에게는 그것이 원래부터 없었거나 그렇지 않으면 원래 있다가 사라져버린 것 같았다. 놀랄만한 품성을 타고난 이 정치가의 눈자위에는 지치고도 우울한 빛이 서려 있는 것처럼 보였다.

어니스트의 옆 사람은 팔꿈치로 그를 쿡쿡 찌르며 대답을 재촉했다.

"어때? 어떤 것 같아? 이 사람이야말로 저 산 중턱의 노인과 똑같지 않냐구?"

"아니야!"

어니스트는 무뚝뚝하게 대답했다.

"전혀, 조금도 닮지 않았어."

"그래? 그렇다면, 저 큰 바위 얼굴이 좀 안됐구먼."

옆 사람은 이렇게 말하면서 다시 올드 스토니 피즈를 위하여 환호성을 질렀다. 그러나 어니스트는 아주 낙심한 채 우울하게 그 곳을 떠났다. 예언을 실현시킬 수 있었던 사람이 그렇게 할 마음이 없는 것 같아 보여서 그는 더욱 슬펐다.

세월은 덧없이 계속 흘러갔다. 이제 어니스트의 머리에도 하얀 서리가 내렸다. 이마에는 점잖게 주름살이 생기고, 두 뺨에도 고랑이 파였다. 그는 정말 늙은이가 되었다. 그러나 그냥 나이만 먹은 것은 아니었다.

그의 머릿속에는 무성한 백발보다 풍부하고 지혜로운 생각이 들어 있었다. 이마와 뺨의 주름살 역시 그동안 인생의 항로를 여행하며 겪은 시련을 통해 얻은 지혜가 깃들여 있는 것이다. 어니스트는 이제 이름 없는 존재는 아니었다. 그는 명예를 찾지도 않고 원하지도 않았지만, 수많은 사람이 쫓아다니는 그 명예가 그를 찾아왔다. 이제 그의 이름은 그가 살고 있는 산골짜기를 넘어 세상에 널리 알려지게 되었다.

어니스트가 이렇게 나이를 먹어가고 있을 그 무렵, 자비로우신 하나님의 섭리로 새로운 시인 한 사람이 세상에 나타났다. 그 역시 이 골짜기에서 태어난 사람이었다. 그러나 그 또한 고장을 멀리 떠나 일생의 태반을 시끄러운 도시 속에서 살면서 거기서 꿈같이 아름다운 음률을 쏟아 놓고 있었다.

그는 또 장엄한 송가(頌歌)로 큰 바위 얼굴을 찬미한 일도 있었다. 마치 그 큰 바위 얼굴의 웅대한 입으로 직접 읊조려도 부끄럽지 않을 만큼 장엄한 시였다. 이 천재의 재능은 이를테면 하늘로부터 받아 세상에 태어날 때부터 타고난 것이라고 할 수 있었다.

그가 산을 읊으면 모든 사람들은 그 산허리에 한층 더 장엄함이 깃들고, 그 산꼭대기에 영광이 드리워지는 것을 볼 수 있었다. 그가 아름다운 호수를 노래하면 하늘이 그 호수에 미소를 던져 영원한 빛을 던지는 것 같았다. 또 망망대해를 노래하면 바다의 깊고 넓은, 무시무시한 마음조차 그의 노래에 감동해 뛰노는 것 같았다.

시인이 행복한 눈으로 세상을 축복하면서 이 세상은 과거와 다른, 더 훌륭한 모습을 가지게 되었다. 조물주는 자신이 직접 창조한 세계의 마지막 완성을 위해 자신의 최고의 솜씨를 발휘해 그를 세상에 내려보냈던 것이었다. 그 시인이 해석을 하고 조물주의 창조를 완성시키기 전까지 천지는 아직 완전하게 창조된 것이 아니었으리라.

마침내 어니스트도 이 시인의 시를 구해서 읽게 되었다. 그는 늘 하루의 노동이 끝난 뒤, 자기 집 문 앞에 놓인 긴 의자에 앉아서 그 시들을 읽었다. 그 자리는 오랫동안 그가 큰 바위 얼굴을 바라보며 생각에 잠겨왔던 바로 그곳이었다. 지금 자신의 영혼에 엄청난 충격을 던져주는 그 시들을 읽으면서 그는 큰 바위 얼굴을 바라보았다. 큰 바위 얼굴은 여전히 인자하게 자신을 내려다보고 있었다.

"오, 장엄한 벗이여!"

그는 큰 바위 얼굴을 보면서 중얼거렸다.

"이 시인이야말로 당신을 닮을 자격이 있는 사람 아니겠습니까?"

그 얼굴은 뭔가 미소를 짓는 것 같았으나, 아무 대답도 없었다.

한편, 시인 역시 무척 멀리 떨어져 있었지만 어니스트의 소문을 듣고 있었다. 뿐만 아니라 그의 인격을 흠모하여 학교에서 배우지 않은 지혜와 스스로 지킨 고상한 생활의 순수함이 일치하는 이 사람을 몹시 만나고 싶어했다.

그래서 어느 여름 아침 그는 기차를 탔다. 그리고 며칠 후 어니스트의 집에서 그리 멀지 않은 역에서 내렸다. 전에 개더골드 씨의 저택이었던 호텔이 가까이 있었지만, 그는 가방을 든 채 어니스트의 집을 찾아가서 하룻밤 묵게 해달라고 청할 생각이었다.

문 앞에 가까이 가자, 점잖은 노인이 책을 읽고 있었다. 노인은 책갈피에 손가락을 끼운 채 큰 바위 얼굴을 쳐다보고 또 책을 들여다보고 하는 것이었다. 시인은 그 노인에게 말을 걸었다.

"안녕하십니까? 지나가는 나그네입니다. 죄송하지만 댁에서 하룻밤 묵을 수 있겠습니까?"

"네, 그렇게 하시지요."

노인은 웃으면서 말했다.

"저 큰 바위 얼굴이 저렇게 다정한 얼굴로 손님을 맞이하는 것을 아직 본 일이 없습니다."

시인은 그 노인, 즉 어니스트 옆에 앉아 이야기를 주고받았다. 시인은 그 전에도 가장 재치 있고 가장 지혜로운 사람들과 이야기를 나눠본 일이 있었다. 그러나 어니스트처럼 자유자재로 사상과 감정이 우러나오고, 소박한 말솜씨로 위대한 진리를 쉽게 말하는 사람은 본 적이 없었다.

시인의 이야기에 귀를 기울이던 어니스트는, 큰 바위 얼굴도 함께 몸을 앞으로 내밀고 그 이야기에 귀를 기울이는 것 같았다. 그는 진지하게 시인의 빛나는 눈을 바라보았다.

"손님은 비범한 재주를 가지셨군요. 도대체 어떤 분이신지 말씀해주십시오."

어니스트는 물었다. 시인은 어니스트가 읽고 있던 책을 가리켰다.

"이 책을 읽으셨지요? 그러면 저를 아실 것입니다. 제가 바로 이 책을 쓴 사람입니다."

어니스트는 다시 한 번 전보다 더 진지하게 시인의 모습을 살폈다. 그리고 나서 큰 바위 얼굴을 쳐다봤다. 그러더니 이상하다는 표정으로 다시 한 번 손님을 바라보았다. 그의 얼굴에는 실망하는 빛이 떠올랐다. 그는 머리를 흔들며 한숨을 내쉬었다.

"왜 그렇게 슬퍼하십니까?"

시인은 물어 보았다.

"저는 평생 동안, 예언이 실현되기를 기다리고 있었습니다. 그리고 이 시를 읽으면서 시를 쓴 이 분이야말로 그 예언을 실현하는 분이 아닐까 생각했던 것입니다."

어니스트는 대답하였다. 시인은 얼굴에 살짝 미소를 띠면서 말했다.

"주인께서는 제가 저 큰 바위 얼굴과 닮았기를 기대하신 것이지요? 그런데 막상 보니 개더골드나, 올드 블러드 앤드 선더나, 올드 스토니 피즈와 마찬가지로 저에게도 역시 실망하신 것이지요? 맞습니다. 저는 그 정도밖에 안 됩니다. 저 역시 저보다 먼저 나타난 세 사람과 마찬가지로 당신에게 다시 한 번 실망을 안겨드렸을 뿐입니다. 정말 부끄럽고 슬픈 이야기지만, 저는 저렇게 인자하고 장엄한 얼굴에 비교할 만한 가치가 없는 인간입니다."

"왜 그렇습니까? 여기 담긴 생각이 신성하지 않단 말씀입니까?"

어니스트는 시집을 가리키며 말하였다. 시인은 다시 말했다.

"그 시에는 신의 뜻을 전하는 내용도 있습니다. 하늘나라에서 울리는 노래가 희미하게 메아리치는 정도는 될지도 모르지요. 하지만 친애하는 어니스트 씨! 그러나 나의 생활은 나의 사상과 일치하지 못합니다. 나 역시 큰 꿈을 가졌습니다. 그러나 그것은 그저 꿈이었을 뿐입니다. 나는 보잘것없고 천박한 현실 속에서 살 수밖에 없었고, 실제로 그렇게 살아 왔습니다. 좀더 솔직하게 말씀드리면 나의 작품들이 말하는 것, 자연 속에나 혹은 인생 속에 그 존재를 확실하게 드러내는 장엄함이나 아름다움, 지고지선(至高至善)한 가치에 대해 나 스스로 확신하지 못하는 일조차 있습니다. 그러니 순수한 선(善)과 진(眞)을 찾는 당신이 어찌 나에게서 저 큰 바위 얼굴을 찾을 수 있겠습니까?"

시인의 대답은 서글펐다. 그의 두 눈에는 눈물이 어려 있었다. 어니스트의 눈에도 눈물이 괴었다.

해가 질 무렵이 되자, 오래 전부터 으레 그래왔던 것처럼 어니스트는 밖에서 동네 사람들에게 이야기를 하려고 자리에서 일어났다. 그와 시인은 이야기를 주고받으며, 서로 팔짱을 끼고 그곳으로 걸어갔다. 그 곳은 나지막한 산에 둘러싸인 작은 공터였다. 뒤에는 잿빛 절벽이 솟아 있고 그 앞으로 무성한 담쟁이덩굴이 울퉁불퉁한 벼랑으로부터 줄기줄기 뻗어내려와 울퉁불퉁한 바위를 비단 휘장처럼 뒤덮고 있었다.

그 공터의 약간 높은 곳에 푸른 나뭇잎으로 둘러싸인 아늑한 장소가 있었다. 한 사람이 들어가 자신의 진심에서 우러나오는 이야기를 할 만한 정도의 공간이었다. 어니스트는 자연스럽게 만들어진 이 연단에 올라가 따뜻하고 다정한 웃음을 띠며 사람들을 둘러보았다.

설 사람은 서고, 앉을 사람은 앉고, 기댈 사람은 기댄 채 저마다 편한 자세로 모여 있었다. 서산에 기우는 해가 그들의 모습을 비추고 있었다. 햇빛이 잘 통하지 않는, 고목이 울창한 어두운 숲에도 석양의 밝은 빛은 흔적을 남기고 있었다. 또 다른 쪽에는 큰 바위 얼굴이 언제나 변함없이 유쾌하고 장엄하면서도 인자한 모습을 나타내고 있었다.

어니스트는 자신의 생각을 청중에게 이야기하기 시작하였다. 그의 말은 자신의 사상과 일치되어 힘이 있었다. 그리고 그의 사상은 자신의 일상 생활과 조화되어 있어 현실성과 깊이가 있었다. 이 설교자가 하는 말은 단순한 음성이 아니라 생명의 부르짖음이었다. 그 속에 착한 행위와 신성한 사랑으로 된 그의 일생이 녹아 있었던 것이다. 마치 아름답고 순결한 진주가 그의 소중한 생명수에 녹아 들어간 것 같았다.

시인은 그의 이야기에 귀를 기울이면서 어니스트의 인품이 자신이 쓴 그 어느 시보다 더 고상하고 우아하다고 느꼈다. 그는 눈물 어린 눈으로 그 존엄한 사람을 우러러보았다. 온화하고 다정하며 생각이 깊은 얼굴에 백발이 흩어진 그 모습…. 그것이야말로 예언자와 성자다운 모습이라고 시인은 혼자 생각하였다.

저 멀리, 서쪽으로 기우는 태양의 황금빛 속에 큰 바위 얼굴이 뚜렷하게 드러나 보였다. 그 주위를 둘러싼 흰 구름은 어니스트의 이마를 덮고 있는 백발처럼 보였다. 그 광대하고 자비로운 모습은 온 세상을 감싸안는 것 같았다.

그 순간 어니스트의 얼굴은 그가 말하고자 했던 생각과 일치되어 자비심이 섞여 있으면서도 장엄한 표정을 지었다. 시인은 참을 수 없는 충동으로 팔을 높이 쳐들고 외쳤다.

"보시오! 보시오! 어니스트야말로 저 큰 바위 얼굴과 똑같습니다."

사람들은 모두 어니스트를 쳐다보았다. 그리고 그 지혜로운 시인의 말이 사실이라는 것을 알았다. 예언은 실현되었다. 그러나 말을 다한 어니스트는 시인의 팔을 잡고 천천히 집으로 돌아갔다. 그리고 아직도 자신보다 더 현명하고 착한 사람이 큰 바위 얼굴과 같은 용모를 가지고 어서 빨리 나타나기를 마음속으로 기원하는 것이었다.

줄거리

남북전쟁 직후, 어니스트는 어머니로부터 바위 언덕에 새겨진 큰 바위 얼굴에 얽힌 예언을 들으며 자란다. 어니스트는 큰 바위 얼굴과 닮은 사람을 만나보았으면 하는 기대를 가지고, 자신도 어떻게 살아야 큰 바위 얼굴처럼 될까 생각하면서 진실하고 겸손하게 살아간다.

세월이 흐르는 동안 돈 많은 부자, 싸움 잘하는 장군, 말을 잘하는 정치인, 글을 잘 쓰는 시인을 만났으나 큰 바위 얼굴처럼 훌륭한 사람으로 보이지 않았다. 그러던 어느 날, 어니스트의 설교를 듣던 시인이 어니스트야말로 큰 바위 얼굴의 예언이 말하는 바로 그 얼굴이라고 소리친다. 하지만 할 말을 다 마친 어니스트는 집으로 돌아가면서 자신보다 더 현명하고 나은 사람이 큰 바위 얼굴과 같은 용모를 가지고 나타나기를 마음속으로 바란다.

해설

'큰 바위 얼굴'은 작품의 배경이자 제목이 되는 상징성을 가지고 있다. 특히 이 작품에서 이해하고 넘어가야 할 부분이 바로 큰 바위 얼굴이라는 배경이 가지는 역할이다.

작품 속에서 주인공 어니스트가 사는 분지나 큰 바위 얼굴에 대한 묘사는 작품의 배경을 이루고 있다. 배경에 관한 이러한 상세하고도 구체적인 진술은 소설을 읽는 독자들에게 생생한 인상을 주어 작품에서의 신빙성을 높여 주고 있다. 또한 소설의 뒷부분에서 어니스트가 연설할 장소에 대한 묘사는 아늑하면서도 장중한 분위기를 만드는 동시에 어니스트의 성격과 부합되어 작가가 말하고자 하는 주제 의식을 돕고 있다.

주제

이상적인 인간상을 추구

생각해 볼 문제

1. '큰 바위 얼굴'의 배경이 되는 마을에서 차지하는 큰 바위 얼굴의 위치는 어느 정도라고 생각하는지 서술하시오.

2. 작가 나다니엘 호손은 '큰 바위 얼굴'을 통해서 무엇을 말하고자 하는지 작가가 살던 시대 배경을 참고하여 서술하시오.

3. 작품에서 예언의 인물이라고 생각하는 이들이 차례대로 등장한다. 그들이 누구인지 나열하고 왜 그들을 예언의 인물이라고 생각했는지에 대해 차례대로 서술하시오.

4. 작가 나다니엘 호손은 위대한 인물이 되기 위한 덕목은 무엇이라고 말하고 있는지 서술하시오.

5. 이 작품에 등장하는 '시인'은 어떤 역할을 하고 있는지 생각하는 바를 서술하시오.

6. 예언의 인물이라 점쳐지던 이들은 각각 어니스트에게 실망만 안겨 주었다. 그 이유를 차례대로 설명하시오.

7. 예언의 인물을 기다리던 어니스트야말로 결국 예언의 인물이라는 것을 작품에서 암시하고 있다. 작가는 왜 어니스트를 큰 바위 얼굴과 닮은 예언의 인물이라고 그렸는지에 대해 서술하시오.

8. 이 작품에는 상징과 비유가 탁월하게 쓰이고 있다. 특히 큰 바위 얼굴을 두고 예언의 인물이 상징하는 바와 어니스트가 일맥상통하는 점 등을 아주 잘 그려 내고 있다. 그 대목을 명기하고 또한 그것이 의미하는 바를 서술하시오.

9. 이 작품을 읽고 떠오르는 우리 나라 속담을 쓰고 그 이유를 서술하시오.

뚱뚱한 신사

저자 소개 워싱턴 어빙(Irving, Washington : 1783. 4. 3.~1859. 11. 28.)

미국의 소설가·수필가. 뉴욕에서 태어났다. 어린 시절부터 아버지의 풍부한 장서를 읽으며 자랐다. 1802년부터 이듬해까지 극평이나 풍자기사를 신문에 기고하였다. 1807년에는 영국의 《스펙테이터》지를 본떠서 잡지 《샐머건디》를 창간하여 매호마다 극평이나 시평을 기고하였다. 1909년 '뉴욕사(史)'를 출간하여 경묘한 풍자와 유머러스한 필치로 일약 유명해졌다. 1815년에는 어느 상회(商會)의 대리인으로 영국으로 건너갔으나, 얼마 후 문필 생활로 돌아와 1819년부터 다음해에 걸쳐 영국의 전통이나 미국의 전설을 그린 '스케치북(립 밴 윙클 수록)'을 출판, 미국 작가로서는 처음으로 국제적 명성을 얻었다.

1826년부터 3년 동안 마드리드의 미국 공사관에 근무하면서 에스파냐 문화를 연구하고 '알함브라 전설(*The Alhambra*)'과 그 밖의 책을 출판하였으며, 1832년에 17년 만에 귀국하여 서부를 여행하고 '대초원 여행' 등을 썼다. 말년에는 '워싱턴전(*George Washington*)'을 비롯한 전기 등을 집필하였다.

그는 골드 스미스 등의 영국 작가에 심취하여 당시 점차 높아지기 시작했던 미국 국민문학의 새로운 경향을 무시하고, 주로 전아(典雅)한 문장과 로맨틱한 소재를 고집하였다. 그 때문에 비교적 쉽사리 명성을 얻었지만, 동시에 새로운 시대의 흐름에서 소외당하는 원인이 되기도 하였다.

이 소설의 핵심 정리

갈래	단편소설
경향	풍자주의
시점	1인칭 관찰자 시점
배경	시간적 – 11월의 어느 비 오는 날, 공간적 – 시골 여관
의의	'뚱뚱한 신사'는 1822년에 발표된 작품집 '브레이스브릿지 저택'에 실린 '립 밴 윙클'과 함께 미국 단편소설의 선구자 역할을 한 작품이다.
특징	일반적인 소설 작품의 인물들이 뚜렷하게 묘사되는 것과는 정반대로 인물에 대한 정보가 제공되지 않으므로 독자의 상상력을 자극하는 효과를 가지고 있다.
등장인물	나 – 이야기를 이끌어가는 화자. 호기심이 많고 상상력이 풍부한 인물이다. 여인숙 여주인 – 예쁜 용모에 괄괄한 성격을 가진 인물. 잔소리가 심하며, 반편이 남편과 함께 여인숙을 운영하고 있다. 뚱뚱한 신사 – 모습을 드러내지 않는 미지의 인물이며 작품의 주된 소재이다.
구성	발단 – 11월의 어느 비오는 날, 나는 여행 도중 몸의 상태가 약간 좋지 않아 여관에 머물며 우울한 시간을 보내고 있었다. 전개 – 여관의 정적을 깨뜨리는 벨소리가 들렸다. 벨소리에 맞추어 여관에서 일하는 사람들이 분주하게 움직였다. 이러한 소란이 나의 호기심을 자극했다. 위기 · 절정 – 벨을 울리는 사람은 13호실에 묵고 있는 손님이었다. 나는 호기심에 13호실 손님에 대해 주인에게 물어보았지만 어떤 정보도 얻지 못했다. 이에 나는 여러 가지 정황으로 그

손님에 대해서 상상을 하기 시작했다.

결말 - 이튿날 아침, 나는 늦잠을 자다가 떠들썩한 소리에 잠을 깬다. 곧이어 13호실 손님이 떠난다는 사실을 알게 된다. 이에 나는 얼른 창가로 뛰어갔지만 역마차 안으로 들어가는 어떤 커다란 엉덩이만 보고 말았다.

▶ 읽기 전에 알아두기

워싱턴 어빙은 찰스 브록든 브라운, 제임스 페니모어 쿠퍼와 함께 오늘날 가장 널리 인정받는 미국 최고의 저명한 소설가이다. 이들 작가들은 미국의 혁명기에 활동한 작가들이라고 볼 수 있다. 이들은 문학작품 속에서 미국적인 소재, 역사적 관점, 변화라는 주제, 향수를 불러일으키는 어조를 주로 다루었다.

또한 그들은 여러 산문 장르를 이용해 글을 쓰고 새로운 형식을 개발하여 문학으로 생계를 유지할 수 있는 방법을 모색하기도 했다. 워싱턴 어빙은 갓 태어난 신생 국가의 역사의식을 발견했고 이를 만족시키는 데 도움을 주었다. 그의 수많은 작품들은 역사를 재구성하고 살아 숨쉬는 상상의 생명력을 불어넣음으로써 신생국가의 정신을 구축하려는 헌신적인 노력의 결과물로 파악할 수 있다. 그는 작품 소재로 미국 역사의 가장 극적인 장면, 즉 신세계의 발견, 국가의 영웅인 첫 번째 대통령, 서부 탐험 등을 주로 선택했다.

뚱뚱한 신사

그 날은 11월 우울하게 비가 내리던 어느 날이었다. 여행 도중에 병에 걸려 몸의 상태가 별로 좋지 않았지만 그 병도 거의 나아 가고 있었다. 그러나 아직 미열이 남아 있어 다비라는 시골의 조그마한 읍내의 한 여관에서 하루 종일 지내지 않으면 안 되었다.

일요일에 비 오는 시골 여관이란!

같은 경험을 해보지 않은 사람은 아마도 내 처지를 도저히 이해할 수 없을 것이다. 비는 후드득 후드득 창문을 때리고, 교회의 종소리마저 댕 댕 서글프게 울려왔다. 창가로 다가가 눈요기할 만한 것을 찾았지만 가까운 주변에는 위안 삼을 만한 것은 전혀 보이지 않았다. 침실 창에서는 기와 지붕과 굴뚝을 볼 수 있었고 거실의 창으로는 마구간 앞의 공터가 훤히 내다 보였다. 비 오는 날의 마구간 앞마당처럼 재미없는 것이 세상에 또 있을까! 그곳은 나그네와 말 주인들이 흩뜨려 놓은 젖은 지푸라기들로 인해 너저분했고, 한쪽 구석에는 가축들의 배설물이 마치 섬처럼 쌓인 데다가 그 주변에는 샛노란 물이 냄새를 풍기며 고여 있었다.

흠뻑 젖은 몇 마리의 닭들이 짐수레 밑에 있었는데, 그 속에 가련한 수탉 한 마리가 벼슬을 축 늘어뜨린 채 끼어 있었다. 그 수탉은 마치 죽은 것처럼 늘어진 꼬리가 흠뻑 젖어 하나로 달라붙어 있었고, 그 깃을 따라 물이 뚝뚝 떨어지고 있었다. 짐수레 곁에는 등에서 무럭무럭 김이 나고 있는 젖소가 우물우물 되새김질을 하면서 조는 듯이 비를 맞고 서 있었다. 마구간이 답답했는지 흐린 눈을 한 말 한 마리도 긴 목을 마구간 밖으로 내놓고 비를 맞고 있었다. 바로 그 옆에는 불쌍한 개 한 마리가 묶인 채 가끔 짖는 것도 아닌 낑낑거리는 소리를 내고 있었다.

미친 여자 같은 식모가 진땅에서나 신는 나막신을 신고 마구 찌푸린 얼굴로 마구간 앞마당을 걸어 가고 있었다. 예컨대 하나부터 열까지 어느 것 하나 흥미 있는 것이 없었고, 단지 오리떼만이 서로 다정한 술친구들처럼 웅덩이 주변에 모여 시끄럽게 꽥꽥 대고 있을 뿐이었다.

너무 외롭던 나는 마음을 위로해 줄 뭔가를 찾아 그 방에서 나와 '장돌뱅이의 방'이라는 이상한 이름이 붙은 방으로 찾아갔다. 그 방은 어느 여관에서나 흔히 볼 수 있는 장돌뱅이나 세일즈맨들이 머무는 공용의 방이었다.

내가 아는 바로는 그들은 현대에 있어서 옛날 무사 수행자들의 유일한 후계자이다. 단지 창이 채찍으로 바뀌고, 방패가 상품 견본표로 바뀌고, 갑옷이 외투로 바뀌었을 뿐, 그들의 생활은 옛날과 똑같이 모험의 연속이었다. 다만 다른 점이 있다면 세상 최고의 미인을 호위하는 대신 각 나라를 방문하면서 어느 갑부나 제조업자의 명성을 드높이고 그들을 대신해 기꺼이 거래를 한다. 지금 시대는 싸움이 아니라 거래가 유행하는 시대이기 때문이다. 예전의 싸움이 난무하던 시대였다면 지금 여관의 이 방엔 갑옷이나 칼, 얼굴만 내놓는 투구, 여행에 지친 무사들이 입는 갑옷 등이 벽에 걸려 있었겠지만, 지금의 이 '장돌뱅이의 방'에는 두꺼운 나사 외투와 여러 종류의 채찍, 박차(구두 뒤축에 댄 쇠로 만든 톱니-편집자 주)와 각반(무릎 아래 다리를 감는 띠-편집자 주)과 기름 헝겊으로 싸여 있는 모자 등 그저 그들이 예전 무사 수행자의 후계자라는 표시가 나는 차림들로 장식되어 있었다.

이 방에는 두세 사람이 있었지만 나는 이들 중에서 말벗이 되어줄 괜찮은 인물을 찾을 수가 없었다. 한 사람은 마침 급사를 꾸짖으면서 버터를 바른 빵을 게걸스럽게 먹고 있었고, 한 사람은 각반의 단추를 채우면서 구두닦이에게 욕지거리를 하고 있었다. 나머지 다른 한 사람은 유리창으로 흐르는 빗물을 쳐다보면서 탁자 위를 손가락으로 두드리고 있었다. 그러나 그들은 얼마 가지 않아 말 한마디 주고받지 않은 채 방을 나가버렸다.

나는 창가로 다가가 사람들이 바짓단을 무릎까지 걸어 올리고 우산에 물방울을 튀기면서 정신없이 교회로 가고 있는 것을 바라보았다. 어느덧 교회의 종소리마저 그치고 거리는 정적이 느껴졌다.

나는 바로 길 건너 상점의 딸들이 나들이 옷이 젖을까 봐 밖으로는 나오지 못하고 여관에서 머무는 손님들을 끌어들이려고 창앞에서 서 있는 모습을 보면서 눈요기를 할 수 있었다. 하지만 조금 뒤 그녀의 어머니들이 못마땅한 얼굴로 딸들을 불러들이는 바람에 더 이상 바깥에서는 즐거움을 찾을 수 없게 되었다.

난 여관 안에서 평소보다 하루가 열 배는 더 지루한 이 기나긴 낮을 뭘하며 지낼까 생각하다, 속이 상하고 쓸쓸해져 맥주 냄새와 담배 냄새가밴 신문을 보거나 비보다도 더 짜증스러운 책들이나 옛날 잡지인 '부인의 벗'을 읽으며 지루함을 달랠 뿐이었다. 여관의 창문에는 스미스 가,

브라운 가, 잭슨 가, 존슨 가 등등 조금도 변하지 않는 틀에 박힌 가문의 이름이며 그 외 그 후손들의 이름과 오래된 시 구절이 적혀 있었다.

그 날은 드문드문 떠 있는 구름조차 느릿하게 움직였고, 내리는 비도 아무런 변화가 없었다. 우울하고 쓸쓸하기 그지없는 하루였다. 비는 단조롭고 지루하게 주룩주룩 계속 내리고 어쩌다 길을 가는 사람은 우산을 때리는 빗방울 소리를 시원한 소나기라고 상상하며 잠시 개운한 기분에 젖는 것이 할 수 있는 일의 전부였다.

정오가 지날쯤, 역마차 한 대가 경적을 울리며 달려오는 것을 보았을 때는 정말 가슴이 다 후련해지는 것 같았다. 무명 우산을 쓰고 차 밖으로 나온 승객들은 옷이 쭈글쭈글 구겨져 있었고, 비에 젖은 두터운 나사 외투나 반외투에서는 김이 모락모락 피어오르고 있었다.

역마차의 경적 소리는 근처에서 놀던 아이들과 똥개들, 빨강머리의 마부, 구두닦이, 그 외에도 여관 주변에서 생활하는 노숙자들을 밖으로 끌어내었다. 그러나 이 소동도 잠시뿐 역마차는 이내 거리를 떠났고 아이들도, 똥개도, 마부도, 구두닦이도, 노숙자들도 모두 자신들의 소굴로 되돌아갔다. 비는 여전히 내리고 거리는 다시 조용해졌으며 도무지 날씨는 갤 조짐이 보이지 않았다. 청우계(기상관측에 쓰는 온도계-편집자 주)는 우천을 가리키고, 여관의 주인이 기르는 듯한 고양이 한 마리가 손으로 얼굴을 비비고 귀를 닦으며 불 옆에 쭈그리고 앉아 있었다.

일기예보는 한 달의 달력을 가득 채우며 끔찍하게 표시되어 있었다.

'장우-기나긴 시간 동안 비가 내림!'

나는 가슴이 답답했다. 틱톡거리는 기둥시계의 시침 소리조차 권태로워 시간이 흐르고 있다는 느낌을 도무지 가질 수가 없었다.

그러나 울리는 벨 소리에 의해서 이 여관의 정적은 드디어 깨지고 말았다.

"13번의 뚱뚱한 분이 아침 식사를 하신답니다. 차와 버터, 빵, 그리고 햄과 계란을 준비해 주세요. 계란은 너무 삶지 않도록 하세요."

여관의 급사가 주방쪽으로 소리를 쳤다.

나는 자유로운 상태에서는 어떤 일이라도 중대해진다. 나는 가끔 이런 저런 생각들을 마음속으로 상상하는 것을 좋아하였고 드디어 상상의 나래를 펼 만한 새로운 재료를 얻은 것이다. 만약 급사가 위층의 손님을 '미스터 스미스' 라든가 '미스터 브라운', '미스터 잭슨' 혹은 '미스터 존슨', 그도 아니면 그냥 '13번' 이라고만 불렀다면 그에 대해서는 어떠한 생각도 하지 않았을 것이고 아무런 상상의 실마리도 잡지 못했을 것이다. 그러나 '뚱뚱한 분!' 이라는 호칭이 나로 하여금 뭔가를 떠오르게 했던 것이다. 난 곧 그의 몸집을 짐작했다. 그 인물이 내 마음에 뚜렷하게 보이면서, 그 뒤로는 상상할 거리가 풍성해졌다. 그 남자는 뚱뚱하다고 했지만, 아마 육중하다고 표현할 수 있을는지 모른다. 그리고 아마 나이가 상당히 들었는지 모른다. 나이가 들면서 점점 살이 찌는 사람이 많으니까. 자신의 방에서 늦은 아침을 먹는 것으로 미루어 보아 아마 아침 일찍 일어나 일하지 않아도 되는 신분일 것이다. 틀림없이 얼굴이 불그스름하고 덩치가 뚱뚱한 노인일 것이다.

또 한 번 요란스레 벨이 울렸다. 뚱뚱하게 생긴 신사가 아침 식사를 재촉하는 모양이었다. 아마 상당한 신분임에 틀림없다. '세상을 살면서 어떠한 억압도 받지 않는' 신분일 것이다. 그는 다른 사람들이 바로바로 치다꺼리를 해줬을 것이고, 식욕이 왕성하여 배가 고프면 기분이 언짢아지는 사람일 것이다.

'어쩌면 런던의 시 참사 회원일지도 모르고 아니면 하원의원일지도 모른다' 고 나는 생각하였다. 아침 식사가 위로 올라간 뒤로는 잠시 조용해졌다. 아마도 신사는 차를 마시고 있을 것이다. 벨이 또 요란스레 울렸다. 벨 소리에 대답할 겨를도 없이 곧바로 다시 벨 소리가 요란하게 울렸다. '무슨 일일까! 굉장히 성질이 급한 노인인가 보군!' 잔뜩 화가 난 급사가 투덜거리며 아래층으로 내려왔다. 뚱뚱한 신사는 버터에서는 썩은 냄새가 나며, 계란은 너무 익혔고, 햄은 짜다는 등의 불평을 했다고 하였다. 음식에 대해 매우 까탈스러운 사람이 틀림없었다. 아마도 그는 식사를 하면서 불평을 하고 하인들을 못살게 부려먹으며 집안사람들과 으르렁거리며 살지도 모른다.

여관 안주인은 잔뜩 화나 보였다. 그녀는 생김새가 꽤 예쁘고 섹시해 보이기는 하나 잔소리가 좀 심하고 교양이 없어 보였다. 잔소리가 많은 여자들의 남편들이 그러하듯이 이 여자의 남편도 좀 모자란 듯한 사람이었다.

그녀는 2층으로 제대로 된 식사를 보냈다고 타박했지만 뚱뚱한 신사에 대해서는 아무런 불평도 하지 않았다. 그것으로 그 뚱뚱한 신사가 신분이 굉장히 높은 사람이어서 이런 시골 여관에서 떠들썩하게 폐를 끼쳐도 그다지 꺼릴 게 없는 사람이라고 충분히 짐작할 수 있었다. 계란과 햄, 버터와 빵이 새로 만들어져 위로 올려졌고, 이번에는 그런대로 괜찮았는지 더 이상 벨 소리는 울리지 않았다.

내가 장돌뱅이의 방을 몇 번 왔다 갔다 하는 동안 벨이 또 울렸다. 뚱뚱한 신사는 '타임즈' 나 '크로니클' 신문을 읽어야겠다고 지시했고, 급사는 그것을 찾아 온 여관을 뒤지고 다녔다. '그는 아마도 호이크 당(黨)인 것 같다' 고 나는 단정했다. 아니면 어떤 일에나 꼬투리를 잡아 행패를 부리는 것으로 보아 급진파일지도 모른다고 생각했다. 내가 들은 바로는 영국에 급진파로 영웅시되던 영국의 수필가 '헌트' (리 헌트 : 1784~1859) 가 체구가 크다더니 혹시 그 양반이 아닐까?

나의 호기심은 갈수록 커졌다. 나는 급사에게 이렇게 떠들어대는 그 뚱뚱한 신사가 누구냐고 물었다. 하지만 급사에게는 아무 대답도 들을 수 없었고, 어느 누구도 그의 이름을 모르고 있는 것 같았다. 바쁜 여관 주인들은 잠깐 머물다 가는 손님들의 직업이나 이름은 그다지 신경쓰지 않았고 단지 손님의 옷 색깔이나 차림새만으로도 그들의 이름을 충분히 지을 수 있었다. 주인들은 단지 키 큰 신사, 키 작은 신사, 혹은 검은 옷의 신사, 갈색 옷의 신사, 그도 아니면 지금처럼 뚱뚱한 신사라고 부르면 그뿐이었다. 일단 이런 이름들로 부르면 대부분 그대로 사용하게 되고 다른 것은 물어 볼 필요가 없는 것이다.

비는 계속해서 지겹게 내렸다. 나는 집 밖으로 나갈 엄두도 나지 않았으며 역시 집 안에서도 아무런 위안거리를 찾을 수 없었다.

이윽고 방의 위쪽에서 누군가의 발짝 소리가 들려왔다.

뚱뚱한 신사의 방이었다. 나는 무거운 발짝 소리로 그 사람이 분명히 몸이 클 것이라고 생각했다. 또 그는 삐걱 대는 구두창을 댄 것으로 보아 노인이 확실한 것 같았다. '이 사람은 아마도 규칙적인 생활습관을 가진 구식의 부자 노인이고, 아마도 지금은 식사 후의 운동을 하고 있을 것이다' 라고 나는 추측했다.

나는 더 이상 호기심을 참을 수 없어서 난로 위 선반에 올려져 있던 합승마차나 여관의 광고 따위를 모조리 읽었다. 뭘 해야 할지 모르던 나는 급히 그 방을 나와 내 방으로 올라갔고 얼마 후 옆방에서 폭풍이 일어났다. 옆방의 문이 열리더니 다시 쾅 닫혔고, 혈색 좋고 밝은 얼굴로 눈길을 끌던 여급이 몹시 성난 얼굴을 하고 아래층으로 내려갔다. 아마

도 그 뚱뚱한 신사가 폭언을 퍼부은 모양이었다

　이것으로 내가 대충 짐작했던 상황을 완전히 뒤집었다. 이 뚱뚱한 신사는 아마 노인이 아닐지도 모른다. 만일 그가 노신사라면 여급에게 난폭한 소리를 지르지 않았을 것이다. 그러나 그는 젊은 신사도 아닐지 모른다. 젊은 신사들은 상대방에게 그렇게 화를 내지는 않으니, 아마도 그는 중년의 나이일 것이고 얼굴은 매우 못생겼을 것이다. 만약 그렇지 않다면 여급이 상대의 이야기에 저토록 심하게 화를 내지는 않았을 것이기 때문이다. 나는 아무래도 그 이유를 알아낼 수가 없었다.

　잠시 후, 여관 안주인의 소리가 들려왔다. 그녀는 쿵쾅거리며 2층으로 올라가고 있었고 얼굴이 벌개져서는 모자를 흔들면서 끊임없이 잔소리를 내뱉고 있었다.

　"내 집에선 절대로 그런 짓을 해선 안 돼. 설령 아무리 돈을 많이 뿌려 댄다 해도 내 집에선 어림도 없는 일이야. 난 우리집 여급을 그렇게 취급하는 건 용서할 수 없어. 이건 아주 질색이야."

　나는 원래부터 싸움을 싫어하는 사람으로 특히나 얼굴이 예쁜 여자가 상대라면 더 어쩔 수 없었기에 조용히 내 방으로 들어가 반쯤 문을 닫아 버렸다. 그러나 호기심을 참을 수 없었다. 그래서 벽에 귀를 기울였고, 여관 안주인은 조금의 주저함도 없이 적지로 뛰어들어 갔다. 한동안 닦달하는 소리가 들렸으나 그 소리는 차츰 다락방의 돌풍처럼 누그러들었고, 이어 웃음소리가 들린 후에는 어떤 소리도 들을 수가 없었다.

　잠시 후 안주인은 얼굴에 이상야릇한 웃음을 띠고 그 방에서 나왔다. 약간 비뚤어진 모자를 바로 하면서 안주인은 아래층으로 내려갔다. 그녀의 남편이 어찌된 영문인지 묻는 소리가 들렸고, "아무 일도 아니에요. 여급이 바보 같은 거지요." 하고 안주인이 대답했다. 나는 성질 좋은 여급은 그토록 성나게 만들면서 잔소리가 심한 안주인은 싱글벙글하게 만드는 그 인물을 어떻게 평가해야 할지 점점 더 미궁 속에 빠져드는 것 같았다. 필연 늙은이도, 심술꾼도 아닐 것 같았다.

나는 이 신사의 모습을 전혀 다른 사람으로 그리지 않으면 안 되었다. 나는 그 남자를 어느 시골 여관에서나 볼 수 있는 배가 불뚝 나온 뚱뚱한 신사의 한 사람으로 상상했다. 목에는 얼룩덜룩하게 염색된 목도리를 두르고 얼굴은 다소 불그스름하고 느끼한 인상을 한 사람으로, 세상을 여기저기 여행하여 어떤 술집의 분위기에도 익숙해 급사들의 속임수에도 속지 않고 술집 주인들의 술법 또한 잘 파악하는 '하이게이트의 맹세'를 한 그런 사람으로 상상했다. 그는 아마 식도락을 즐기는 편이고, 1기니 정도의 돈쯤은 쉽게 뿌리기도 하고, 어느 여급이라도 마음대로 할 수 있고, 카운터 옆의 마담들과는 쑥덕거리기도 하면서 식후에는 1파운드의 붉은 포도주나 니가스 주를 마시며 말이 많아지는 그러한 사람으로 추측했다.

이렇게 그 뚱뚱한 신사를 추측하면서 나는 오전의 시간을 보냈다. 어떤 하나의 확신을 종합하기도 전에 까닭 모를 다른 어떤 것들에 의해서 그것들을 부숴버려야 했고, 다음에는 또 어떻게 생각해야 할지 분간을 못 하고 있었다. 나는 아직 얼굴도 본 적 없는 사람에 대해 혼자 이러쿵저러쿵 생각을 하니 머리에는 열이 오르는 것 같았다. 이러한 증상은 혼자서 가만히 있을 수 없는 초조함에서 나오는 발작이었다.

식사 때가 되자, 나는 뚱뚱한 신사가 '장돌뱅이 방'에서 식사를 하면 그땐 그의 모습을 볼 수 있을 거라 기대했지만 내 기대는 어긋나고 말았다. 그는 식사를 자신의 방으로 가져오게 하였다. 도대체 혼자서만 있으려는 그런 이해할 수 없는 태도를 취하는 이유가 도대체 무엇일까? 그는 아무래도 급진파도 아닌 것 같았다. 비 오는 날 하루 종일 세상 사람들과 멀리하여 혼자 있다는 것은 너무나도 귀족적이었다. 게다가 불만을 품은 정치가로 보기에는 너무 사치스러웠다. 하지만 갖가지 음식에 이러니 저러니 까다롭게 구는 걸 보면 술잔만 기울이며 사치스런 생활을 찬미하는 사람 같았다.

그러나 나는 곧 내가 품고 있던 의혹을 풀 수 있었는데, 아마 처음 한 병의 술이 다 비워졌으려니 하고 생각할 때 흥얼거리는 노랫소리가 희미하게 들렸다. 내가 귀를 기울여 들어보니 그것은 '신이여, 우리 국왕을 보호하옵소서' 하는 영국 국가였다. 그렇다면 그는 급진파가 아니라 충성스런 시민일 것이다. 술을 한잔 마시면 충성심이 우러나면서, 달리 고수할 것이 없는 경우에도 기꺼이 왕과 헌법만을 고수할 그런 인간일 것이다.

'그렇다면 그는 대체 어떤 사람일까? 그는 암행하는 귀족이 아닐까? 아냐 그럴 리가 없어' 나는 또다시 엉뚱한 억측을 부리기 시작했다.

'왕실의 사람들은 뚱뚱하니까 아마 왕실의 사람일지도 모른다'

날씨는 변화가 없었다. 그 이상한 미지의 인물은 방에 틀어박혀 있었다. 아마도 움직이는 소리가 들리지 않는 것으로 보아 의자에 앉은 채일 것이다. 그러는 사이에 시간이 흘러 '장돌뱅이 방'에는 사람들이 모이기 시작했다. 방금 도착했는지 두터운 나사 외투의 단추를 풀지 않고 있는 사람도 있었고 또 여기저기 도시에 갔다가 돌아온 사람도 있었다. 어떤 사람은 식사를 하고 어떤 사람은 차를 마셨다.

만일 내가 오늘과 같은 기분이 아니었더라면 나는 이들을 좀 더 자세히 관찰했을 것이다. 그들 중에는 진짜 재미있는 만담꾼이 두 명 있었는데, 여행자 특유의 여러 가지 농담을 마구 지껄이고 있었다. 루리자나

에세린다 등의 대여섯 가지 귀여운 여자들의 이름을 불러 대면서 여급에게 여러 가지를 암시하다가는 자신들의 농담에 스스로 히죽거렸다.

그러나 나는 뚱뚱한 신사 일로 머리가 복잡하였다. 기나긴 하루 동안이 신사를 상대로 상상의 나래를 펴다보니 이제는 오히려 그 짓을 그만둘 수도 없게 되었다.

차츰 밤이 깊어갔다. 여행자들은 신문을 두세 번 거듭 읽기도 하고, 불 주변에 모여서 말 이야기나 갖가지 경험담과 실패담을 계속 늘어놓기도 하였다. 두 만담꾼들은 예쁜 여급 이야기에서 친절한 여관의 안주인 이야기까지 여러 이야기를 도맡아서 하고 있었는데, 그들의 이야기는 소위 그들이 마시는 나이트 캠(잠 잘 때 마시는 술로, 물과 설탕을 섞은 브랜디 따위-편집자 주)이나 그와 비슷한 종류의 혼합주를 마시는 동안 계속되었다.

그것이 끝나자, 그들은 차례로 벨을 눌러서 구두닦이와 여급을 불러내 불편해진 신발을 맡기고는 슬리퍼를 끌면서 잠자리로 돌아갔다.

마지막으로 한 사람이 남아 있었다. 그는 다리가 짧고 허리가 긴 엷은 갈색 머리의 머리통이 큰 다혈증(적혈구가 병적으로 많은 증세-편집자 주)의 사나이였다. 그는 스푼을 꽂은 니가스 컵을 손에 들고 혼자 마시고 있었다. 그는 한 모금 마시다가 스푼으로 젓고, 곰곰이 생각하다가 또 한 모금 마시고 마침내 스푼밖에 남지 않았다. 니가스 컵에 스푼을 꽂은 채 그 컵을 손에 들고 혼자 앉아 있었다. 그는 빈 컵을 앞에 둔 채 의자에 몸을 기대더니 곧 잠이 들고 말았다.

마침내 촛불도 졸음을 이기지 못한 것같이 심지가 검어지고 끝이 돌돌 말려 그나마 남아 있던 방안의 빛이 더욱 어두워졌다. 마침내 어둠은 모든 것을 삼켜버렸고 이미 자신들의 숙소로 돌아가 잠이 들었을 여행자들의 두터운 나사 외투는 귀신 같은 후줄근한 모습으로 사방에 걸려 있었다.

기둥시계의 초침 소리와 잠자는 술꾼들의 코고는 소리와 여관의 지붕에 떨어지는 빗방울 소리만 똑똑하게 들릴 뿐이었다.

밤이 깊어지자, 몇몇 교회의 종소리가 엇갈려 들려왔다. 그때 머리 위에서 뚱뚱한 신사가 왔다 갔다 하기 시작했다. 나는 신경과민이 있었기 때문에 어쩐지 더 무서운 생각이 들었다. 왠지 공포스러운 느낌이 들었다. 벽에 걸린 나사 외투와 골골거리며 들리는 잠자는 소리, 거기다 알 수 없는 인물이 걸어다니며 내는 삐걱거리는 발짝 소리까지. 그러나 그 발짝 소리는 차츰 잦아들었고 마침내 들리지 않게 되었다. 나는 극도로 흥분하여 마치 이야기 속의 주인공 같은 기분이 들어 참을 수가 없어, '반드시 어떤 인물인지 보고 말겠어!' 라고 중얼거렸다.

나는 방의 불빛을 더듬어 13호실로 걸어갔다. 그 방은 문이 약간 열려 있었다. 나는 잠시 주저하다가 그 방으로 들어갔는데, 방에는 아무도 없었다. 넓은 안락의자가 테이블 앞에 놓여 있었고 테이블 위에는 '타임즈' 와 큰 컵이 놓여 있었다. 스틸튼 치즈의 냄새가 방안에서 희미하게 풍기고 있었다.

이 미지의 인물은 아마도 방금 잠자리로 물러간 것 같았다.

나는 몹시 실망해서 내 방으로 돌아오는 복도를 걷다가 침실 입구에서 밀랍을 먹인 커다랗고 더러운 가죽 장화가 맨 위쪽에 놓여 있는 것을 보았다. 아마도 그것은 그 미지의 사람의 장화임이 틀림없을 것이었다. 그러나 나는 이미 침실로 들어간 무서운 인물을 깨워서는 안 된다고 생각했다. 그가 내 머리에다 권총이나 그보다 더 끔찍한 것을 들이댈지도 모르기 때문이다.

나는 잠자리에 들었고 심지어는 꿈 속에서도 이 미지의 뚱뚱한 신사
와 위쪽에 놓여져 있는 밀랍을 먹인 가죽 장화가 나타났다.

다음날 아침, 나는 약간 늦잠을 잤는데 어떤 떠들썩한 소리에 눈을 떴
다. 나는 그것이 무슨 소리였는지 처음에는 알지 못했다. 잠에서 완전히
깨고 역마차가 출발한다는 소리가 들렸을 때 아래층에서 외치는 소리가
들려왔다.

"13번 방의 뚱뚱한 손님께서 우산을 잊으셨대! 어서 손님의 우산을
찾아와!"

이어 복도에서 퉁탕거리며 뛰어가는 소리가 들렸고, 뛰면서 큰소리로
대답하는 여급의 목소리가 들렸다.

"여기요! 손님의 우산이 여기 있어요!"

그렇다면 그 이상한 인물이 지금 막 출발하려는 것이다. 지금이 그 사
나이를 볼 수 있는, 마지막 남은 유일한 기회였다. 나는 벌떡 침대에서
일어나 창가로 뛰어가 커튼을 젖히고 역마차 안으로 막 들어가려고 하
는 그의 뒷모습을 얼핏 보았다.

갈색 윗옷의 뒷자락이 둘로 갈라져 있고 갈색 바지의 커다란 엉덩이
가 완전히 보였다. 문이 닫히고, "'이랴!" 하는 소리가 들린 후 마차는
달리기 시작했다. 그것이 내가 본 뚱뚱한 신사의 유일한 모습이었다.

　우울한 11월의 어느 비 오는 날, 나는 여행 도중에 몸 상태가 좋지 않아 여관에 머물게 된다. 여관에서 외톨이가 된 나는 내 방에서 나와 나의 말 상대가 되어 줄 사람을 만나기를 원하지만 실패하고 만다. 그렇게 우울한 시간을 보내고 있는데 여관의 정적을 깨뜨리는 벨 소리가 울리면서 급사의 목소리가 들린다. 나는 급사의 소리를 듣고 벨 소리의 주인공인 13번 손님 아니 뚱뚱한 신사에 대해 상상하기 시작한다. 두 번째 벨 소리가 들리고 여관 안주인이 화난 목소리로 고용인들을 나무라는 소리가 들린다. 여관 주인이 뚱뚱한 신사에게 아무런 말도 하지 않는 것으로 미루어 그가 상당한 신분의 사람이라는 상상을 해본다.

　얼마 후 다시 벨 소리가 울리고 여관이 다시 부산스러워졌다. 뚱뚱한 신사가 '타임즈'나 '크로니클' 신문을 읽겠다고 한단다. 이 말에 나는 호기심이 나기 시작한다. 그래서 급사에게 뚱뚱한 신사에 대해 물어보지만 아무것도 얻지 못한다.

　내 방 위에서 누군가가 걷는 소리가 난다. 나는 그 발소리로 온갖 추측을 해본다. 잠시 후 여관 여주인이 2층으로 올라오는 소리가 들린다. 여관 여주인은 13호실로 화난 모습으로 들어갔다가 이상한 웃음을 띄고 방에서 나온다. 식사 시간에 뚱뚱한 신사를 볼 수 있기를 기대하지만 그 신사는 자신의 방에서 식사를 하면서 지낸다.

　이런 뚱뚱한 신사의 행동은 내 상상력을 더 자극시켰다. 밤이 되었다. 호기심에 참을 수 없었던 나는 13호실에 직접 들어가 뚱뚱한 신사를 보기로 한다. 그러나 뚱뚱한 신사가 잠자리에 들어간 것을 확인하고는 실망한 채 내 방으로 들어와 잠자리에 든다. 이튿날 아침, 나는 약간 늦잠을 자다가 무슨 떠들썩한 소리에 눈을 뜬다. 그 뚱뚱한 신사가 막 출발하려고 한다는 사실을 안 나는 그 사람을 보기 위해 창가로 달려간다. 그런데 내가 본 것은 역마차 안으로 들어가고 있는 한 남자의 커다란 엉덩이뿐이었다.

▶ 해 설

　　워싱턴 어빙은 이 작품에서 일반 소설과는 전혀 다른 기교를 선보이고 있다. 그 것은 바로 인물들에 대한 불분명한 묘사이다. 소설 작품에서 일반적으로 사용되고 있는 인물 묘사법은 직접 묘사이다. 즉 '~의 얼굴은 ~하고 성격은 ~하며, 직업은 어떻다'는 식으로 묘사되고 있다.

　　그러나 이 작품에서 시도되고 있는 인물 묘사는 배경 묘사보다도 더 미약하게 설정되고 있다. 이러한 기교는 인물에 대한 독자들의 호기심을 더 자극하고 있다. 그리고 결말에서도 그가 누군가에 대한 답이 정확하게 제시되지 않고 있다. 이것은 사람과 사람간의 관계에서 남을 이해하고 그가 누구인가를 아는 것이 얼마나 어려운 일인가를 암시하고 있다.

　　이러한 점은 현대를 살아가고 있는 우리에게 시사하는 바가 크다. 우리는 지금 단절의 시간과 공간 속에서 살고 있다고 해도 과언이 아니다. 이것은 물질문명이 가져온 크나큰 병폐 중의 하나라고 볼 수 있는데, 이런 관점에서 이 작품은 관계의 단절을 조명한 작품이라고 해석해 볼 수 있다.

▶ 주제

인간 관계에서 타인에 대한 이해의 어려움

▶ 생각해 볼 문제

1. 이 작품은 일반적인 소설과는 다르다. 무엇이 다른지 서술하시오.
2. 작가 워싱턴 어빙은 왜 일반적인 소설과는 다른 방법으로 이 작품을 전개했

는지 쓰시오.

3. 이 소설은 풍자적인 요소가 짙다. 작가는 왜 풍자적인 어조를 선택했을까?

4. 이 작품에서 '뚱뚱한 신사'에 대한 화자의 상상이 시시각각 변화하고 있다는 것을 알 수 있다. 이것은 역설적으로 무엇을 보여주기 위함인지 서술하시오.

5. 이 작품은 주제는 '타인에 대한 이해의 어려움'이다. 타인과의 관계에서 중요한 것이 무엇인지 자신의 견해를 서술하시오.

6. 문학작품에서 쓰이는 직접 묘사와 간접 묘사의 차이를 설명하고 각각의 효과에 대해 서술하시오.

7. 이 작품과 일맥상통하는 우리 나라 속담을 찾아 쓰고, 그 이유를 설명하시오.

수능에 꼭 나오는 세계 단편 〈영국〉

행복한 왕자

저자 소개 오스카 와일드 (Oscar Fingal Olahertie Wills Wilde:
1854. 10. 16.~1900. 11. 30.)

아일랜드의 시인, 소설가, 극작가, 평론가. 더블린에서 태어났다. 아버지는 유명한 안과의사이자 고고학자였고, 어머니는 시인이었다. 더블린의 대학을 거쳐 옥스퍼드 대학에서 배우고, 재학중 이탈리아의 마을 라벤나를 노래한 시로 뉴디기트라고 하는 신인상을 받았다. 또 그 무렵부터 이미 '예술을 위한 예술'을 표어로 하는 탐미주의를 주창하였고 그 지도자가 되었다.

대학을 졸업한 후 작가 생활을 시작, 1882년에는 미국에 건너가 영국 문예부흥과 신이교주의(新異敎主義)의 선양을 위한 강연을 각 지방에서 행하여 큰 성공을 거두었다. 1888년에 동화집 '행복한 왕자(*The Happy Prince and Other Tales*)'를, 1889년에 유일한 장편소설 '도리언 그레이의 초상(*The Picture of Dorian Gray*)'의 대부분을 잡지에 발표하고, 1891년에는 이를 증보해서 단행본으로 간행하였다.

그 밖에 제2의 동화집 '석류나무집', 중편소설집 '아서 새빌 경(卿)의 범죄'와 예술론집 '의향(*Intentions*)' 등이 간행되었다. 한편 '윈더미어 경(卿) 부인의 부채(*Lady Windermere's Fan*)', '보잘것없는 여인(*A Woman of No Importance*)', '이상(理想)의 남편(*An Ideal Husband*)' 및 '진지함의 중요성(*The Importance of Being Earnest*)' 등 일련의 세태를 배경으로 한 희극을 차례로 발표 · 상연하고, W. 콩그리프풍의 희극을 부흥 · 발전시켜 절찬을 받았다. 1892년 괴기미와 환상의 시극 '살로메'가 프랑스어로 쓰여졌고, 1894년 영역(英譯)되어 런던에서 출판되었다.

이 소설의 핵심 정리

갈래	단편소설
경향	이상주의적
시점	전지적 작가 시점
배경	가을에서 겨울에 이르는 어느 도시
의의	이 작품은 오스카 와일드가 작가가 되기 위한 견습기에 발표한 작품이다. 이 작품에서 오스카 와일드는 동화 형식의 낭만적인 알레고리를 다루는 그의 재능을 보여주고 있다.
특징	19세기 말의 영국의 공리주의(功利主義) · 물질주의를 비판하며 사랑의 존귀함을 호소하는 이상주의를 간결하고 아름다운 문체로 표현하고 있다.
등장인물	행복한 왕자 - 어느 도시의 높은 기둥에 서 있는 조각상. 이집트로 날아가는 도중에 자신의 두 발 사이에 앉은 제비를 시켜 자신이 도와주고 싶은 사람들에게 자신의 몸을 감싸고 있는 보석을 갖다 주게 한다.
	제비 - 행복한 왕자를 대신하여 사람들에게 왕자의 몸에 있는 보석을 전해주는 역할을 한다.
구성	발단 - 제비가 이집트를 향해 가다가 행복한 왕자의 동상이 있는

도시에 들르게 된다.

전개 – 왕자는 제비에게 바느질 집의 아픈 아이에게, 가난한 청년 시인에게, 성냥팔이 소녀 등 가난한 사람들에게 자신의 몸에 있는 보석을 갖다 주게 한다.

위기 · 절정 – 가난한 사람들에게 계속해서 보석을 나누어주어 흉해진 왕자의 동상은 파괴되었고, 떠날 시기를 놓친 제비는 얼어 죽는다.

결말 – 용광로에 녹여도 녹지 않는 왕자의 심장과 죽은 제비의 시체를 하나님께서 거두어 천국의 정원과 하나님의 황금의 도시에서 지내게 하였다.

▶ 읽기 전에 알아두기

1888년 오스카 와일드의 '행복한 왕자'가 표제작인 동화집이 출간되었을 때, 당시 평단은 그를 안데르센에 비견하였다. '행복한 왕자'는 남을 위해 희생하는 이타주의의 도덕적 교훈을 담고 있는 동화이다.

하지만 행복한 왕자의 이야기는 이런 내용만 담겨 있는 것이 아니라 20세기 철학이 중심 과제로 삼고 있는 인간 관계의 단절에 관한 내용도 담겨 있다. 그러므로 이에 대해 주지한 뒤 내용을 파악하도록 한다.

행복한 왕자

도시의 높고 둥근 기둥 위에는 '행복한 왕자'의 조각상이 우뚝 솟아 있었다. 왕자의 몸은 얇은 순금이 입혀져 있었고, 눈은 푸른 사파이어로 반짝거렸고, 루비가 박힌 칼자루는 찬란한 빛이 났다. 조각상을 보는 사람들은 모두 찬탄에 마지않았다.

"마치 풍향계처럼 우아하구나."

예술을 아는 사람이라는 평판을 듣고 싶어한 어느 시의원은 이런 표현을 쓰기도 하였다. 그러나 현실성을 무시하는 사람이라는 평을 듣는 것도 두려워했기에 전혀 어울리지도 않는 걱정을 하면서 이렇게 덧붙였다.

"물론 풍향계만큼 실제 필요한 것은 아닙니다만."

어린아이가 억지를 쓰고 짜증스럽게 울어대면 현명한 어머니는 이렇게 말했다.

"아가야, 넌 저 왕자님을 본받아야 한단다. 설혹 꿈 속에서라도 저 왕자님은 결코 젖을 달라고 울지 않았다더라."

모든 희망을 전부 잃어버린 어떤 불행한 남자는 이 왕자의 조각상을 보며 이렇게 중얼거렸다.

"세상에 정말로 행복한 일도 있었구나. 뭐 별로 기분이 나쁘지 않네."

고아원에서 자라는 어린아이들이 길고 빨간 옷에 하얗고 깨끗한 턱받이를 하고 교회를 나오면서 조각상을 보러 우르르 몰려들며 말했다.

"야, 정말 천사님 같아!"

"너희들이 그걸 어떻게 알지?"

학식이 풍부한 교사가 아이들에게 물었다.

"너희들은 천사를 본 적이 없잖아?"

"네, 하지만 꿈에서는 천사님을 볼 수 있는 걸요."

아이들은 대답했다. 그러자 학식이 풍부한 교사는 인상을 쓰며 아주 냉정한 표정을 지었다. 이 교사는 어린아이들이 이런 꿈을 꾸는 것은 좋지 않다고 생각했기 때문이다.

어느 날 밤, 그 시가지 위를 조그마한 제비 한 마리가 날고 있었다. 다른 제비들은 이집트 방향으로 이미 6주 전쯤 날아가버렸기 때문에 주위에는 다른 제비가 없었다. 왜냐하면 제비는 매우 아름다운 한 포기의 갈대를 사랑했기 때문에 홀로 남겨진 것이었다.

제비는 어느 이른 봄날, 커다란 노랑나비를 쫓아 냇가를 날고 있을 때 처음으로 그 갈대 아가씨를 보고 그녀의 날씬한 허리에 그만 완전히 마음을 빼앗기고 말았다.

"저… 제가 당신을 사랑해도 될까요?"

이 제비는 자신이 하고 싶은 말을 마음속에 담아 두지 못하는 성격이었기에 그런 말을 건넨 것이다. 그러자 갈대 아가씨는 가만히 머리를 숙여 제비에게 인사를 하였다. 이후 제비는 냇물을 어루만지면서 잔잔한 은빛 물결을 일으키며 몇 번이고 갈대 아가씨의 주위를 맴돌았다. 이것이 그 사랑의 최초의 속삭임이었고, 그 후로도 제비는 여름이 다 가도록 갈대 아가씨와 함께 놀았다.

"넌 참 묘한 것을 좋아하는구나! 저 아가씨는 일가친척도 굉장히 많고 가난한데 말이야…."

다른 제비들은 이 제비를 보곤 이렇게 지저귀곤 했다. 사실 그 시냇가에는 갈대가 무성하였다. 그리고 어느새 가을이 되었고 다른 모든 제비들은 남쪽으로 날아가버렸다.

친구 제비들이 모두 떠나자, 이 제비도 왠지 쓸쓸한 생각을 갖게 되었고, 그렇게 사랑하는 갈대 아가씨에게도 싫증이 나는 것 같았다.

"저 아가씨는 도대체가 말이란 걸 전혀 하지 않아. 가끔은 한눈을 파는 것도 같고, 항상 바람이란 녀석과 노닥거리고 있으니 말이야."

제비가 저리 말하는 것이 무리도 아닌 것이, 사실 바람이 불 때마다 그 갈대 아가씨는 그녀의 아름다운 몸을 말할 수 없이 부드럽게 굽히곤 했기 때문이다.

"나는 항상 여행을 해야 하는 사나이이고, 갈대 아가씨는 그저 집에만 머물러 있어야 하는 모양이니, 아무래도 항상 여행을 해야 하는 나의 아내가 되기는 곤란한 것 같단 말이야."
하고 제비는 말했다.

"당신, 혹시 나와 함께 멀리 여행을 할 생각이 없으신가요?"

마침내 제비는 용기를 내어서 갈대 아가씨에게 물었다. 그러나 아가씨는 '나에게는 집보다 더 좋은 곳은 없어요'라고 말하며 머리를 옆으로 흔들었다.

"그럼, 당신은 그동안 나를 가지고 논 것이었군요. 전 이제 피라미드가 있는 나라로 갈 겁니다. 부디 잘 있어요!"

이렇게 소리친 제비는 바로 그곳을 떠나 날아갔다. 제비는 하루 종일 하늘을 날아서 밤이 될 무렵 이 도시에 도착했다.

"어디에 머무르면 좋을까? 도시에는 여러 가지 준비가 잘되어 있을 거라 생각했는데."

제비는 마침 높고 둥근 기둥 위에 서 있는 조각상을 발견했다.

"아, 그래. 여기가 좋겠다."

제비는 소리쳤다.

"공기도 좋고, 정말 기막히게 좋은 곳이로군!"

그리하여 제비는 행복한 왕자의 두 발 사이에 날아와 앉았다.

"오늘 밤은 황금으로 꾸민 침실에서 자겠는 걸!"

제비는 주위를 한 바퀴 둘러보며 이렇게 말하고 두 눈을 감고 잠을 청하였다. 그런데 제비가 자신의 날갯죽지에 머리를 집어넣으려는 그때 커다란 물방울이 제비의 머리에 뚝 떨어졌다.

"거 참, 이상한 일이로군!"

제비가 말하였다.

"하늘엔 구름 한 조각 없고, 별은 저렇게 반짝반짝 빛나는데, 어떻게 비가 올 수 있지? 유럽도 북쪽으로는 이런 이상한 날씨가 생기기도 하나보군. 갈대 아가씨도 비를 좋아했는데…. 그건 그녀의 자유니까."

잠시 후 또 한 방울이 떨어져 내렸다.

"비도 피할 수 없는 이런 조각상 따위는 도대체 뭐 하러 만든 거야? 어디 비를 피할 괜찮은 굴뚝이라도 찾아봐야겠는 걸."

제비는 이렇게 말하고는 다른 곳으로 날아갈 준비를 하였다.

그러나 제비가 미처 날개를 펴기도 전에 또 한 방울의 물이 떨어졌다. 그래서 제비는 위쪽을 쳐다보았다. 그런데 아아, 그때 제비가 본 것은 무엇이었을까?

행복한 왕자의 조각상에서 두 눈 가득 눈물이 차서 황금빛 두 볼로 떨어져 내리는 것이었다. 달빛을 받아 더 아름다운 그 얼굴을 바라보며 제비는 왕자가 어쩐지 불쌍하다는 생각을 하였다.

"당신은 누구십니까?"

제비가 물었다.

"나는 행복한 왕자란다."

"그런데 왜 울고 있죠? 당신 때문에 제가 흠뻑 젖었어요!"

제비는 투덜거리며 말했다.

조각상 왕자가 대답했다.

"내가 인간의 심장을 가지고 살았을 때는 도대체 눈물이 무엇인지 알 수가 없었단다. 내가 살았던 궁정의 이름까지도 상수시(sans-souci : 걱정 없음-편집자 주)였으니, 그 궁전에서는 슬픈 일 따위가 들어올 수 없었지. 그때의 나는 낮에는 친구들과 꽃밭에서 놀고, 밤에는 무도회를 열어 커다란 방의 제일 앞줄에서 춤을 추었단다. 그 궁전의 주변에는 높은 담이 둘러져 있어서 바깥에 무엇이 있는지에 대해서 전혀 알 수가 없었단다. 나와 함께 한 주위의 모든 것들은 항상 아름다웠고 궁전에서 일하던 사람들은 모두 나를 '행복한 왕자' 라고 불렀지. 만일 즐거움과 행복함이 같은 것이라면 난 분명 행복했었어. 그렇게 행복하게 살다가 죽었단다. 사람들은 내가 죽은 후 나를 이렇게 높은 곳에 세워놓았는데, 난 이곳에서 도시에서 일어나는 모든 보기 싫은 것들과 슬픈 것들을 하나도 놓치지 않고 보게 되었어. 지금 내 심장은 비록 납으로 만들어졌지만 그런 일들을 보게 된 나는 울지 않고는 견딜 수가 없단다."

'그렇다면 이 왕자는 완벽한 순금은 아닌 모양이군'

예의바른 제비는 큰 소리로 대놓고 할 수 없었기에 이렇게 생각했다.

"저 멀리 보이는 곳에….”

왕자는 낮게 울리는 목소리로 계속 얘기하였다.

"저기 멀리, 여기서 많이 떨어져 있는 좁은 골목길에 가난한 집이 하나 있는데 그곳의 창문이 열려 있어서 난 그 집 식탁에 앉아 있는 어떤 여자를 볼 수 있었어. 그녀는 야윈 얼굴에 무척 지쳐 보였지. 그녀의 손은 바느질을 하며 찔린 자국으로 온통 벌겋고 거칠어져 있었지. 그 여자는 최근 공단 옷에 열대의 정열화를 수놓고 있는데, 그 옷은 이번 궁전에서 열리는 무도회에서 황후의 가장 아름다운 시녀가 입고 나올 옷이래. 그녀의 방구석에는 조그만 남자 아이가 침대에 누워 앓고 있는데, 그 아이는 오렌지를 먹고 싶어하지만 그녀는 단지 물밖에 먹일 수가 없단다. 제비야, 제비야, 꼬마 제비야. 너에게 부탁하는데 내 칼 손잡이에 박힌 루비를 캐서 저 여자에가 가져다 주지 않겠니? 난 받침대에 발이 붙어 있기 때문에 꼼짝도 할 수가 없단다.”

제비가 대답했다.

"저의 친구들이 지금쯤이면 이집트에서 절 기다리고 있어요. 그들은 나일 강 위를 날으며 커다란 연꽃과 이야기를 하겠지요. 저녁이 되면 왕의 무덤에서 잠을 잘 거예요. 그 왕은 화려하게 색칠한 관 속에 편안하게 누워 있어요. 왕의 몸은 노란 삼베가 입혀져 있고 향료가 발라져 있고 또 목에는 연녹색의 구슬 목걸이가 감겨져 있어요. 손은 마치 시든 나무 잎사귀 같고요.”

"제비야, 제비야, 꼬마 제비야.”

왕자는 말했다.

"단 하룻밤이라도 좋으니 내 옆에 머물면서, 내 심부름을 해주지 않겠니? 저 어린아이가 목이 타서 견디기 힘들어하는 모습을 보며 애타하는 엄마를 더 이상은 지켜 보기가 힘이 드는구나."

제비는 대답했다.

"전 아이들을 좋아하지 않아요. 지난 여름 제가 냇물가에 앉아 있을 때 물방앗간 아들인 장난꾸러기 녀석이 제게 돌을 던졌지요. 설마 제가 그 돌에 맞았을 거라는 생각은 하지 마세요. 우리 집안 제비들은 대대로 몸이 날쌔기로 유명하니 어설프게 던진 그 돌에 맞을 리가 없지요. 그러나 그 돌 따위를 던지는 녀석들의 행동은 정말 바보 같은 짓이에요."

막상 그렇게 말을 하긴 했지만 왕자의 너무나도 슬픈 얼굴을 보면서 제비는 가엾다는 생각을 하였다.

"당신을 위해서 하룻밤만 더 머물겠어요. 여긴 날이 추워서 더는 곤란해요. 그리고 당신이 부탁한 심부름도 해 드리죠."

"고맙다, 꼬마 제비야."

왕자는 말했다.

그래서 왕자의 칼자루에 박힌 커다란 루비를 뽑아 든 제비는 부리로 그것을 물고 도시의 지붕 위를 날아갔다. 제비는 하얀 대리석 위에 천사들의 모습이 새겨져 있는 교회의 탑을 스칠 듯 가볍게 날았다. 제비가 궁전을 스쳐 지날 때에는 무도회의 음악 소리가 흘러나왔고, 어떤 아름다운 아가씨가 애인과 함께 테라스에 나와 있었다. 그 애인이 아름다운 아가씨에게 이렇게 속삭였다.

"아, 정말 아름다운 밤이 아닙니까? 아니, 얼마나 위대한 사랑의 힘입니까?"

"이번 무도회 전까지 저의 새 의상이 다 완성될 수 있을까요? 전 제 의상에 열대의 정열화를 수놓아 달라고 주문했는데, 재단사들이 얼마나 게으름을 피우는지 모르겠어요!"

개천 위를 날아 지나갈 때에는 배의 돛대 위에 매달아 놓은 등불 빛이 보이기도 했다.

유대인들이 물건을 거래하고 구리 저울로 황금의 무게를 가늠하는 유대인의 거리도 날아 지나갔다.

마침내 그 가난한 집에 도착한 제비는 안을 들여다보았다. 침대 위에서는 어린아이가 열로 인해 몸이 괴로운지 몸부림을 치고 있었고, 아이의 엄마도 너무 피곤해서인지 코를 골며 잠들어 있었다. 제비는 창문 안으로 날아 들어가 식탁 위에 있는 아이 엄마의 골무 옆에다 루비를 떨어뜨렸다. 그리곤 조용히 침대 주변을 날며 날개짓으로 바람을 만들어 아이의 이마를 시원하게 해주었다.

어린아이가 말했다.

"열이 많이 내렸어. 이제는 틀림없이 좋아질 것 같아."

그리고 아주 기분 좋게 잠이 들었다.

제비는 행복한 왕자에게 돌아가 자기가 한 일을 이야기했다.

"그런데 참 이상해요!"

제비는 계속 말했다.

"밤은 굉장히 추운데도 저는 지금 무척 따뜻해요."

왕자는 말했다.

"그건 아마도 네가 좋은 일을 했기 때문일 거야."

제비는 왕자의 애기를 더 생각해보고 싶었지만 곧 잠이 들어버렸다. 항상 제비가 뭔가를 생각하려 할 때마다 잠이 쏟아지곤 했다.

날이 밝은 후, 제비가 냇가로 날아가 몸을 씻을 때 마침 그 냇물 위의 다리를 건너던 조류학 교수가 그 모습을 보았다.

"이거 참, 정말 놀랄 일이로군. 이런 겨울에 제비를 볼 수 있다니!"

교수는 이 사실을 지방 신문에 실었는데, 워낙 이런 저런 소리를 끊임 없이 길게 늘어놓았기 때문에 사람들 사이에서 화제가 되었다.

"오늘 밤에는 꼭 이집트로 갈 거예요."

제비가 말했다. 그 생각을 하니 온몸에 기운이 솟구치는 것 같았다. 기념탑 등 도시의 모든 것을 하나도 빠트리지 않고 구경한 제비는 교회의 뾰족한 탑 꼭대기에서 한참을 앉아 있었다. 어디를 가나 참새들은 제비를 보고 "정말 믿음직스러운 손님이지?"라는 얘기를 주고받았고, 그 소리를 들은 제비는 아주 기분이 좋았다.

달이 떠오르자, 제비는 행복한 왕자에게 돌아가 말했다.

"저는 이제 떠나려고 하는데, 혹시 이집트에 전하실 말은 없으세요?"

왕자가 말했다.

"제비야, 제비야, 꼬마 제비야. 하룻밤만 더 나와 함께 있어 주면 안 될까?"

제비는 대답했다.

"친구들이 모두 이집트에서 절 기다리고 있을 거예요. 아마도 내일쯤 제 친구들은 모두 나일 강 상류의 두 번째 여울까지 올라갈 거예요. 그곳은 창포숲이 무성하고 하마가 잠들어 있을 거예요. 커다란 화강암 옥좌에는 '멤논' 신이 앉아 있고 밤새 가만히 별을 쳐다보다 새벽별이 반짝이기 시작하면 모두들 기쁨의 환호성을 지르죠. 하지만 금방 조용히 해야 하죠. 한낮에 눈이 초록색 보석 같고, 으르렁거리는 소리는 여울가의 어떤 소리보다 우렁찬 사자가 물을 마시러 내려오기 때문이에요."

왕자가 말했다.

"제비야, 제비야, 꼬마 제비야. 이 도시의 저 멀리 지붕 밑 다락방에는 어떤 젊은 청년이 살고 있단다. 그 청년이 기대고 앉아 있는 책상에는 물 컵이 하나 있고, 흩어진 종이들과 시든 오랑캐꽃 한 다발이 물 컵 안에 꽂혀 있어. 그 청년은 다갈색의 곱슬머리에 석류처럼 붉은 입술을 가지고 마치 꿈을 꾸는 것 같은 눈을 하고 있어. 그는 극작가로 극장 감독에게 받은 대본을 써야 하는데 난롯불이 꺼져 너무 춥고 너무 배가 고파 정신을 잃을 지경이란다."

"그렇다면 제가 하룻밤만 더 여기서 머물겠어요."

왕자의 얘기를 들은 마음씨가 좋은 이 제비는 이렇게 대답했다.

"루비를 하나 더 가져다 줄까요?"

왕자가 말했다.

"아쉽게도 이젠 더 이상 루비는 없단다. 남아 있는 건 내 눈동자뿐이야. 이건 천 년 전에 인도에서 가져온 것으로 세상에는 이보다 더 좋은 에메랄드는 없다고 하더구나. 두 개 중 하나를 뽑아다 그 청년에게 가져다 주겠니? 이걸 청년에게 가져다 주면 보석상에게 팔아서 먹을 양식과 땔감을 사서 대본을 쓰는 일을 마칠 수 있을 거야"

"왕자님, 전 도저히 그런 일은 할 수 없어요."

제비는 이렇게 말하고 울기 시작했다.

"제비야, 제비야, 꼬마 제비야. 내가 말한 대로 해주렴."

왕자가 말했다.

그래서 왕자의 눈동자 하나를 뽑아든 제비는 그 젊은이가 살고 있는 지붕 밑의 다락방으로 날아갔다. 그곳은 지붕에 구멍이 뚫려 집 안으로 들어가는 것에 전혀 어려움이 없었다. 제비는 그 구멍을 통해 화살처럼 집 안으로 날아 들어갔다.

청년은 두 손으로 머리를 감싸 안고 있었기 때문에 작은 새의 날갯짓

소리를 듣지 못하였다. 그러다 언뜻 고개를 들었을 때 아름다운 에메랄드가 시든 오랑캐꽃 위에 떨어져 있는 것을 발견하였다.

"비로소 세상이 나의 가치를 알게 된 모양이군. 이건 누군가 내 작품을 좋아하는 사람이 몰래 갖다 놓은 것이 틀림없어. 나도 이젠 대본을 끝마칠 수 있겠어."

청년은 진심으로 기뻐하면서 이렇게 외쳤다.

다음날, 제비는 도시의 선창가 쪽으로 날아가 커다란 배의 돛대 위로 올라가 앉았다. 배의 창고 안에서 선원들이 커다란 상자들을 끌어올리고 있었는데 선원들이 그 상자를 끌어올릴 때마다 "으싸, 으싸, 어이!" 하는 큰 소리를 들을 수 있었다.

"나도 이제 이집트에 갈거야!"

제비도 지지 않고 큰 소리로 외쳤다. 그러나 어느 누구하나 그의 말에 대꾸를 하지 않았다. 달이 떠오르고 제비는 또 다시 행복한 왕자에게 날아갔다.

"이제 정말로 작별을 해야겠어요!"

제비는 큰 소리로 외쳤다.

"제비야, 제비야, 꼬마 제비야. 나와 함께 하룻밤만 더 있어주면 안 되겠니?"

왕자가 애원했다.

"벌써 겨울이 다 됐어요."

제비가 말했다.

"이제 얼마 후엔 차가운 눈이 내릴 거예요. 그러나 이집트에서는 푸른 야자수들이 따뜻한 햇볕을 쬐고 있을 거예요. 또 악어들은 진흙탕 속에 느긋하게 드러누워 주위를 둘러보겠죠. 지금쯤 제 친구들은 '바알베크'

의 신전에 집을 짓고 있을 거예요. 하얀 비둘기들과 핑크빛의 비둘기들은 구구 소리를 내며 그걸 구경하고 있을 테고요. 제발, 왕자님 전 이제 꼭 떠나야 해요. 결코 왕자님을 잊는 일은 없을 거예요. 내년 봄 제가 왕자님이 사람들에게 준 그 보석보다 더 아름답고 붉은 루비와 저 넓은 대양같이 푸른 에메랄드를 가져다 드릴께요."

왕자가 말했다.

"저 아래의 교차로 쪽에는 아주 어린 성냥팔이 소녀가 있단다. 조금의 돈이라도 집에 가져가지 않으면 아버지에게 매를 맞게 되는데 아까 하수구에 성냥을 모두 빠뜨려서 아무것도 팔 수 없게 되어 버렸어. 그 소녀는 신발도, 양말도 신지 않고 그 연약하고 작은 머리에 모자조차 쓰지 않은 채 울고 있단다. 부탁인데 내 남은 눈동자를 뽑아 그 아이에게 가져다 주지 않을래? 그럼 그 소녀가 아버지에게 맞는 일은 없을 거야."

"하룻밤을 더 왕자님 곁에 머물 수는 있어요. 하지만 왕자님의 눈을 뽑는 건 정말 싫어요. 만약 왕자님의 남은 눈을 뽑는다면 왕자님은 장님이 되어 더 이상 아무것도 볼 수 없잖아요."

제비는 이렇게 말했다.

"제비야, 제비야, 꼬마 제비야. 내가 말한 대로 해주렴."

왕자가 말했다.

그래서 왕자의 남은 눈을 뽑은 제비는 화살처럼 성냥팔이 소녀의 옆으로 날아가 휙 지나가면서 보석을 그녀의 손바닥 위에 떨어뜨렸다.

"어머나, 너무 예쁜 보석이다!"

소녀는 이렇게 외치면서 집으로 달려갔다.

왕자에게 돌아온 제비가 말했다.

"왕자님은 이제 장님이 되어 버렸으니 이제는 제가 왕자님의 곁에 계속 있겠어요."

"제비야, 안 된단다. 넌 이제 이집트로 날아가야 해."

장님이 된 가엾은 왕자가 말했다.

"전 영원히 왕자님의 곁에 남아 있겠어요."

이렇게 말한 제비는 왕자의 발 아래서 잠이 들었다.

그 다음날 제비는 하루 종일 왕자의 어깨 위에 앉아서 그동안 그가 다녔던 나라들에서 보고 들었던 얘기를 왕자에게 들려주었다. 황금빛 부리로 물고기를 잡아먹는 따오기 얘기와 이 지구와 나이가 거의 비슷하고 사막에서 살면서 모르는 게 하나도 없는 스핑크스의 얘기 등을 해주었다. 그 외에도 낙타 떼와 함께 천천히 사막을 걸어 다니면서 호박(琥珀) 같은 보석을 많이 가지고 다닌다는 상인들의 얘기, 달의 산에 올라가 커다란 수정으로 제사를 올리는 새까만 임금님의 얘기, 20명의 사제들이 꿀 과자로 먹여 키운다는 커다란 초록색 뱀이 야자수 아래 똬리를 틀고 있는 얘기와 크고 넓은 나뭇잎을 타고 다니면서 넓은 호수 위를 스치듯 날아다니면서 언제나 나비들과 전쟁을 벌이는 난쟁이 요정들에 관한 얘기도 했다.

왕자가 말했다.

"너는 정말 신기하고 재밌는 얘기를 많이 알고 있구나, 귀여운 꼬마 제비야. 하지만 이 세상에서 무엇보다 신기한 것은 남자들과 여자들의 슬픔인데, 슬픔보다 더 신비한 것은 없단다. 꼬마 제비야, 네가 이 도시를 날아다니면서 이곳에서 보고 들은 얘기를 좀더 나에게 들려주지 않겠니?"

그래서 제비는 커다란 도시 위를 빙빙 날아다녔다. 사람들이 멋있게 꾸민 실내에서 즐겁게 지내고 있을 때 그 문 앞에는 거지가 서서 떨고

있는 모습도 보았고, 그 집의 옆 골목에서 굶주려 창백해진 어린아이들
이 멍한 눈길로 어두운 거리를 쳐다보고 있는 것도 보았다. 아치형의 아
름다운 다리 밑에는 조그마한 두 남자가 추위에 떨며 서로 추위를 이기
려고 꼭 끌어안고 누워 있었다.

두 사람은 이렇게 말하고 있었다.

"아, 정말 배가 고프다!"

"너희들 여기서 잠을 자서는 안 돼!"

갑자기 나타난 경비원의 소리에 두 사람은 거기서도 쫓겨나 비 속으
로 사라졌다.

제비는 다시 왕자에게 돌아와서 자신이 보고 들은 모든 것을 말했다.

"내 몸은 얇은 순금 조각들로 덮여 있단다. 네가 그 조각을 조금씩 조
금씩 벗겨내 가난한 사람들에게 가져다 주렴. 사람들은 살아가는 데 순
금이 행복을 줄 수 있다고 생각하니까."

그래서 제비가 왕자의 몸을 덮고 있던 순금을 한 조각씩 떼어내어 가
난한 사람들에게 가져다 주었고 왕자는 점점 더 보기 흉한 잿빛으로 변
해가고 있었다. 그러나 어린아이들은 얼굴색이 점점 장밋빛으로 보기
좋게 변했고, 아이들이 뛰놀며 내는 웃음소리가 거리를 가득 메웠다.

"야, 우리도 이제는 빵을 먹을 수 있다!"

아이들은 이렇게 큰 소리로 외쳤다.

얼마 후 도시에 눈이 내리기 시작했고, 그 뒤에는 차가운 서리가 내렸
다. 길거리는 마치 은을 깔아놓은 것처럼 반짝반짝 빛나고 있었고, 집들
의 처마에는 긴 칼처럼 고드름이 늘어져 있었다. 사람들은 모두 털가죽
외투를 입고 다녔고, 아이들은 빨간 모자를 쓰고 얼음 위에서 스케이트
를 탔다.

가엾은 꼬마 제비는 더 이상은 추위를 견딜 수 없게 되었다. 그러나 제비는 왕자가 너무 좋아졌기 때문에 왕자를 떠날 수가 없었다. 제비는 빵집의 입구 근처에 머물다 틈을 보아 땅에 떨어진 빵 부스러기를 주워 먹었다. 그리고 날개를 파닥거려 조금이나마 더 몸을 따뜻하게 하려고 하였다.

제비는 이제 자신이 죽을 수밖에 없을 거라고 생각하게 되었다. 제비는 이제 마지막 힘을 다해서 왕자의 어깨 위로 올라가 앉았다.

"나의 사랑하는 왕자님, 이제 안녕! 제가 왕자님의 손에 이별의 키스를 할 수 있게 해주세요."

조그만 소리로 제비가 말했다.

"제비야, 이제야 겨우 너도 이집트로 가려는 모양이구나. 반가운 일이야. 너는 너무 오랫동안 여기 있었단다. 내 입술에 키스해다오. 나도 네가 무척 좋단다."

왕자가 말했다.

"저는 지금 이집트로 가려는 것이 아니에요. 저는 이제 죽음의 나라로 갈 거예요. 죽는다는 것과 잠이 든다는 것은 형제가 아닐까요? 그렇죠?"

제비는 이렇게 말하고 왕자의 입에 키스했다.

그리고 왕자의 발밑에 툭 하고 떨어져 죽어버렸다.

그 순간, 왕자의 조각상 안에서는 이상한 뭔가가 터지는 소리가 들렸다. 무엇인가가 부숴져 버리는 것 같았다. 그것은 납으로 만들어진 왕자의 심장이 두 조각으로 터져버리면서 내는 소리였다. 그날은 정말 무섭게 추운 날이었다.

다음날 아침 일찍 그 도시의 시장과 시 의원들은 함께 아래쪽 교차로를 걸어 돌로 만든 둥근 조각상의 받침대 가까이로 다가왔다.

"이런! 행복한 왕자의 조각상이 어쩌다 이렇게 흉물스러운 꼴이 되었지!"

왕자를 보며 시장은 이렇게 외쳤습니다.

"정말 보기 흉한 모습이군요!"

시장의 말이라면 언제나 찬성만 하는 시 의원들도 이렇게 소리쳤다. 그들은 모두 조각상이 있는 곳으로 올라가 조사를 시작했다.

"칼자루의 루비가 떨어져 없어졌고, 눈알도 뽑혀져 버렸네. 거기다 몸을 덮고 있던 순금판도 모조리 사라졌어! 이건 사실 거지 모습이나 다름없잖아!"

시장은 이렇게 말했다.

"거지나 다름없습니다."

시 의원들도 이렇게 말했다.

"이 새는 뭔데 조각상 발 밑에서 죽어 있는 거지? 포고령을 만들어서, 앞으로는 새가 이런 데서 죽어서는 안 된다고 발표해야 겠어."

시장이 이렇게 말하자, 시청의 서기가 그 말을 받아서 종이에 적었다.

이렇게 해서 사람들은 '행복한 왕자' 의 조각상을 부수어 버렸다.

"더 이상 이 조각상이 아름답지 않으니 앞으로는 아무짝에도 쓸모가 없겠군."

대학에서 미술을 가르치는 교수는 이렇게 말했다.

사람들은 왕자의 조각상을 용광로에 집어넣어 녹였고, 시장은 위원회를 열어 조각상을 녹인 그 쇳덩어리를 어디에 쓸 것인지 의논하였다.

시장은 말했다.

"이 쇳덩어리로는 당연히 새로운 조각상을 만들어야 합니다. 그리고 그것은 바로 나의 조각상이어야 합니다."

"아닙니다, 나의 모습으로 조각상을 만들어야 합니다."

시 의원들도 각자가 일어서서 이렇게 소리쳤다. 이렇게 사람들은 계속 싸웠고 들리는 소문에 의하면 그 사람들은 아직도 결론을 내지 못하고 있다고 하였다.

"거 참 이상한 걸!"

용광로 공장의 공장장이 말했다.

"이 부서진 심장 조각은 아무리 해도 용광로에서 녹질 않는군. 결국 이건 내버려야 겠어."

사람들은 그것을 쓰레기장에다 던져 버렸다.

"이 도시에서 가장 고귀한 것 두 가지를 이곳으로 가져 오너라."

하나님이 한 천사에게 이렇게 명령했다. 그러자 그 천사는 납으로 만들어진 왕자의 심장과 죽은 제비를 하나님께 가져 갔다.

하나님께서 말씀하셨다.

"아주 잘 골랐구나. 이 작은 새는 언제까지나 천국의 정원에서 노래하게 하자. 그리고 '행복한 왕자'는 내 황금의 도시에서 영원히 내 이름을 찬미하도록 할지어다!"

어느 도시의 광장 한복판에 갖가지 보석으로 치장된 행복한 왕자의 동상이 도시를 굽어보며 서 있다. 살아 있을 때 행복하기만 했던 왕자는 죽어 동상이 된 뒤에야 비로소 세상의 어두운 면을 보고 눈물을 흘릴 줄 알게 된다.

때마침 행복한 왕자의 동상에서 쉬어가던 제비 한 마리가 눈물을 흘리며 슬퍼하던 왕자를 본다. 왕자의 고귀한 마음에 감동한 제비는 움직이지 못하는 왕자를 대신해 그의 몸을 장식한 보석들과 황금박을 떼어내 가난하고 헐벗은 사람들에게 나누어 준다.

행복한 왕자는 이렇게 사람들에게 사랑을 나누어 주지만 그 결과 황금빛으로 빛나던 왕자의 동상은 초라한 잿빛 동상이 되고 두 눈마저 잃어 앞을 볼 수 없게 된다. 그리고 왕자를 돕던 제비도 추운 겨울을 피해 따뜻한 이집트로 가지 못하고 결국 왕자의 발 아래에서 숨을 거두고 만다.

사람들은 초라해진 왕자의 동상과 제비의 시체를 보고는 화를 내며 서둘러 치워 버린다. 그러나 하나님은 행복한 왕자와 제비의 영혼을 축복해 준다.

해설

'행복한 왕자'를 읽으면서 오스카 와일드가 이 작품에서 그리고 있는 이미지를 머리에 떠올려 보자. 한편으로는 도시 중심에서 하늘 높이 솟아 있는 기둥 위에 황금과 보석으로 치장된 왕자의 동상이 있다. 다른 한편으론 도시 변두리에 사는 상처투성이 손의 재봉사와 병든 아들, 너무 굶어서 정신을 잃고 책상에 엎드려 있는 젊은 희곡 작가, 길모퉁이에서 혹한에 떨고 있는 맨발의 성냥팔이 소녀가 있다. 이 극단적으로 병치된 이미지가 주는 의미는 무엇인가? 그것은 '단절'이다. 즉 모든 소통의 배제이다.

부유한 세계와 가난한 세계 사이의 완벽한 단절은 갈등조차 유발하지 않는다. 두 세계 사이에 있는 것은 절대 무관심이다. 그것은 무거운 침묵의 이미지로 이야기 전체를 억누르고 있다. 적어도 쾌활하고 진솔한 성격의 제비가 나타나기 전까지는 말이다. 제비의 등장은 이런 이미지를 일순 바꾸어 놓는다. 제비는, 이러한 단절의 고통을 앓으면서도 어찌 할 수 없는("발이 받침대에 단단히 붙어 있어서 난 움직일 수가 없구나.") '불행한 왕자'와 역시 세상과 단절된 채 살고 있는 사람들 사이를 기꺼이 연결한다.

제비는 겨울을 맞아 얼어죽을 때까지 이 암울한 상황에 '소통의 다리'를 놓음으로써 두 세계의 불행을 행복으로 바꾸어 놓는다. 이제 불행한 왕자도 행복한 왕자가 되었고 사람들도 행복해졌다.

불행과 불행 사이에는 절대 무관심이 도사리지만, 행복과 행복 사이에는 커뮤니케이션이 활발하게 존재한다. 제비의 희생이 그것을 가능하게 한 것이다. 단절된 두 세계 사이의 소통을 완성해 놓고 죽음을 맞는 제비는 달관한 철학자와 같다. "저는 이제 죽음의 나라로 갈 거예요. 죽는다는 것과 잠이 든다는 것은 형제가 아닐까요?"

'소통의 철학'은 20세기 철학의 중심 과제이기도 했다. 20세기 전반 실존철학이 세상의 부조리를 고발했다면, 20세기 후반 소통의 문제를 철학의 주요 과제로 삼은 것은 갈등조차 없이 무관심으로 단절된 현대인의 삶에 '관계'를 복원하려는 노력의 일환이었다. 21세기에 사는 우리는 소통의 메신저가 필요 없을 만큼 스스로 사회 속 타인들과 행복한 관계를 만들어가고 있을까?

주제

가난한 사람들을 위해 자신을 희생하는 왕자와 제비의 숭고한 사랑

1. 작가 오스카 와일드가 '행복한 왕자'를 통해 말하고 싶었던 것은 무엇인지 생각해 보고 서술하시오.

2. 행복한 왕자와 제비, 그리고 시장과 시 의원들은 대비되는 인물들이다. 어떻게 다른지 각각 비교하여 서술하시오.

3. 행복한 왕자는 스스로 가장 행복하다고 말하는 순간이 언제이며, 그 이유를 생각나는 대로 서술하시오.

4. 이 작품을 읽고 난 뒤 나 자신은 언제 어느 때에 가장 행복하다고 생각하는지 쓰시오.

5. 이 작품은 실버스타인의 소설 '아낌없이 주는 나무'와 비슷하다. 그 작품을 읽어본 후 서로 비교해 보자.

6. 그 도시에서 가장 아름다운 것 두 가지를 가져 오라는 하나님의 명령에 천사가 가져간 것은 무엇인지 쓰고 그 이유는 무엇이라고 생각하는지 서술하시오.

7. 이 작품은 배금주의가 팽배해진 요즘, 경종을 울릴 만한 작품이라고 할 수 있다. 배금주의에 젖은 인물들과 그들의 행동을 설명하고 그들에 대한 자신의 견해를 서술하시오.

8. 제비는 "추운 밤인데도 저는 지금 무척 따뜻해요."라고 행복한 왕자에게 말한다. 단순히 착한 일을 했기 때문일까? 그것만이 아니라고 생각한다면 그 이유에 대해 서술하시오.

9. 행복한 왕자와 제비가 도움을 준 이들을 차례대로 설명하고 각각 어떤 도움을 받았는지 서술하시오.

10. 이 작품에 등장하는 제비는 친구들을 뒤따라 이집트로 가기만 하면 천국이 기다리고 있다. 그러나 끝끝내 가지 않은 채 행복한 왕자 곁에서 죽음을 맞이한다. 만약 자신이 제비와 같은 처지에 놓여 있다면 어떻게 할 것인지 서술하시오.

헌신적인 친구

갈래   단편소설

경향   풍자주의

시점   전지적 작가 시점

배경   어느 한적한 시골

의의   이기주의가 만연한 이 시대에 진정한 우정과 인간관계에 대해 생각하게 하는 작품으로, 휴와 한스는 현실에서의 인간들이 우정에 대해 어떤 태도를 가지고 있는지를를 보여주는 대표적인 인물이라 할 수 있다.

특징   진정한 친구의 의미를 묻고 있는 작품. 이 작품을 통해 작가는 특유의 재치 있고 감성이 풍부한 언어로 인간의 아픔까지 감싸 안는 섬세함을 보여준다.

등장인물   한스 – 친절한 마음씨를 가진 인물로서 친구 휴가 말하는 것은 무엇이든지 들어준다. 자기희생적인 성격을 가지고 있다.

휴 – 한스의 친구. 한스를 도와주는 것 같지만 자신의 잇속은 다 차리는 이기적인 성격의 인물이다.

구성 발단 – 늙은 물쥐와 오리, 홍방울새가 연못에 모여 헌신적인 친구
에 관한 이야기를 나눈다.

전개 – 어느 마을에 한스와 휴라는 친구가 살고 있다. 꽃밭을 가꾸
어 생계를 유지하는 한스에게 방앗간 주인인 휴가 헌신적인
우정을 베풀고 있다는 평을 듣고 있다.

위기 – 겨울이 지나고 봄이 오자 휴는 한스를 찾는다. 한스는 꽃을
팔려고 하는데 수레가 필요하다는 이야기를 한다. 이에 휴
는 자신이 쓰던 수레를 줄 테니 자신에게 꽃을 달라고 한다.
이에 한스는 거절하지 못하고 들어준다. 또 휴는 꽃밭을 갈
고 있는 한스에게 밀가루 부대를 시장으로 운반해 달라고
하고, 시장에서 돌아와 쉬고 있는데 산으로 양떼를 이동시
켜 달라고 한다. 휴의 이런저런 부탁으로 한스는 정작 자신
의 꽃밭은 갈지 못한다.

절정 – 어느 날 휴는 아들이 다쳐서 그러니 의사 선생님에게 갔다
와 달라고 한스에게 부탁한다. 이에 한스는 기꺼이 응낙하
고 칠흑 같은 어두운 밤에 억수같이 쏟아지는 비 속을 뚫고
의사 선생님에게 간다. 또 의사 선생님을 뒤쫓아가다 길을
잃고 죽는다.

결말 – 한스의 장례식 날 휴는 자신이 한스의 가장 친한 친구였기
에 가장 좋은 자리에 있어야 한다고 한다. 그러면서 한스가
없음으로써 자신에게 생길 귀찮은 일에 대해 넋두리를 한
다.

　이 작품은 액자소설이자 우화소설이기도 하다. 먼저 액자소설이란 이야기 속에 또 하나의 이야기가 액자처럼 끼어들어 있는 소설로, 액자의 틀 속에 사진이 들어 있듯이 하나의 이야기 속에 또다른 이야기 구조가 들어 있는 것이다. 즉 외부 이야기 속에 내부 이야기가 들어 있는 구성으로, 외부 이야기가 액자의 역할을 하고 내부 이야기가 핵심 이야기가 된다.

　한편 우화소설은 인간 이외의 동물 또는 식물에 인간의 생활과 감정을 부여하여 사람과 꼭 같이 행동하게 함으로써 그들이 빚는 유머 속에 교훈을 담는 소설을 말한다. 그 의도하는 바는 이야기를 빌려 인간의 약점을 풍자하고 처세의 길을 암시하려는 데에 있다.

　옛날부터 동물을 이용하여 인간 사회를 풍자하는 방법이 많았다. 우화의 주인공들은 인간과 같은, 모습만 동물일 뿐 모든 면이 인간처럼 자유스럽게 지껄이며 행동하는 것이 상례이다. 여기에 우화의 기교상 특색이 있는 것이다.

　이 작품에서도 액자소설의 방식과 우화소설의 방식을 빌려 우정의 의미에 대해 묻고 그 교훈을 더욱 의미있게 전달하기 위해 이러한 방식을 선택한 것이라 볼 수 있다.

헌신적인 친구

느 아침 날, 늙은 물쥐는 자기가 사는 굴에서 머리를 쏙 내밀었다. 반짝반짝 빛나는 구슬 같은 눈과 빳빳한 회색 수염, 그리고 꼬리는 검은 탄성고무 같았다. 연못의 여기저기를 헤엄치고 있는 새끼 오리들은 꼭 카나리아들처럼 보였다. 그 옆의 어미 오리는 아주 빨간 다리를 가진 순백의 모습이었다. 어미는 물속에서 물구나무를 서는 법을 새끼 오리들에게 가르치려고 애쓰고 있었다.

"물구나무를 멋지게 서야 훌륭한 사교계로 진출할 수가 있단다."

어미 오리는 이렇게 말하며 새끼 오리들에게 몸소 시범을 보여 주었다. 하지만 새끼 오리들 중 어미 오리의 말에 주의를 기울이는 이는 아무도 없었다. 너무 어린 오리들이라 사교계로 진출한다는 것이 무슨 뜻인지조차 이해할 수 없었기 때문이다.

"어쩜 저렇게 어른 말을 안들을 수가 있지! 저러다가 정말 물에 빠져 죽어도 누굴 탓하겠어!."

늙은 물쥐가 소리쳤다.

"꼭 그렇지만은 않아요. 저 나이라면 누구든 시작해야만 하고 부모라면 당연히 인내해야 하는 거죠."

어미 오리가 대답했다.

"하긴! 난 부모의 마음이 어떤 건지 몰라요. 나는 어느 가족의 구성원도 아니니까요. 사실 난 결혼을 한 적도 없을뿐더러 앞으로도 그럴 생각은 전혀 없어요. 사랑은 곧잘 위대하다고들 하지만 나는 우정이 훨씬 더 고귀하다고 생각해요. 정말이지 이 세상에는 헌신적인 우정보다 더 숭고하고 귀한 것은 없어요."

늙은 물쥐가 말했다.

"그럼 당신은 헌신적인 친구란 어떤 이들이라고 생각하나요?"

그들 가까이의 버드나무 앉아서 무심코 그 대화를 듣던 푸른 홍방울새가 늙은 물쥐에게 물었다.

"맞아요, 나도 바로 그게 알고 싶어요."

어미 오리가 이렇게 말하면서 연못의 끝으로 헤엄쳐 갔다. 그리고는 다시 새끼 오리들에게 멋진 시범을 보여 주려고 물구나무를 서기 시작했다.

"어리석은 질문이 따로 없군! 내가 말하는 헌신적인 친구란 나에게도 역시 헌신적인 사람이어야만 해."

늙은 물쥐가 당당히 말했다.

"그렇다면 당신은 그 친구를 위해 무얼 하죠?"

은빛 가지 위의 작은 새가 날개를 퍼덕이며 말했다.

"무슨 말을 하는지 도통 이해할 수 없구만."

늙은 물쥐는 영문을 모르겠다는 듯 대답했다.

"그렇다면 내가 우정에 대한 이야기를 하나 해 드리지요."

푸른 홍방울새가 나직이 말했다.

"나에 관한 이야기인가?"

하고 늙은 물쥐가 물었지만 대답이 없자, 계속해서 말했다.

"뭐, 어쨌든 나는 듣겠네. 난 지어낸 이야기는 무엇이든 좋아하거든."

"내가 지금하려고 하는 이야기는 당신에게도 적용될 수 있어요."

푸른 홍방울새는 대답과 동시에 날아서 둑 위로 내려왔다. 그리고는 한 헌신적인 친구에 관한 이야기를 시작했다.

"옛날 옛날 어느 마을에 한스라는 친구가 살고 있었답니다."

"그는 유명한 사람이었나?"

늙은 물쥐가 이야기를 가로막으며 물었다.

"아니오."

푸른 홍방울새가 성가시듯 답한 뒤 이야기는 본격적으로 시작되었다.

"한스는 친절한 마음씨를 지니고, 동그랗고 명랑한 얼굴을 한 자그맣고 정직한 사람이었어요. 전혀 유명한 사람이 아니었을 거예요.

마을에서 조금 떨어진 곳에서 작은 오두막집을 짓고 혼자 살던 그는 매일 자신의 정원에서 즐겁게 일하곤 했었어요. 그가 사는 나라 어디에도 한스의 정원만큼 아름다운 곳은 없을 정도로 그는 정성껏 정원을 가꾸었답니다. 아메리카 패랭이꽃이며, 자라난화(紫羅爛花), 냉이, 미나리아재비도 모두 거기에서 자랐어요. 그의 정원에는 이 밖에도 담홍색 장미와 노란 장미, 담자색의 크로커스, 보랏빛 제비꽃과 흰색 제비꽃도 있었죠. 매발톱꽃과 냉이꽃, 야생 박하와 붓꽃, 또 수선화등의 꽃들이 달이 바뀜에 따라 지고 피면서 한 자리에 적당한 순서대로 피고 지고… 꽃들이 번갈아서 다른 꽃을 피었어요. 그 모습은 언제나 아름다웠고 그윽한 향기 또한 황홀할 지경이었답니다 .

그런 작은 한스에게는 친구가 아주 많았어요. 그 중에서도 가장 헌신적인 친구라 불리는 사람은 바로 방앗간 주인인 휴였죠. 덩치도 크고 부유한 방앗간 주인은 작은 한스에게 너무나 헌신적인 친구였기 때문에 그가 한스의 정원을 지나갈 때면 언제나 담 위로 몸을 굽혀서 큰 꽃다발이나 한 움큼의 향기로운 목초를 꺾어갔답니다. 뿐만 아니라 결실의 계절이 오면 자신의 양쪽 주머니에 한 가득 오얏과 버찌로 채웠답니다.

방앗간 주인은 언제나 '진정한 친구는 모든 것을 공유하는 법이라네' 라고 말했어요. 그러면 작은 한스도 늘 고개를 끄덕이며 함박 웃음을 지었죠. 작은 한스는 아울러 그렇게 품위 있는 생각을 가진 친구가 자신의 친구라는 것이 매우 자랑스레 여겨지곤 했습니다.

때때로 이웃 사람들은 부유한 방앗간 주인을 이상하게 생각하고 했어요. 그도 그럴 것이 그의 방앗간에는 100자루나 되는 밀가루가 있고, 젖소 6마리와 굉장히 큰 무리의 양떼를 가지고 있으면서도 작은 한스에게 어떤 답례도 하지 않았기 때문이었죠. 하지만 한스는 그간 일들에 신경 쓴 적은 단 한번도 없었어요. 작은 한스에게는 주변 사람들의 어떤 이야기도 방앗간 주인이 진실하고 헌신적인 우정에 비할 것은 못된다고 생각했어요. 무엇보다 방앗간 주인의 우정에 대한 이야기가 그에게는 큰 즐거움이었습니다.

작은 한스는 언제나 그렇듯이 자신의 정원에서 열심히 일했어요. 봄, 여름, 가을의 그는 무척 행복했지만, 겨울이 오면 늘 고통을 겪어야 했답니다. 왜냐하면 겨울이 되면 시장에 가져갈 과일이며 꽃들이 없어 추위와 배고픔에 시달려야 했기 때문이었어요. 그래서 작은 한스는 저녁도 자주 거르거나 어쩌다가 말라비틀어진 몇 개의 배, 딱딱한 땅콩 등으로 겨우 허기를 면했습니다. 게다가 지독한 외로움도 그를 괴롭혔죠. 겨울이 되면 어떤 이도 그를 찾지 않기 때문이었어요. 헌신적인 친구라고 하는 방앗간 주인조차 말입니다.

'눈이 이렇게 많이, 더구나 오랫동안 내리는데 내가 작은 한스를 만나러 가는 건 별로 좋은 생각이 아니야.'

방앗간 주인은 자신의 아내에게 말했어요.

'왜냐하면 사람들은 어려운 지경에 빠져 있을 때에는 혼자이고 싶어 하기 때문이지. 친구들의 방문은 오히려 그를 성가시게 만들 뿐이야. 내가 생각하는 우정은 적어도 이런 것이지. 솔직히 나는 나의 이런 생각이 옳다고 확신해. 난 봄이 오면 그때 그를 방문할 거야. 그러면 그는 나의 방문에 반가워할 것이고 또 한 바구니의 앵초꽃을 줄 수 있을 거야. 그러면 또 그는 행복해 하겠지.'

'당신처럼 사려 깊은 사람도 없을 거예요.'

그의 아내가 활활 타오르는 소나무 장작불 옆의 안락의자에 앉은 채 대답했죠.

'당신은 정말 사려가 깊어요. 그리고 당신이 우정에 대해 이야기하는 걸 들을 땐 언제나 무척 즐거워요. 멋진 집에 사는 금반지를 낀 목사님이라 해도 당신만큼 그렇게 아름다운 이야기를 할 수는 없을 거예요. 나는 정말이지 그렇게 생각해요.'

'하지만 작은 한스 아저씨를 우리 집에 초대할 수는 없을까요? 불쌍한 한스 아저씨가 지금 곤경에 처해 계시다면 전 아저씨에게 제가 지금 먹고 있는 이 오트밀죽의 절반을 드릴 거예요. 그리고 물론 제 흰 토끼들을 보여 드릴 거예요.'

방앗간 주인의 막내아들은 뿌듯한 듯이 말했어요.

'너야말로 참 어리석은 아이로구나!'

방앗간 주인이 버럭 소리를 질렀어요.

'너는 도대체 학교에서 뭘 배운 거니? 내가 왜 너를 학교에 보냈는지 모르겠구나. 설령 작은 한스가 우리집에 와서 우리와 함께 따뜻한 실내에서 맛 좋은 식사와 커다란 포도주 통을 본다고 치자. 그는 분명 우리 가족을 시샘하고 질투하게 될 거야. 시기하는 것처럼 세상에서 나쁜 게 있는 줄 아니? 그것은 모든 사람들의 천성을 망가뜨리는 것이란다. 난 확실히 한스의 천성이 망가지게 내버려 둘 수는 없어. 난 그의 가장 좋은 친구이자 그가 어떠한 유혹에도 이끌리지 않게 지켜주는 파수꾼과 마찬가지야. 더욱이 한스가 여기에 온다면 그는 분명 나에게 밀가루를 꾸어 달라고 할 거다. 하지만 난 그렇게 할 수는 없어. 밀가루는 밀가루이고 우정은 우정일 뿐이거든. 절대로 그것들을 혼동해서는 안 돼. 그러니까 밀가루와 우정은 서로 철자도 다르고 의미 또한 아주 다르지. 모든 사람들이 그런 정도는 알 수 있지.'

'참 좋은 말이긴 하지만 저에겐 졸린 말일 뿐이에요. 마치 교회에서 설교를 듣고 있는 기분이군요.'

방앗간 주인의 아내가 자신의 큰 잔에 맥주를 따르면서 말했죠. 곧 방앗간 주인이 대답했어요.

'행동을 잘하는 사람은 많지만 말을 잘하는 사람은 거의 없어. 이것은 말을 잘하는 것이 둘 중에서 더 훌륭하다는 것을 보여 주는 거라구.'

방앗간 주인은 말이 끝나자마자 탁자 저편의 어린 아들을 엄한 눈초리로 쳐다보았죠. 아버지의 계속되는 설교에 자신을 매우 부끄럽게 생각한 아들은 머리를 푹 떨구었어요. 그리고는 이내 얼굴이 붉게 달아오르더니 그만 눈물을 쏟기 시작했죠. 그러자 방앗간 주인의 아내가 아이를 나무라는 남편에게 아이니까 당신이 그만 용서하라고 말했죠."

"그것이 이야기의 끝인가?"

늙은 물쥐가 지루한 듯 물었다.

"그렇지 않아요. 그건 시작일 뿐이죠."

푸른 홍방울새가 대답했다.

"그러고 보니 자네는 시대에 꽤나 뒤떨어져 있군그래."

늙은 물쥐가 말했다.

"요즘 뛰어난 이야기꾼들은 끝에서 시작한 다음에, 처음으로 나가고 중간에서 결론을 내린다네. 그게 새로운 방법이야. 자네 몰랐나? 언젠가 나는 어떤 젊은이와 함께 연못 주위를 걷고 있던 한 비평가가 이러한 이야기법에 대해 말하는 것을 들은 적이 있지. 그는 그 문제에 장황하게 대해서 말했고 난 그의 말을 옳다고 확신한다네. 왜냐하면 그는 대머리에다가 파란 안경을 쓰고 있었으니까. 그리고 그 젊은이가 어떤 말을 하기라도 하면 언제나 '흥!' 하고 대답했다네. 어쨌건 이야기를 계속하게. 왠지 모르게 나는 그 방앗간 주인이 굉장히 마음에 들어. 난 실로 모든 종류의 아름다운 정서를 가지고 있어서 우리 사이에는 대단한 공감대가 형성되어 있지."

"하지만…."

이쪽에서 저쪽 다리로 번갈아 깡충깡충 뛰면서 푸른 홍방울새는 이야기를 계속 했다.

"겨울이 지나자마자 앵초꽃들이 다시 노란 별꽃들을 피우기 시작했죠. 방앗간 주인은 그때 쯤 작은 한스를 방문해야겠다고 아내에게 말했어요.

'당신은 어쩜 그리도 선한 마음씨를 가지고 있나요? 늘 남을 생각하시는군요. 그렇다면 꽃을 담을 수 있도록 큰 바구니를 챙겨 가세요.'

방앗간 주인은 아내의 말이 끝나자 풍차의 날개를 단단한 쇠줄로 묶은 다음 바구니를 들고서 언덕 아래의 작은 한스가 사는 오두막집으로 내려갔어요.

'안녕, 한스?'

'자네도 그간 잘 지냈는가?'

한스는 삽에 몸을 기대며 커다랗게 함박 미소를 지으며 방앗간 주인에게 답례했어요.

'그래, 겨울 동안 잘 지냈나?'

'이거 자네가 그렇게 물어 주니 정말 기분이 좋군그래. 진짜, 아주 좋아. 하지만 힘든 시간이었다고 말해야 해서 유감이야. 그래도 이제 봄이 왔으니 난 무척 행복하다네. 내 꽃들도 모두 잘 자라고 있고 말이야.'

'우리 가족들이 모두 자네를 보지 못한 겨울 동안 종종 자네 애기를 했었다네, 한스.'

방앗간 주인이 말했죠.

'그리고 자네가 어떻게 지내고 있는지 걱정도 했었고 말일세.'

'자네는 참 친절하기도 하지. 하지만 나는 자네가 나를 잊지는 않았나 꽤 염려했었네.'

한스가 약간 떨리는 목소리로 말했어요.

'한스, 어떻게 자네가 그런 말을 할 수가 있나. 나는 놀랍기 그지 없네. 우정은 결코 잊혀지는 것이 아니라는 걸 모르나? 그게 바로 우정의 놀라운 점이야. 하지만 난 자네가 시정(詩情)을 이해하지 못하는 건 아닌지 염려되는군. 한데 말이야, 정말 자네의 앵초꽃들은 너무나도 아름답군!'

'그럼, 매우 아름답지.'

한스는 뿌듯한 듯 꽃들을 바라보았다.

'내가 이렇게 많은 꽃을 갖고 있다는 게 얼마나 큰 행운인지 몰라. 저 꽃들을 가져가서 시장의 딸에게 팔려고 하네. 그리고 그 돈으로 손수레를 다시 사오려고 한다네.'

'손수레를 다시 사온단 말인가? 설마 자네가 그것을 팔아버렸다는 말은 아니겠지? 자네 도대체 얼마나 어리석은 짓을 한 건가!'

방앗간 주인의 말에 한스가 중얼거리듯이 말했어요.

'저, 그게, 사실은 말이야…. 나는 그럴 수밖에 없었다네. 자네도 알다시피 지난 겨울은 내게 혹독했다네. 난 빵 하나 살 돈조차 없었어. 그래서 처음엔 주일에만 입는 외투에서 은제 단추들을 떼어서 팔았고, 그 다음에는 은목걸이를, 그 다음에는 큰 담뱃대를, 마침내는 내 손수레까지 팔아버린 것이라네. 하지만 이제 봄이 됐고 이 꽃들을 팔아 그 모든 것을 다시 사올 걸세.'

방앗간 주인이 당차게 대답했어요.

'이봐, 한스. 자네에게 내 손수레를 주겠네. 사실 그건 보수가 썩 잘되어 있지는 않다네. 한쪽 부분은 없어지고 바퀴살에도 문제가 있긴 있어. 그래도 나는 그것을 자네에게 주겠네. 많은 사람들이 그것을 자네에게 주는 것에 대해 나를 아주 멍청하다고 욕하겠지만, 나는 세상 사람들과 같지는 않다네. 왜냐하면 관대함이 우정의 필수 요건이라고 생각하기 때문이지. 게다가 내게는 새 손수레가 하나 있거든. 그러니 자네는 마음 푹 놓아도 좋네. 손수레는 사지 말게. 내가 자네에게 줄 테니.'

'자네는 정말이지 친절하군그래. 우리 집에 널빤지 한 장이 있으니 그 손수레를 손쉽게 고칠 수 있을 것이네'

작은 한스가 기쁨에 들떠 얼굴이 붉게 달아오른 채 말했다.

'자네에게 나무 널빤지가 있단 말인가? 저, 그건 내게 지금 꼭 필요하던 거라네. 창고 지붕에 큰 구멍이 하나 뚫려 있어서 그것을 막아야 하거든. 그렇지 않으면 옥수수가 모두 망쳐질 거야. 자네가 그 말을 하다니 얼마나 다행인가! 한 가지의 선행이 언제나 다른 선행을 낳는다는 것은 무척 주목할 만한 일이지. 생각해 보라구. 나는 자네에게 내 손수레를 주고, 자네는 이제 내게 자네의 널빤지를 주려고 하는군. 아, 물론 손수레가 널빤지보다는 훨씬 값어치가 있는 것이긴 하지만 말야. 진정한 우정은 그와 같은 것을 결코 문제 삼는 법이 없지. 제발 내 말대로 하게나. 그러면 나는 바로 오늘 내 창고에서 일을 시작하겠네.'

'알겠네.'

작은 한스는 방앗간 주인의 말을 듣고서 곳간으로 달려가 널빤지를 끌어냈어요.

'뭐, 별로 큰 널빤지도 아니군.'

방앗간 주인이 그 널빤지를 보면서 시덥지 않은 것을 본 듯이 말했죠.

'그러면 내가 창고 지붕을 고치고 나면 자네가 손수레를 고치도록 자네에게 남겨 줄 널빤지가 없을 것 같아 걱정스럽군. 하지만 물론 그것은 내 잘못이 아니니 어쩔 수 없지. 그리고 말이야. 내가 자네에게 내 손수레를 주는 거니까 그 보답으로 자네가 꽃을 좀 줄 거라 믿는데, 어떤가? 여기 바구니가 있으니 가득 좀 담아 줄 수 있겠나?'

'꽉 차게?'

작은 한스가 다소 슬픈 듯이 말했죠. 왜냐하면 그것은 정말로 아주 큰 바구니였기 때문이었요. 그래서 만약에 그가 바구니를 꽉 채우면 시장에 내다 팔 꽃이 하나도 남지 않을 것이란 걸 작은 한스는 알고 있었습니다. 게다가 그는 꼭 은제 단추들을 되갖고 싶었습니다.

'그래, 정말이라네. 내가 손수레를 자네에게 주는 거니까, 내가 자네에게 꽃을 좀 달라고 하는 게 그리 너무한 일은 아니라고 생각하는데. 내가 틀렸나? 나는 진실한 우정이란 어떤 종류의 이기심으로부터도 완전히 자유로운 것이라고 생각한다네.'

방앗간 주인이 장황하게 말했어요.

'나의 진정한 친구, 나의 가장 좋은 친구여!'

작은 한스가 외쳤어요.

'내 정원에 있는 모든 꽃들을 자네가 모두 가져가도 좋다네. 그까짓 은제 단추들보다 자네의 훌륭한 생각을 나또한 되도록 빨리 갖고 싶네.'

작은 한스는 정원으로 달려가 그의 예쁜 앵초꽃을 전부 따서 방앗간 주인의 바구니에 가득 차도록 넣었습니다.

'그럼 잘 있게, 작은 한스.'

어깨 위에 널빤지를 메고 손에는 큰 바구니를 들고 언덕을 올라가면서 방앗간 주인이 말했죠.

'잘 가게, 친구.'

작은 한스는 인사를 하고 나서 아주 즐겁게 땅을 파기 시작했어요. 그는 손수레 때문에 너무 기뻐했죠.

다음 날 작은 한스는 현관에 인동덩굴을 박고 있었습니다. 그러다 한길에서 자신을 부르는 방앗간 주인의 목소리를 듣게 되었지요. 그는 얼른 사다리에서 뛰어 내려와서 정원 아래로 달려가 담 너머로 내다보았습니다. 거기에는 등에 커다란 밀가루 부대를 짊어진 방앗간 주인이 힘들게 서있었어요.

'친애하는 작은 한스. 이 밀가루 부대를 시장까지 좀 날라다 주지 않

겠나?'

'오, 미안하구만.'

한스가 안타까운 표정을 지으며 말했죠.

'난 오늘 너무 바빠 쉴 틈도 없다네. 덩굴들을 전부 못박아 세워야 하고, 모든 꽃들에게 물을 줘야 하며, 또 잔디를 전부 골라야 하거든. 미안하네.'

'자네 정말 이러긴가? 나는 자네에게 손수레를 주기로 했는데, 자네가 내 청을 거절하는 건 좀 냉정하다고 생각하지 않나?'

방앗간 주인이 서운한 듯 말했어요.

'오, 그런 의도로 말한 건 아니라네. 게다가 난 결코 매정한 사람이 아니야.'

한스는 이렇게 소리치면서 모자를 쓰기 위해 집안으로 들어갔어요. 얼마 후, 그의 어깨에는 그 큰 밀가루 자루가 짊어져 있었고, 그는 터벅터벅 시장을 향해 걸어갔답니다.

날씨가 무척 너무 더웠기 때문에 한스는 여섯 번째 이정표에 도착하기도 전에 너무 피곤해서 도중에 쉬어야만 했어요. 그러나 그는 용감하게 계속해서 걸어갔고, 마침내 시장에 도착했죠. 그는 얼마 동안 거기서 머물면서 밀가루를 아주 좋은 가격에 팔았습니다. 그리고 나서 그는 즉시 집으로 돌아왔어요. 너무 늦게 돌아오다가 강도라도 만날까봐 두려웠기 때문이었죠.

'정말 힘든 하루였어. 암 그렇고말고.'

작은 한스는 잠자리에 들면서 혼자 중얼거렸어요.

'하지만 내 친구인 방앗간 주인의 청을 거절하지 않아서 너무 기쁘군. 그는 내 가장 좋은 친구이고 게다가 내게 손수레를 주려고 하니까 말이

야.'

　날이 밝자, 일찌감치 방앗간 주인이 한스의 집을 찾았습니다. 밀가루를 팔아 번 돈을 가지러 내려온 것이었죠. 하지만 작은 한스는 너무나 피곤해서 그때까지도 잠을 자고 있습니다. 그런 한스에게 방앗간 주인이 큰 소리로 말했죠.

　'이런, 자네 너무 게으른 게 아닌가? 자네가 내게 나의 손수레를 받을 것을 생각한다면, 자네는 더 열심히 일해야만 한다네. 게으름은 그야말로 큰 죄악이고, 난 내 친구들 중에 누구도 게으르거나 나태한 것을 좋아하지 않는다네. 내가 솔직하게 말하는 것을 너무 서운하게 생각하진 말아 주게나. 물론 내가 자네의 친구가 아니라면 이런 말은 하지도 않을 걸세. 하지만 만약에 상대방의 기분을 생각해서 자신의 뜻을 정확히 말할 수 없다면 도대체 우정이 뭐가 좋다는 건가? 어떤 사람이든 매력적인 것을 좋아하고, 기쁘게 해 주고, 아첨을 하려고 노력할 수 있네. 하지만 진정한 친구는 항상 기쁘지 않은 일들까지도 말하고, 마음에 상처를 줄 수도 있어. 그가 진정으로 참된 친구라면 그는 오히려 그것을 더 좋아하겠지. 왜냐하면 그때서야 비로소 자신이 선행을 하고 있는 것으로 알기 때문이라네.'

　'정말 미안하게 됐네.'

　작은 한스가 한쪽 손은 눈을 비비면서 또 다른 손으로는 밤에 쓰는 모자를 벗으면서 말했어요.

　'그런데 나는 너무 피곤했다네. 그래서 잠시라도 침대에 누워 새가 노래하는 것을 들으려고 했던 거라네. 자네도 알지 않는가. 새들의 노랫소리를 듣고 나면 내가 일을 더 잘하는 것을 말이네.'

　'그래, 그렇다면 다행이군.'

방앗간 주인이 작은 한스의 등을 가볍게 두드리면서 대답했죠.

'자네, 옷을 입는 대로 나를 위해 방앗간 지붕을 고쳐 주었으면 하네.'

가엾은 작은 한스는 자신의 정원에서 일하고 싶었어요. 이틀 동안이나 꽃들에게 물을 주지 못했기 때문이죠. 하지만 방앗간 주인의 청을 작은 한스는 거절하고 싶지가 않았답니다. 한스에게 방앗간 주인은 너무나 좋은 친구였기 때문이었죠.

'자네 만약 내가 지금은 조금 바쁘다고 말한다면 자넨 나를 매정하다고 생각하겠나?'

그는 부끄러워하면서 기어드는 목소리로 물었어요.

'오! 물론이지.'

방앗간 주인이 당당하게 대답했죠.

'내가 자네에게 내 손수레를 줄 것을 고려한다면 자네에게 이렇게 부탁하는 것이 그리 대단한 것은 아니라고 생각하는데, 하지만 물론 자네가 거절한다면 내가 가서 직접 고쳐야지 별 수 있겠나?'

'오! 절대 그렇지 않아.'

작은 한스가 손사레를 치며 외쳤어요. 그는 곧 침대에서 뛰쳐나와 옷을 차려 입었습니다. 그리곤 방앗간 주인의 창고로 올라갔어요. 거기서 해가 질 때까지 일했답니다. 해질 녘이 되었을 때 방앗간 주인이 그가 어떻게 일을 해나가고 있는지를 보려고 왔어요.

'지붕에 난 구멍을 이제 다 고쳤나, 작은 한스?'

방앗간 주인이 퍽 기분 좋은 목소리로 크게 말했어요.

'그래, 이제 다 고쳤다네.'

작은 한스가 사다리에서 내려오면서 대답했죠.

'아, 이렇게 남을 위해 해 주는 일만큼 즐거운 일은 없지. 안 그런가, 작은 한스?'

방앗간 주인이 되물었죠.

'자네의 말을 듣는다는 것은 대단한 영광이야. 정말로 대단한 영광이지. 하지만 나는 아무래도 자네가 가진 그 아름다운 생각들을 결코 가질 수 없을까봐 염려되는군그래.'

이마의 땀을 닦으면서 작은 한스가 대답했답니다.

'오! 걱정 말게. 자네도 곧 그런 생각들을 갖게 될 테니 말일세. 하지만 자네는 좀 더 많은 고통을 겪어 봐야 할 걸세. 지금 자네는 단지 우정을 실행하는 것일 뿐이거든. 그러고 나서야만 자네도 언젠가 그런 이론을 가지게 될 거라구.'

'자네는 정말 내가 그런 이론을 갖게 될 거라고 생각하는가?'

작은 한스가 물었답니다.

'여하튼 자네가 지붕을 다 고쳤으니 집에 가서 쉬는 게 좋겠군. 자네가 내일 내 양들을 산에까지 몰아주었으면 하니까 말이야, 얼른 가서 쉬게.'

불쌍한 한스는 이 말에 대해 대답하기가 두려웠어요.

하지만 그 다음 날이 되자, 방앗간 주인은 아침 일찍 그의 양들을 작은 한스의 오두막집 주위로 끌고 왔어요. 그래서 작은 한스는 어쩔 수 없이 방앗간 주인의 양들을 몰고 산으로 출발했답니다. 그가 산에 갔다 오는 데는 꼬박 하루가 걸렸어요. 한스는 집에 오자마자 너무 피곤해서 의자에서 그대로 잠에 곯아 떨어졌고, 대낮이 되어서야 잠에서 깨어났어요.

'이제 나의 정원에서 즐겁게 일할 시간이로군.'

그는 잠에서 깨자마자 자신의 정원으로 즉시 일하러 나갔어요. 그러나 그는 그의 꽃들을 전혀 보살필 수가 없었죠. 정원에서 일을 시작하려고만 하면 친구인 방앗간 주인이 멀리 심부름을 보내거나 방앗간에서 일을 돕도록 했기 때문이죠. 작은 한스는 그의 꽃들이 그가 자신들을 잊었다고 생각할까봐 이따금씩 마음이 몹시 괴로웠어요. 하지만 방앗간 주인이 자신의 가장 좋은 친구라고 되새기면서 언제나 자신을 위로하곤 했지요.

'게다가…. 나는 그의 손수레를 받을 것이고, 그것은 그의 순수한 관용이야.'

한스는 스스로에게 이렇게 말하곤 했어요.

작은 한스는 이렇듯 자신을 위로하며 언제나 방앗간 주인을 위해서 열심히 일하였고, 방앗간 주인은 우정에 관한 말들을 이야기해 주었답니다. 한스는 노트에 받아 적었고 밤이면 그것들을 열심히 읽곤 했어요. 그야말로 아주 훌륭한 면학가였기 때문이었죠.

그런데 작은 한스가 난로가에 앉아 있는 어느 날 저녁이었습니다. 갑작스레 문을 세게 두드리는 소리가 났어요. 바람이 너무나 세차게 불고 있었기 때문에, 한스는 그것이 단순히 돌풍이려니 하고 생각했어요. 하지만 문을 세게 두드리는 소리가 두 번째도 났고, 또 그 다음 세 번째는 다른 두 번보다 더 크게 문을 두드리는 소리가 들렸답니다.

'어떤 가엾은 여행자인가 보군.'

작은 한스는 문으로 달려가면서 혼잣말로 중얼거렸어요.

문 밖에는 어쩐 일로 방앗간 주인이 서있었어요. 그는 한 손에는 전등을, 다른 한 손에는 큰 막대기를 들고 서 있었죠.

'사랑하는 작은 한스.'

방앗간 주인이 바람을 막으며 크게 소리쳤어요.

'내게 큰 문제가 생기고 말았네. 내 어린아이가 사다리에서 떨어져 부상을 입었어. 그래서 난 의사를 찾아가려고 하네. 그런데 의사가 너무 먼 곳에 사는 데다 날씨까지 너무 사나워서 그러니 나 대신에 자네가 가 준다면 훨씬 더 좋을 거라는 생각이 마침 떠올랐네. 알다시피 난 자네에게 손수레를 줄 것이니까, 그 보답으로 자네가 나를 위해 무언가를 해 주어야 한다는 것은 꽤 공평한 일이니까 말일세.'

'그럼. 물론 그렇게 해 줄 수 있네. 무엇보다 자네가 나를 찾아온 것을 나에 대한 경의로 생각한다네. 내 지금 즉시 출발하지. 하지만 밤이 너무 깊어 구덩이에 빠질까 걱정되니 내게 자네의 전등을 빌려 주겠나?'

직은 한스가 외쳐댔죠.

'대단히 미안하지만, 이 전등은 새로 산 것이라네. 만약에 자네에게 무슨 일이라도 있으면 내게 너무 큰 손실이 될 걸세.'

방앗간 주인이 말했어요.

'그래, 그렇다면 걱정 말게. 그냥 가겠네.'

작은 한스가 대답했어요. 그리고 이내 큰 외투를 걸치고, 따뜻한 주홍색 모자를 쓰고 머플러를 목에 두르고 의사의 집을 향해 떠났답니다.

얼마나 지독한 돌풍이었는지! 그 밤은 너무도 어두워서 작은 한스는 거의 앞을 볼 수도 없었고, 바람이 으르릉거리며 너무 심하게 불어 좀처럼 서 있을 수도 없었어요. 하지만 용감한 한스는 약 세 시간 동안이나 온 힘을 다해 걸은 후, 의사의 집에 도착해서 문을 두드렸어요.

'누구세요?'

의사가 침실 밖으로 머리를 내밀면서 말했죠.

'작은 한스입니다. 의사 선생님.'

'이 밤에 무슨 일인가. 작은 한스?'

'방앗간 주인의 아들이 사다리에서 떨어져 큰 부상을 입었다고 해요. 방앗간 주인이 즉시 선생님이 오시기를 기다리고 있어요.'

'알겠네! 내 곧 감세.'

의사는 말과 큰 부츠와 전등을 준비하도록 지시했습니다. 그리고는 아래층으로 내려와서는 말을 타고 방앗간 주인의 집이 있는 방향으로 떠났어요. 작은 한스도 그의 뒤를 따라 터벅터벅 걸어갔습니다.

그러나 폭풍은 점점 더 심해졌습니다. 게다가 비까지 억수같이 퍼부어서 작은 한스는 의사가 어디로 가고 있는지 볼 수가 없었어요. 물론 말도 쫓아갈 수 없었어요. 마침내 그는 길을 잃고 습지에서 헤매게 되었어요. 그 습지는 깊은 웅덩이들이 너무 많아서 아주 위험한 곳이었습니다. 그런데 그만 작은 한스는 그 웅덩이에 빠져 죽고 말았어요. 물웅덩이에 떠 있던 한스의 시신은 염소치기들에 의해 발견되었고, 곧 오두막 집으로 옮겨졌죠.

작은 한스는 주위 사람들에게 무척이나 평판이 좋았답니다. 그래서 모든 사람들이 한스의 장례식에 참석했고, 상주는 바로 방앗간 주인이 되었어요.

'그가 살아있을 땐 내가 그의 가장 친한 친구였으니 당연히 내가 가장 좋은 자리를 차지해야지요.'

그래서 그는 외투를 입고 행렬의 선두에서 걸었죠. 그리고 이따금 큰 손수건으로 눈물을 닦아 내곤 했어요.

'작은 한스의 죽음은 많은 이들에게 큰 손실이 될 것이 분명합니다.'

장례식이 끝난 뒤 대장장이가 말했어요. 선술집에 편안히 앉아서 향료가 든 포도주를 마시면서 그들은 맛있게 케이크를 먹고 있었죠.

'누구보다 내게는 그야말로 큰 손실이지. 이런! 난 한스에게 나의 손수레를 준거나 마찬가지였는데 말야, 이제 그것을 어디다 써야 할지 정말 모르겠는걸. 집에 놔두면 귀찮아질 텐데. 수리 상태도 너무 나빠서 팔 수도 없어. 무엇을 주는 일 따위엔 이제 정말 신경 쓰지 않겠어. 사람은 항상 관대해지는 것에서 고통을 받게 마련이거든.'

방앗간 주인은 말했죠."

"자. 이게 이야기의 끝이에요."

작은 한스의 이야기를 푸른 홍방울새에게 모두 들은 늙은 물쥐가 한참 후에 대답했습니다.

"그런가?"

"그런데 방앗간 주인은 그 후에 어떻게 되었나?"

"오! 그건 저도 모르죠. 그리고 알 필요도 없다고 생각해요."

푸른 홍방울새가 대답했다.

"그렇다면 자네의 본성에는 동정심이라는 게 전혀 없는 것을 확실히 알겠군."

"이 이야기의 교훈을 당신은 전혀 모르는 것 같군요."

"교…, 뭐라구?"

"교훈이오."

"자네는 이 이야기에 도대체 어떤 교훈이 있기라도 하다는 건가?"

"당연하죠."

홍방울새가 말했다.

"그래, 정말로."

늙은 물쥐가 아주 화가 난 듯한 태도로 말했다.

"난 먼저 자네가 이야기를 시작하기 전에 그 교훈이라는 게 있다는 걸 말했어야 했다고 생각하네. 그럼 나는 확실히 자네 이야기를 듣지 않았을 걸세. 사실 나도 그 비평가처럼 '흥' 하고 코웃음을 쳤을 거야. 하지만 이제라도 그럴 수 있지."

그는 정말로 아주 큰 목소리로 "흥." 하고 소리친 후 꼬리를 한 번 획 털고는 자신의 구멍 속으로 쏙 들어가 버렸다.

"당신은 그럼 늙은 물쥐는 어떻다고 생각해? 늙은 물쥐 또한 좋은 점들을 가지고 있어. 하지만 내 입장에서는 내가 엄마의 감정을 갖고 있어서인지 눈물을 흘리지 않고는 그런 고질적인 독신자를 볼 수가 없어."

얼마 후에 물 위로 헤엄쳐 올라온 어미 오리가 물었다.

"내가 오히려 늙은 물쥐를 화나게 만든 것 같아요. 사실은 그에게 교훈이 되는 이야기를 해 주었거든요."

푸른 홍방울새가 말했다.

"아아! 그것을 말로 하는 건 아주 위험한 짓이지."

어미 오리가 말했다.

늙은 물쥐와 오리, 홍방울새가 연못에 모여 헌신적인 친구에 관한 이야기를 나눈다.

어느 마을에 한스와 휴라는 친구가 살고 있다. 친절한 마음씨를 가진 한스는 오두막집에 살면서 꽃밭을 가꾸어 생계를 유지한다. 그런 한스에게는 방앗간 주인인 휴라는 친구가 있다. 휴는 한스에게 헌신적인 우정을 베풀고 있다는 평을 듣고 있다.

겨울이 지나고 봄이 오자 휴는 한스를 찾아간다. 한스는 꽃을 팔려고 하는데 수레가 필요하다는 이야기를 한다. 이에 휴는 자기가 쓰던 수레를 줄 테니 자신에게 꽃을 달라고 한다. 이에 한스는 거절하지 못하고 자신이 팔려고 했던 꽃을 휴에게 준다.

어느 날 휴는 꽃밭을 갈고 있는 한스에게 밀가루 부대를 시장으로 운반해 달라고 하고, 한스가 시장에서 돌아와 쉬고 있는데 산으로 양떼를 이동시켜 달라고 한다. 휴의 이런 저런 부탁으로 한스는 정작 자신의 꽃밭은 갈지 못한다. 하루는 휴가 한스를 찾아온다. 자신의 아들이 다쳐서 그러니 의사 선생님에게 갔다와 달라고 부탁한다. 이에 한스는 기꺼이 응낙하고 칠흑 같은 어두운 밤에 억수같이 쏟아지는 빗속을 뚫고 의사 선생님에게 간다. 그리고 의사 선생님을 뒤쫓아가다 길을 잃고 죽는다.

마을 사람들은 한스의 죽음을 안타까워 한다. 장례식 날 휴는 자신이 한스의 가장 친한 친구였기에 가장 좋은 자리에 있어야 한다고 한다. 그러면서 한스가 없음으로써 자신에게 생길 귀찮은 일에 대해 넋두리를 한다.

이렇게 헌신적인 친구에 관한 이야기는 끝을 맺는다.

해설

　한스는 친절한 마음씨를 가진 인물로 친구 휴가 말하는 것은 무엇이든지 들어준다. 자기희생적인 성격을 가지고 있을 뿐 아니라 우정 자체에 대한 신의가 강한 인물이다. 그러나 휴는 한스를 도와주는 척 하지만 자신의 잇속을 챙기기에 급한 인물로 이기적이고 자기중심적인 성격의 인물이다.

　이러한 두 인물의 유형은 현실적 인물의 대표적 유형이라 할 수 있다. 이 작품이 교훈적인 성격을 많이 띠고 있는 이유 또한 실은 가장 현실적이면서도 누구나 고민하는 문제를 다루고 있기 때문이다. 특히나 이 작품의 마지막 장면인 한스의 장례식 날, 휴는 자신의 부탁으로 죽음을 당한 한스에게 미안한 마음을 가지기는커녕 한스가 없음으로써 자신이 앞으로 얼마나 피곤해질지에 대한 넋두리를 하는 모습이 이 작품의 백미라 할 수 있다. 인간이 어디까지 이기적일 수 있는지를 낱낱이 보여줌으로써 다시 한 번 진정한 친구의 의미가 무엇인지를 되묻고 있다.

주제

　진정한 의미의 우정과 친구

1. 작가 오스카 와일드가 가치 있게 생각하는 우정은 무엇인지 서술하시오.

2. 이기주의가 만연하는 이 시대에 자신이 생각하는 진정한 우정은 무엇인지 서술하시오.

3. 물쥐가 말하는 "내 헌신적인 친구는 내게도 역시 헌신적이어야만 한다네." 라는 말에 대한 자신의 견해를 서술하시오.

4. 이 작품에서 방앗간 주인이 한스에게 주기로 한 '허름한 수레'는 무엇을 의미하는지 쓰시오.

5. 방앗간 주인과 같은 인물이나 그와 같은 행동을 비유하는 사자성어를 생각나는 대로 찾아 쓰시오.

6. 홍방울새가 물쥐에게 이야기를 들려준 궁극적인 목적은 무엇인지 서술하시오.

7. 이 작품은 액자구성을 취하고 있다. 액자구성의 효과는 무엇인지 설명하시오.

8. 이 작품의 안과 밖에 등장하는 인물들은 각각 연관이 되는 인물들이다. 작품 안 이야기 속에 등장하는 한스와 방앗간 주인과 연관되는 인물들(동물들)을 각각 명시하고 그 이유를 설명하시오.

가든파티

저자 소개 캐더린 맨스필드(Mansfield, Katherine, : 1888. 10. 14.~1923. 1. 9.)

영국의 여류 소설가. 뉴질랜드의 수도 웰링턴에서 태어나 런던의 퀸 칼리지에서 배웠다. 첫 번째 결혼이 며칠 만에 파경으로 끝나자 남성에게 버림받은 고독한 여성을 그린 '독일의 하숙에서(*In A German Pension*)'를 발표하였다. 때마침 영국민 사이에 대두되고 있던 반독일적 풍조가 행운으로 작용하기도 하였지만, 이 작품으로 인해 특이한 감성과 섬세한 스타일의 작가로서 주목을 받기 시작하였다. 이 무렵 아직도 옥스퍼드의 학생이었던 J. M. 머리와 사귀면서 그때부터 그가 경영하고 있던 〈리듬〉과 〈더 블루 레뷰〉지에 작품을 발표하였다.

'행복(*Bliss*)', '가든파티(*The Garden Party*)', '비둘기의 둥지(*The Dove's Nest*)', '어린애다운 것(*Something Childish*)' 등의 작품으로 '의식의 흐름' 수법을 쓰는 단편소설의 명수라 하여 자주 A. 체호프와 비교되었다. 문체는 여성다운 감성에 바탕을 둔 시적 산문이었으나, 장르는 시와 산문의 경계선 위에 있는 것이었다.

지병인 늑막염이 폐결핵으로 악화되어 남프랑스의 방도르를 비롯한 여러 곳에서 휴양하다가 35세에 파리 근처 퐁텐블로의 한 요양원에서 병사하였다. 그동안의 작품 중 '일기(*Journal* : 2권)', '서간집(*Letter*)'은 J.M.머리가 편집·출판하였고, 이 밖에도 평론집 '소설과 소설가(*Novels and Novelists*)' 등이 있다.

갈래   단편소설

경향   사실적, 자아성찰적

시점   전지적 작가 시점

배경   시간적 – 어느 화창한 날, 공간적 – 세리던 가

의의   원제는 『*The Garden Party*』로 1922년에 발표된 작품으로 캐
서린 맨스필드의 최고의 문학적 재능이 나타난 작품이다.

특징   평범하고 일상적인 소재를 바탕으로 작품 속의 인물들의 내적 갈
등이 해결되어 가는 과정을 미묘한 감수성으로 포착해 내고 있다.

등장인물   로라 – 이야기의 주인공. 자아에 대한 원초적인 욕망과 반성적인
자의식 사이의 갈등 속에서 사춘기 소녀의 순수한 감수성을
잘 드러내고 있는 인물이다.

세리던 부인 – 로라의 어머니로 부유층의 가치관을 잘 대변하고 있
는 인물이다.

조스 – 로라의 언니.

로리 – 로라의 오빠. 여동생 로라가 겪고 있는 내적 갈등을 따뜻하
게 감싸주는 인물이다.

구성   발단 – 가든파티가 열리는 날 로라의 집은 파티 준비로 분주한 아
침을 맞는다.

전개 – 정원에 나갔던 로라는 아랫마을에 사는 마차꾼 스코트가 사
고로 죽었다는 소식을 듣는다. 이에 로라는 가족들에게 가
든파티 준비를 그만두어야 하는 것이 아니냐는 말을 했다가
핀잔만 듣는다.

위기 – 모두가 즐거웠던 가든파티가 끝난 후 세리던 가 사람들은
정원에 앉아 차를 마시면서 죽은 스코트에 대해 이야기를

주고받는다. 세리던 부인은 남은 파티 음식을 상갓집에 갖
다주자고 한다. 그리고 로라에게 음식을 갖다 주라고 한다.
절정 – 아랫마을 빈민가에 도착한 로라는 죽은 스코트의 아내 엠마
와 그 언니를 만난다. 엠마의 언니는 로라를 시신 곁으로 안
내하고, 로라는 웃고 떠드는 파티가 열리는 중에 죽음을 맞
이한 마차꾼을 보며 울음을 터뜨린다.
결말 – 상갓집을 나와 집으로 돌아가던 로라는 동생이 걱정되어 마
중 나온 오빠 로리를 만난다. 로리는 "인생이란….." 하고 말
을 더듬는 로라에게 "인생이란 그런 것 아니겠냐?"며 위안
한다.

▶ 읽기 전에 알아두기

'의식의 흐름' 기법은 1910~1920년대에 걸쳐 영국 문학에 있어서의 소설작
법의 실험적 방법이다. 심리학에서는 윌리엄 제임스가 처음 사용한 용어로 처음
에는(1884년) '사고의 흐름(stream of thought)' 이라 하였고, 후에(1892년)
'의식의 흐름(stream of consciousness)' 이라고 하였다. 이것은 프로이트의
정신분석에서 큰 영향을 받았다.

의식의 흐름 기법은 어느 한때 개인의 의식에 감각, 상념, 기억, 연상 등이 계속
적으로 흐르는 것을 가리킨 말이다. 이것을 문학에 이용하여 큰 효과를 거둔 것은
제임스 조이스의 '젊은 예술가의 초상' 이다. 조이스는 이 방법을 에두아르 자르
댕의 '월계수는 베이었다' 에서 배웠다. 그의 작품 '율리시스' 에서도 의식의 흐름
을 철저하게 추구하였는데 1인칭에 가까워져서 주인공의 성격 전체가 보이도록
기분이나 감정의 리듬과 패턴을 수반하여 표현하였다. 이런 것을 '내면의 독백'

이라고 한다.

버지니아 울프의 ‘댈러웨이 부인’은 제임스 조이스의 영향을 받아 의식의 흐름을 추구하여 성공했으나, 그녀의 극적 구성을 가진 ‘파도’는 오히려 ‘내면의 독백’에 의한 것이라고 볼 수 있다. 울프와 같은 시대의 여류작가 D. 리처드슨의 연작(連作)에서도 소박하지만 ‘의식의 흐름’과 흡사한 수법을 찾아볼 수 있다.

미국의 작가 D. 파소스, 헤밍웨이, S. 앤더슨, 포크너, T. 울프 등도 이 방법을 활용하고 있다. 시인으로는 T. S. 엘리엇을 비롯하여 G. 스타인과 윌리엄스, 연극에서는 E. G. 오닐과 A. 밀러 등의 작품에서도 부분적으로 응용되고 있다.

가든파티

더할 나위 없이 좋은 날씨였다. 백화점에 주문을 한다 해도 이보다 더 가든파티에 어울리는 날씨를 살 수는 없을 것이다. 바람도 없고 따뜻하며 하늘은 구름 한 점 없이 쾌청하다. 푸른 하늘에는 초여름 날씨에 이따금씩 볼 수 있는 금빛 안개가 옅게 끼어 있을 뿐이었다. 정원사는 아침 일찍부터 일어나 잔디를 깎고 있었다. 데이지를 심었던 화단에는 장미 무늬를 새긴 검고 편평한 돌이 빛나고 있었다.

가든파티를 가장 멋지게 해주는 꽃은 뭐니뭐니 해도 사람들의 시선을 단번에 모으는 장미꽃이다. 장미 자신도 그러한 사실을 잘 알고 있는 것처럼 하룻밤 사이에 수백 송이, 말 그대로 수백 송이의 꽃을 피웠다. 초록의 덩굴들은 마치 천사의 방문을 받은 것처럼 꽃을 향해 몸을 굽히고 있었다.

아침 식사가 끝나기도 전에 인부들이 커다란 천막을 치러 왔다.

"엄마, 천막을 어디에 치면 좋을까요?"

"얘 좀 봐, 나한테 물어봐야 소용없어. 올해는 너희들에게 모든 걸 맡기기로 했잖아. 나를 엄마라고 생각하지 말고 특별한 손님으로 대우해 줬으면 좋겠다."

그러나 메그는 도저히 인부들에게 가서 이것저것 일을 시킬 수가 없는 형편이었다. 그녀는 아침 식사 직전에 머리를 감아서 머리에 녹색 터번을 두르고 있었다. 게다가 젖은 밤색 머리카락을 두 볼에 찰싹 붙인 채로 커피를 마시고 있었던 것이다. 멋쟁이 조는 언제나 그랬던 것처럼 비단 페티코트에 긴 옷을 걸치고 식사하러 내려왔다.

"로라, 네가 가 보렴. 네가 미적 감각이 제일 뛰어나니까."

로라는 버터 바른 빵을 손에 든 채 바깥으로 뛰어 나갔다. 무엇보다 집 밖에서 무엇을 먹을 핑계거리가 생긴 데다가 그녀는 이것저것 판단하고 결정 내리기를 아주 좋아했다. 스스로 그런 일은 누구보다도 잘할 수 있다고 언제나 속으로 생각하고 있었던 것이다.

셔츠 바람의 인부 네 사람이 정원 가운데 통로에 모여 있었다. 그들은 둘둘 만 천막을 들고 있었고, 어깨에는 커다란 연장주머니를 메고 있었다. 그 모습에는 어딘지 사람을 압도하는 분위기가 있었다. 로라는 속으로 '이럴 줄 알았으면 빵을 들고 나오는 게 아닌데' 하고 생각했다. 그러나 지금 와서 어디다 둘 데도 없고, 그렇다고 아무 데나 버릴 수도 없었다. 그녀는 얼굴을 붉힌 채 괜히 근시인 듯한 표정을 지으며 그들에게 다가갔다.

"안녕하세요?"

그녀는 어머니의 목소리를 흉내내서 말했다. 그러나 자신의 목소리가 너무 꾸민 것 같다는 생각이 들자, 어린애처럼 부끄러워서 말이 제대로 나오지 않았다.

"저, 그러니까 … 당신들은 저 … 천막 때문에 그러시죠?"

"그렇습니다, 아가씨."

그들 중 키가 제일 크고 얼굴에 주근깨가 있는 남자가 말했다. 그는 연장주머니를 조금 들썩이더니 밀짚모자를 뒤로 젖히고 미소를 지으며 그녀를 바라보았다.

"그 일 때문에 왔습니다."

남자의 미소는 매우 상냥하고 친밀감이 있었다. 로라는 자신감을 되찾았다. '이 사람의 눈은 정말 아름답구나. 검은 빛이 도는 푸른 눈이야!' 이런 생각을 하며 그녀는 딴 사람들에게 눈을 돌렸다. 그들 역시 미소를 짓고 있었다.

'기운을 내세요. 아가씨를 물어뜯지는 않을 테니까요'

그들의 미소는 마치 그렇게 말하는 것 같았다.

'이 사람들은 정말 좋은 사람들이야! 게다가 아주 상쾌한 아침이고! 하지만 그런 이야기는 할 때가 아니지. 사무적인 말만 해야 돼. 천막 이야기 말이야'

"저기 백합이 있는 잔디밭 쪽에 천막을 치면 어떨까요? 그곳이라면 괜찮지 않아요?"

그녀는 이렇게 말하며 빵을 들지 않은 손으로 백합이 있는 쪽을 가리켰다. 인부들은 고개를 돌려 그쪽을 바라보았다. 뚱뚱하고 작달막한 남자가 아랫입술을 내밀었다. 키 큰 남자는 얼굴을 찌푸렸다.

"별로 좋은 것 같지 않은데요."

키 큰 남자가 말했다.

'별로 눈에 띄지 않는 장소군요. 이렇게 큰 천막 같은 것은 말이죠."

그는 그 특유의 친근한 표정으로 로라를 돌아다보며 말했다.

"어디든 눈에 확 띄는 곳에 세워야 합니다. 제 말대로 하시는 게 좋습니다."

로라는 태생이 태생인지라 일꾼이 자기에게 '눈에 확 띄는' 이란 말을 하는 것은 실례라고 생각했다. 하지만 그가 말하는 뜻은 충분히 알 수 있었다.

"테니스 코트 구석 쪽은 어때요?"

그녀는 다시 한 번 말해 보았다

"그런데 그 쪽 구석에는 악단이 오기로 되어 있거든요."

"그래요? 악단이 올 거라구요?"

다른 인부가 물었다. 얼굴이 창백하고 눈자위에 그늘이 앉은 남자였다. 그 눈으로 테니스 코트를 살펴보는 모습이 어딘지 초조해 보였다. 저 사람은 지금 무슨 생각을 하고 있을까?

"하지만 아주 규모가 작은 악단이에요."

로라는 상냥하게 말했다. 악단이 큰가 작은가 하는 문제는 이 남자에게는 관심 밖의 일일 것이다. 그때 키 큰 남자가 다시 말했다.

"그렇다면 아가씨, 저기가 어떻습니까? 저기 저 나무들 앞 말입니다. 저기라면 아주 적당한 것 같은데요."

그는 카라카 나무들을 가리키고 있었다. 하지만 그렇게 하면 카라카 나무가 가려서 보이지 않게 된다. 넓고 반짝거리는 잎사귀와 노란 열매가 주렁주렁 매달려 있는 아름다운 나무인데…. 카라카는 바다 한가운데 서 있는 섬처럼 고고한 느낌을 주는 나무였다. 저런 나무를 천막 때문에 보이지 않게 할 수는 없지!

하지만 인부들은 이미 천막과 연장주머니를 어깨에 메고 그곳으로 걸어가고 있었다. 키 큰 남자만 혼자 남았다. 그는 허리를 굽혀 자그마한

라벤더 가지를 집어들더니 손으로 문질렀다. 그리고 엄지와 집게손가락을 코에 갖다 대고 그 냄새를 맡았다.

로라는 그의 행동을 보면서 카라카 나무 따위는 그만 까맣게 잊어버렸다. 라벤더 냄새에 마음을 쓸 수 있는 남자에게 그만 감동해버린 것이다. 지금까지 그녀가 알고 있는 사람 가운데 도대체 몇 사람이나 이렇게 행동할 수 있을 것인가?

'아아, 이 사람은 정말 멋있는 사람이야. 같이 춤을 추고, 일요일 밤에는 집으로 와서 함께 식사를 하기도 하는 저 멍청한 남자 친구들보다 이런 일꾼을 친구로 삼는 게 훨씬 나을 텐데. 이런 사람들하고는 훨씬 더 사이좋게 지낼 수 있으련만!'

그녀는 그렇게 할 수 없는 것이 말도 안 되는 계급 차별 때문이라고 생각했다. 키 큰 남자는 봉투 뒤에 무언가를 계속 그리고 있었다. 천막을 둥글게 매듭을 지을 것인가 아니면 그대로 늘어뜨려 놓을 것인가 하는 작업 계획인 것 같았다. 그녀는 그러한 동작에서 계급의 차이 따위는 눈곱만큼도 느낄 수 없었다. 그때 쿵쿵 하는 나무망치 소리가 들려왔다. 어떤 사람은 휘파람을 불고 어떤 사람은 커다랗게 소리를 지르고 있었다.

"그쪽은 어때, 친구?"

친구라니! 얼마나 다정한 말인가! 뭐라고 표현해야 할까…. 로라는 자기가 지금 얼마나 행복한지, 그리고 그들을 얼마나 허물 없이 느끼고 있는지 보여주고 싶었다. 그래서 자신이 하찮은 인습 따위는 마음껏 경멸하고 있다는 것을 그 키 큰 남자에게 보여주고 싶었다. 로라는 봉투에 그려진 것을 바라보면서 버터 빵을 한 입 베어 물었다. 그녀는 자신도 노동 계급의 여자가 된 것 같은 기분이었다.

"로라, 로라야, 어디 있니? 전화 왔다, 로라!"

집 안에서 부르는 소리가 들렸다.

"지금 곧 갈게요."

그녀는 경쾌하게 잔디를 지나 계단을 오르고 베란다를 가로질러 현관으로 들어갔다. 현관 홀에서는 아버지와 로리가 사무실에 나갈 준비를 하느라고 솔로 모자를 털고 있었다.

"이봐, 로라."

로리가 재빠르게 말했다.

"점심 때까지 내 코트의 주름을 좀 폈으면 좋겠는데 좀 봐 주지 않을래? 다림질을 해야 할지 어떨지 좀 봐 줘."

"그래, 알았어."

라고 말하면서 그녀는 갑자기 자기 자신을 억제할 수가 없어서 로리에게 뛰어들어 재빨리 그를 끌어안았다.

"난 파티가 정말 좋아. 그렇지 않아, 오빠?"

로라는 숨이 차서 말했다.

"그럼, 좋구 말구!"

로리 역시 따뜻하고 앳된 목소리로 말하면서 동생을 꽉 껴안아 주었다. 그리고 나서 그녀를 살며시 떼어놓았다.

"자, 어서 가서 전화를 받아야지."

"맞아, 전화가 왔다고 그랬지, 참.

로라는 전화통으로 달려갔다.

"그래, 그래, 키티구나. 잘 있었어? 점심 식사 때에 오지 않겠니? 물론 네가 오면 좋지. 뭐 그냥 이것저것 있는 대로 차릴 거야. 샌드위치 몇 조각이랑, 메링 과자 조각들이 남아 있어. 그래, 정말 오늘 아침은 어쩜 이렇게 날씨가 좋을까? 너 흰 옷을 입고 올 거니? 응, 응, 나도 꼭 그렇게 할 거야. 잠깐만 기다려, 끊지 말고. 지금 엄마가 부르고 계셔."

이렇게 말하며 로라는 자리에 걸터앉아 몸을 뒤로 젖혔다.

"뭐라구요, 엄마? 잘 안 들려요!"

위층에서 세리던 부인의 부드러운 목소리가 들려왔다.

"요전 일요일에 썼던 그 멋진 모자를 쓰고 오라고 그러럼."

"엄마가 말이야, 네가 지난번 일요일에 썼던 그 멋진 모자를 다시 쓰라고 그러셨어. 그래, 좋아. 그럼 한 시에 보는 거야, 안녕."

로라는 수화기를 내려놓고, 심호흡을 하면서 머리 위로 두 팔을 쭉 뻗었다가 다시 얌전하게 내렸다. 그리고 나서 로라는 후우 한숨을 내쉬고는 재빨리 자리에서 벌떡 일어났다. 그리고 조용히 귀를 기울였다. 온 집 안의 문이 모조리 열려 있는 것 같았다.

분주한 발소리와 여기저기서 들리는 사람들의 말소리로 집 안은 생기가 넘치는 것 같았다. 주방으로 통하는 초록색 문이 계속 열렸다 닫혔다 하고 있었다. 이번에는 킥킥거리는 길고 이상한 웃음소리 같은 것이 들려왔다. 딱딱한 바퀴가 달린 무거운 피아노를 옮기고 있는 것이었다.

아휴, 이 공기 좀 봐! 주의해서 살펴보면 오늘은 여느 때와 공기의 움직임이 다른 것 같다. 가느다란 바람이 숨바꼭질을 하면서 창문으로부터 들어와 다른 문으로 나간다. 햇빛을 받은 두 개의 작은 그림자가 하나는 잉크병, 또 하나는 은빛 액자에서 반짝반짝 장난을 치고 있다. 귀여운 작은 두 개의 점, 특히 잉크병 위에 드리워진 것은 더욱 귀여워 보인다. 따뜻한 느낌이 든다. 따뜻하고 귀여운 은빛 별. 그녀는 그것에 키스를 해주고 싶었다.

현관의 벨이 울리고 세이디의 치마가 날렵하게 스치는 소리가 들려왔다. 어떤 남자가 뭐라고 낮게 말하는 소리가 들렸다. 세이디는 무관심한 목소리로 대답하고 있었다.

"전 잘 모르겠어요. 조금만 기다리세요. 세리던 마님께 물어보고 올 테니까."

"무슨 일이야, 세이디?"

로라는 현관의 홀로 걸어갔다.

"꽃가게 사람이에요, 아가씨."

사실이었다. 현관문 안쪽에 넓적하고 속이 얕은 화분이 놓여 있었다. 그리고 거기에는 핑크빛 백합꽃이 가득 담겨 있었다. 모두 백합뿐, 다른 꽃은 없다. 활짝 핀 칸나 백합이 햇살을 가득 받아 짙푸른 가지 위에서 말할 수 없이 싱그러운 향기를 풍기고 있었다.

"오오, 세이디!"

로라의 목소리는 거의 신음소리에 가까웠다. 그녀는 마치 그 백합의 빨간 불꽃에 몸을 쬐듯 허리를 굽혔다. 손가락 사이에, 입술에, 또는 가슴속에 백합꽃의 불길이 타오르는 것 같은 기분이었다.

"뭔가 잘못 배달된 것이 아닐까?"

그녀는 속삭이듯 이렇게 말했다.

"이렇게 꽃을 어마어마하게 주문한 사람은 없을 텐데. 세이디, 가서 어머니를 찾아봐."

마침 그때 세리던 부인이 나타났다.

"잘못 배달된 게 아니란다."

그녀는 조용히 말했다.

"내가 주문한 거란다. 어때, 예쁘지 않니?"

그녀는 로라의 팔을 부드럽게 잡았다.

"어제 가게 앞을 지나다가 우연히 이 꽃들이 진열되어 있는 것을 보았단다. 그래서 갑자기, 일생에 단 한 번이라도 좋으니 칸나 백합을 마음껏 사고 싶었어. 실은 가든파티가 좋은 핑계가 된 셈이야."

"하지만 엄마는 가든파티에 전혀 참견하지 않겠다고 그러시지 않았어요?"

로라가 말했다. 세이디의 모습은 이미 보이지 않았다. 꽃집 남자는 아직 현관 밖 수레 옆에 서 있었다. 그녀는 어머니의 목에 팔을 감고 부드럽게 어머니의 귀를 깨물었다.

"하지만 얘야, 너도 융통성이 없는 엄마는 싫겠지? 그러니 이제 그만해 두렴. 봐라, 저기 꽃집 아저씨도 보고 있지 않니?"

꽃가게 사람은 다시 백합꽃이 가득 담긴 화분을 들고 들어오고 있었다.

"현관 양쪽에 한 줄로 나란히 놓아주세요."

세리던 부인이 말했다.

"얘, 로라야. 그렇게 하는 게 좋겠지?"

"네, 좋아요. 엄마."

응접실에서는 메그와 조스, 그리고 하인 한스가 이제야 제대로 피아노를 옮겨 놓은 참이었다.

"그런데 말이야, 이 커다란 소파는 벽 쪽으로 밀어붙이고, 의자만 빼놓고 나머지 것들은 모두 방 밖으로 내놓는 것이 좋을 것 같은데…."

"그래, 그게 좋겠어."

"한스, 이 테이블을 모두 흡연실로 옮기고 융단에 난 테이블 자국을 없애게 청소기를 가져와. 아, 잠깐만, 한스."

조스는 하인들에게 일을 시키는 것을 좋아했다. 그리고 하인들도 그녀의 말을 잘 따랐다. 그녀는 언제나 하인들에게 무슨 연극배우의 역할이라도 하는 것 같은 느낌을 주곤 했다.

"엄마와 로라한테 빨리 좀 와 달라고 해줘."

"네, 네, 조스 아가씨."

그리고 나서 그녀는 메그 쪽을 돌아보았다.

"피아노 소리가 어떤지 좀 들어봐야겠어. 오늘 오후에 노래하라고 청할지도 모르니까 말야. '세상살이가 괴로워'를 한번 해볼까?"

땅! 따르르 땅 따땅! 피아노 소리가 너무 격렬하게 울리자 조스의 얼굴빛이 변했다. 그녀는 두 손을 꼭 쥐고 있었다. 엄마와 로라가 함께 들어왔을 때 그녀의 얼굴은 이상하게 슬픈 표정을 띠고 있었다.

이 세상살이 괴로워
눈물과 한숨
사랑도 덧없는 것

이 세상살이 괴로워
눈물과 한숨
사랑도 덧없는 것
이제 작별을 고해야지

그러나 그 '작별'이라고 하는 부분에서 피아노는 한층 더 힘차고 애절한 소리로 울렸다. 그리고 그녀의 얼굴은 노래 가사와는 전혀 어울리지 않는 미소를 지었다.

"제 목소리 괜찮지요, 엄마?"

그녀는 미소를 띠면서 말했다.

이 세상살이 괴로워

희망은 모두 사라지고

꿈인가 현실인가

이때 세이디가 들어왔다.

"왜 그래, 세이디?"

"저, 마님, 요리사가 샌드위치에 꽂을 작은 깃발이 있는지 묻는데요."

"샌드위치에 꽂을 깃발이라니, 그게 무슨 말이야, 세이디?"

세리던 부인은 꿈꾸듯 되물었다. 그 얼굴 표정을 보고 아이들은 그것이 없다는 것을 알아차렸다.

"그럼, 잠깐 기다려라."

세리던 부인이 분명하게 세이디에게 말했다.

"십 분 안으로 가지고 가겠다고 요리사에게 말해주렴."

세이디는 방을 나갔다.

"그럼, 로라야."

엄마가 서두르며 말했다.

"나하고 함께 흡연실로 가자. 어디 봉투 뒤엔가 필요한 물품 목록을 적어둔 것 같은데. 그것을 네가 다시 좀 써 줘야겠다. 메그야, 넌 빨리 2층으로 올라가서 그 젖은 머리 좀 다듬으렴. 조스는 빨리 가서 옷을 갈아입고. 알았니? 자, 어서어서 서둘러야 해. 말을 안 들으면 오늘 밤 아버지께서 돌아오셨을 때 다 이를 거야. 그리고… 아차, 깜빡했구나. 조스야, 넌 주방에 가서 요리사 좀 잘 달래렴. 오늘 아침은 어쩐지 그 여자가 안심이 되질 않는구나."

봉투는 식당 시계 뒤에서 겨우 발견됐다. 하지만 세리던 부인은 그게 어떻게 해서 그런 곳에 들어가 있는지 도무지 알 수가 없었다.

"틀림없이 너희들 중 누군가가 내 핸드백에서 끄집어냈을 거야. 거기 집어넣은 것을 똑똑히 기억하고 있거든. 크림치즈에 레모네이드, 그건 다 적었니?"

"네."

"그리고 달걀하고, 또…."

세리던 부인은 로라의 손에서 봉투를 빼앗아 살펴보았다.

"이건 마치 생쥐라고 쓴 것 같구나. 하지만 쥐일리는 없는데 말이야."

"달걀하고 올리브예요."

로라가 엄마의 어깨 너머로 건너다보며 말했다.

"그래, 그럼 그렇지. 올리브라는 글자로구나. 정말 괴상한 걸 만들어 놓을 뻔했구나. 달걀과 올리브."

겨우 끝내고 나서 로라는 그것을 주방으로 가져갔다. 주방에서는 조스가 계속 요리사를 달래느라고 애를 쓰고 있었다. 그러나 요리사는 조금도 심통을 부리는 것 같지는 않았다.

"이렇게 근사한 샌드위치는 구경조차 못 해봤어."

조스가 들떠서 말하는 소리가 들렸다.

"종류가 몇 가지나 된다고 그랬죠? 열 다섯 가지?"

"네, 열 다섯 가지예요, 아가씨."

"정말 훌륭해요. 고마워요."

요리사는 기다란 샌드위치 칼로 빵 부스러기를 긁어모으며 활짝 웃었다.

"고드버 상점에서 사람이 왔어요."

세이디가 식기실에서 나오며 말했다. 그녀는 창 밑을 지나가는 상점의 점원을 보았다는 것이다.

드디어 슈크림이 도착한 것이다. 고드버는 슈크림으로 잘 알려진 가게였다. 이런 것을 집에서 만든다는 것은 상상하기 어려운 일이었다.

"이봐, 세이디. 그걸 받아다가 테이블 위에 올려놓아라."

요리사가 지시했다.

세이디는 슈크림을 나르고 문간 쪽으로 돌아갔다. 물론 로라나 조스 모두 더 이상 어린애가 아니기 때문에 그것을 달라고 조르지는 않았다. 그래도 역시 슈크림 쪽으로 눈이 자꾸 가는 것은 어쩔 수 없었다. 요리사는 그것을 가지런히 놓으면서 여분으로 붙어 있는 설탕가루를 모두 털어냈다.

"파티가 끝나면 사람들이 이걸 자기 집으로 가져가겠지?"

로라가 말했다.

"그럴지도 모르지."

조스가 대꾸했다. 현실주의자인 조스는 다른 사람이 그걸 집으로 가져간다고 생각하니 탐탁치 않았다.

"정말 예쁘고 부풀어 있는 느낌이 들지 않아요? 아가씨들, 하나씩 먹어 보세요."

요리사가 다정한 목소리로 말했다.

"마님은 모르실 거예요."

하지만 그럴 수는 없었다. 아침 식사를 막 끝냈는데 또다시 슈크림을 먹다니, 생각만 해도 속이 거북해지는 것 같았다. 그러나 이 분 뒤에 조스와 로라는 크림이 묻은 손가락을 빨고 있었다. 거품이 알맞게 인 맛있는 크림을 맛볼 때에만 볼 수 있는 표정, 먹은 것에 마음이 황홀해질 때에만 볼 수 있는 그런 눈빛이었다.

"우리, 뒤쪽 정원으로 나가보지 않을래?"

로라가 말을 꺼냈다.

"천막이 어떻게 되었는지 보고 싶어. 그 인부들 말이야, 정말 멋있는 사람들이야."

그러나 뒤꼍에는 요리사, 세이디, 고드버 상점의 점원, 게다가 한스까지 모두 모여 있었다. 무슨 일이 있었던 것이다.

"세상에나, 저런, 저런, 저런…."

요리사는 놀란 암탉 같은 소리를 지르고 있었다. 세이디는 이가 아픈 사람처럼 두 손을 양 볼에 대고 서 있었다. 한스는 뭔가 이해하려고 하는 사람처럼 찌푸린 표정을 하고 있었다. 고드버 상점의 점원만이 재미있어 하는 표정이었다. 아무래도 이야기를 끄집어낸 당사자가 이 사람인 모양이다.

"도대체 왜들 그래? 무슨 일이 생긴 거야?"

"끔찍한 일이 생겼답니다."

요리사가 말했다.

"사람이 죽었대요."

"사람이 죽었다고? 어디서? 왜? 언제?"

고드버 상점의 점원은 자기가 꺼낸 이야기를 다른 사람이 끼어 들어 설명하는 것을 그대로 놔두지 않았다.

"아가씨, 요 아래 작은 오두막집들이 모여 있는 곳을 아세요?"

물론 그녀는 알고 있었다.

"거기에 스코트라고 하는 젊은 마차꾼이 살고 있었어요. 그런데 오늘 아침 호크 거리 모퉁이에서 그 놈의 말이… 견인차를 보고 놀라서 뛰는 바람에, 그 불쌍한 스코트가 떨어져서 길에 뒤통수가 부딪혀 죽었어요!"

"죽었다구요?"

로라는 고드버 상점 점원의 얼굴을 뚫어지게 바라보았다.

"사람들이 달려가서 안아 일으켰을 때는 벌써 죽어 있었답니다."

고드버 상점의 점원은 흥미진진하다는 듯 이야기를 계속했다.

"제가 여기 올 때 마침 사람들이 시체를 집으로 옮기고 있더군요."

그리고 점원은 요리사를 보며 말했다.

"마누라와 어린 것들을 다섯이나 남겨두고 죽었으니 말이에요."

"조스, 이리 좀 와."

로라는 언니의 소매를 붙들고 주방을 거쳐 녹색 문 저쪽까지 그녀를 끌고 갔다. 거기에서 발걸음을 멈춘 로라는 문에 몸을 기대고 겁에 질린 목소리로 말했다.

"이봐, 조스. 다 그만둬야 하는 것 아닐까?"

"다 그만둔다고, 로라? 도대체 그게 무슨 말이야?"

조스는 놀라서 목소리를 높였다.

"그야 물론 가든파티를 그만두자는 거야."

조스는 왜 모르는 척하는 걸까? 그러나 조스는 점점 더 놀라고 있었다.

"가든파티를 그만둔다고? 이봐 로라, 어쩜 그런 바보 같은 소리를 할 수 있니? 물론 그런 짓은 할 수 없어. 아무도 그런 생각은 하지 않고 있어. 터무니없는 소리는 하지도 마."

"하지만 바로 이웃에 사는 사람이 죽었는데 어떻게 가든파티를 할 수 있어?"

사실 그것은 황당한 일이었다. 그 작은 오두막집들은 이 저택으로 통하는 가파른 고갯길 아래쪽에 모여 있었다. 그 집들과 이 저택 사이에는 꽤 넓은 길이 있었지만 그렇다고 멀리 떨어져 있는 것은 아니었다. 아무리 봐도 그 오두막집들은 정말 눈에 거슬렸다. 이를테면 이 근방에 있을 권리가 전혀 없는 집들인 셈이었다. 갈색과 비슷한 옅은 초콜릿색 페인트로 엉성하게 칠한 작고 초라한 집들이었다.

좁은 뜰에는 양배추 잎사귀와 말라빠진 닭, 빈 토마토 깡통 외에는 아무것도 없었다. 굴뚝에서 나오는 연기마저 가난에 찌들어 기운 없이 날리는 것 같았다. 누더기를 연상시키는 그 가냘픈 연기는 세리던 가문의 굴뚝에서 힘차게 솟아나는 커다랗고 은빛 깃털 같은 연기와는 전혀 거리가 멀었다.

그 골목에는 빨래하는 여자, 굴뚝쟁이, 구두 수선공, 그리고 집 정면의 벽 가득히 작은 새장을 걸어 놓고 파는 남자가 살고 있었다. 아이들이 우글거리고 있었다. 세리던 가문의 아이들은 어렸을 때부터 그곳이 출입금지 지역으로 정해져 있었다. 말투가 상스럽고 게다가 무슨 병을 옮겨올지도 모른다는 이유에서였다.

그러나 조금 더 자라고 나서 로라와 로리는 산보를 하면서 몇 번 그곳을 지나치곤 했다. 역시 불쾌하고 더러운 곳이었다. 그들은 몸서리를 치면서 그 길을 빠져 나왔다. 그러나 사람이란 어디든지 가보고, 될 수 있으면 이것저것 경험해 보지 않으면 안 된다. 그들은 이런 생각을 하면서 그 길을 지나가곤 했다.

"이봐, 생각을 좀 해 봐. 그 불쌍한 여자가 우리 집에서 나오는 음악 소리를 들으면 도대체 기분이 어떻겠어? 생각해 봐."

로라가 말했다.

"하지만, 로라!"

조스는 드디어 정색을 하고 화를 내기 시작했다.

"만약 누군가 사고를 낼 때마다 음악 연주를 그만둔다면 평생 동안 어떻게 살겠어? 나도 역시 너처럼 그 사람들이 불쌍하다고 생각해. 동정하고 있단 말이야."

조스의 눈이 험악해졌다. 그녀가 동생을 바라보는 눈초리는 그들이 어렸을 때 자주 싸우던 모습 그대로였다.

"그렇게 감상적이 된다고 해서 그 주정뱅이 마차꾼이 되살아나지는 않아."

그녀는 조용히 말했다.

"주정뱅이라고! 누가 그 사람이 주정뱅이라고 말했어?"

로라는 화를 내며 조스한테 대들었다. 그녀는 그들이 이렇게 싸울 때마다 자주 하던 말을 다시 끄집어냈다.

"엄마한테 가서 이를 거야."

"그래, 얼마든지 이르렴."

조스는 비둘기처럼 입을 삐쭉 내밀며 조용한 목소리로 말했다.

"엄마, 방에 들어가도 돼요?"

로라는 커다란 유리문의 손잡이를 돌렸다.

"오냐, 들어오렴. 아니 얼굴빛이 왜 그러니?"

세리던 부인은 이렇게 말하며 화장대로부터 몸을 홱 돌렸다. 그녀는 지금 막 새 모자를 써 보고 있었던 것이다.

"그런데, 엄마. 지금 막 사람이 죽었대요."

로라는 말을 끄집어냈다.

"설마 우리 집 정원에서 그런 건 아니겠지?"

엄마가 로라의 말을 막았다.

"그런 건 아니에요."

"앤, 사람 좀 놀라게 하지 말아라."

세리던 부인은 안도의 한숨을 내쉬면서 커다란 모자를 벗어서 무릎 위에 올려놓았다.

"엄마, 내 말 좀 들어봐요."

로라는 말했다. 그리고 숨이 차서 목이 꽉 메인 것처럼, 그 끔찍하고 무시무시한 이야기를 했다.

"그러니 가든파티 따위는 당연히 할 수 없잖아요!"

그녀는 애원하듯이 말했다.

"악단이랑 사람들이 많이 오잖아요? 그러니 틀림없이 언덕 아래 사는 사람들에게도 그 소리가 들릴 거예요, 엄마. 우리 바로 이웃에 사는 그 사람들에게 말이에요."

로라는 엄마의 태도가 조스와 똑같은 데 대해 놀라지 않을 수 없었다. 게다가 엄마는 오히려 이 문제를 무척 재미있어 하는 것 같아서 더욱 견딜 수 없었다. 로라의 말을 조금도 진지하게 받아들이려고 하지 않는 것이다.

"하지만 얘야. 상식적으로 생각해 보자꾸나. 우리들이 그 이야기를 들은 것은 그저 우연일 뿐이야. 만일 누군가 그 동네에서 그냥 평범하게 죽었다면 파티는 그대로 열리지 않겠니?"

로라는 그 말에는 그냥 "네." 하고 대답하지 않을 수 없었다. 그러나 마음속으로는 이것도 잘못된 것이라는 생각을 지우기 어려웠다. 그녀는 소파에 앉아 쿠션의 술을 만지작거렸다.

"엄마, 우리가 정말 지나친 짓을 하고 있는 것 아닐까요?"

그녀는 다시 물었다.

"어머, 얘는…."

세리던 부인은 모자를 손에 들고 일어서서 로라에게 다가왔다. 그리고는 로라가 미처 막을 사이도 없이 그 모자를 불쑥 머리에 씌웠다.

"어때?"

엄마가 말했다.

"그 모자는 널 줘야겠다. 꼭 맞춘 것처럼 너한테 잘 어울리는구나. 내게는 너무 요란스러워서…. 정말 그림처럼 예쁘기도 하지. 어디 한번 거울에 비춰 보렴."

그녀는 손거울을 들고 로라에게 비춰 주었다.

"하지만 엄마!"

로라는 다시 말을 꺼냈다. 거울에 비친 자신의 모습 따위는 보고 싶지도 않았다. 그녀는 고개를 옆으로 돌려 거울을 외면했다.

이번에는 세리던 부인도 화를 내며 아까 조스와 마찬가지로 어처구니없다는 표정을 지었다.

"넌 정말 바보 같은 소리만 하는구나, 로라."

그녀는 쌀쌀하게 말했다.

"저런 사람들은 우리가 무언가를 해준다고 해도 거기에 대해서 고맙다는 생각조차 하지 않아. 너의 지금 행동은 다른 사람들의 즐거움을 모두 짓밟으려고 하는 거야. 그게 정말 동정하는 것이라고 생각하니? 그건 옳지 않아."

"저는 도무지 모르겠어요."

로라는 서둘러 방을 나와 자기 침실로 들어갔다. 거기서 정말 우연히 그녀의 눈에 띈 것은 거울에 비친 아름다운 아가씨의 모습이었다. 황금빛 데이지와 검고 긴 빌로드 리본이 달린 모자를 쓴 아름다운 소녀, 그것이 자신의 모습이었다.

로라는 자신의 모습이 이렇게 아름다운 줄은 상상도 해본 적이 없었다. '엄마가 말한 것처럼 나는 정말 그렇게 예쁜 걸까? 사실 나도 아름

다워지고 싶다. 하지만 내가 엄마한테 한 말은 정말 엉뚱한 것일까? 어쩌면 정말 그럴지도 몰라'

짧은 순간 그녀는 다시 저 가엾은 여자와 어린애들, 시체가 집으로 운반되어 가는 모습을 다시 한 번 머리에 떠올렸다. 그러나 이제는 점점 희미해졌다. 가까운 곳의 일이 아닌, 신문에 나와 있는 사건처럼 희미하고 꿈결처럼 여겨졌다. '그래, 가든파티가 끝나고 나서 다시 한 번 생각해 보자' 그녀는 마음속으로 작정했다. 어쨌든 그렇게 하는 것이 제일 나을 것 같은 생각이 들었다.

점심 식사는 한 시 반에 다 끝나고 두 시 반에는 요란스러운 파티를 할 준비가 다 되었다. 녹색 윗도리를 입은 악단이 도착하여 테니스 코트 한구석에 자리를 잡고 있었다.

"얘, 키티….."

메이틀랜드가 떨리는 목소리로 말했다.

"저 사람들 어쩐지 개구리 같지 않니? 저 사람들을 연못 주위에 나란히 세우고 지휘자는 연못 한가운데 있는 잎사귀 위에 올려놓으면 정말 어울릴 것 같지 않아?"

로리가 집에 돌아와 옷을 갈아입으러 가면서 사람들에게 들뜬 목소리로 인사를 했다. 그의 모습을 보고 로라는 아까 그 사건이 다시 머리에 떠올라 그에게 그 이야기를 해주고 싶었다. 만일 로리도 다른 사람과 같다면 그건 틀림없이 옳다는 얘기일 것이다. 그래서 그녀는 그의 뒤를 따라 현관 홀로 들어갔다.

"로리."

"응?"

그는 계단을 올라가다가 뒤를 돌아보고 로라를 발견하자 갑자기 볼을 불룩이면서 눈을 휘둥그렇게 떠 보였다.

"야, 참 근사한데! 놀랐어, 로라. 정말 굉장해."

로리는 말했다.

"그 모자 정말 예쁘구나."

"그래?"

로라는 중얼거리듯 말하고 미소를 지으며 로리를 올려다보았다. 하지만 로라는 결국 오빠인 로리에게 아무 말도 하지 못했다.

사람들이 곧 엄청나게 몰려들기 시작했다. 악단이 연주를 시작했다. 임시로 고용한 웨이터들이 집에서 천막으로 부지런히 뛰어다니고 있었다. 어디를 바라보아도 나란히 짝을 지은 사람들이 천천히 거닐고 있거나 허리를 굽혀 꽃을 바라보거나 하고 있었다. 그들은 서로 인사를 주고받기도 하며 잔디 위를 돌아다니고 있었다.

마치 명랑한 작은 새들이 어디론가 날아가다가 오늘 저녁 동안만 잠간 세리던 가의 정원에 내려와 앉은 것 같았다. 지금부터 이 새는 어디로 날아가게 될까? 고생이라곤 모르는 사람들과 함께 있으면서 손을 맞잡기도 하고, 뺨을 갖다 대기도 하며 혹은 서로 미소를 지으면서 상대의 눈을 바라본다는 것은 얼마나 행복한 일인가!

"어머, 로라, 정말 예쁘구나!"

"어쩜 그렇게 모자가 잘 어울릴까?"

"로라, 마치 스페인 여자 같구나. 네가 이렇게 아름다운 줄 정말 몰랐다."

로라는 너무나 기분이 좋은 나머지 완전히 들떠서 상냥하게 대답하곤 했다.

"차는 드셨어요? 아이스크림을 드시지 않겠어요? 시계풀 열매로 만든 얼음과자는 정말 별미예요."

이윽고 그녀는 아버지한테 뛰어가서 이렇게 부탁했다.

"아빠, 악사들한테도 뭐 마실 것 좀 갖다주는 게 좋지 않겠어요?"

더할 나위 없이 흥겨운 오후가 지나고 드디어 막을 내리게 됐다.

"이렇게 즐거운 가든파티는 처음이에요."

"정말 훌륭한 파티였어요!"

"정말 대단했어요."

로라는 엄마를 도와서 사람들을 배웅했다. 한 사람 한 사람 모두에게
작별 인사를 했다. 두 모녀는 사람들이 모두 돌아갈 때까지 현관에 나란
히 서 있었다.

"이제 끝났다. 모두 끝났어, 휴."

세리던 부인이 말했다.

"로라야, 모두 모이라고 해라. 우리끼리 커피라도 마시자꾸나. 아유,
피곤해. 하지만 정말 성공적인 파티였어. 내가 원래 가든파티는 딱 질색
이었는데. 처음엔 뭣 때문에 너희들이 이런 파티 같은 걸 열자고 그러는
지 모르겠더라."

가족 모두가 텅 빈 천막 안에 둘러앉았다.

"아빠, 샌드위치 드실래요?"

"애야, 고맙다."

세리던 씨는 샌드위치를 한 입에 집어넣었다. 그리고 나서 한 조각을
더 먹으면서 말했다.

"너희들은 오늘 끔찍한 일이 생긴 걸 몰랐겠지?"

"알고 있었어요."

세리던 부인은 손을 치켜올리며 말했다.

"알고 있었어요. 그것 때문에 하마터면 가든파티를 못 할 뻔했지 뭐예요. 로라가 막무가내로 가든파티를 연기해야 한다고 고집을 부렸거든요."

"어머, 엄마는…."

로라는 그 일로 더 이상 놀림감이 되고 싶지 않았다.

"하지만 정말 끔찍한 일이야."

세리던 씨가 다시 말했다.

"게다가 그 남자는 혼자가 아니었어. 바로 아래 골목에 살고 있었는데, 아내와 여섯이나 되는 아이가 있다지 뭐냐?"

갑자기 어색한 침묵이 흘렀다. 세리던 부인은 안절부절못하면서 손으로 컵을 만지작거렸다. '저 사람은 왜 저리도 눈치 없이 그런 이야기를 꺼낸 것일까?'

세리던 부인은 갑자기 고개를 들었다. 눈앞의 테이블에 샌드위치, 과자, 슈크림 등 손도 안 댄 음식들이 가득 남아 있었다. 이대로 두면 어차피 버릴 수밖에 없다. 그녀는 그럴듯한 생각이 떠올랐다.

"좋은 생각이 있어."

그녀는 말했다.

"바구니를 가져 오렴. 그 불쌍한 사람들에게 이 맛있는 음식을 보내주자. 어쨌든 그 집 아이들은 무척 좋아할 거야. 그렇지 않니? 그리고 틀림없이 이웃 사람들도 몰려들어 법석일 텐데, 그런 때 음식이 준비되어 있다면 아주 안성맞춤이겠지, 로라!"

세리던 부인은 자리에서 벌떡 일어섰다.

"계단 밑 선반에서 큰 바구니를 가지고 오렴."

"하지만 엄마, 그게 정말 좋은 일이라고 생각해요?"

로라가 물었다.

또 한 번 느낀 것이지만, 그녀는 자기 혼자만 다른 사람들과 의견이 다른 것 같다는 생각이 들었다. 파티에서 먹고 남은 음식을 그 사람들에게 주다니, 그들이 과연 이런 것을 고마워할까?

"물론이야. 오늘은 네가 좀 이상한 것 같구나. 한두 시간 전에는 그 사람들을 무척 동정하는 말을 하면서 고집을 부리더니."

"좋아요."

로라는 바구니를 가지러 뛰어갔다. 바구니는 금방 가득 찼다. 세리던 부인은 바구니 안에 음식을 산더미처럼 담았다.

"네가 이걸 가져다 주렴."

세리던 부인이 말했다.

"지금 빨리 갔다 오렴. 아, 그리고 잠깐 기다려라. 이 빨간 칸나 백합꽃도 가져다 줘라. 저런 계층의 사람들은 칸나 백합꽃을 보면 무척 감격할 거야."

"하지만 꽃가지 때문에 로라의 레이스 옷이 더럽혀질 거예요."

현실주의자인 조스가 말했다.

"그럴지도 모르겠구나. 로라야, 바구니만 가져 가렴."

엄마는 로라를 따라 천막 밖으로 나왔다.

"그런데 로라야, 절대로…."

"무슨 얘기예요, 엄마?"

"아니, 이런 얘기는 너 같은 어린아이들에게는 들려주지 않는 게 좋겠어. 아무것도 아니다. 빨리 다녀와야 한다."

로라가 밖으로 나가 정원의 문을 닫았을 때는 이미 땅거미가 지고 있었다. 커다란 개가 로라 앞을 그림자처럼 달려갔다. 길게 뻗은 길은 하얕게 빛나고, 그 아래 우묵한 곳에 작고 엉성한 집들이 어두운 그림자를 이루어 모여 있었다. 오후의 파티 다음에 찾아오는 적막한 느낌이 깊고 깊었다.

'나는 지금부터 언덕을 내려가서 죽은 사람이 있는 곳으로 가는 것이다'

로라는 이렇게 생각했지만 어쩐지 그것이 사실처럼 느껴지지 않았다. 무엇 때문일까? 그녀는 잠깐 걸음을 멈추었다. 아직도 그녀의 몸에는 사람들이 해준 키스, 떠들어대는 목소리, 스푼이 달그락거리는 소리, 웃음소리, 발에 밟힌 풀 냄새 따위가 짙게 배어 있는 느낌이었다. 다른 것이 끼어들 여지는 전혀 없었다.

얼마나 이상한 일인가? 그녀는 검푸른 하늘을 올려보았다. 그녀의 머릿속에는 '정말 멋진 파티였다' 는 것 외에는 아무 생각도 떠오르지 않았다.

그녀는 큰길을 가로질렀다. 어둠침침한 샛길로 접어들자 공기가 매캐하고 더 어두운 것 같았다. 어깨에 숄을 걸친 여인과 스코트 천 모자를 쓴 남자들이 바쁘게 걷고 있었다. 어떤 남자들은 계단 난간에 몸을 기대고 있었고, 아이들은 문 밖에서 뛰어 놀고 있었다.

비좁고 누추한 움막 같은 집에서 사람들이 낮게 웅성대는 소리가 들려왔다. 몇몇 집에는 등불이 가물거리고, 사람의 그림자가 마치 개처럼 창가에 어른거렸다.

로라는 고개를 숙인 채 급히 그곳을 지나갔다. '코트를 입고 왔으면 좋았을 걸. 그랬으면 내 옷이 얼마나 더 멋지게 보일 것인가? 거기에 빌로드 리본이 달린 그 큰 모자를 썼더라면 더욱 좋았을 거야. 이 사람들은 지금 나를 쳐다보고 있는 것일까? 그래, 틀림없이 보고 있을 것이다. 여기 온 것이 잘못이었어. 지금이라도 돌아가는 것이 좋지 않을까?'

그러나 이미 때는 늦었다. 바로 이 집이 마차꾼 스코트의 집인 것이다. 대문 밖에 사람들이 검은 그림자를 이루며 모여 있는 것을 보면 그 집임에 틀림없었다. 문 옆에 꼬부라진 할머니가 소나무 지팡이를 짚고 의자에 앉아 있었다. 할머니는 바닥에 신문지를 깔고 그 위에 발을 얹어 놓고 있었다. 로라가 가까이 가자 사람들의 말소리가 그쳤다. 사람들은 재빨리 길을 터 주었다. 그녀가 오리라는 것을 알고 있었던 것 같았다.

로라는 마음이 몹시 조마조마했다. 빌로드 리본을 어깨 위로 활기차게 젖히면서 그녀는 옆에 서 있는 여인에게 물었다.

"이 집이 스코트 씨 댁인가요?"

그녀는 야릇한 미소를 띠며 "네, 그래요. 아가씨." 하고 말했다.

로라는 빨리 도망치고 싶었다. 그녀는 문 안쪽으로 쭉 이어진 뜰을 지나 문을 두드리며 "하나님, 도와주세요." 하고 소리내어 말했다. 이상스럽게 훑어보는 사람들의 눈초리에서 도망치고 싶었다. 이 여인들의 숄 아래라도 좋으니 숨어버리고 싶었다. '바구니만 전해 주면 금방 돌아가야지' 그녀는 마음속으로 굳게 다짐했다. 바구니를 열어볼 때까지 기다릴 생각도 전혀 없었다.

그때 문이 열렸다. 검은 상복을 입은 몸집이 작은 여자가 침침한 어둠 속에서 모습을 나타냈다.

로라는 "스코트 씨 부인이세요?" 하고 물었다. 그런데 당황스럽게도 그 여자는 질문에 대답도 하지 않고 말했다.

"자, 아가씨 어서 들어오세요."

그리고 로라를 안으로 안내했다. 로라는 좁은 복도에 갇히고 말았다.

"아니 괜찮아요. 안에까지 들어갈 필요는 없어요. 다만 이 바구니만 전해드리면 되거든요. 저희 엄마가 보내셔서…."

그러나 어두운 복도에 서 있던 몸집이 작은 그 여인은 이 말을 듣지
못한 모양이었다.

"자, 어서 안으로 들어오세요."

그녀의 부드러운 말투 때문에 로라는 자기도 모르게 그녀의 뒤를 따
라 들어갔다.

문득 정신을 차려 보니 희미한 등불이 비치고 있는, 지저분하고 천장이
낮은 좁은 부엌에 들어와 있었다. 난로 앞에는 한 여인이 앉아 있었다.

"엠마."

로라를 안내한 작은 몸집의 여인이 말했다.

"엠마! 아가씨가 왔어."

몸집이 작은 여인이 로라 쪽을 돌아보며 말했다.

"나는 저 애의 언니입니다. 저 애의 실례를 용서해 주세요."

"어머, 천만에요! 저는 괜찮아요. 저는, 저는 그냥 이것을 전하러 왔
을 뿐이에요."

그때 난로 앞에 있던 여인이 몸을 휙 돌려 이쪽을 바라보았다. 여인의
얼굴은 벌겋게 부어 있었고 눈이나 입술 등이 부르터 보기만 해도 무서
웠다. 그녀는 로라가 어째서 그곳에 찾아왔는지 알 수가 없는 모양이었
다. 무슨 까닭일까? 도대체 무슨 일로 이 낯선 여자가 바구니를 들고 부
엌에 서 있는 것일까? 그녀의 가련한 얼굴이 잔뜩 일그러졌다.

"괜찮아요."

엠마의 언니가 말했다.

"제가 대신 아가씨에게 감사하다는 인사를 드리죠."

그리고 다시 한 번 그녀가 말했다.

"제발 저 애의 무례를 용서해 주세요."

그녀는 부석부석 부어 있는 얼굴로 친절한 미소를 지었다.

로라는 이곳에서 빨리 도망쳐 집으로 돌아가고 싶었다. 엠마의 언니는 다시 복도로 나와 갑자기 다른 방의 문을 열었다. 죽은 남자가 있는 방이었다.

"잠깐 저 사람을 보고 가시지 않겠어요?"

엠마의 언니는 그렇게 말하며 침대 가까이 다가갔다.

"아가씨, 전혀 무서워하실 건 없어요."

그녀의 부드러운 음성에 어쩐지 장난기가 섞인 것만 같았다. 그녀는 조심스럽게 하얀 천을 들쳤다.

"아주 착한 표정을 하고 있습니다. 마치 그림처럼 아무것도 변하지 않았어요. 이리 가까이 와 보세요."

로라는 가까이 다가갔다. 그곳에는 젊은 남자가 깊이 잠들어 있었다. 이승을 떠나 너무 평화롭게 잠들고 있어서 그를 바라보는 두 사람으로부터 아주 멀리 떨어져 꿈이라도 꾸고 있는 것 같았다. 두 번 다시 깨지 않을 꿈을, 머리를 베개에 깊이 파묻은 채…. 그를 깨지 않게 하는 것이 좋다. 그의 눈은 감겨져 있고 아무것도 보이지 않는다. 그는 꿈의 세계를 거닐고 있다.

가든파티나 음식 바구니, 레이스 달린 옷 따위는 지금 그에게 아무 상관도 없다. 그는 이런 모든 것들과 작별하고 아주 먼 세상에 가 있는 것이다. 이 사나이야말로 아주 멋있고 아름다운 모습이다. 사람들이 껄껄대며 웃고 있는 동안, 악단이 음악을 연주하고 있는 동안에 이런 기적이 골목에 찾아온 것이다. '나는 행복해. 모든 것이 그대로 좋은 거야' 잠들어 있는 얼굴을 이렇게 말하고 있다.

하지만 어쩔 수 없이 울음이 나왔다. 로라는 그 사나이에게 뭔가 말을

걸지 않고는 방을 나올 용기가 없었다. 로라는 그만 어린애처럼 흐느끼
기 시작했다.

"이런 모자를 쓰고 와서 미안해요."

로라는 이렇게 말한 후 엠마의 언니를 기다리지 않고 혼자서 그 집을
빠져나와 작은 뜰을 내려가 골목을 지나고 검은 사람들의 그림자를 지
나쳤다. 골목 모퉁이에서 그녀는 오빠 로리를 만났다. 그는 어둠 속에서
로라 앞으로 걸어왔다.

"로라니?"

"응."

"엄마가 걱정하고 계셔. 아무 일도 없었니?"

"응 괜찮아, 오빠!"

그녀는 그의 팔을 붙들고 그에게 온몸을 기대었다.

"아니, 울고 있잖아?"

로라는 고개를 저었다. 그러나 그녀는 소리 없이 울고 있었다. 로리는
그녀의 어깨를 껴안았다.

"울 거야 없지 않니?"

그는 다정하고 부드럽게 말했다.

"무서워서 그러는 거야?"

"아, 아니."

로라는 흐느꼈다.

"다만 이상할 뿐이야. 그렇지만 오빠…."

그녀는 발을 멈추고 오빠를 올려다보았다.

"인생이란… 인생이란…."

그녀는 더듬거렸다.

인생이 어떤 것인지 그녀는 설명할 방법이 없었다. 하지만 아무래도 좋았다. 로리는 모든 것을 충분히 이해하고도 남았던 것이다.

"그래, 인생이란 그런 것이야."

로리는 말했다.

줄거리

가든파티가 열리는 날 로라의 집은 분주한 아침을 맞는다. 사람들은 꽃을 준비하고, 음식을 장만하며, 정원에 천막을 치는 등 바쁘게 움직였다. 정원에 나갔던 로라는 사람들로부터 아랫마을 빈민가에 사는 젊은 마차꾼 스코트가 사고로 죽었다는 소식을 듣게 된다.

이 소식을 들은 로라는 언니 조스, 어머니 등에게 가든파티 준비를 당장에 그만두어야 하는 것이 아니냐고 말했다가 핀잔만 듣는다. 이에 속상했던 로라는 자기 방에 들어갔다가 거울 속에 비친 아름다운 자신의 모습을 보고 가든파티에 대한 강렬한 유혹을 받는다. 그래서 마차꾼의 죽음에 대해 잠시 잊은 채 파티를 즐긴다. 즐거운 파티가 끝나고 로라네 식구는 정원에 앉아 휴식을 취하던 도중에 로라의 아버지 세리던 씨가 죽은 마차꾼에 대한 이야기를 꺼내고 세리던 부인은 남은 파티 음식을 죽은 스코트의 집에 갖다 주자고 한다. 그리고는 로라에게 음식을 전해주고 오라고 한다.

화려한 파티 차림으로 로라는 빈민가를 찾게 된다. 가는 도중 사람들이 자신을 지켜보고 있음을 알게 된 로라는 그곳에서 빨리 벗어나고자 한다. 마침내 죽은 스코트의 집에 도착한 로라는 그의 아내에게 음식을 전해 주고 그 집에서 빨리 나오고자 한다. 그런데 엠마의 언니가 로라를 죽어 누워 있는 마차꾼의 곁으로 안내한다. 로라는 즐거운 파티가 열리고 있는 한쪽에서는 마차꾼이 죽음을 맞이한 것을 깨닫고는 시신을 보며 울음을 터뜨린다.

상갓집을 나와 집으로 돌아가는 길에 로라는 오빠 로리를 만난다. 그리고는 "인생이란…." 하고 말을 더듬거린다. 이에 로리는 "인생이란 그런 것 아니겠나?"고 대답을 해준다.

이 작품은 한 여자아이의 평범한 일상에서부터 시작한다. 화창하고 맑은 날씨, 주인공 로라가 주인공이 되어서 가든파티를 여는 날, 모든 것은 완벽하였다. 모든 준비는 차질 없이 진행되고 있고, 로라 자신 또한 치장을 아름답게 하여 가족들에게 칭찬을 듣는다.

여기까지는 모든 것이 밝고 화창하고 긍정적인 세계를 묘사하고 있다. 어떠한 근심 걱정도 없을 것만 같은 안온한 세계. 작가는 뒤에 이어질 가난한 동네의 묘사와 대비되도록 더욱 화사한 이미지를 곳곳에 많이 배치하였다. 그런데 갑작스럽게 들려온 마차꾼의 죽음. 그는 로라 집 근처의 가난한 동네에 사는 사람이었다. 그의 죽음을 계기로 하여 로라는 여러 고민에 빠지는 상황에 처하게 된다. 왜냐하면 로라 자신은 파티를 열지 못할 것이라고 생각하지만, 가족들의 생각은 로라와 다를 뿐만 아니라 마차꾼의 죽음에 대해 아무런 애도도 표하지 않고 무관심한 채 파티 준비에만 여념이 없기 때문이다. 로라는 그러한 가족들의 모습을 보고 무언가 잘못된 것 같은 벽을 느끼지만, 로라 자신도 파티를 취소하지 않는다. 이것은 로라 자신도 역시 즐거운 파티에 더 마음이 끌렸기 때문이었다. 이런 상황들은 로라로 하여금 생의 어두운 진상들을 처음 접하게 되는 계기를 만들어 준다.

삶과 죽음, 부유한 계층과 빈민 계층, 그리고 가족과의 정서적 차이, 자기중심적 사고 등등 우리 인간의 삶에서 불가피하게 대면하는 모든 문제들이 '가든파티'에 모두 녹아있다.

낯선 세계를 접한 어린 로라의 모습을 통해 우리는 우리 생의 갖가지 단면들을 접할 수 있으며 이 작품이 걸작으로 평가받는 이유 또한 바로 그 점에 있다고 할 수 있다.

▶ **주제**

우리 인생에 공존하는 행복과 불행의 대비

▶ **생각해 볼 문제**

1. '가든파티'가 갖는 이중적인 의미에 대해 서술하시오.

2. 로라는 가든파티를 준비하던 중 집 가난한 마차꾼이 사고사를 당했다는 것을 알게 된다. 그 사실을 알게 된 로라는 깊은 상념에 젖지만 가든파티를 취소하지는 않는다. 이유를 무엇이라 생각하는지 자신의 견해를 서술하시오.

3. 마차꾼의 죽음으로 가든파티를 취소하려는 로라에게 반대한 이들은 누구이며, 그들에 대한 자신의 견해를 서술하시오.

4. 로리는 "인생이란 게 그런 게 아니겠니?"라고 로라를 다독거린다. 로리의 이 말 속에 어떤 의미가 담겨 있는지 서술하시오.

5. 로라가 죽은 마차꾼 스코트의 집을 방문하였을 때 그 가족들 사이에서 자신을 심히 부끄럽게 만드는 물건이 있었다. 그 물건들이 무엇인지 쓰고 왜 로라는 그 모두를 숨기고 싶은 마음이 들었는지 자신의 생각을 정리하여 서술하시오.

6. 로라는 마차꾼의 죽음을 알게 된 후 가든파티를 취소하지는 않지만 일말의 죄책감을 느끼고 있다. 자신의 죄책감을 덜기 위해 파티 내에서 어떤 말과 행동을 취하는데, 그것을 무엇이라 생각하는지 찾아 쓰시오.

7. 작가 캐더린 맨스필드는 삶의 밝음과 어두움을 대비시키면서 내용을 전개해

나간다. 작가의 의도가 무엇이라고 생각하는가?

8. 로라는 오빠 로리의 품에 안겨 "인생이란…." 하며 말을 채 잇지 못한다. 이 작품과 관련하여 자신이 생각하는 인생은 무엇이라고 생각하는지 서술하시오.

9. 만약 자신이 로라와 같은 상황에 놓여 있다면 어떻게 할 것인지 미루어 짐작하여 정리해보자.

마크하임

저자 소개 로버트 루이스 스티븐슨
(Stevenson, Robert Louis Balfour : 1850. 11. 13.~1894. 12. 3.)

영국의 소설가, 시인. 스코틀랜드 에든버러 출생. 1867년에 토목기사인 아버지의 뒤를 잇기 위하여 에든버러 대학 공과에 입학했다. 어릴 때부터의 허약한 체질과 문학을 애호하는 성향 때문에 법과로 전과하여, 1875년 변호사가 되었다. 그 후 폐결핵으로 건강이 악화되자 유럽 각지로 요양을 위한 여행을 계속하였는데, 그것이 그가 많은 수필과 기행문을 쓰는 데 큰 도움을 주었다. 이 시기에 파리에서 만난 11세 연상인 미국인 F. V. 오즈번 부인을 사랑하게 되어 1880년에 그녀와 결혼하였다. 귀국 후에는 여러 잡지에 기고하였던 평론 · 단편소설 · 여행기 · 자서전의 단편들을 묶어서 '젊은이를 위하여(*Virginibus Puerisque*)' 등 몇 권의 책에 수록 · 출판하였다.

1883년 대표작의 하나인 '보물섬(*Treasure Island*)'이 출간되자, 이야기 작가로서의 그의 문명은 한층 높아졌고, 이어서 '지킬 박사와 하이드 씨(*The Strange Case of Dr. Jekyll and Mr. Hyde*', '발란트래경(卿) ; *The Master of Ballantrae*)' 등 많은 화제작을 계속 발표하였다. 1888년에 고국을 떠나 남태평양의 사모아 섬에 베일리마(Vailima)라는 저택을 짓고 정착함으로써 한때 건강도 회복되었으나, '허미스턴의 둑(*Weir of Hermiston*)'을 완성하지 못한 채 뇌일혈로 죽었다.

그가 활동한 시대에는 G. 메러디스나 T. 하디 같은 소설계의 대가를 비롯하여 심리소설의 H. 제임스, 사실주의의 G. 무어와 G. 기싱 등 많은 소설가가 등장하였다. 그러나 소설의 근원적 속성에다 새 생명을 불어넣은 것은 바로 이 스티븐슨의 공적이었다. 평이하고 유창한 '물방앗간의 윌', 그리고 격조 높은 명문의 '마크하임' 등의 소품도 주옥같은 명작으로 꼽힌다. 이 밖에 동요집 '어린이의 노래 화원(*Child's Garden of Verses*)'에는 그의 시재가 잘 나타나 있다.

이 소설의 핵심 정리

갈래 단편소설

경향 심리주의

시점 전지적 작가 시점

배경 시간적 - 크리스마스 낮, 공간적 - 골동품 가게

의의 인간에게 내재되어 있는 선과 악, 탐욕, 종교적 억압과 같은 무거운 주제를 모험과 환상을 가미해 작품의 대중화에 성공하였다.

특징 이 작품은 인간의 내면에 자리 잡고 있는 선과 악의 싸움을 형상화하고 있다. 이 과정에서 작가가 추구하고 있는 선악의 대결을 통한 선의 승리로써 인간 구원을 목표로 하고 있다.

등장인물 마크하임 - 살인을 저지르고 난 후 양심과의 싸움을 무수히 벌이는 인물. 마음속의 선악 대결에서 승리하여 구원을 받는다.

상점주인 - 골동품 가게의 주인. 오직 돈 버는 일에만 몰두하는 인물이다. 마크하임에게 죽임을 당한다.

정체 불명의 사나이 - 인간의 내면에 존재하고 있는 악을 의인화한 존재이다.

구성　　발단 – 크리스마스 낮, 마크하임은 장물을 팔기 위해 들르곤 했던 골동품 가게를 찾아간다. 마크하임은 결혼 선물이 필요해서 왔다고 하며 상점주인에게 물건을 골라 달라고 말한다.

전개 – 상점주인이 손거울을 내놓자 마크하임은 핑계를 대면서 다른 물건을 보여달라고 한다. 그리고 그의 말을 듣고 상점주인이 진열장에서 다른 물건을 골라 드는 순간 그를 죽인다.

위기 – 마크하임은 상점주인의 시체를 보고 극심한 공포감에 시달리면서도 살인의 목적이었던 돈을 찾기 위해 2층으로 올라가 선반 문을 열기 위해 열쇠 꾸러미를 찾는다. 이 때 밖에서 피아노 소리에 맞추어 찬양하는 아이들의 노랫소리가 들려온다. 마크하임은 그 소리를 들으며 여러 가지 상념에 잠긴다.

절정 – 누군가 계단을 올라오는 소리가 들려오더니 한 사나이가 문을 열고 나타난다. 오랜 전부터 마크하임을 보아왔다며 자신의 도움을 받고 인생을 실컷 즐겨보라고 한다. 그러나 마크하임은 이 제안을 거절한다. 바로 그때 외출했던 하녀가 돌아와 벨을 울리자, 사나이는 마크하임에게 다시 살인을 하라고 부추긴다.

결말 – 마크하임은 아직도 자신의 내부에 악이 있음을 깨닫고 아래층으로 내려가 문을 열고는 하녀에게 자신이 상점주인을 살해했음을 고백한다.

　　로버트 루이스 스티븐슨은 인간 내면에서 일어나는 선과 악의 끊임없는 갈등에 천착한 작가이다. 그의 대표작으로 널리 유명한 '지킬박사와 하이드 씨' 또한 이 작품의 연장선에서 이해 가능하다. 그러나 이 작품이 '지킬박사와 하이드 씨'와 다른 점은 끝끝내 선한 마음으로 돌아서는 마크하임을 통해 희망을 이야기하고 있다는 것이다. 그리고 또 하나는 이 작품에는 인간의 내면적인 변화는 환경에 의해서도 충분히 가능하다는 점을 작가가 견지하고 있다는 것이다.

　　환경결정론은 사회학 이론으로서 인간의 모든 생활양식, 즉 문화는 자연이 부여한 조건에 의하여 결정된다고 보는 입장을 말한다. 자연환경이 절대적인 영향력을 미친다는 이 이론은 극단적인 경우에는 역사와 전통, 사회적 · 경제적 요인들, 기타 문화적 요인들에 의해서도 사회발전이 이루어진다는 것마저 부정한다. '마크하임'이 이 환경결정론과 관계가 있는 것은 바로 주인공 마크하임의 대화 속에 잘 나타난다.

마크하임

"예…."

상인이 말했다.

"뜻밖으로 벌어들이는 수입은 여러 경우가 있지요. 골동품에 대해 아무것도 모르는 손님도 있습니다. 그런 경우라면 그동안의 다양한 경험을 통해서 벌어들입니다. 가끔 정직하지 못한 사람도 있긴 합니다."

잠시 말을 멈춘 상인은 촛불을 들어 방문객을 비추어 보았다.

"그런 경우라면…."

상인은 계속 말을 하였다.

"당당하게 벌어들여야죠."

밖은 아직 햇빛이 강하였고 방금 안으로 들어온 마크하임은 어둠침침한 상점 안을 잘 구분할 수 없었다. 그리고 촛불 곁에 서서 이런 신랄한 얘기를 들으며 괴로운 듯이 시선을 돌렸다.

상인은 싱글벙글 웃으며 말했다.

"당신은 오늘이 크리스마스여서 내가 장사를 안 하고 가게를 닫고 혼자 있을 거라고 생각하고 오셨을 겁니다. 그렇기에 돈을 더 받겠습니다. 장부를 정리하는 데 걸리는 시간도 계산에 넣겠습니다. 저는 사리분별이 확실한 사람이라 실례되는 질문을 하지는 않겠습니다. 하지만 오늘은 손님이 확실히 좀 이상해 보이시니, 그것도 계산에 넣도록 하겠습니다."

상인은 언제나와 같이 사무적으로 말하며 계속 싱글거리며 웃었다.

"그 물건을 어떻게 해서 손에 넣게 되셨는지 전과 같이 말씀해 주실 수 없겠습니까?"

그는 계속 말했다.

"이번 것도 숙부님의 진열장에서인가요? 당신의 숙부님은 정말 굉장한 수집광인가 보군요."

작은 몸집에 파리한 안색을 한 좁은 어깨의 상인은 거의 발뒤꿈치를 들고 그의 멋진 금테 안경 너머로 마크하임을 쳐다보면서 어딘지 믿을 수 없다는 듯이 머리를 주억거렸다. 마크하임 역시도 알 수 없는 연민과 일말의 공포를 느끼면서 상인을 쳐다보았다.

그가 말하였다.

"이번엔 당신이 잘못 생각했소. 오늘은 팔러 온 것이 아니라 사러 왔소. 더 이상은 팔아먹을 골동품도 없고, 숙부의 진열장은 이미 비어 버렸다오. 그러나 골동품이 있다 하더라도 더 이상은 골동품을 팔지 않을 것이오. 내가 증권으로 돈을 많이 벌어서 골동품을 사서 진열장을 채우면 채웠지 줄지는 않을 것이라오. 그건 그렇고 오늘의 용건은 어떤 여성에게 선물할 크리스마스 선물을 사는 것이라오."

그는 이미 연습이라도 한 듯 아까보다는 달변이 되었다.

"뭐, 이런 사소한 일로 폐를 끼쳐 미안하오만, 내가 좀 게을러서 어제 준비해야 한다는 걸 깜빡했다오. 오늘 정찬 때는 작은 선물이라도 보내야 한다오. 잘 알겠지만 부잣집과의 혼인이라 그냥 지나 칠 수가 없다오."

상인이 그의 얘기가 의심스러운 듯 되새겨보고 있는 동안 잠시 침묵이 흘렀다. 상점 안에 있는 잡동사니 골동품 안에 끼어 있는 여러 종류의 시계들의 재깍거리는 소리와 거리를 달리는 마차의 소리만이 그 침묵의 시간을 흐르는 듯 했다.

"그렇습니까?"

상인은 말하였다.

"기쁜 소식이군요. 당신 말대로 그런 훌륭한 결혼의 기회를 얻으셨다면 제가 방해를 해서는 안 되겠죠. 당신은 오랜 단골이시니까요. 여기 여자 분들이 좋아할 만한 것이 있습니다."

그는 말을 계속하였다.

"이 손거울은 15세기의 물건으로 보증이 붙은 아주 귀한 컬렉션에 속한 것입니다. 이것을 판 손님의 성함을 말씀드리지는 못하지만, 그분 역시 당신처럼 굉장한 수집가의 조카인데 외아들이랍니다."

상인은 손거울을 잡으려 몸을 숙이면서 무뚝뚝하고 신랄한 말투로 거침없이 말을 쏟아냈다. 마크하임은 그 모습을 보면서 왠지 섬뜩한 어떤 것이 몸 속에 파고드는 것 같았다. 순간적으로 온갖 혼란스러운 생각이 얼굴에 드러났지만, 그것은 드러날 때와 마찬가지로 순식간에 사라졌다. 지금 그는 거울을 받아든 손을 약간 떠는 것 외에는 아무런 흔적도 드러내지 않았다.

"거울이라."

그는 잠긴 목소리로, 드문드문이긴 하지만 분명하게 말을 되풀이 하였다.

"거울이라뇨? 크리스마스의 선물로? 당치도 않소."

"왜 안 되죠?"

상인의 목소리가 높아졌다.

"거울이 왜 안 된다는 거죠?"

마크하임은 말도 안 된다는 표정을 지으며 상인을 바라보았다.

"왜 안 되냐면 말이죠…."

그는 계속 말했다.

"당신이 거울 속을 들여다보시오. 당신은 거울 속에 비친 당신의 모습이 보고 싶소? 물론 보고 싶지 않겠지. 그건 나도 마찬가지이고, 그 어떤 사람도 거울을 보고 싶어하지는 않을 것이오."

마크하임은 갑자기 앞에 있는 왜소한 몸집의 상인이 거울을 눈앞에 들이 대자 몇 걸음 뒤로 물러섰다. 그러나 더 이상은 나쁜 일이 생길 것 같지 않아 싱글거리며 웃었다.

"당신의 아내가 될 사람은 그다지 예쁘지 않은가 보군요."

상인이 말했다.

"난."

마크하임이 말하였다.

"크리스마스 선물을 달라고 했는데, 어떻게 이런 것을 내놓을 수가 있소? 당신 혹시 일부로 그러는 것이오? 당신은 어떻게 옛날의 범죄와 방탕이 생각나게 하는 이런 저주스런 물건을 내놓을 수 있단 말이오? 어서 말해 보시오! 도대체 무슨 수작을 꾸미는 것이오? 빨리 말하는 게 좋을 거요. 혹시 당신도 깊은 연민을 가진 사람인 것이오? 그런 것이오?"

상인이 뚫어지게 마크하임을 쳐다보았다. 조금 우스운 짓인 것 같았지만 마크하임의 얼굴에는 웃는 빛조차 없었다. 그의 얼굴에는 강렬한 희망의 빛이 서려 있었지만 즐거운 표정은 아니었다.

"뭐하자는 겁니까, 지금?"

상인이 물었다.

"당신은 연민의 마음이 없소?"

마크하임은 우울한 말투로 말을 받았다.

"당신은 돈을 보관하는 금고 외에는 연민도, 경건함도, 진심도 없고, 사람을 사랑하지도 않고, 다른 사람의 사랑도 받지 않는 것이오? 그런 것이오?"

"뭐 그건 그렇다 치고 내 얘기 좀 들어보세요."

약간 기분 나쁜 말투로 말을 시작한 상인은 곧이어 다시 말을 끊고 킥킥 웃기 시작하였다.

"당신은 연애결혼을 하는 모양인가 보군요. 지금 당신은 그 여자의 건강을 위해 축배를 들고 왔겠군요. 그렇지요?"

"그렇소!"

마크하임은 이상한 호기심이 생겨 상인에게 소리를 쳤다.

"당신은 연애를 해본 적이 있소? 있다면 얘기를 해보시오."

상인이 말하였다.

"내가 연애를 했냐고요! 난 그런 시시한 짓을 할 시간이 없다오. 이전에도 그렇고 앞으로도 없을 것이오. 그런데 이 거울은 어쩌시겠습니까? 가지고 가시겠습니까?"

"뭐 그리 바쁘게 굴 건 없소."

마크하임이 대답하였다.

"이렇게 여기 서서 당신하고 얘기하는 게 즐겁군요. 인생이란 짧고 불안정한 것이니까 이런 즐거움을 빨리 끝내고 싶지는 않소. 만약 절벽에 사람이 매달려 있다면 손에 잡히는 아주 작은 것이라도 꼭 쥐고 있을 것이오. 이 즐거움도 마찬가지라오. 만일 당신이 그런 것을 안다면 1분 1초가 절벽으로 생각될 거요. 높이가 1마일이나 되는 절벽, 만일 떨어지기라도 하면 콩가루가 되어 사람의 흔적조차 찾지 못할 높은 절벽 말이요. 그러니까 즐겁게 이야기하고 있는 것이 가장 좋소. 자, 우리 이런 가면은 벗어버리고 탁 터놓고 얘기를 하는 거요. 혹시 압니까, 우리가 친구가 될 수 있을지?"

"당신한테 한 말씀만 드리죠."

상인이 말하였다.

"사시겠습니까, 아니면 나가 주시겠습니까?"

"옳은 말씀이오."

마크하임은 말하였다.

"내가 쓸데없는 소릴했나 보군요. 그럼 장사 얘기로 돌아가서 다른 것을 볼 수 있습니까?"

상인은 다시 몸을 굽혀 손거울을 다시 진열장의 자리에 놓았다. 그의 엷은 금발이 눈을 덮고 있었다. 마크하임은 외투 주머니에 한 손을 넣은 채 다가가 온몸을 젖히면서 심호흡을 했다. 그의 얼굴에는 여러 가지 감정이 한꺼번에 드러났다. 공포, 전율, 결의, 황홀, 육체적 반발과 두려움…. 꼭 다문 그의 윗입술에서 이가 드러났다.

"아마 이거라면 마음에 드실 겁니다."

상인이 이렇게 말하면서 다시 상체를 일으켜 세우려 할 때 그의 등 뒤에서 마크하임이 급습하였다. 긴 꼬챙이 같은 단도가 번쩍이며 아래로 떨어졌고 상인은 진열장에 관자놀이를 부딪치고 암탉처럼 꿈틀거리다가 마루 위로 쓰러지고 말았다.

그 가게 안에는 스무 개 정도의 시계가 있었다. 어떤 것은 바쁘게 지저귀는 듯한 소리를 내었다. 그것들은 각각 재깍거리는 소리를 내며 시간을 가리키고 있었지만, 그 소리들은 마치 합창을 하는 듯 여러 소리가 뒤섞여 있었다.

이 때 한 젊은이가 후다닥 거리를 뛰어가는 소리에 의해 마크하임은 비로소 정신을 차리고 주위를 돌아보게 되었다. 그는 공포에 질려서 주위를 둘러보았다. 여전히 초는 계산대 위에서 바람에 불꽃을 흔들고 있었고, 이 불빛의 흔들거림에 의해서 가게 전체가 고요로 꽉 찬 바다처럼 흔들거렸다. 키가 큰 그림자는 흔들리고, 검은 그림자들은 얼룩을 남기며 마치 숨을 쉬듯이 커졌다 작아졌다 하였다. 초상화에 그려진 얼굴들과 여러 동상들이 그림자의 모양을 바꾸면서 움직였다.

안쪽 문이 반쯤 열려 있어서 손가락처럼 가늘게 뻗은 햇빛이 비추어 마치 가게 안을 들여다보는 것 같았다.

그는 자기가 죽인 그 상인의 시체로 눈을 돌리면서 공포에 휩싸였다. 그는 살아 있을 때보다 더욱 초라하게 손발을 뻗은 채 허리를 구부리고 쓰러져 있었는데 그렇게 왜소해 보일 수가 없었다. 그 시체의 초라한 육신은 꼭 나무토막처럼 보여서 시체를 바로 보기가 두려웠다. 그러나 그것은 아무것도 아니었다. 하지만 이렇게 누워 있지 않으면 안 되었다. 그는 다른 사람에게 발견되기 전까지는 그저 그렇게 누워서 관절을 움직이거나 몸을 움직이는 일을 하지 못할 것이다.

물론 발견될 것이다. 그런 다음에 누군가가 온 영국이 울릴 만큼 소리를 지르고 소문은 계속 퍼져나갈 것이다. 죽었든 살았든 그는 적이 될 것이다. 그러나 이미 끝난 것이다. 피해자로 인생을 마감한 그때가 살해범에게는 절박하고 중요한 때가 된다.

마크하임이 이러한 생각을 하고 있을 때 여러 가지의 소리들(시계의 갖가지 벨 소리)이 오후 3시가 되었음을 알려 주었다.

방안은 조용하였다. 갑자기 울리는 시계소리로 인하여 그는 당황하지 않을 수 없었다. 곧 촛불을 들고 용기를 내어 요동치는 그림자에 둘러싸인 방안을 걷기 시작했다. 그는 조용한 방안에서 그토록 많은 것이 갑자기 소리를 내자 당황하였다. 간혹 그림자를 보고 깜짝 놀라는 자신을 의식하였다. 상점의 많은 비싼 거울들 속에서 마치 한 무리의 숱하게 생긴 간첩 같은 자신의 얼굴을 비춰볼 수 있었다.

거울 속에 비친 자신의 눈을 바라보았고 있는 그대로의 자신을 보았다. 소리 없이 걷고 있었으나 그의 발짝 소리는 주위의 정적을 깨뜨렸다. 그는 자신의 주머니 속에 손을 깊숙이 집어넣고 자신이 세운 계획의 무수한 결함을 떠올리며 괴로워하고 자책했다. 지금보다 더 조용한 시간을 택하고, 알리바이를 준비했어야 했다. 칼을 쓸 것이 아니라, 더 용의주도하게 상인을 묶고 재갈을 채우고 죽여야 했던 것이다. 더 대담하게 행동하고 하녀 또한 죽여야 했다. 처음부터 끝까지 이렇게 할 것이 아니었는데 하는 깊은 후회가 몰려왔다. 허나 이미 저질러진 일이고, 바꿀 수도 없는 일이니, 되돌릴 수 없는 과거의 계획들로 마음의 수고를 되풀이하는 것은 부질없는 짓이다.

하지만 한편 이러한 마음 이면에는 인기척 없는 지붕을 뛰어다니는 쥐처럼 커다란 공포가 그의 뇌리를 꽉 채우고 있었다. 언젠가 경찰이 그의 뒷덜미를 잡게 될 것이고, 그는 낚싯줄에 걸린 물고기같이 경련할 것이다. 그는 계속해서 피고석, 감옥, 교수대, 검은 천을 씌운 관등이 줄을 지어 지나가는 것을 상상할 수 있었다.

공포에 휩싸인 통행인들의 모습이 마치 군대처럼 포위하는 모습이 그의 마음에 떠올랐다. 이 소란한 체포가 그들의 호기심을 끌지 않을 리가 없다. 지금 근처의 집집에 앉아서 귀를 기울이고 있을 것이다. 그들은 한갓 과거를 회상하며 크리스마스를 지낼 운명을 가진 고독한 사람들일 것이다.

가끔은 아무리 조용히 걷고 있는 것 같아도 소리가 나는 것 같았다. 보헤미아제의 좋은 대가 달린 잔이 종처럼 커다란 소리를 내었다. 그는 재깍거리는 시계 소리가 너무 크게 들려 시계를 멈출까 했지만, 만일 가게 안이 너무 조용한 것조차 거리를 지나는 사람들의 주위를 끌지 않을까 하는 생각에 간담이 서늘해졌다. 차라리 더 크게 대답하고 더 바쁘게 상점 안에 있는 물건들 사이를 걸어 다녀 상점주인이 매우 바쁜 것처럼 보이게 할까 하는 생각도 하였다.

그의 마음은 이처럼 교활하고 치밀했음에도 불구하고, 다른 한편은 온갖 것에 놀라 혼비백산하고 있었고, 또 다른 한 부분은 공포에 휩싸여 미칠 지경이었다. 그 중에서 특히 하나의 망상이 그의 마음에 들러붙어 떨어질 줄을 몰랐는데, 그것은 시퍼런 얼굴로 상점의 창 옆에 귀를 기울이고 있는 사람들과 무서운 추측을 하며 발걸음을 멈추는 거리의 통행인들이었다. 하지만 절대로 알 수 없을 것이다. 벽과 덧문을 내린 창을 통과할 수 있는 것은 오직 소리뿐이었다. 그리고 이 집 안에는 혼자뿐이라는 것을 그는 알고 있었다. 하녀가 초라한 나들이 옷에 리본을 달고 크리스마스에 휴가가 생겼다는 기쁨의 미소를 지으며 연인을 만나러 가는 것을 그는 지켜보았던 것이다. 그러니 두말할 필요 없이 이 집에는 그 혼자뿐이었다. 그런데도 이상하게 이 휑뎅그렁하니 넓은 집 안에 어떤 발짝 소리가 희미하게 들리는 것 같았다. 그는 이유를 설명할 수는 없지만 분명 어떤 것이 있다는 것을 느꼈고, 그것은 이 집의 방에서 방으로 구석구석 뭔가를 쫓아다니고 있는 것 같았다. 다시 보니 그것은 자신의 그림자였다.

그는 다시 교활함과 증오를 품은 상점주인의 모습이 눈에 떠올랐다.

그는 지금까지 어떻게든 돌아보지 않으려 했던 열린 문으로 힐끔 시선을 돌렸다. 집은 높고 창문은 작고 더러웠다. 그리고 안개로 인해 바깥은 어두웠고, 아래층으로 새어 나오는 빛은 극히 희미하여 가게 입구를 뿌옇게 비칠 뿐이었다. 그런데 그 희미하고 가느다란 줄기의 빛 속에 하나의 그림자가 흔들리고 있는 게 보였다.

돌연 바깥거리에서 신사 하나가 지팡이로 가게 문을 두드리는 소리가 경쾌하게 들리기 시작했다. 연이어 이름을 부르면서 사람을 찾아올 때와 같이 외치는 소리와 조소하는 소리가 계속해서 일어났다.

마크하임은 갑자기 오싹해지는 것 같아 죽은 상인의 몸을 힐끔 쳐다보았으나 아무 변화도 없었다. 그 시체는 좀전과 다름없이 누워 있는 그대로였다.

그 시체는 문을 두드리는 소리도, 외치는 소리도 들을 수 없는 침묵의 바다 저 먼 곳으로 가버렸다. 예전에는 폭풍만큼이나 그의 주의를 끌던 이 사람의 이름도 이제는 무의미한 울림만을 가질 뿐이었다. 신사의 문 두드리는 소리도 이제 사라지고 없었다.

어차피 해야 할 일이라면 빨리 해치우고, 자기를 비난하고 있는 이곳을 떠나 런던의 군중 속에 뛰어들어 저녁에는 안전하고 자신을 결백하게 보이게 할 안식처인 집으로 돌아가야 한다. 그는 지금 분명한 암시를 느꼈다. 방금 한 사람의 손님이 있었다. 그렇다면 언제 어느 때 다른 손님이 나타나서 방금 돌아간 그 손님보다 더 오래 안 가고 버틸지 모를 일이다. 사람을 죽였으면서도 아직 돈을 손에 쥐지 못했다는 것은 정말

한심한 실패였다. 돈. 마크하임에게는 그것이 가장 큰 관심사였다.

그는 어깨 너머의 열린 문으로 아직도 예의 그림자가 흔들리며 서 있는 것을 보았다. 별로 의식적으로 혐오를 느끼지는 않았으나 그는 피해자의 시체에 가까이 갔을 때 뱃속이 떨리는 것을 느꼈다. 산 사람의 특징은 하나도 남지 않은 그것은 꼭 반쯤 속을 넣어 입힌 한 벌의 양복처럼 손과 발이 바닥에 축 늘어져 있었고 몸통은 둘로 꺾여 있었다. 하지만 그 시체는 그를 가까지 오지 못하게 하는 것 같았다. 겉으로는 별 것 아닌 하찮은 것 같지만 막상 만지고 나면 엄청난 것이 될 것 같은 두려움이 느껴졌다.

그는 시체의 어깨를 잡고 천장을 향하도록 움직였는데 이상하게도 그것은 가볍고 부드러웠으며, 손과 발은 꼭 부러진 것처럼 부자연스러워 보였다.

그의 얼굴은 새파랗고 한쪽 관자놀이는 피로 더럽혀져 표정을 잃고 있었는데 그것이 마크하임을 불쾌하게 하였다. 그것은 그로 하여금 날씨가 흐린 어촌의 장날을 떠올리게 하였다.

거리에는 많은 사람들이 있었고 악기 소리와 북소리에 맞춰 코맹맹이 소리로 부르는 노랫소리가 들리는 바람 부는 날이었다. 군중들 속에 쌓여 있는 한 소년이 흥미와 두려움이 뒤섞인 마음으로 여기저기 기웃거리고 다니다 사람이 제일 많은 곳으로 가게 되었다. 그곳은 날림 집과 알록달록한 색의 그림이 그려져 있는 커다란 막이 있었다. 그 막에는 부하를 거느린 브라운리그, 자신들이 죽인 손님과 함께 있는 마닝그 부부, 사텔에게 목을 졸려 죽어가는 위아, 그 유명한 범죄들이 숱하게 그려져 있었다. 그것은 환영처럼 선명했고, 그를 어린 시절로 되돌려 놓았다. 바로 지금, 그때와 똑같은 생리적인 반감을 느끼면서 그 메스꺼운 그림을 본 것 같았다. 여전히 귓가에서 둥둥하는 북소리가 들리는 것 같았고, 그 날의 노래가 한 구절 되살아났다. 그러자 처음으로 구역질이 났다. 뿐만 아니라 관절에서는 갑자기 힘이 빠졌다. 하지만 그는 그것을 극복하지 않으면 안 되었다.

그는 이러한 생각에서 도피하기보다 그에 맞서는 편이 현명하다고 생각하였고, 전보다 더 대담하게 죽은 사나이의 얼굴을 들여다보면서 자기가 저지른 범죄와 그 성질의 크기를 느끼려 애썼다.

얼마 전까지만 해도 감정의 변화에 따라 움직이던 얼굴과 창백한 입으로 말을 하던 몸은 이제 시계를 파는 상점주인이 손가락으로 갑자기 시계를 멈추게 하듯이 자신이 저지른 행위에 의해 생명이 멈춰버린 것이다. 그는 더 이상 깊이 후회할 수도 없었다. 그는 어릴 적 막에 그려진 범죄의 그림을 보며 두려움에 떨고 있던 그때의 마음과 똑같이 눈앞의 범죄를 바라보고 있었다. 그는 조금의 후회도 없었다. 그동안 세상을 매혹의 화원으로 만들 능력이 조금도 없었던 남자, 지금까지는 그 어떤 보람 있는 생활을 했다고 할 수 없는 지금은 완전히 죽어버린 남자에게 한 가닥의 연민을 느낄 뿐이었다.

이러한 모든 생각을 떨쳐 버리고 그는 열쇠를 찾아서 가게의 열린 문 쪽으로 갔다. 밖에는 폭우가 쏟아지기 시작했고 지붕을 때리는 소낙비에 의해 주위의 침묵이 깨어졌다. 마치 동굴 속에서 떨어지는 물방울소리처럼 방안에는 끊임없이 반향(反響)이 울렸다.

그것은 재깍거리는 시계 소리와 뒤섞여서 들렸다. 그런데 문께로 가까이 가자, 조심해서 걷는 발짝 소리가 들리는 것 같았다. 그리고 예의 그림자는 아직도 입구에서 여전히 일렁거리고 있었다. 그는 단단히 마음을 먹고 몸에 힘을 주면서 문을 뒤로 밀었다.

희뿌연 햇빛이 아무것도 깔지 않은 마루와 계단, 또 홀에 놓여 있는 손에 창을 쥔 갑옷과 검은 나뭇조각, 노란색 벽에 걸려 있는 그림을 희미하게 비추고 있었다.

그러나 마크하임의 귀에는 빗방울 소리들이 집 전체를 울리면서 여러 종류의 소리로 나뉘어 들리는 것 같았다. 그것은 마치 한숨과 발짝 소리, 행진하는 군인의 발짝 소리, 계산대에서 돈 세는 소리, 열려 있는 문틈 사이로 삐꺽거리는 소리…. 이런 소리들이 둥근 지붕을 두드리는 빗방울 소리와 벽을 타고 흐르는 소리와 한데 섞여 바로 여기에 자기 외에 다른 어떤 것이 있다는 느낌을 받아 더 미치게 만드는 것 같았다. 그가 어디를 향하든 그의 곁에 어떤 것이 있다는 생각에 사로잡혀 버렸고, 위층에서는 꼭 무엇인가가 움직이는 소리가 들리는 것 같았다. 상점에서는 죽은 사람이 일어나는 소리가 들리는 것 같았다.

그가 부단한 노력 끝에 계단을 오르자, 그 수많은 발소리도 없어지더니 그의 뒤를 살살 밟는 것 같았다. 만일 소리가 들리지 않는다면 얼마나 조용한 마음으로 있을 수 있을까, 하고 생각하게 되었다. 그는 다시 끊임없이 주위에 귀를 기울이면서 그의 쉼 없이 움직이는 감각이 그의 생명을 지키는 신호가 되어 신뢰할 만한 보초 노릇을 해주고 있다는 것에 감사했다. 그는 당장이라도 어떤 것이 튀어나오지 않는지 눈을 부릅뜨고 사방을 정찰하였다. 그러나 어디를 보아도 그 무어라 할 수 없는 것이 보였다 사라질 뿐 아무것도 찾을 수가 없었다. 위층으로 올라가는 계단 24개에는 24가지의 고뇌가 되었다.

2층에는 3개의 문이 있었는데, 모두 반쯤 열려 마치 복병(伏兵)같이 보였으며 대포의 포신(砲身)처럼 그의 신경을 뒤흔들었다. 그는 이미 어떤 것이 자신의 몸을 완벽하게 숨기고 있어 그것의 눈을 피하기는 불가능하다고 느꼈다. 지금 그의 간절한 소원은 자신의 집에서 이불을 뒤집어쓰고 신 이외에는 다른 어떤 이의 눈에도 띄지 않는 것이었다. 그는 다른 살인범들의 얘기나 그들에게 내려진 하늘의 복수를 떠올리자 공포가 느껴졌으나, 지금 자신의 생각에 의문이 생겼다. 그는 신을 두려워하지는 않았다. 그러나 자연의 법칙이 무서웠다. 무정하고 영원불변한 방법으로 그가 저지른 범죄가 확실한 증거를 갖는 것이 두려웠다. 생각지도 않게 법칙을 무시하고 자연이 고의로 일으키는 행위에 비굴해지면서 미신적인 공포가 더욱 그를 무섭게 만들었다.

그는 법칙만 믿고 원칙에서 결과를 쪼개내어 교묘한 도박을 한 것이다. 그러나 장기판에서 패배한 폭군이 장기판을 뒤집듯이 만약 자연이 지금까지 지속시키던 법칙을 갑자기 변경시키면 어떻게 될 것인가? 겨울이 그 출현 시기를 바꾸었을 때, 그와 비슷한 일이 나폴레옹에게 일어났던 것이다. 어쩌면 그와 같은 일이 마크하임에게도 일어날지 모른다. 주변의 두꺼운 벽이 투명해져서 유리로 만들어진 벌집 속의 꿀벌처럼 그가 한 짓을 밖에서 모두 보고 있을지도 모른다. 그의 발 아래에 있는 단단한 마룻바닥이 갑자기 흐르는 모래처럼 패여 그곳에 그를 붙잡아 놓을지도 모른다. 아니면 현실적으로 가능한 뜻밖의 어떤 일로 인해 그가 멸망할지도 모른다. 예를 들면, 이 집이 갑자기 무너져서 그가 죽인 사내 곁에 누워 있게 된다거나 이웃집에 불이 나 소방대가 사방에서 이 집으로 침입해 들어온다면 어떻게 될까? 그는 이런 것들을 두려워하고 있었다. 하지만 신 그 자체에 대해서는 안심이 되었다. 아무튼 그의 행위는 말할 것도 없이 예외적인 것이었고, 그 이유도 또 예외적인 것이었다. 그것은 신이 아는 바였다. 그가 정당한 벌을 받으리라고 확신하는 것은 신의 세계이지, 인간의 세계는 아니었던 것이다.

그는 무사히 객실로 들어가 문을 닫고 한숨을 쉬었다. 그 방은 어떤 장식품도 없었고 양탄자도 없었다. 그곳에는 짐 꾸리는 데 쓰는 상자와 어울리지 않는 가구들이 흩어져 있었다. 여러 개의 거울들은 무대 위의 배우처럼 여러 각도로 자신의 모습을 비추고 있었다. 적지 않은 그림이 어떤 것은 액자 속에 끼워져 있고, 어떤 것은 액자에 넣지 않은 채 벽에 세워져 있었고, 훌륭한 세라턴(18세기 영국의 가구 제작자 이름, 세라턴 풍의-편집자 주) 천장과 나무 세공의 장식 선반과 누비 덧이불이 씌워져 있는 커다란 구식 침대 등이 있었다. 창문은 열려 있었으나 다행히도 덧문의 아래 부분이 닫혀 있어서 이웃 사람들이 그의 모습을 볼 수는 없었다.

장식 선반 앞에 포장용 상자 하나를 끌어다 놓은 마크하임은 열쇠를 찾기 시작하였다. 열쇠의 수가 많아서 그것은 시간이 많이 걸리고, 또 까다로웠다. 아마 장식 선반에는 아무것도 없을지 모른다. 시간은 빠르게 지나갔으나 일하는 데 필요한 주도면밀한 주의가 그를 침착하게 만들었다. 그는 곁눈으로 문을 보았는데, 때로는 수비의 상태가 만족할 만큼 좋은가 확인하는, 포위당한 지휘관처럼 문 쪽을 똑바로 바라보기도 하였다.

그러나 사실 그의 마음은 편안하였다. 거리에는 여전히 비가 퍼부었고, 거리 저쪽에서는 이윽고 피아노 소리와 함께 찬양이 시작되었다. 많은 아이들이 피아노 소리에 맞추어 노래를 부르기 시작했다. 참으로 엄숙하고 사람의 마음을 진정시키는 선율이었다. 젊음의 소리, 생기에 가득 찬 소리였다. 마크하임은 열쇠를 고르면서 미소를 띠고 귀를 기울였다. 그는 마음속으로 이미지를 차례차례로 떠올렸다. 교회에 가는 아이들, 높은 오르간의 울림, 들에서 뛰노는 아이들, 가시덤불이 많은 공

유지를 거니는 아이들, 바람이 세고 구름이 떠 있는 하늘에 연을 날리는 아이들. 찬양의 장단이 바뀌자, 그마음속으로 또 다른 회상을 하였다. 졸리는 여름날 일요일, 목사의 의젓한 높은 목소리(그는 그것을 생각하고 싱긋 웃었다)와 제임스 1세 시대의 색칠한 묘실(墓室) 안 벽에 새긴, 다 지워져 가는 십계(十戒 : 구약성서에 나오는 십계명-편집자 주)의 문자를 회상하였다.

그는 이렇게 차례로 여러 가지 생각을 떠올리고 상념에 잠겨 있다가 갑자기 섬뜩해져서 일어섰다. 불현듯 얼음에 맞고 불에 쏘이고 피가 솟구치는 듯한 기분에 움찔하여 심한 전율을 느낀 것이다. 계단을 올라오는 발짝 소리가 천천히 침착한 보조로 들려왔다. 그리곤 누군가가 문의 손잡이를 쥐고 돌리는 소리도 철컥하고 들렸다.

공포에 질린 마크하임은 몸을 움츠렸다. 혹시 죽은 남자가 걷는 것일까, 아니면 인간 사회의 정의를 다스리는 관리일까, 그것도 아니라면 나의 행위를 우연히 목격한 사람이 나를 교수대로 넘기기 위해 오는 것일까? 그는 어떤 행동을 취해야 할지 알 수 없었다. 그때 어떤 얼굴이 문 틈 사이로 고개를 들이밀며 방안을 둘러보았다. 마치 친한 벗을 만난 것처럼 고개를 끄덕이고 미소를 지었다. 그리고는 고개를 돌려 문을 닫은 뒤 다시 나갔다. 그는 두려움에 떨며 공포를 억제하지 못하고 목이 잠긴 소리를 내었다. 그 소리에 방문객이 되돌아왔다.

"나를 불렀나요?"

그는 방안으로 들어와 문을 닫으며 아무 거리낌 없이 물었다.

마크하임은 가만히 선 채 물끄러미 그 사나이를 보았다. 그의 눈에 어떤 것이 씌어 있었는지도 모르나, 그 사나이의 윤곽은 마치 가게 안의 촛불에 하늘거리던 우상같이 자꾸 흔들리면서 바뀌는 것 같았다. 그는

이 신비의 남자를 본 적이 있는 것도 같고 마치 자기 자신같이 느껴지기
도 하였다. 그러나 이 남자가 이 세상 사람도 아니고 그렇다고 신의 세
계에서 온 것도 아니라는 확신이 공포의 덩어리처럼 그의 가슴에 자리
잡고 있었다.

그러나 마크하임을 향해 미소를 띠고 있는 이 사내는 묘하게도 보통
인간의 모습을 하고 있었다. 이윽고 이 사내가,

"당신은 돈을 찾고 있는 것이 아닙니까?"

라고 말했을 때, 그 말투는 조금도 어색하지 않은 은근한 것이었다. 마
크하임은 대답하지 않았다.

"당신에게 경고해 드리겠습니다."

그 사나이는 말을 이었다.

"이 집의 하녀가 연인과 여느 때보다도 일찍 헤어졌습니다. 아마도 곧
여기로 올 겁니다. 만일 당신이 이 집에 있는 것을 들킨다면 그 결과는
당신한테 얘기할 필요도 없겠지요."

"당신은 나를 알고 있습니까!"

마크하임은 크게 소리를 질렀다.

방문객은 웃으며 말했다.

"내 마음속에 당신은 오랫동안 있었지요. 늘 당신을 지켜봤고 몇 번인
가 도와주려고도 했었지요!"

"당신은 누구요?"

마크하임이 외쳤다.

"설마 악마인가요?"

상대방이 대답했다.

"내가 누구든 당신을 도우려는 생각에는 변함이 없습니다."

"그럴 리가 없습니다."

마크하임이 연이어 소리쳤다.

"영향이 없을 리가 있나요? 그리고 내가 당신에게 도움을 받는다구요? 그 따위 어리석은 소리는 하지도 마세요. 당신 도움은 필요 없습니다. 당신은 내가 누구인지 모르고 있어요."

"알고 있어요."

방문객은 단호한 태도로 대답하였다.

"당신 마음속까지 나는 모두 알고 있습니다."

"당신이 나를 어떻게 안단 말인가요!"

마크하임은 매우 놀라며 외쳤다.

"어느 사람도 그런 걸 알 수는 없어요! 난 이제껏 내 참 모습을 속이며 살았어요. 내 생활은 우습고 거짓된 모습에 불과합니다. 모든 사람들이 어떤 짓을 한 사람이든, 주위를 질식시키는 가면을 쓴 나보다는 나은 이들 일겁니다. 어떤 이들은 꼭 악한에게 붙들려 끌려 다니는 것처럼 생활에 끌려 다닙니다. 만약 사람들이 스스로를 제어하는 능력을 충분히 발휘한다면, 그리고 자신이 원래 타고난 모습을 본다면, 그들은 매우 다른 사람이 될 것이고, 영웅이나 성인으로 칭송받는 사람이 될 수 있을 것입니다. 나는 보통사람 이상으로 본성을 가리고 있어요. 나와 신 이외에는 내 행동을 알 수 있는 사람은 없죠. 당신이 내게 만약 조금의 시간을 내어 준다면 나의 타고난 본성을 보여줄 수도 있습니다만."

"나에게 당신의 본 모습을 보여준다는 겁니까?"

방문객이 물었다.

"물론입니다. 당신에게 처음으로 보여줄 것입니다."

살인자가 대답하였다.

"당신이라면 충분히 이해해 줄 것 같습니다. 처음 당신이 나타났을 때 사람의 마음을 제대로 헤아려 줄 사람처럼 느껴졌습니다. 하지만 지금의 당신은 내가 한 행위로 나를 판단하려는 것 같습니다. 내 말이 맞는지 아닌지 한 번 잘 생각해 보십시오.

나는 거인의 나라에서 태어나고 그곳에서 살았습니다. 어머니의 뱃속을 나온 이래 늘 그 거인이 내 손목을 잡아끌었어요. 바로 환경이라는 그 거인이 말입니다. 나의 이런 삶 따윈 모르고 당신은 오직 내가 한 행위로써만 나를 판단하려고 합니다. 이런 마음까지는 안보이나 보죠? 당신의 눈에는 내가 얼마나 악을 혐오하는지 보이지 않습니까? 내 마음속에, 그동안 수없이 무시당했지만 그 어떤 궤변에도 흔들리지 않는 내 깨끗한 양심은 왜 못보는 거죠? 당신은 그저 나를, 보통의 인간으로서 모습, 즉 본심은 그렇지 않더라도 어쩔 수 없이 죄를 범하는 사람으로는 왜 알아보지 못하는 겁니까?"

"여태껏 당신이 한 말속에는 감정만이 가득합니다."

방문자는 차분한 목소리로 대답하였다.

"감정은 나와는 상관이 없는 것입니다. 당신의 기분이 어떠한가 하는 것 또한 내 영역은 아니죠. 더불어 당신이 만약 올바른 방향으로 인도된다면 나 역시 아무것도 걱정할 것이 없습니다. 하지만 시간은 빨리 흐릅니다. 하녀는 지금 길가의 사람들을 관찰하고 있죠. 게시판의 광고를 보면서 꾸물거리고 있긴 하지만 조금씩 집과 가까워지고 있습니다. 당신은 결코 교수대가 당신 쪽으로 가까워지고 있다는 것을 잊어서는 안 됩니다. 그러니 내가 당신을 도와 드리죠. 나는 무엇이든 알고 있어요. 돈이 어디있는지도."

"그것을 알려준 대가로 당신이 원하는 것은 뭡니까?"

“이건 그저 크리스마스 선물이에요.”

방문객이 대답하였다.

하지만 마크하임은 승리감에 취했고, 일순 쓰디쓴 미소를 지었다.

“나는 당신에게 어떤 것도 원하지 않습니다. 그러니 내가 받을 것도 없지요. 내가 지금 갈증이 나서 죽을 지경이어도 물주전자를 쥔 당신이 건네는 물은 거절할 용기도 있습니다. 이제서야 양심을 갖게 된 것처럼 보일지 모르지만, 나는 이제 더 이상 악에 몸을 의탁하지 않을 생각입니다. 그래서 당신에겐 아무것도 받고 싶지 않아요.”

“당신이 죽을 때가 가까이 왔을 때 참회하는 것에 대해서는 이러쿵저러쿵 하지 않습니다.”

방문객은 말하였다.

“당신이 그것의 효력을 안 믿기 때문이지!”

마크하임이 외쳤다.

“꼭 그래서 만은 아니오.”

방문객은 대답했다.

“하지만 난 여러 방면에서 그것을 볼 수 있습니다. 인생이 끝나면 흥미도 시들기 마련입니다. 나를 만든 건 바로 인간들이에요. 종교를 핑계 삼아 어두운 얼굴을 한다든가 꼭 당신 같이 욕망만을 쫓아 무력하게 살면서 밀밭에 독이 든 씨앗을 뿌려대죠. 그러고 나서는 죽기 직전, 구원을 앞에 두고서야 사람들은 딱 한 가지 도움이 될 만한 행동을 합니다. 즉 죽기 직전에야 자신이 저지른 죄를 뉘우치고 웃으며 죽어가는 겁니다.

그래서 살아남은, 나를 따르는 겁이 더 많은 자들에게 자신감과 희망을 불어 넣는 겁니다. 나는 생각만큼 그렇게 잔혹하지 않습니다. 나를 시험해 보세요. 내 도움을 한번 받아 보라니까요.

이제까지 해오던 것처럼 당신 인생을 즐기십시오. 아니 전보다 더 실컷 즐겨 보십시오. 식탁에서든 어디에서든 더 즐겨요. 그 뒤에 늙고 병들어 죽음이 가까이 오면 그때 당신에게 큰 위안이 될 말을 내가 해 드리지요. 양심과 타협해서 싸움을 해결하고 머리를 숙여 신과 화해하는 편이 훨씬 더 쉬운 일이라는 것을 당신도 물론 깨닫게 될 거고 말이오.

나는 방금 죽음의 자리에서 왔습니다. 죽음의 문턱에 가 있는 사람의 방은 진심으로 슬픔에 찬 사람들로 가득합니다. 그리고 죽어가는 이의 마지막 말에 모두들 귀를 기울이고 있었습니다. 연민이라는 감정 따윈 없던 그의 얼굴을 들여다보니 그제서야 비로소 희망에 차 웃고 있더군요."

"당신은 그럼 나와 그 사나이가 같다고 생각합니까?"

마크하임이 되물었다.

"사는 동안 수없이 많은 죄를 범하고도 죽을 때가 돼서야 슬쩍 천국으로 도망치려는 치사스런 사람으로밖에 안보는 겁니까? 그런 것은 생각만으로도 메스꺼워요. 당신이 만난 인간이란 고작 그런 인간들뿐이었습니까? 아니면 그런 더럽고 메스꺼운 것을 굳이 말하는 것은 피로 물든 내 손을 보았기 때문입니까?"

"살인은 내게 중요하지 않습니다."

방문객은 대답하였다.

"모든 죄는 살인과 같습니다. 모든 인생이 마치 싸움인 것처럼. 내 눈에는 당신 같은 인간들은, 뗏목 위의 배곯은 뱃사람들이 소로 빵 껍질을 뺏고 급기야 자기 혼자만 살겠다고 서로의 생명까지 위협하는 것처럼 보입니다. 나는 죄의 뒤를 쫓아갑니다. 그리고 어떠한 경우에도 그들 행동의 결과는 죽음으로 끝나는 것을 보고 맙니다.

내 눈에는, 무도회에서 그토록 얌전하고 예절바르게 부모를 대하던 귀엽고 사랑스런 소녀도 결국 당신 같은 살인자와 똑같이 사람의 피를 흘리게 하는 것이 보입니다. 나는 오직 죄의 뒤를 쫓아간다고 말했습니다만 반면에 선덕(善德)의 뒤도 따라갑니다. 죄악이든 선덕이든 간에 종이 한 장 차이 일뿐이에요. 그것은 모두 죽음이라는, 생명을 걷어 들이는 천사가 쓰는 큰 낫이지요. 악이 나를 살게 하지만, 그 악은 행위 속에 있는 것이 아니라 성격 속에 있습니다. 내가 사랑하는 것은 악한 성격을 지닌 사람이지 악한 행동 그 자체는 아닙니다. 우리가 악행의 결과를 알게 되는 것은 바로 큰 소리로 낙하하는 시간이라는 폭포의 가장 깊은 곳까지 내려갔을 때입니다. 아주 이상한 덕행의 결과보다 더 축복할 만한 것임을 그때서야 비로소 알게 되죠. 그러니까 당신의 도피를 내가 도와주려고 생각하는 것은 당신이 상인을 죽인 것 때문이 아니라는 것입니다. 바로 당신이 마크하임이라는 사나이기 때문이죠."

"내 마음을 있는 그대로를 당신에게 보여 드리죠."

마크하임은 대답하였다.

"당신이 본 이 범죄는 내 마지막 범죄입니다. 내가 이 지경이 될 때까지 나는 많은 교훈을 얻었습니다. 그리고 이 범죄 자체도 내게는 매우 중요한 교훈입니다. 나는 이제껏 반항심으로 행동했습니다. 늘 쫓기고 매 맞는 빈곤의 노예였기 때문입니다. 물론 어떤 유혹에도 견딜 수 있는 강력한 힘과 의지도 있겠지요. 하지만 어쩐지 견딜 수가 없었어요. 나는 오로지 쾌락에만 굶주렸던 겁니다. 하지만 이 행위에서 훈계와 재보(財寶), 즉 자기 자신이 되려고 하는 힘과 새로운 결의를 빼 버렸습니다. 이 세상의 자유로운 배우가 된 것입니다. 내 본모습을 바꾸고 선의 대리인이 되면 마음이 편안해지는 것을 어느 틈엔가 알기 시작했어요. 지난날의 그 무엇이 내 마음에 찾아왔던 것입니다. 안식일의 저녁, 교회의 오르간 소리를 들으며 꿈꾸던 것, 좋은 책을 읽고 감동에 젖어 눈물을 흘린 천진했던 어린 시절, 어머니와 얘기했을 때 예감한 그 무엇이 내 마음을 방문한 겁니다. 바로 그것이 진짜 내 모습입니다. 나는 몇 년 동안 정처 없이 헤맸습니다. 하지만 지금 내가 가야 할 곳이 어딘지 보이기 시작했어요."

"당신은 증권 거래에 이 돈을 쓸 작정입니까?"

방문객이 물었다.

"내가 틀리지 않는다면 당신은 아마 몇 천은 넘는 돈을 잃었을 텐데요."

마크하임은 말하였다.

"그렇지만 이번만은 확실합니다."

"당신은 이번에도 역시 돈을 잃고 말 겁니다."

방문객이 조용히 대답하였다.

"난…. 그러나 반은 남겨 둘 생각입니다."

마크하임이 대답했다.

"아니, 당신은 그 반도 또 잃고 말게 될 걸요."

방문객이 말하였다.

마크하임의 이마에서 식은땀이 났다.

"그래서 그게 어쨌다는 밀이오?"

마크하임이 고함을 질렀다.

"설령 당신의 말처럼 그것이 전부 없어진대도, 그래서 내가 다시 가난해진대도, 내 마지막 남은 일부분, 그 선(善)을 당신이 계속 유린할 수 있을까요? 나는 하나만 사랑하는 게 아니라 모든 것을 사랑합니다. 위대한 행위 그 자체, 헌신하는 마음을 가슴에 품을 수 있습니다. 내가 살인 같은 큰 범죄를 저지르긴 했지만 내 마음에 무엇이 있는지는 나도 알수가 있어요. 가난한 사람을 보면 그들을 불쌍히 여길 줄 압니다. 나만큼 그들의 고생을 잘 아는 사람은 또 있겠어요? 나는 그들을 불쌍하게 생각하고 어떤 때에는 그들을 돕기도 합니다. 애정을 소중하게 여길 줄도 알고 정직한 웃음을 사랑한다고요, 나도. 이 세상의 좋은 것과 진실한 것 중에 내가 진정 사랑하지 않는 것이 무엇인 줄 아십니까? 악덕만이 내 인생을 이끌고, 나의 선덕은 마음속에 간직된 일들을 아무것도 못한 채 쓰레기처럼 아무런 소용도 없이 잠자코 있어야만 하나요? 그럴리가 없어요. 선도 마찬가지로 행위의 근원입니다."

방문자는 그의 손을 들어 주었다.

"당신이 살아 온 36년 동안 변화가 심한 운명과 변덕스러운 마음으로 당신이 줄곧 타락해 가는 것을 나는 지켜보고 있었어요. 15년 전에 당신은 도둑을 보고는 놀랐습니다. 3년 전에는 살인범의 이름만 들어도 무서워했죠. 하지만 지금의 당신을 보세요. 당신이 꽁무니를 뺄 만한 범죄가 있을까요? 당신 마음속의 것보다 더한 잔혹함과 비열함이 있을까요? 앞으로 5년 뒤에는 당신을 현행범으로 볼 수 있을 것입니다. 당신은 계속해서 추락하고 있어요. 죽음 이외에는 당신을 멈추게 할 것은 아무것도 없을 겁니다."

"그건 사실입니다."

쉰 소리로 마크하임은 말하였다.

"물론 내가 어느 정도까지 악을 쫓았습니다. 하지만 그건 다른 사람도 마찬가지라고 생각합니다. 성인으로 받들어지는 사람조차 실생활에 있어서는 우아하고 아름다운 면을 점점 잃고 환경에 물들고 맙니다."

"간단한 질문 하나 하죠."

방문객이 말하였다.

"당신의 선악에 관한 별점을 당신이 하는 대답 여하에 따라 쳐봅시다. 당신은 이제껏 여러 면에서 타락하였습니다. 그렇게 된 데는 물론 당신 말처럼 다분히 어쩔 수 없는 상황 때문이었겠지요. 하지만 그것은 누구의 경우라도 마찬가지입니다. 어쨌든 당신은 혹시 아무리 작은 일이라도 왠지 당신이 하고 있는 일들이 불만족스럽지 않습니까? 아니면 어떤 일이든 전에 비해 극한 상황에 이르는 것을 늦추어 가면서 해보려는 편입니까?"

"무슨 특별한?"

마크하임은 고민하며 되풀이하여 물었다.

"아뇨."

그는 절망적이었다.

"특별한 경우는 하나도 없습니다. 나는 정말이지 모든 점에서 타락했어요."

"그러면?"

방문객이 다시 말하였다.

"현재의 당신에 대해 만족하면 그만이죠. 당신은 결코 변하지 않을 테니까. 인생이라는 무대에서 당신이 한 번 말한 대사는 두 번 다시는 지울 수 없어요."

마크하임은 한마디도 하지 않고 한동안 서 있었다. 그 침묵을 깬 건 방문객이었다.

"그러니까."

그는 계속 말했다.

"돈이 어디 있는지 가르쳐 드릴까요?"

"그리고 하나님의 은총이 있는 곳도?"

마크하임이 덩달아 외쳤다.

"하나님의 은총을 받고자 힘쓴 일이 당신에게도 있지 않았나요? 생각해 보세요. 2, 3년 전, 신앙부활운동의 회합에서 단상에까지 올랐던 당신을? 더욱이 그때 했던 찬양 소리 중에서 당신의 목소리가 가장 높았잖아요."

"예, 당신의 말 그대로입니다."

마크하임이 대답했다.

"내게 주어진 의무를 나 역시 똑똑히 알고 있습니다. 여러 가지로 가르쳐 주신 데 대해 나는 진심으로 감사합니다. 이제야 눈이 뜨이고 비로소 현재의 내 모습을 제대로 보았습니다."

그때 마침 현관에서 벨소리가 울렸다. 그러자 방문객은 미리 정해놓고 신호를 기다리고 있었던 것처럼 갑자기 태도를 바꾸었다.

방문객이 외쳤다.

"이봐요. 지금 하녀가 돌아왔습니다. 바로 지금 당신에게는 골치 아픈 일이 또 하나 생긴 것입니다. 당신은 지금 바로 하녀에게로 가서 주인이 쓰러졌다고 말해야 합니다. 왜냐하면 당신이 심각한 표정을 지어야 하녀가 안으로 들어올 것이 때문입니다. 절대로 웃어도 안 되고 또 너무 과장되게 심각해서도 안 됩니다. 내가 지금 말한 것을 명심한다면 성공할 수 있습니다. 일단 하녀를 집 안으로 들이는 게 중요합니다. 그러고 나면 당신은 얼마 전 상인을 처치한 것처럼 민첩하게 그녀를 제거할 수 있을 겁니다. 당신의 앞을 가로막는 마지막 위험을 그렇게 제거하는 겁니다. 그 이후의 모든 시간은 당신의 것입니다. 그때엔 아주 안전하게 이집 구석구석 숨겨진 모든 재산을 가질 수 있습니다. 이게 바로 위험이라면 가면 뒤에 숨겨진 당신에 대한 원조지요!"

그는 외쳤다.

"자, 당신의 생명이 저울 위에 매달려 있는 게 보이십니까?"

마크하임은 물끄러미 방문자의 얼굴을 바라다보았다.

"만약 나쁜 짓을 하는 것이 어떤 한 사람의 운명이라 해도."

그는 말하였다.

"그에게 열려 있는 자유로운 문이 하나는 있습니다. 내가 지금부터, 당신이 말 한 것과 같은 나쁜 짓을 할 수도 있고 또 하지 않을 수도 있습니다. 그리고 내 목숨이 나쁜 것이라면 나는 기꺼이 그것을 버릴 수 있습니다. 설령 당신의 갖은 유혹에 내가 넘어간다 하더라도 단호한 몸짓 하나로 아무도 손대지 못할 곳에 갈 수도 있습니다. 또한 내 안에 선을 사랑하는 마음이 완전히 고갈되어 버렸다 해도 여전히 악을 미워하는 마음쯤은 남아있다는 말입니다. 이런 내가 당신은 답답하고 실망스럽겠지만 오히려 거기서 나는 힘과 용기를 얻을 것입니다."

마크하임의 말이 끝나는 순간 놀라운 변화가 일어났다. 방문객의 얼굴이 애정에 깃든 승리감으로 인해 밝고 온화한 빛을 띠는 것이 아닌가. 그 뿐아니라 그의 주변으로 환한 빛이 생기더니 이내 사그라지는 빛과 함께 그도 사라지고 말았다.

마크하임은 그 변화를 지켜보며 묵묵히 지켜보기만 했다. 그리고 그 상황을 이해하려고 노력했다. 깊은 생각에 잠긴 채 그는 문을 열고 천천히 계단을 내려갔다. 그의 지난날들이 적나라하게 그의 눈앞을 스쳐갔다. 너무 추하고 치열해서 구토가 나는, 거기다 과오나 살인으로 엉망진창이 된 과거와, 방금 전 전개되었던 패배의 광경이 마치 꿈같이 뒤죽박

죽 섞여 떠올랐다. 과거를 회상하는 이 순간 삶은 더 이상 그를 유혹하지 않았다. 그리고 저 피안의 세계에 자신의 배를 정박시킬 조용한 항구가 있다는 것도 마침내 깨달았다. 마크하임은 복도를 걷다 그는 멈춰 서서 상점 안의 쓰러져 있는 시체를 바라보았다. 초는 여전히 시체 옆에서 타고 있었다. 기이한 침묵이 그 일대를 떠돌고 있었다. 상인의 시체를 바라보는 마크하임의 머릿속에는 여러 가지 생각이 떠올랐다. 또다시 벨소리가 울린 것은 그때였다.

이윽고 얼굴에 미소를 머금은 마크하임은 문을 열고 하녀와 마주보았다. 그리고 입을 열었다.

"당신은 지금 당장 경찰서로 가야만 해."

그는 계속해서 말했다.

"내가 당신의 주인을 죽인 사람이니까."

크리스마스 낮, 마크하임은 장물을 팔기 위해 들르곤 했던 골동품 가게를 찾아
간다. 마크하임은 결혼 선물이 필요해서 왔다고 하며 상점주인에게 물건을 골라
달라고 말한다.

상점주인이 손거울을 내놓자 마크하임은 범죄와 방탕을 회상하게 하는 저주스
런 물건을 내놓으냐고 하면서 다른 물건을 보여달라고 한다. 마크하임의 말에 상
점주인이 진열장에서 다른 물건을 골라 드는 순간 마크하임은 뒤에서 급습하여
그를 죽인다.

마크하임은 상점주인의 시체를 보고 극심한 공포감과 여러 가지 상념, 상점주
인에 대한 한 가닥 연민에 시달린다. 그러나 곧 이런 모든 생각을 떨쳐버리고는
살인의 목적이었던 돈을 찾기 위해 2층으로 올라간다. 무사히 객실로 들어간 마
크하임은 장식 선반 문을 열기 위해 열쇠 꾸러미를 찾는다. 이 때 밖에서 피아노
소리에 맞추어 찬양을 하는 아이들의 노랫소리가 들려온다. 마크하임은 그 소리
를 들으며 여러 가지 상념에 잠긴다.

누군가 계단을 올라오는 소리가 들려오더니 한 사나이가 문을 열고 나타난다.
그리고는 마크하임에게 미소를 보이며 하녀가 돌아오고 있다고 알려 준다. 그러
면서 자신을 아느냐고 물어보는 마크하임에게 오랜 전부터 마크하임을 보아왔다
고 한다. 그 사나이는 마크하임에게 자신의 도움을 받고 인생을 실컷 즐겨보라고
한다. 그러나 마크하임은 이 제안을 거절한다. 그때 외출했던 하녀가 돌아와 벨을
울리자 사나이는 마크하임에게 다시 살인을 하라고 부추긴다. 그 낯선 남자의 말
을 들으며 마크하임은 아직도 자신의 내부에 선이 있음을 깨닫는다. 그 순간 낯선
남자의 얼굴이 온화한 표정으로 바뀌면서 빛과 함께 사라진다. 다시 들려오는 벨
소리를 듣고 마크하임은 아래층으로 내려가 문을 열고는 하녀에게 자신이 상점주
인을 살해했음을 고백한다.

이 작품은 인간 내면에서 끊임없이 일고 있는 선과 악의 대결구도라고 봐도 무방한 작품이다. 그러나 끝끝내 선의 의지가 악을 누르고 구원의 가능성을 연다는 것이 이 소설의 백미라고 할 수 있다.

마크하임은 비참하고 처절한 환경 속에서 살아 자신의 내면까지도 악의 지배를 받게 되었다고 말하며 자신의 악행을 스스로 합리화시키려 했지만, 의인화된 악의 원천이 나타나자 그 앞에서 선의 강한 의지를 느낀다. 그리고 지금까지 잊고 살았던 자신의 본연의 모습을 발견하고 자신이 정말 가고 싶어하는 곳이 어딘지를 깨닫게 된다.

아무도 처음부터 악한 사람은 없고, 아무런 갈등 없이 한결 같이 선한 사람은 없다. 때문에 이 작품은 마크하임이라는 범죄자를 통해 인간은 늘 선과 악이 끊임없이 갈등하고 있는 존재라는 것을 보여주고 있다. 또한 인간에게는 선의 의지를 선택하는 착한 영혼이 있다는 희망적인 메시지도 전하고 있는 작품이다.

주 제

인간의 마음속에 내재한 선과 악의 대립, 인간의 끊임없는 물욕

1. '마크하임'을 읽고 난 뒤 마크하임에 대한 자신의 견해를 환경결정론의 관점에서 서술하시오.

2. 작가 로버트 루이스 스티븐슨이 '마크하임'이라는 인물을 통하여 말하고자 하는 바가 무엇이라고 생각하는지 서술하시오.

3. 마크하임에게 또다시 범죄를 저지르게끔 부추기는 인물의 정체는 작가가 무엇을 말하고자 만들어 낸 인물인지 생각하여 정리해 보자.

4. 마크하임은 처음부터 악행을 저지를 만큼 악인은 아니었다. 그가 왜 점점 악의 구렁텅이로 빠져들었다고 생각하는가?

5. 작가 로버트 루이스 스티븐슨의 또다른 작품으로 '지킬 박사와 하이드 씨'가 있다. '마크하임'과 '지킬 박사와 하이드 씨'를 비교해 보고 무엇이 다른지 서술하시오.

6. 마크하임은 결국 악행으로부터 벗어나고자 하는 의지를 가지게 된다. 근본적인 계기가 무엇이라고 생각하는가?

7. 이 작품을 읽고 인간에게 가장 필요한 것은 무엇이라고 생각하는지 자신의 견해를 서술하시오.

8. 마크하임은 자신이 범죄를 저지를 수밖에 없었던 것은 모두 주변 환경 때문이라고 하였다. 그러나 마크하임의 이 말은 모든 이들을 설득할 수 있는 말은 아니다. 마크하임의 이러한 말에 어느 정도 찬성하거나 또 반대한다면 무슨 이유 때문에 그러한지 생각하여 서술하시오.

크리스마스 캐럴

저자 소개　찰스 디킨스(Dickens, Charles John Huffam : 1812. 2. 7.~1870. 6. 9.)

영국의 소설가. 해군 경리국에 근무했던 하급관리의 아들로 태어났다. 아버지는 호인이었으나 경제관념이 희박하여 디킨스는 소년 시절부터 빈곤의 고통을 겪었으며, 학교에도 거의 다니지 못하고 12세 때부터 공장에서 일을 하였다. 자본주의 발흥기에 접어들던 19세기 전반기의 영국의 대도시에서는 번영의 이면에 극심한 빈곤과 비인도적인 노동(연소자의 혹사 등)의 어두운 면이 있었다.

이러한 사회의 모순과 부정을 직접 체험한 그는 가난에서 벗어나려고 갖은 노력을 다했다. 15세 때부터 변호사 사무실의 사환으로 일하였고, 이듬해 법원의 속기사 그리고 신문사의 통신원이 되어 풍속(風俗)의 견문(見聞) 스케치를 써서 보내는 직업을 갖게 되었다. 이런 것들을 모아 단편소품집 ‘보즈의 스케치’를 1836년에 출판함으로써 문학가로서 출발하였다. 1838년 ‘올리버 트위스트’로 폭발적인 인기를 얻어 작가로서 위치가 확고해졌다. 그 후 ‘니콜라스 니클비(*Nicholas Nickleby*)’, ‘골동품 상점(*The Old Curiosity Shop*)’, ‘크리스마스 캐럴’, ‘바나비 러지(*Barnaby Rudge*)’, ‘돔비와 아들(*Dombey and Son*)’ 등의 장편과 중편을 발표하여 문명(文名)을 더욱 떨치게 되었다.

1850년에 완결된 자서전적인 작품 ‘데이비드 코퍼필드(*David Copperfield*)’를 쓸 무렵부터 작품의 경향이 조금씩 변하기 시작하여 디킨스 후기의 특징이 두드러지게 나타났다.

　그는 대단히 많은 단편과 수필을 썼다. 한편으로는 잡지사 경영, 자선사업 참여, 소인연극(素人演劇) 상연, 자작의 공개 낭독회, 각 지방의 여행 등 참으로 쉴 사이 없는 정력적인 활동을 계속하였다. 1870년 그는 추리소설풍의 '에드윈 드루드(Edwin Drood)'를 미완성으로 남긴 채 세상을 떠났다. 그의 소설은 지나치게 독자에 영합하는 감상적이고 저속한 것이라는 일부의 비난도 있지만, 각양각색의 인물들로 가득 찬 수많은 작품에는 심각함에서 우스꽝스러움에 이르기까지 온갖 양태가 전부 묘사되어 있고, 그의 사후 1세기를 통해 각국어로 번역되어 셰익스피어 못지 않은 명성을 누리고 있다.

이 소설의 핵심 정리

갈래	중편소설
경향	사회소설
시점	3인칭 관찰자 시점
배경	크리스마스 전날 스크루지&마레 상점
의의	1843년 발표된 작품이다. 그 후 해마다 발표된 5편의 '크리스마스 이야기'의 제1작이며 그의 대표작 중의 하나이기도 하다.
특징	아이들에게 어른들이 곧잘 들려주는 동화의 성격을 가지고 있다. 동시에 '크리스마스 철학'이라고 흔히 일컬어지고 있다. 디킨스의 사회관·인간관을 단적으로 나타낸 작품이다.
등장인물	스크루지 – 주인공. 지독한 구두쇠이지만 자신의 과거, 미래의 모습을 보고 마음을 바꾸어 착한 사람이 된다. 마레 – 스크루지의 친구. 죽은 후 유령의 모습으로 스크루지 앞에 나

타난다.

과거 유령, 현재 유령, 미래 유령 - 스크루지의 앞에 나타나 스크루지의 과거, 현재, 미래의 모습을 보여준다.

프렛 - 스크루지의 조카. 스크루지를 항상 걱정해 준다.

보브 - 스크루지 사무실에서 일하는 점원.

구성　　발단 - 크리스마스를 앞두고 스크루지의 조카 프렛이 크리스마스를 함께 보내자고 사무실에 들른다. 그러나 스크루지는 매몰차게 내쫓는다.

전개 - 잠자리에 들려고 침실쪽 문으로 가는 스크루지 앞에 죽은 마레의 유령이 나타나 또 다른 세 유령이 나타날 것이라고 말해준다.

위기 · 절정 - 마레 유령이 사라지고 과거의 유령이 나타나 스크루지의 어릴 때와 젊은 시절의 모습을 보여준다. 뒤이어 현재의 유령이 나타나 스크루지를 데리고 조카 프렛의 집으로 가 스크루지에게 보여준다. 마지막으로 미래의 유령이 나타나 스크루지가 죽은 후 사람들이 스크루지에 대해 말하는 것을 들려준다.

결말 - 스크루지는 크리스마스의 진정한 의미를 깨닫게 된다.

▶ 읽기 전에 알아두기

이 작품은 남녀노소 누구나 할 것 없이 다 알고 있는 작품으로, 크리스마스가 되면 자연스럽게 떠올리게 되는 이야기이다. 자린고비 스크루지 영감은 아내도 조카도 안중에 없고 오로지 돈밖에 모르는 인색한 사람이다. 때문에 주위에 가까이 지내는 사람은 단 한 명도 없을 뿐만 아니라 누구도 스크루지와 가까이 지내려 하지 않는다. 이러한 인물이 우연한 사건을 계기로 서서히 변화되어 베풀고 나누는 기쁨이 무엇인지 알게 되는 과정은 가히 감동적이다. 우리 나라 민담 중에도 자린고비 영감, 놀부, 옹고집과 같이 스크루지 영감과 매우 닮은 인물들이 등장한다.

크리스마스 캐럴

(막이 열리면 징글벨, 루돌프 사슴코 음악에 맞춰 아이들, 어른들이 춤을 춘다.

스크루지가 다 꺼져 가는 난롯불 앞에 찬 손을 갖다 대고 입김으로 녹이면서 편지를 쓰고 있는 서기 보브에게 가끔 눈길을 보내고 있다. 난로에는 겨우 반딧불이 만한 불씨가 남았을 뿐이어서, 글씨를 쓰는 보브의 손이 덜덜 떨린다. 아무리 추워도 보브는 다시 석탄을 넣을 수가 없다. 스크루지는 석탄 삽을 자기 옆에 놓고, 보브가 석탄만 가지러 가면 언제든지 싫은 듯한 헛기침을 하며)

〔스크루지〕 에헴, 돈이 너무 들면 사무실을 닫아야 해…. (독백)

〔프렛〕 (프렛 들어오며) 메리 크리스마스! 아저씨 기쁜 성탄을 축하합니다. (명랑한 목소리로)

(얼굴을 들어 보니 스크루지의 조카 프렛이다. 안개와 혹독한 추위 속을 걸어온 탓인지 얼굴이 새빨갛게 얼어붙어 있었다. 눈은 반짝반짝하고, 말을 하고 숨을 쉴 때마다 입김이 하얗게 서린다.)

〔스크루지〕 뭐라구! 축하구 뭐구 시시한 소리 집어치워!

〔프렛〕 (어처구니없는 듯) 아니! 크리스마스가 시시하다뇨, 설마 정말로 그러시는 것은 아니겠죠?

〔스크루지〕 크리스마스 따위를 네가 그렇게 축하할 까닭이 어디 있니, 돈도 없으면서!

〔프렛〕 돈은 물론 없어요. 그렇다고 아저씨처럼 시무룩할 까닭은 없다고 생각해요.

〔스크루지〕 그러니까 난 네가 바보라는 거야! 도대체 크리스마스가 무슨 말인지 알고나 있니? 돈도 한푼도 없는데 빚은 갚아야지, 1년 동안 죽어라고 일을 해도 동전 한푼도 저축 못 하는 신세를 한탄하는 날이 바로 이 날 아니야? 난 크리스마스를 축하한다고 돌아다니는 바보 놈들이 모조리 죽이고 싶도록 얄미워.

〔프렛〕 (무슨 말을 하려고 하자) ….

〔스크루지〕 크리스마스는 네가 마음먹는 대로 축하를 하란 말이야. 그 대신 나는 내 멋대로 축하할 테니 상관 말고.

〔프렛〕 (이상하다는 듯이) 상관 말라고요?

〔스크루지〕 그야 내 마음이니까 상관 말란 말이야. (비꼬는 투로) 아마 너는 크리스마스의 덕을 톡톡히 보겠지.

〔프렛〕 (여전히 순진하게) 예, 저는 덕을 봅니다. 지금까지도 덕을 봤고 앞으로도 덕을 볼 것입니다.

〔스크루지〕 허허, 도대체 무슨 덕을 봤단 말이냐?

〔프렛〕 글쎄요, 뭐라고 하면 좋을까요? 크리스마스는 1년 중에서 제일 따뜻하고 정답고 또 즐거운 날입니다. 남자나 여자나 모두 한결같이 마음을 활짝 열고 자기보다 더 불쌍한 사람을 생각하죠. 가난한 사람이나 병을 앓고 괴로워하는 사람에 대해서도 남이 아닌 자기 친척처럼 걱

정을 해줍니다. 크리스마스라고 해도 제 주머니에는 돈 한푼 없지만, 저는 손해를 보지 않았습니다. 그러니까 저는 언제든지 큰소리로 말하죠. 메리 크리스마스! 라고 말이에요.

〔보브〕 (손뼉을 치며 맞장구친다) 메리 크리스마스!

〔스크루지〕 (고함을 지르며) 또 한 번 손뼉을 쳐보기만 해봐라! 너를 당장 내쫓아 버릴 것이니까!!

〔프렛〕 글쎄, 아저씨 그렇게 화를 내지 마세요. 그리고 내일 저희 집 만찬에 꼭 오세요.

〔스크루지〕 뭐라고, 그게 무슨 소리야? 왜 내가 너희 집에 가니?

〔프렛〕 (의아해서) 아니, 왜요?

〔스크루지〕 생각해 봐라. 넌 결혼할 때 내 허락이나 받았니? 아니 한 번이라도 나하고 의논이라도 한 적이 있기나 하니? 어디서 굴러다닌지도 모르는 계집애하고 마음대로 결혼을 해놓고 이제와서 너희 집에 오라고?

〔프렛〕 그렇습니까? 그럼 할 수 없죠. (슬픈 듯이) 그런데 어째서 아저씨하고 저는 사이좋게 지낼 수 없을까요?

〔스크루지〕 (태연하게) 그게 무슨 상관이야? 당장 돌아가거라.

〔프렛〕 아저씨가 그렇게 고집불통이시니 참 섭섭합니다. 크리스마스라 혹시 하고 왔는데…. 하지만 저는 단념하지 않겠습니다. 언제까지나 아저씨가 오실 때까지 기다리겠습니다. 그럼 부디 즐거운 크리스마스와 새해를 맞으시길….

〔스크루지〕 (화를 벌컥 내며) 글쎄, 시끄럽다니까! 빨리 돌아가!

(스크루지는 내쫓듯이 프렛을 밖으로 내몬다.)

〔프렛〕 (보브에게) 메리 크리스마스!

〔**보브**〕 메리 크리스마스!

〔**스크루지**〕 (비꼬는 투로) 쳇! 미친 녀석이 또 하나 있구나! 1주일에 겨우 15실링밖에 못 받는 가난뱅이가 메리 크리스마스가 다 뭐야?

(바로 이 때 문을 두드리는 소리가 들린다. 보브가 하던 일을 멈추고 문을 열어 준다. 이윽고 낯선 두 사람이 사무실 안으로 들어선다. 두 사람 모두 신사복 차림으로 손에는 장부와 서류 같은 것을 들고 있다.)

〔**신사**〕 (장부를 들여다보며) 여기가 스크루지&마레 상회입니까?

〔**스크루지**〕 예 그렇습니다만.

〔**신사**〕 실례지만 당신은 스크루지 씨입니까? 아니면 마레 씨입니까?

〔**스크루지**〕 마레 씨는 벌써 7년 전에 죽었어요. 7년 전의 크리스마스 이브, 바로 오늘 저녁에 죽었지요.

〔**신사**〕 그럼 왜 가게 이름을 그대로 두셨나요.

〔**스크루지**〕 간판을 고치려면 돈이 들지 않소?

〔**신사**〕 아, 그렇군요. 마레 씨의 넓으신 마음을 당신도 가지고 계시겠죠?

〔**스크루지**〕 흥! 마레 씨와 같은 넓으신 마음? 좋아하시네. 그래 무슨 일로 오셨소?

〔**신사**〕 (서류를 내밀며) 기부금 신청서입니다. 헐벗고 굶주린 불쌍한 사람을 위해 기부금을 부탁드리고 싶습니다. 그 돈으로 조금이라도 도움이 될 것을 사서 보내 주려고 합니다.

〔**스크루지**〕 돈! 오, 맙소사! 런던 시내만 해도 부모 없는 불쌍한 고아가 몇 천 명이나 됩니다. 또 의지할 사람이 없어서 어려운 생활을 하고 있는 노인들도 많습니다. 고아원은 없소? (혼잣말로) 이런 빌어먹을 놈들!

〔**신사**〕 많이 있죠.

〔스크루지〕 양로원은?

〔신사〕 있습니다.

〔스크루지〕 그럼 공짜로 밥먹여 주는 곳이 다 있단 말이군요.

〔신사〕 (힘없이) 예!

〔스크루지〕 그 말을 들으니까 맘이 좀 놓이는군.

〔신사〕 그럼 기부금은 얼마나 해주시겠습니까?

〔스크루지〕 기부금? 난 그런 것 모르오.

〔신사〕 그럼 남하는 대로 조금만 적으시지요.

〔스크루지〕 난 몰라요. 난 말이요, 크리스마스니 뭐니 하고 세상 사람들이 떠들어대는 것이 딱 질색이오. (혼잣말로) 아니 크리스마스가 밥먹여 주나? 아무튼 돈은 한 푼도 줄 수가 없소. 내 돈은 내가 피땀 흘려 번 돈이니까. (혼자서) 죽일 놈들!

〔신사〕 하지만 이 세상에는 가난하거나 병들어 고생하는 사람이….

〔스크루지〕 (벌컥 화를 내며) 그게 나하고 무슨 상관이야! 고아원, 양로원에 보내면 될 거 아냐! 난, 난 말야! 오직 돈 버는 일밖에는 몰라! 가난하고 병들고 어쩌구 저쩌구에 신경 쓸 겨를이 없단 말씀이야, 두 양반들 잘 아셨소? 알았으면 나가시오! (스크루지는 문을 가리킨다.)

〔신사〕 (사정하며) 그러시지 마시고 조금만 적으시죠.

〔스크루지〕 꺼지라니까! (서류 뭉치를 땅바닥에 던져 버린다.)

(두 신사 멈칫거리며 나가려 하자, 보브가 떨어진 서류를 주워서 신사에게 주며,)

〔**보브**〕 제 월급에서 갚기로 하고 저는 조금이라도 도와 주고 싶어요!

〔스크루지〕 야! 이 얼간이 망둥이 뼉다귀야! 제 코가 석 자나 빠진 놈이 불우 이웃 돕기는 무슨 놈의….

〔신사〕 정성은 고맙습니다만, 안녕히 계십시오. (퇴장)

〔스크루지〕 미친 놈들, 뭐 나더러 돈을 내라고, 흥! 내가 누군데?!

(멀리서 캐롤이 울려퍼지고 꼬마들의 캐롤송이 믹스 된다. 효과로 서로 인사하는 소리, 웃고 떠들며 서로 즐거워 하는 거리, 소음 혹은 잡음처럼 스크루지 혼자 서성이며 못마땅해 하는 몸짓, 손짓 등. 몹시 불쾌해 한다. 그때 교회 종소리가 울린다. 보브가 시계를 쳐다보며 스크루지의 눈치를 살핀다. 스크루지, 보브를 째려 보다가 가도 좋다는 신호를 한다.)

〔스크루지〕 (심술궂게) 자네도 내일은 쉬고 싶겠지?

〔보브〕 (머뭇거리며) 네, 성탄절 예배를 드리러 가야 하니까요.

〔스크루지〕 알았어! 그 대신 내일 하루 품삯은 제하는 거야

〔보브〕 하지만….

〔스크루지〕 잔소리 말고 빨리 가!

〔보브〕 (돌아서 가려다가) 기쁜 성탄을 맞으시기 바랍니다.

〔스크루지〕 (보브의 뒤통수에 대고) 흥, 건방진 녀석! 제 형편에 크리스마스라니, 크림 수프라고 해라.

〔보브〕 (머쓱하게 미소 지으며) 메리 크리스마스, 사장님! (퇴장)

(스크루지, 보브가 퇴장한 쪽을 살펴본다. 문 밖에서 어떤 사내가 캐롤을 부르고 있다.)

〔스크루지〕 (지팡이를 잡으며) 저리 가. 저리 가! (침을 퇴퇴 뱉는다)

(스크루지, 의자에 앉으며 신문을 뒤적이다가 생각이 난 듯 품안에서 돈 뭉치를 꺼내어 세어 본다. 만족한 듯 돈을 다시 품속에 넣고 하품을 하며 침실쪽 문으로 간다. 그때 침실 문이 스르르 열리며 마레의 유령이 서 있다. 마레의 얼굴은 누르스름하고 머리털은 곤두서 있어 무서운 모습이다. 안경 너머로 차가운 눈초리가 매섭게 빛난다. 스크루지 깜짝 놀라며 뒷걸음질치다가 마음을

가다듬고)

〔스크루지〕 헛개비를 본거야, 암! 그렇구 말구!

(스크루지 다시 문 쪽으로 가며 살핀다. 그러나 마레는 없다.)

〔스크루지〕 휴! 그러면 그렇지.

(방으로 들어온 스크루지, 방안을 살피며 이상이 없음을 확인하고 문을 잠근다. 잠옷으로 갈아 입고 침대에 눕는다. 잠시 전의 일을 생각하다 벌떡 일어나 방안을 서성인다. 그때 문에 달린 종이 딸랑거린다. 처음엔 약하게 그러다 점점 강하게 울린다. 불안해지는 스크루지 안절부절못하는데, 어디선가 떵그렁 떵그렁 하며 포도주 통 위로 무거운 쇠사슬을 질질 끄는 듯한 소리가 들린다.)

〔스크루지〕 유령이 나오는 집은 유령이 나올 때 쇠사슬 끄는 소리가 들린다는데….

(점점 공포에 질리는 스크루지. 이윽고 소리가 점점 가까워지며 문이 스르르 열린다. 순간 스크루지 기절할 듯한 충격, 바로 마레의 유령이다. 마레는 살아 있을 때와 같으나 몸에 열쇠, 빗장, 조그만 금고, 장부, 증서, 동전 따위가 매달린 줄이 있고 긴 사슬이 마레의 몸을 칭칭 감고 있다.)

〔스크루지〕 (떨리는 목소리로) 누구세요?

〔마레〕 이 세상에 살아 있을 때 마레라고 불렀지. 틀림없이 너하고 회사를 함께 경영했을 텐데?

(마레가 걸상에 앉는다.)

〔마레〕 넌 내가 진짜라고 생각지 않나?

〔스크루지〕 (부들부들 떨며, 그러나 단호히) 생각지 않지.

〔마레〕 내가 눈앞에 있어도 그런가?

〔스크루지〕 아! 눈에 보이는 것 따윈 믿지 않아. 차, 착각일 수도….

〔마레〕 그런가? 그럼 잘 보게.

(스크루지 얼어 붙은 듯 서 있고, 그 사이 마레 머리에 감은 붕대를 반쯤 풀며)

〔스크루지〕 무슨 볼일인가?

〔마레〕 볼일이 있지, 볼일이 있구 말구.

(스크루지 너무 무서워 의자에 올라 앉았다가 내려 앉으며,)

〔스크루지〕 용서해다오! 이 이상 나를 괴롭히지마. 제발 부탁이야!

〔마레〕 그럼 나를 믿지! 못 믿나!

〔스크루지〕 믿는다, 믿어! 그런데 어째서 분명히 죽은 자네가 여기 이렇게 찾아왔나?

〔마레〕 사람은 죽으면 영원히 돌아다녀야 한다. 그렇게 정해져 있어.

〔스크루지〕 왜 그런가?

〔마레〕 살아 있을 때의 자기의 잘못을 깨닫게 하는 거야! 그렇지만 벌써 난 늦었어. 죽기만 하면 아무 소용이 없어.

〔스크루지〕 그런데 자넨 온몸이 쇠사슬로 묶여 있구만 힘들겠네.

〔마레〕 아, 이거! 이건 내가 살아 있을 때 내가 만든 쇠사슬이야. 내 죄의 값이야, 흥. 나뿐이 아니야. 너 역시도 아주 무거운 쇠사슬을 몸에 감고 있군 그래. 그게 얼마나 무거운지 알고 싶지 않나?

〔스크루지〕 (온몸을 더듬어보며) 아무것도 없는데, 내 몸엔 쇠사슬 따위는 없어. (마레에게 바싹 다가서며 애처로이) 이것 봐, 친구야. 거짓말이지? 그렇지? 내게 좀 더 듣기 좋은 말을 해줘.

〔마레〕 난 그럴 시간이 없어. 바쁘단 말이야!

〔스크루지〕 시간이 없다고? 오, 제발!

〔마레〕 그럼, 그럼, 난 쉴 수도 없고 언제나 한 곳에 머물 수도 없어. 그리고 아무 데나 돌아다닐 수도 없어. 왜냐하면 이 세상에 살아 있을 때 오직 돈밖에 모르고 돈 계산하는 일 이 외에는 나간 적도 없기 때문

이지. 그래서 두고 두고 오랜 여행을 해야 한다네.

〔스크루지〕 7년 동안이나 그런 여행을 하고 다녔나?

〔마레〕 그럼, 쉬지도 않고….

〔스크루지〕 쯧쯧쯧. 7년 동안 얼마나 고생이 많았나?

〔마레〕 음, 그래서 자네에게 인생이 얼마나 짧은 것인가를 알려주고 또 한 번 실패하면 아무리 오랫동안 후회해도 소용이 없다는 것을 알리기 위해서 왔어.

〔스크루지〕 (온몸이 식은땀으로 범벅이 되고 질려 있다.)

〔마레〕 내가 여기 온 것은 너도 앞으로 정신만 차린다면 다시 좋은 사람이 될 수 있는 것을 알려 주기 위해서야.

〔스크루지〕 그럼, 그럼, 고맙네. 자네는 언제나 나에게 좋은 친구였지.

〔마레〕 그런데 앞으로 너에게 또 다른 세 유령이 나타날 거야.

〔스크루지〕 (펄쩍 뛰며) 뭐! 뭐! 뭐! 마레 유령이 나타나더니 또 무슨 유령이 나타난단 말인가? 그것도 셋씩이나 그게 무슨 말인가? 자세히 말해 주게.

〔마레〕 말해 주지. 오늘 밤 자네에게 세 명의 유령이 나타나. 바로 자네의 과거와 현재, 그리고 미래의 유령이지.

〔스크루지〕 무슨 말인지 난 도무지 알아듣지 못하겠네.

〔마레〕 호호호. 곧 알게 될 거야.

(스크루지 침묵한다.)

〔마레〕 오늘 밤 일어난 일은 잘 기억해 둬. 난 다시는 오지 않을 테니….

(그때 창 밖에서 신음소리 비슷한 소리가 울린다. 슬픈 소리, 아픈 소리, 스크루지는 듣기 싫어 괴로워하다 침대 속으로 숨는다. 마침 시계 종소리가 12시

를 알린다. 스크루지 벌떡 일어난다. 방을 서성이다가,)

〔스크루지〕 아니, 내가 잠든 시간이 2시였는데 아직도 12시라니….

(시계 소리 1시를 친다.)

〔스크루지〕 흥! 마레의 유령이 뭐라고 지껄였는지 모르지만 아마 내가 너무 피곤해서 헛깨비를 본거야. 틀림없이 젠장할….

(그때 과거의 유령 커튼 뒤에서 나타난다.)

〔스크루지〕 (기절초풍하며) 사람 살려!

〔과거〕 놀라지 마라! 난 자네의 과거 유령일세.

〔스크루지〕 (거의 울며) 뭐! 뭐라고요?

〔과거〕 뭘 그렇게 놀라나! 자, 날 따라와 좋은 곳으로 데리고 갈 테니까.

〔스크루지〕 자, 잠깐! 난 살아 있는 사람이오. 그러니까 그쪽으로 잘 못가면 나도 죽을 게 아니겠소?

〔과거〕 걱정마라. 절대 죽지 않을테니.

(두 사람 문을 나와 거리로 나선다.)

〔스크루지〕 앗! 여기는 내가 어릴 때 자라던 곳이 아닌가?! 난 어릴 때 여기 살았었어요.

〔과거〕 넌 이 근처 길을 잘 알고 있지?

〔스크루지〕 알고 있죠. 눈을 감고라도 갈 수 있어요.

〔과거〕 그래? 그럼 가 보세.

(두 사람 앞에 꼬마 하나가 외로이 앉아 있다. 바로 스크루지 어릴 때 모습이다. 외로이 동화책을 읽고 있다.)

〔스크루지〕 아니, 저건 어릴 때 나 아니야? 앗, '아라비안 나이트'에 나오는 알리바바로구나. 그래 나는 어릴 때 '아라비안 나이트'를 읽고 마음씨 좋은 알리바바와 그 하녀에게 감탄했었지. 그리고 저기 있는 파

란 앵무새, 저건 '로빈슨 크루소'가 섬 둘레를 작은 배로 한 바퀴 돌고 돌아올 때 가련한 '로빈슨 크루소'라고 불렀었지. (그때 꼬마 하나가 달려 간다.)

〔스크루지〕 아니, 저건 어릴 때 내 친구 프라이데이로군…. (잠시 침 묵. 스크루지 어린 시절로 돌아간 듯이 큰 소리를 지르더니 갑자기 흐느끼며 울음을 터트린다.)

〔스크루지〕 오, 나에게도 저런 어린 시절이 있었다니…. 미칠 것만 같 구나.

〔과거〕 왜 그러나?

〔스크루지〕 아무것도 아닙니다. 지난밤 내 사무실 창문 앞에 와서 크 리스마스 송가를 불러준 젊은이가 있었습니다. 나는 귀찮아서 소리지르 고 침까지 뱉었습니다. 좀 더 친절히 할 걸 후회하고 있습니다. 그 뿐입 니다.

〔과거〕 (만족스러운 듯 미소를 띠며) 자! 그럼 다른 크리스마스를 볼까?

(무대 한쪽으로 젊은 청년과 그보다 어린 소녀가 청년의 목에 팔을 감고 키 스를 하며 기쁜 듯 소리를 친다. 무언가 기쁜 일이 있는 듯 무척 다정해 보이며 즐거운 일이 있는 듯 하다.)

〔스크루지〕 (눈물을 글썽이며) 저건 내 누이 동생과 저 아닙니까? (동 생을 생각하듯) 누이 동생이 몸은 약했지만 착한 아이였죠. 그렇습니다. 정말 착한 누이 동생이었죠. 어른이 다 되어서 죽고 말았습니다.

〔과거〕 죽은 여동생에게 자식이 있다고 기억되는데 사낸가 여잔가?

〔스크루지〕 사내입니다.

〔과거〕 그럼 그 사람은 자네 조카로군.

〔스크루지〕 (거의 울다시피하며) 지난밤 제 조카 프렛에게 내가 너무

잘못했습니다. 마음이 아파요.

　〔과거〕(스크루지의 손을 잡고 거리로 나간다.)

　〔과거〕(유령, 어느 가게 앞에 서서 스크루지에게) 이 집을 아느냐?

　〔스크루지〕(자세히 살펴보더니) 앗! 페지위크 씨로구나. 죽었을 텐데…. 다시 살아났구나. 페지위크 씨가 초대한 무도회는 정말 대단했었지.(회상에 사로잡혀 허탈하게 웃으며) 허허 디크로군. 저 녀석은 나하고 사이가 무척 좋았었는데…. 그런데 참, 디크는 가난하게 죽었지. 이봐! 디크? (그러나 반응이 없다.)

　〔스크루지〕(유령에게) 왜 아무도 날 알아보지 못하지요?

　〔과거〕어떤가? 아주 시시하지?

　〔스크루지〕시시하다뇨? 절대 그렇지 않아요. 내게는 얼마나 소중하고 아름다운 추억인데요. 다시 한 번 저 시절로 돌아가고 싶어요. 아…. (괴로워하며) 우리집 사무원 보브에게 한마디라도 친절한 말을 했더라면 좋았을 텐데….

　(그 순간 무대가 금방 달라져 검은 상복을 입은 젊은 부인 옆에 스크루지가 서 있다.)

　〔부인〕당신은 저보다 돈이 훨씬 중요하단 말이죠?

　〔스크루지〕그럼 난 이 세상에서 돈이 제일 좋아. 가난만큼 괴로운 것은 없으니까!

　〔부인〕알았어요. 당신이 그런 생각이라면 돈하고 사세요. 저는 제 길을 갈 거예요. 안녕히 계세요.

　〔스크루지〕그만, 그만! 이제 그만! (스크루지 필사적으로 소리친다.)

　(과거의 유령에게) 저를 돌아가게 해주십시오. 부탁입니다.

　〔과거〕잘 봐 둬. 이게 오늘까지 살아온 당신 모습이야.

〔스크루지〕 더 이상 견딜 수가 없습니다. 제발 소원입니다. (스크루지 도망치듯 침대로 들어간다.)(잠시 후 방안을 두리번거리며 유령이 있나 없나 살핀다. 그리고 생각에 잠긴다.)

〔스크루지〕 어떻게 된 일일까? 서, 설마 또 오지는 않겠지?

〔현재〕 스크루지, 이리 오게.

〔스크루지〕 앗! 넌 또 누구냐?

〔현재〕 난 현재의 유령이다.

(현재의 유령은 흰 털 가죽 깃이 달린 초록빛의 큰 외투를 입고 넓은 가슴을 알몸으로 드러내놓고 있었다. 그리고 머리에는 번쩍 빛나는 호랑가시 나무관을 썼고 칼을 차고 있다.)

〔현재〕 자네는 나 같은 사람을 본 일이 있나?

〔스쿠루우지〕 아니요. 본 일이 없습니다.

〔현재〕 그럴테지. 자, 나를 따라오게.

〔스쿠루우지〕 (머뭇거린다.)

〔현재〕 따라와!

(무대 안쪽에 조카의 방이 보인다. 조카의 가족들은 하하 웃으며 화기애애하다.)

〔프렛〕 아저씨는 크리스마스가 시시하다고 하셨어. 불쌍한 분이지.

〔아이〕 싫어, 그 아저씨는!

〔부인〕 그런데 그분은 아주 큰 부자지요, 프렛?

〔프렛〕 그렇지.

〔프렛〕 그러나 돈은 많더라도 좋은 일에 쓰지 않으면 아무 소용이 없는 거지. 자! 자! 우리 재미있는 게임을 하자. 내가 스무 고개를 낼게. 첫 번째 힌트는 동물성.

〔부인〕 귀여운 동물입니까?

〔프렛〕 아니요. 귀엽기보다 보기 싫은 동물이죠.

〔아이〕 런던에 있습니까?

〔프렛〕 그렇습니다.

〔부인〕 집 안에만 있습니까?

〔프렛〕 아닙니다.

〔아이〕 걸어다닙니까?

〔프렛〕 그렇습니다.

〔부인〕 말입니까?

〔프렛〕 아닙니다.

〔부인〕 당나귀입니까?

〔프렛〕 아닙니다.

〔아이〕 곰입니까?

〔프렛〕 비슷합니다. 돼지하고도 비슷합니다.

〔부인〕 곰과 돼지와 비슷하다면 욕심꾸러기 사람입니까?

〔프렛〕 그렇습니다.

(마지막으로 프렛은 아들과 웃으면서 큰 소리로 말했다.)

〔부인〕 알았어요. 여보, 그건 스크루지 아저씨죠?

〔프렛〕 맞았어! 하하하!! (모두 유쾌하게 웃는다.)

〔프렛〕 그래도 스크루지 아저씨는 여러 가지를 우리들에게 가르쳐 주었지. 그러니 그분을 위해 축배를 하자. 건배! 스크루지 아저씨를 위하여. (박수 친다.)

(이 때 교회 종소리 울리며 프렛 가의 조명 꺼진다.)

〔현재〕 지상에서의 나의 목숨은 굉장히 짧지. 오늘밤으로 끝나 버리

니까.

〔스크루지〕 엣? 오늘 밤이라구요?

〔현재〕 그렇지! 오늘 밤까지만. 그러니 이제 시간이 얼마 남지 않았어. 스크루지 이것 좀 보게.

(유령은 옷자락 속에서 두 아이들을 밀어 냈다. 그 아이들은 너무나 쇠약하고 보기에도 아주 흉하다. 심술 궂고 욕심이 많아 보인다.)

〔스크루지〕 아니! 어디 아픕니까? (놀라서 뒤로 뒷걸음친다.)

〔현재〕 그렇지 않아!

〔스크루지〕 어째서 이 아이들이 당신 곁에 있습니까?

〔현재〕 풀어 놓으면 큰일이 나지. 그래서 내가 맡고 있어. 하지만 이건 인간들의 자식이지. 사내아이를 무지라 하고 계집아이는 가난이라고 부르지. 이런 두 아이를 조심해야 돼. 특히 사내아이는 더 조심해야 돼. 무지 다음에 오는 것은 열망이라는 것이 틀림없으니까.

〔스크루지〕 집이 없습니까?

〔현재〕 가난한 사람들이 낳은 아이들이지. 살 집도, 먹을 음식도 없는 애들이야. 교도소, 고아원이 이 아이들의 집이지. 어떤가? 고아원에 데려다 줄까?

〔스크루지〕 아, 아니오 용서해 주시오. 제발….

(스크루지가 고개를 들 즈음 유령은 보이지 않는다. 멀리서 교회의 종소리가 땡! 땡! 땡! 하고 울리면서 새까만 옷을 뒤집어 쓴 다른 유령이 천천히 다가온다. 그 유령의 머리와 얼굴, 몸이 보이지 않는다.)

〔스크루지〕 (놀라며) 당신은 또 누굽니까? 혹시 미래의 유령이 아닙니까? (겁을 먹은 표정으로.)

〔유령〕 (유령은 여전히 선 채로 대답을 하지 않고) 그렇지!

〔스크루지〕 저는 여지껏 만난 어떤 유령보다도 당신이 무섭습니다. 하지만 당신이 저를 위해 도움이 되는 일을 해주실 것을 알고 있고, 저도 옛날의 제가 아니라 새로운 스크루지가 되었습니다.

(무릎 꿇으며) 그러니 제발 저를 이끌어 주십시오. 시간이 자꾸 흘러 갑니다.

〔유령〕 (아무 말 없이) 손가락으로 가리킨다.

그곳에는 사나이들이 서로 말을 주고 받고 있었다.

〔가〕 아니 자네 아닌가?

〔나〕 그 놈이 드디어 죽었다지?

〔가〕 참 어처구니가 없군. 아니 그렇게 지독한 놈이 죽기도 하는군.

〔나〕 그야 사람의 앞날을 알 수가 있나? (하품을 한다.)

〔가〕 죽었다니, 장례식에 가보기나 해야겠구먼.

〔나〕 술이 나온다면 가보아도 괜찮겠지.

〔가〕 당신이 간다면 나도 가겠소.

〔나〕 그러면 이따가 만나세.

〔가〕 잘 가게!

〔스크루지〕 (고민에 잠긴다.) 도대체 누가 죽었을까? 여보세요! 도대체 누가 죽었소? 아니, 원 대답을 않으니 알 수도 없고…. 허 참, 저 사람들은 내가 안 보이겠지?

〔스크루지〕 (미래의 유령에게) 거, 도대체 죽은 사람이 누군지 좀 알려 주십시오.

〔미래〕 (말없이 스크루지의 손을 잡고 한쪽을 가리킨다.)

〔스크루지〕 (그 쪽으로 다가가 살피며) 흠! 여기 죽은 이의 비석이 있군. 어디 좀 볼까? 한평생을 저 혼자만을 위해 산 구두쇠 에버니저 스크

루지 영원히 잠들다. 영원히 잠들다? 에버니저 스크루지? 뭐! 뭐! 뭐라구? (크게 놀라며 부들 부들 떤다. 너무 질려서 그자리에 무릎을 꿇고 주저 앉는다.) 그럼 아까 죽은 사람은 바로 나였군요.

〔미래〕 그렇지, 바로 너야!

〔스크루지〕 아닙니다. 아니에요. 제가 아닙니다. 제가 아니에요. 들어보십시오. 저는 어제까지의 제가 아닙니다. 당신과 현재, 과거의 유령을 만나 그리고 또 마레의 유령이 나를 새 사람으로 만들었습니다. 제는 어제의 제가 아닙니다. 이제부터 착하게 살겠습니다. 제발 믿어 주십시오. 전 이제부터 크리스마스를 꼭 지켜 축하를 드리겠습니다. 지금까지의 일은 없었던 것으로 해주세요. (흐느끼며) 부탁합니다. 부탁합니다.

(서서히 암전되면서, 침대에서 헛소리 하는 스크루지)

〔스크루지〕 부탁합니다. 부탁합니다. 제발 없었던 것으로 해주세요. (잠이 깨 반쯤 일어나 앉으며) 자기 옷을 만져보기도 하고 더듬어보며 안도에 젖어 있다.

(이 때 낭랑히 울리는 크리스마스날의 교회 종소리.)

〔스크루지〕 아! 맑은 저 교회 종소리. 오! 마레 자네에게 감사드리네. 그리고 과거, 현재, 미래의 유령님들도요. 단 하룻밤 사이에 이렇게도 많은 것을 가르쳐 주신단 말인가? 그렇다면 정말 고마운 일이지. 올 크리스마스는 놓치지 않은 게 천만 다행이야. (스크루지 완전히 다른 사람이 되어 있다. 창문으로 가 창문을 열며 지나는 사람에게 인사한다.)

효과음으로 소리.

1 : 아니 저 영감이 웬 일이지?

2 : 해가 서쪽에서 뜨겠군.

3 : 혹시 죽을 때가 되서 노망 든 것이 아닐까?

4 : 그래, 그럴지도 몰라.

5 : 에이구, 저런 지독한 영감쟁이는 정말 처음이야.

〔스크루지〕 히히히. 그래, 나는 정말 지독한 영감이었어! 하지만 난 변했어. 앞으로 정말 착하게 살거야.

〔스크루지〕 (지갑에서 동전을 거내 창앞에 가며,) 어이!

〔소리〕 예! 저요?

〔스크루지〕 그래, 애야!

〔소리〕 뭐예요, 할아버지?

〔스크루지〕 저 길모퉁이에 칠면조 파는 가게를 알지?

〔소리〕 네, 알아요.

〔스크루지〕 그럼, 거기 가서 제일 큰 칠면조를 사서 우리 집에서 일하는 보브네 집에 주고 오겠니? 자, 여기 심부름 값이다. (동전을 건네 준다.)

〔소리〕 어! 할아버지, 어디 아프세요?

〔스크루지〕 어디 아프냐구? 하하하, 정말… 음, 정말 즐겁구나. 보브가 깜짝 놀라겠지? 가족들도 기뻐할 거야. 오! 마레, 정말 고마우이. 나를 구해줘서…. (다시 창가로 간다.) 어이, 신사 양반. 메리 크리스마스!

〔소리〕 메리 크리스마스!

〔스크루지〕 신사 양반. 바쁘지 않으면 좀 들어오시죠.

(신사 들어온다.)

〔스크루지〕 안녕하셨소? 어젯밤엔 정말 실례했소!

〔신사〕 네? 무슨 말씀이죠?

〔스크루지〕 저, 기부금 말인데 지금 해도 늦지 않겠죠?

〔신사〕 늦다니요? 원, 별말씀을…. (반색하며 품 안에서 서류 뭉치 꺼내

스크루지에게 준다)

[스크루지] (유쾌히 서명한 뒤 신사에게 돌려 준다.)

[신사] (서류를 보고 스크루지를 다시 본다.) 아니! 이렇게 많이…. 선생님 지금 장난….

[스크루지] (큰 소리로) 장난이라니?! 하하, 좀 작은 듯 싶으나 내 성의니 받아주시오.

[신사] 허! 이거 모를 일이군. 하여튼 감사합니다. (신사 고개 갸우뚱하며 퇴장.)

[스크루지] 음, 오늘은 즐거운 크리스마스. 옳지, 내가 아는 사람을 다 불러서 즐거운 크리스마스 파티를 열어야겠다. 그래, 모두들 즐거워할 거야. 내 친구 마레도…. 하하하. (암전)

(불이 밝으면 스크루지 사무실 가운데 큰 식탁이 있고 음식이 차려져 있다. 보브, 그리고 조카 내외와 아이들, 두 신사, 출연한 모든 인물 뒤쪽에 유령 셋과 마레가 서서 담소한다.)

[스크루지] 여러분! 오늘은 기쁘고 기쁜 크리스마스! 모두 축하합시다. 앞으로 여러분과 같이 즐겁고 보람차게 좋은 일하면서 살기로 했소!

(사람들 일제히 메리 크리스마스.)

[스크루지] 그리고 보브. 자네 여지껏 내가 준 적은 봉급 가지고 정말 힘들었지? 정말 미안하네. 앞으로는 월급을 두 배로 올려 주겠네.

[보브] 네? 사장님 정말이십니까?

[스크루지] (손을 잡으며) 그동안 미안했네!

[보브] (어리둥절해) 감사합니다. 감사합니다.

[스크루지] 여러분, 우리 크리스마스를 즐거이 보내고 모두 건강합시

다. 자! 모두 메리 크리스마스!

줄거리

　스크루지는 지독하게 인색한 구두쇠 영감이다. 12월 24일 스크루지의 조수 보브가 퇴근시간을 기다리고 있다. 스크루지는 스크루지&마레 상회로 찾아온 자선단체의 기부 요청을 거절한다.

　잠자리에 든 스크루지는 어디선가 들려오는 쇠사슬을 끄는 소리에 잠을 이루지 못한다. 그 소리는 점점 더 가까이에서 울리기 시작하고 긴 쇠사슬을 몸에 매단 유령이 나타나는데 그 유령은 스크루지의 친한 친구였던 마레였다. 마레는 자신이 살아 생전에 지은 죄 때문에 이 무거운 쇠사슬을 매고 다녀야 한다고 말한다. 그리고 스크루지의 앞에 과거의 유령, 현재의 유령, 미래의 유령이 나타날 것이라고 알려 준다.

　스크루지의 앞에 과거의 유령이 나타나 아직 꿈을 품은 소년이었던 시절의 스크루지, 친구 마레와 함께 스크루지&마레 상회를 세운 일, 돈과 사랑하는 부인 중 하나를 선택해야 했던 순간에 돈을 선택한 스크루지를 보여 준다. 그 다음 현재의 유령이 나타난다. 현재의 유령은 스크루지에게 현재 스크루지 주변에 사는 다른 사람들을 보여준다. 가난하지만 가족들과 행복하게 지내는 조카 프렛, 그의 가족들은 스크루지를 걱정해 준다. 가난한 여자와 결혼하겠다고 해서 스크루지에게 쫓겨난 조카의 사는 모습을 현재의 유령은 보여 준다.

　다음으로 미래의 유령이 나타나 스크루지에게 그가 죽은 후의 모습을 보여 준다. 초라하고 적막한 무덤의 묘비에는 '한평생 자기만을 생각하며 살아온 구두쇠 스크루지가 여기에 잠들다' 라고 씌어 있다. 스크루지는 그것을 보고 깜짝 놀란다. 스크루지는 세 명의 유령을 만나며 지금껏 자신이 살아온 인생을 후회한다.

　잠에서 깨어 집 밖으로 나온 스크루지는 지나가는 아이에게 오늘이 며칠이냐고 묻는다. 이에 아이는 오늘이 12월 25일, 크리스마스라고 알려준다. 스크루지는 새 사람이 되기로 결심하고 보브의 집에 이름을 밝히지 않은 채 칠면조를 선물로 보낸다. 또한 불우이웃을 돕는 성금도 낸다.

▶ 해설

이 작품은 누구에게나 감동을 주는 이야기로 동화적인 성격이 강하다. 찰스 디킨스의 사회관·인간관을 단적으로 나타낸 작품이며, 그의 많은 작품들 중에서도 단연 대표작으로 꼽힐 만한 작품이다.

지독한 구두쇠 스크루지는 하나밖에 없는 조카도 신경쓰지 않는 매우 인색한 인물이다. 하지만 생전의 친구였던 마레가 유령이 되어 나타나 그의 과거와 미래의 모습을 보여줌으로써 스크루지는 전연 다른 사람으로 변화되기에 이른다. 이 과정을 통해 스크루지는 인생의 참의미가 무엇인지를 깨닫게 되고, 결국 나누고 베푸는 기쁨을 알게 되어 생애 처음으로 크리스마스를 행복하게 맞는다.

이 작품은 크리스마스 정신을 형상화한 것으로 따뜻한 인정이 무엇인지 왜 필요한지를 보여주고 있다.

▶ 주제

인간의 잘못을 뉘우침으로써 완성되는 크리스마스 정신

▶ 생각해 볼 문제

1. 작가 찰스 디킨스는 '스크루지 영감'을 통해 삶에서 중요한 것은 결국 무엇이라고 말하고 있는가?

2. 스크루지 영감이 이전과는 다른 사람으로 다시 태어나게 된 계기는 무엇인가?

3. 스크루지 영감이 변화되기 전, 그에게 크리스마스는 어떤 날이었는가?

4. 스크루지 영감에게 고아원과 양로원은 어떤 곳인가?

5. 변화된 스크루지를 상징적으로 보여주고 있는 매개체는 무엇이라고 생각하는지 서술하시오.

6. 우리 나라 민담 중에도 스크루지와 같은 인물이 있다. 어떤 민담의 주인공인지를 밝히고 그와 스크루지의 공통점과 차이점을 찾아 서술하시오.

7. 이 작품이 오래도록 사랑을 받는 이유는 무엇일까?

8. 우리 시대의 스크루지는 어떤 모습일까?

생각해 볼 문제 해답 

크리스마스 선물 _ 오 헨리

1 오 헨리는 문학사적으로 비중 있는 작가는 아니다. 그러나 일부러 의도한 현실의 왜곡을 통해 평범한 사람들의 이야기를 따뜻하게 그려내고 있다. 또한 결말 부분에 이르러 갑작스런 반전을 통해 사람들이 느끼는 삶의 행복과 인간의 가치를 부각시키는 기법이 그의 소설이 가지는 큰 특징이다.

2 머리빗, 시계줄

3 희고 재빠른 손가락이 끈과 포장지를 풀었다. 그러자 기뻐 어쩔 줄 모르는 환성이 터져 나왔다.

4 반전(反轉)기법

5 이 작품이 가지고 있는 표현상의 특징은 크게 세 가지로 요약할 수 있다. 우선 단편소설에서 놓칠 수 있는 구성면에서의 허점을 잘 보완하고 있다. 즉 빈틈없는 탄탄한 구성을 바탕으로 오 헨리만의 독특한 문체를 구사하고 있으며 기지와 유머, 그리고 페이소스를 포함한 돌발적인 충격으로 결말을 유도하고 있다.

6 오 헨리는 미국 남부나 뉴욕의 뒷골목에 사는 가난한 서민들과 빈민들의 애환을 다채로운 표현과 교묘한 화술로 그린 점이 높은 평가를 받고 있다. 표현법에서 특히 독자의 의표를 찌르는 작품의 결말은 기교적으로 뛰어난 면을 보이고 있다.

7 작품 중간 중간에 드러나는 작가의 설교조의 교훈이 그러하다. 예를 들면, "이제 10초 동안 우리는 다른 방향에서 이것과는 관계가 없는 어떤 문제를 신중히 조사해 보기로 하자. 1주일에 8달러와 1년에 100만달 러 — 여기에는 어떤 차이가 있는가? 어떤 수학자나 현인이라도 여기에 대해서는 오류를 범할지도 모른다. 동방 박사는 많은 값진 선물을 가지고 왔지만, 그 선물 가운데에도 그런 해답은 없었다. 이 암흑에 싸인 얘기는 앞으로 해명되리라고 본다." 이 문장을 보면 작가가 내용의 흐름에 개입하고 있음을 알 수 있다. 이렇게 드러나는 작가의 개입을

통해 이 작품이 교훈적 성격을 가지고 있다는 평가를 내릴 수 있다.

8 플롯을 강조하는 기법은 다음과 같은 네 가지가 있다.

첫째, 위치를 강조하는 기법으로 서두, 절정, 결말 등 플롯의 단계를 강조한다. 김동인의 '광염소나타'의 경우 서두를 강조하고 있고, 모파상의 '목걸이'의 경우 종말을 강조하고 있다.

둘째, 중단 강조 기법은 사건을 전개시키다가 중단하고 다른 이야기를 하는 방법이다. 흔히 교차적 플롯이라고 한다.

셋째, 대조 강조 기법은 서로 대조적인 것을 그려서 어떤 성격을 뚜렷이 하는 강조법이다.

넷째, 놀라운 결말을 맺는 경악 강조 기법이 있다. 이 기법은 오 헨리 같은 단편의 대가들이 많이 쓴 기법이다.

마지막 잎새 _ 오 헨리

1 독자로 하여금 불행의 전조를 알리는 폐렴에 대해 더욱 사실적으로 느낄 수 있도록 하기 위해서이다.

2 잔시는 담쟁이덩굴에게 자신을 이입시켜 잔시 자신이 곧 담쟁이덩굴이라고 여긴다. 비바람에 곧 떨어져버릴 것만 같은 모습이 꼭 자신과 닮았기 때문에 그러한 감정이입이 가능한 것이다.

3 담쟁이덩굴의 잎이 하나씩 줄어들 때마다 자신의 생명 또한 조금씩 꺼지고 있다는 것을 느끼고 있는 모습이다. 삶에 대한 의지와 희망을 점점 잃고 있는 모습을 간접적으로 나타낸 것이라고 할 수 있다.

4 어떤 사물이든 사람이 감정이입을 하게 되면 그것은 단지 하찮은 물건에 머물지 않고 의미 있는 대상이 된다. 담쟁이덩굴 또한 잔시에게 자신의 처지와 똑같은 대상이라는 의미를 부여 받은 사물이므로 잔시에게는 단순한 담쟁이덩굴 이상이 되는 것이다.

5 삶의 의지이자 예술혼이 무엇인지 보여주는 인물로, 알코올에 젖어 산 실패한 화가이지만 생명이 꺼져가는 잔시를 위해 자신의 목숨을 바쳐 그녀의 생명을 다시 움트게 하였다. 바로 그 모습이 그가 그토록 원했던 걸작을 탄생시키는 순간이기도 하다.

6 오 헨리는 미국의 대도시 생활을 배경으로 서민들의 삶과 그들의 애환을 주로 다룬 작가였다. 그의 작품에 등장하는 주요 인물들은 가난하고 힘없는 존재들이다. 하지만 언제나 착하고 따뜻한 마음을 가진 인물들이기도 하다. 버만 노인도

오 헨리의 다른 작품에 등장하는 인물들과 같이, 대도시 뒷골목에 사는 가난하고 실패한 화가이지만 그는 따뜻한 인정을 가진 사람이다.

7 버만 노인이 목숨을 걸고 잔시의 생명에 힘을 불어넣기 위해 만든 그린 것이므로, 또한 그것으로 인해 잔시가 다시 생의 의지와 희망을 가지게 되었으므로 '걸작'이라 말한 것이다.

8 떨어지지 않은 마지막 잎새를 보고 삶의 의지와 희망을 되찾았기 때문이다.

9 삶의 의지를 다시 찾게 하는 것은 대단한 일이 아닐지도 모른다. 사람들의 따뜻한 마음에 감동을 받아 삶의 의지를 찾을 수도 있고, 누군가의 열렬한 응원으로도 삶의 소중함을 다시 느낄 수 있다.

10 오 헨리는 가난한 서민들의 생활을 주로 다루고 있다. '마지막 잎새'에서도 그가 그리는 인물들을 바라보는 시선이 언제나 따뜻하다. 이것은 곧 작가 자신이 삶에 대해 낙천적이고 따뜻한 시선을 가지고 있다는 말과 다르지 않다.

인생 유전 _ 오 헨리

1 5달러짜리 지폐를 통해 돈이란 돌고 도는 것이므로 인생에서 중요하지 않으며, 다만 진정한 사랑과 믿음만이 삶에서 가장 중요한 덕목이라는 것을 말하고 있다.

2 랜시 : 무뚝뚝하고 거칠어 보이지만 마음은 여린 남자. 아내에 대한 애정을 잘 표현하지 못하는 인물이다.
"…노상 남편하는 일에 바가지나 긁어대면서 밤에 잠도 못 자게 한다면, 이것도 영 빌어먹을 노릇입죠, 암 그렇고 말구요", "산골 사나이의 얼굴에는 아무런 감정의 동요도 드러나지 않았다. 그러나 그는 그 커다란 손을 내밀어 아리엘라의 갈색으로 그을린 가느다란 손을 붙잡았다…".
아리엘라 : 퉁명스럽지만 남편 랜시와 마찬가지로 마음속 깊이 그를 사랑한다.
"내 마음은 벌써 오두막집에 가 있어요, 랜스."

3 돌고 도는 5달러짜리 지폐는 인생에 참된 의미가 무엇인지를 생각하게 해주는 중요 소재이자 제재이다.

4 강도라 생각하기보다 아내의 위자료를 챙겨주기 위해 강도짓도 불사하는 랜시의 아내에 대한 사랑을 엿볼 수 있다.

5 얼룩무늬 암탉과 삐걱거리는 달구지

6 인생에서 그리고 부부 사이에서 진정으로 필요한 것은 돈이 아니라 서로간의 사랑과 믿음이다.

7 자본주의 사회에서 물질을 능가하는 것은 없는 것처럼 보인다. 하지만 인간을 이

루고 있는 것이 물질만이 전부가 아니듯 사랑과 믿음, 정의 등이 인생을 더 풍요롭게 만든다. 물질은 삶을 편리하게는 만들지만, 풍요롭게는 만들 수 없다. 물질만능시대에 필요하고 의미 있는 것은 여전히 정신적인 가치들이다.

검은 고양이 _ 에드거 앨런 포

1 주인공 '나'에게 불길한 일이 생길 것이라는 것을 암시하는 매개체임과 동시에 작품을 한층 괴기스럽고 공포스럽게 만드는 데 일조하는 중요한 소재이다.

2 이 작품의 내용은 어디서나 쉽게 경험할 수 있는 이야기가 아니다. 때문에 3인칭 시점에서 이 소설을 써내려간다면 긴장미가 떨어질 것은 자명한 일이다. 더구나 어느 특정 사람에게만 일어난 일이라고 했을 때 독자들이 느끼는 공포는 더욱 극대화되고 이것이 바로 작가가 의도하는 효과이기도 하다. 이 소설은 특히 주인공의 내면 세계가 중요한 모티브이자 소재이다.

3 1인칭으로 썼을 때 가장 효과적이지만 다른 시점으로 써야 한다면, 1인칭 관찰자 시점이 적당하지 않을까 한다. 이유는 작가의 다른 작품인 '어셔 가의 몰락'처럼 사건에 깊숙이 개입하지 않으면서도 그 보여지는 행동들에 대한 암시로도 공포스럽고 괴기스러운 분위기를 유지하고 이야기를 긴장감 있게 유도할 수 있기 때문이다.

4 흰 점이 시간이 갈수록 진해져간다는 것은 주인공이 날이 갈수록 악의 화신으로 점점 변해간다는 것을 암시하는 대목이라 할 수 있다. 때문에 그 흰 점이 점점 진해짐에 따라 주인공이 느끼는 공포는 자신의 그러한 변화를 스스로도 제어할 수 없기 때문에 느끼는 공포라고 할 수 있다.

5 양심을 외면하는 행위이다. 당장 눈에서 사라졌기 때문에 주인공은 자신의 악한 감정을 바라보지 않아도 되기 때문이다.

6 1) 따뜻하고 인정이 많았을 때의 주인공
   "성격이 어찌나 유순했던지 남의 눈에 크게 띄었으며, 친구들에게 놀림감이 되었을 정도였다. 나는 동물을 유난히 좋아해서… 부모님이 그런 나를 위해 여러 가지 애완동물을 사주셨다…."
   2) 결혼 후 여러 애완동물과 함께 검은 고양이를 기른 후
   "결혼 후 음주벽으로 인해 성격이 나날이 침울해졌고 화를 잘 내며 다른 사람의 기분 따위는 개의치 않게 되었다… 끝내는 아내에게 폭력을 행사하기에 이르렀다."
   3) 술에 취한 어느 날 밤

악마 같은 분노가 순식간에 '나'를 사로잡아 주머니의 칼로 가엾은 고양이의 한쪽 눈알을 도려냈다. 그리고 얼마 후 역시 술에 취해 한쪽 눈의 고양이를 목 매달아 죽인다.

　4) 술집에서 흰 점의 고양이를 만난 후

　아내는 흰 점의 고양이가 한쪽 눈의 고양이와 같이 한쪽 눈이 없자, 그 고양이를 더욱 사랑하게 되고 이것은 나로 하여금 아내를 살해하도록 종용하였다. 더욱더 악의 화신으로 변해가는 자신의 모습에 공포스럽지만 자신의 죄를 뉘우치기보다 아내의 시신을 감쪽같이 숨긴 데 대해 의기양양해 하는 엽기적인 모습이 보인다.

7 검은 고양이의 이름이 그리스 신화에서 명계(冥界)의 신, 즉 죽은 자들의 신 플루토라는 것, 한쪽 눈알이 없는 고양이의 모습을 자세히 묘사하고 있는 점, 불탄 벽에 찍힌 고양이의 모습 등이 그렇다.

8 인간이 얼마나 나약해질 수 있으며 또 그로 인해 얼마나 악인이 될 수 있는지를 주인공 '나'를 통해 보여주고 있다. 이는 인간 내면이 선과 악 어느 하나로 이루어진 게 아니라 선과 악이 내면에서 끊임없이 들끓는다는 것을 보여주고 있다.

9 낯설음과 기괴미 혹은 엽기적인 소재들을 통해 많은 예술가들이 자신들의 예술론을 펼친다. 19세기의 사드, 현대에는 칸 영화제에서 황금종려상을 받은 '나라야마 부시코' 등이 있다. 이들은 엽기적인 소재를 통해 기존 질서에 대한 반항을 이야기했고 한편 또 인간 본능을 심도 있게 그리고 있다. 이 작품과 같이 단순히 엽기적인 소재만으로 독자들을 현혹하는 것이 아니라 인간의 내면을 사실적으로 그려내기 때문에 예술로서도 인정받을 수 있는 것이겠다.

어셔 가의 몰락 _ 에드거 앨런 포

1 "석조로 된 건물은 그 어느 부분도 허물어지지는 않았다. 그러나 건물의 각 부분이 서로 꽉 짜여져 있는 상태와 개개의 돌이 허물어져 깨질 것같이 된 상태와의 사이에는 뭔가 기괴한 부조화가 있는 것같이 생각되었다. 마치 지하 납골당의 겉은 멀쩡하지만 이미 썩어버린 헌 나무관을 보는 것같이 이미 버려진 채 전혀 돌보지 않은 것 같았다. 그러나 이런 기괴한 느낌을 제외한다면 건물에서 무엇 하나 위험한 모습은 보이지 않았다. 미세한 금 하나가 지붕에서 번개 모양으로 벽을 탁 내려와 물 속으로 사라지고 있는 것을 빼고는 말이다."

2 "누이가 죽으면, 그러면 난 어셔 가의 피를 이어받은 아무런 희망도 없는 유일한 인간이 되는 것이라네."라는 대화에서 알 수 있듯 어셔에게는 유일한 의지의 대

상이다.

3 어셔는 지금 정신적으로 매우 병약한 상태이다. 불특정한 대상으로부터 끊임없이 공포와 두려움을 느끼고 있으며 정신적으로 불안한 상태라는 것을 그와 같은 행동에서 유추할 수 있다.

4 "미세한 금 하나가 지붕에서 번개 모양으로 벽을 탁 내려와 물 속으로 사라지고 있는 것을 빼고는 말이다."

5 작품의 주제를 함축적이며 효과적으로 드러낼 수 있다. 이 작품에서는 잘 표현되지 않은 어셔의 상태를 그나마 간접적으로 보여주는 단서의 역할을 한다.

6 공포와 불안, 그리고 두려움이 이야기의 주조를 이루는 이와 같은 작품들은 마지막까지 독자로 하여금 극적 긴장을 유지시킨다. 이와 같이 극적 긴장을 위해 마지막 반전을 의도적으로 설정하였을 것이다.

7 바로 묘사이다. 불안, 공포와 같은 감정은 말로 설명하는 것보다 그러한 감정을 구체적으로 묘사하는 것이 읽는 이로 하여금 더욱 극적인 공포를 느끼게 한다. 또한 묘사는 인물을 형상화해내는 데 매우 큰 역할을 하기 때문에 에드거 앨런 포의 많은 작품에서는 묘사법을 주로 쓰고 있는 것이다.

8 1) 1인칭 주인공 시점

주인공 '나' 가 자신의 이야기를 하는 경우이다. 인물과 서술의 초점이 일치하며 독자에게 신뢰와 친근감을 준다.

'검은 고양이' 는 인간의 내면 세계가 중요한 모티브이자 소재이기 때문에 1인칭 주인공 시점으로 해야 함축적으로 주제를 드러낼 수 있는 것이다.

2) 1인칭 관찰자 시점

작품 속의 '나' 가 관찰자의 입장에서 주인공에 대해 이야기하는 경우이다. 이야기는 '나' 의 눈에 비친 대로 전개된다.

'어셔 가의 몰락' 은 사건에 깊숙이 개입하지 않으면서도 그 보여지는 행동들에 대한 암시로도 공포스럽고 괴기스러운 분위기를 유지하고 이야기를 긴장감 있게 유도할 수 있기 때문이다.

큰 바위 얼굴 _ 나다니엘 호돈

1 '큰 바위 얼굴' 에 대한 예견은 그 마을에서 매우 오래 전부터 전해 내려오는 이야기이다. 옛날 옛날, 이 골짜기에 살던 아메리칸 인디언들 역시 그 조상들에게 전해들은 이야기라고 하니 매우 유구한 역사를 가진 예견이라 할 수 있다. 때문에 이 마을의 많은 사람들, 즉 노인뿐만 아니라 젊은이들 또한 열렬한 희망과 변

치 않는 신념으로 이 예언을 믿고 있다. 대단한 거상이나 유명한 정치인과 같은 사람들이 마을에 나타나면 큰 바위 얼굴과 비교하는 것 또한 마을 사람들이 이 예언을 얼마 만큼 믿고 기다리는지 알 수 있는 대목이다.

2 작가는 이 작품을 통해 언행일치의 삶이야말로 도덕적으로 최고의 덕목이라고 이야기하고 있다. 작가가 살던 시대는 미국의 청교도 입장이 강경하던 시대였다. 때문에 도덕적으로 청렴한 인간이야말로 최고의 인간상으로 인정받던 시대였다 이러한 시대 배경과 맞물려 위대한 인물이란 부나 명예를 지닌 사람이 아니라 일 상 속에서 얼마나 진실하며, 말과 행동을 함께 하는 사람이 진짜 위대한 사람이 라는 것을 형상화한 것이다.

3 개더골드 : 뉴포트 출신의 사업가. 돈을 모으는 데 비상한 재주를 가진 백만장자 였기 때문에 그를 큰 바위 얼굴과 닮은 위대한 인물이라고 생각했지만 불쌍한 거 지에게 베풀 줄 모르는 그는 위대한 인물은 아니었다는 것이 곧 밝혀진다.

올드 블러드 앤 선더 : 뉴포트 출신의 위대한 장군. 갖가지 경험과 풍상을 겪어 의 지가 강한 인물이라 위대한 인물이라 여겼지만 그 또한 곧 큰 바위 얼굴과 닮은 이는 아니었다.

올드 스토니 피즈 : 뉴포트 출신의 정치가. 뛰어난 화술로 청중을 사로잡지만 진 실함은 없으므로 그 또한 위대한 인물은 아니었다.

4 단적으로 말하자면, 바로 언행일치이다. 말과 사상, 그리고 그것의 일상적인 실 천을 이루는 이들이야말로 위대한 사람들이다.

5 주인공 어니스트가 바로 예견에 등장하는 큰 바위 얼굴과 닮은 존재라는 것을 알 려주는 인물

6 개더골드 : 불쌍한 거지에게 베풀줄 모르는 인색한 사람이기 때문이다.

올드 블러드 앤 선더 : 선량하고 지혜가 깊고 넓고 따사로운 자비심은 찾아볼 수 가 없기 때문이다.

올드 스토니 피즈 : 장엄함이나 위풍, 신과 같은 사랑의 위대한 표정을 찾아볼 수 없기 때문이다. 또한 현실성이 없는 공허한 목적만을 지니고 있어 우울한 얼굴빛 또한 깃들어 있기 때문에 큰 바위 얼굴과 닮았다고 할 수 없다.

7 어니스트의 말은 자신의 사상과 일치되어 있었고 또한 자기의 일상생활과 조화 로워 현실적이면서도 깊이가 있기 때문이다.

8 큰 바위 얼굴이 인위적으로 깎은 조각상이 아니라 자연적으로 이루어진 형상이 라는 것, 가까이에서는 보이지 않지만 멀어질수록 그 형상이 뚜렷해진다는 표현. 이런 표현들이 바로 어니스트의 일생을 상징하고 비유하는 것이다.

9 등잔 밑이 어둡다 – 바로 큰 바위 얼굴이 있는 마을에 사는 어니스트가 예견이

말하는 인물일 것이라고는 아무도 몰랐기 때문이다.

언행일치 – 말과 행동이 일치한다는 뜻의 사자성어로, 이 작품의 주제어이기도 하다.

뚱뚱한 신사 _ 워싱턴 어빙

1 일반적으로 소설이라고 하면 인물에 대한 묘사가 아주 뚜렷하고 상세하게 나온다. 하지만 이 작품의 주요 인물인 뚱뚱한 신사에 대해서 어떤 정보도 제공하지 않고 그의 주변적인 것들에 대해서만 이야기하고 있다. 이것이 바로 일반소설과 다른 점이자 이 소설만의 특색이라 할 수 있다.

2 작가 워싱턴 어빙은 독자를 자신의 상상 속으로 이끌고 자신의 의도대로 독자가 따라와 주기를 원하고 있다. 이러한 구성을 통해 그는 새로운 글쓰기를 이루었고 또 독자들에게 색다른 흥미를 유발시키고 있는 것이다.

3 이 작품은 인간관계의 단절을 조명한 작품이다. 때문에 짧은 분량 안에서 이 주제를 효과적으로 형상화해 내기란 사실상 불가능하다 할 수 있다. 그러나 인간생활의 결함, 불합리, 허위 등에 가해지는 기지 넘치는 비판적이면서도 조롱할 수 있는 요소를 가미하면 작가가 드러내고자 하는 주제를 더욱 강조할 수 있고 또 효과적으로 드러낼 수 있다.

4 인간관계에서 타인이 타인을 이해하기가 얼마나 어렵고 또 쉽지 않은 일인지를 보여 주기 위해서이다.

5 우리가 타인에 대해 알아가고 또 이해한다는 것은 어쩌면 애초부터 불가능한 일인지도 모른다. 하지만 많은 이들은 인간관계를 맺어가고 또 그 안에서 위안과 공감과 행복을 느낀다. 그것은 스스로 먼저 타인에 대해 열린 마음으로 대할 때 가능한 일일 것이다.

6 소설 작품에서 일반적으로 사용되고 있는 인물 묘사법은 직접 묘사이다. 즉 '~의 얼굴은 ~하고 성격은 ~하며, 직업은 어떻다' 는 식으로 묘사되고 있다. 이러한 기법은 인물의 성격을 분명하게 규정함으로써 소설의 방향도 그와 같이 뚜렷하게 나타난다. 하지만 간접묘사는 말 그대로 간접적으로 인물을 드러내기 때문에 독자가 인물의 성격을 규정짓기가 매우 어려움과 동시에 작품이 어느 방향으로 흘러갈지 알 수 없다. 이 작품처럼 오로지 작가가 의도한 대로 독자는 이끌려 갈 수밖에 없다.

7 장님 코끼리 만지듯 한다.

장님이 코끼리가 무엇인지 알지 못하면서 말하듯이 우리는 타인에 대해 어떤 이

해도 완전히 할 수 없지만 늘 모두 아는 것처럼 이야기하고 있다는 점에서 이 작품과 상통하는 속담이라 할 수 있다.

행복한 왕자 _ 오스카 와일드

1 가난 속에서 자신의 모든 것을 나눠주는 헌신적인 사랑에 대해 이야기하고 있다.

2 행복한 왕자 : 어느 도시의 높은 기둥에 서 있는 조각상. 이집트로 날아가는 도중에 자신의 두 발 사이에 앉은 제비를 시켜 자신이 도와 주고 싶은 사람들에게 자신의 몸을 감싸고 있는 보석을 갖다 주게 함으로써 사랑을 실천하는 인물
제비 : 행복한 왕자를 대신하여 사람들에게 왕자의 몸에 있는 보석을 전해주는 역할을 한다.
시장 : 명예욕에 눈멀고 돈밖에 모르는 인물
시 의원들 : 권력에 아첨하며 당장 필요가 없다고 느껴지는 것은 가차없이 버리며 자신을 과시하기에 바쁜 인물

3 자신의 몸에 붙어 있는 금붙이들을 불쌍하고 가난한 많은 이들에게 나누어줄 때 비로소 행복을 느낀다.

4 우리들은 가까운 사람들에게 선물을 하거나 또는 큰 도움을 주었을 때 알게 모르게 뿌듯한 감정을 느끼곤 한다. 그것이 바로 행복의 기원이며 원천이다. 누군가에게 도움이 된다는 것은 바로 그런 행복을 느끼게 하는 것이다.

5 실버스타인의 '아낌없이 주는 나무' 는 진정한 사랑이 무엇인가를 일깨워 주는 나무의 아름다운 이야기이다. 개인주의가 팽배해 있는 현대인들에게 베푸는 아름다움이 무엇인지 알게 해주는 작품이다.

6 버려진 왕자의 심장과 제비의 사체. 많은 이들에게 아름다운 마음으로 자신을 희생하면서까지 베푸는 이들의 행위가 무엇보다 고귀하기 때문이다.

7 시장 : 명예욕에 눈멀고 돈밖에 모르는 인물
시 의원들 : 권력에 아첨하며 당장 필요가 없다고 느껴지는 것은 가차없이 버리며 자신을 과시하기에 바쁜 인물
배금주의는 돈을 가장 소중한 것으로 여겨 지나치게 돈에 집착하며 돈으로 무엇이든 할 수 있다고 믿는 것을 말한다. 지나치게 돈을 숭배해 이기주의가 팽배하면, 돈이 있는 사람은 강자로 여기고 돈이 없는 사람은 약자로 여기게 된다.

8 다른 사람을 도와 주었을 때 느끼는 행복감을 이야기하고 있는 것이다.

9 손이 온통 바늘에 찔린 가난한 여자 : 행복한 왕자의 칼자루에 있는 루비로 도와 줌.
다락방의 청년 : 사파이어로 된 눈알을 뽑아서 도와 줌.

성냥팔이 소녀 : 또다른 눈알을 뽑아서 도와 줌.

거지와 굶고 있는 아이들 : 행복한 왕자의 몸을 감싸고 있는 얇은 순금 조각을 벗겨서 도와 줌.

10 제비는 진정으로 남을 도와주었을 때 느끼는 행복감이 어떤 것인지 알고 느꼈다. 때문에 친구들과 함께 편히 쉴 수 있는 이집트로 가지 않은 것이다.

헌신적인 친구 _ 오스카 와일드

1 한스라는 인물을 통해 자기희생적이며 우정 자체에 대한 신의가 가장 중요하다고 말하고 있다.

2 진정한 우정은 자신의 편의만을 생각하는 것이 아니다. 우정을 위해 무엇을 할 수 있고 없고가 중요한 자세인 것이다.

3 헌신적인 친구에 관하여 자신의 견해를 서술하면 된다. 어떤 사람에게는 헌신적이기만 한 친구가 부담스러운 존재일 수도 있고, 어떤 이에게는 그런 자세의 친구가 진정 의미 있는 친구일 수도 있다.

4 허름한 수레를 빌미로 하여 한스를 자신의 편의를 위해 마구 부린다. 허름한 수레는 얄팍한 우정을 과시하고 또 이용하기 위한 매개체이다.

5 견강부회 – 전혀 가당치도 않은 말이나 주장을 억지로 끌어다 붙여 조건이나 이치에 맞추려고 하는 것을 비유한 말

아전인수 – 제 논에 물 대기라는 뜻으로, 자기에게만 이롭게 되도록 생각하거나 행동한다는 말

6 진정한 우정이 무엇인지를 깨우치게 하려는 의도에서 이야기한 것이라 할 수 있다.

7 액자소설이란 이야기 속에 또 하나의 이야기가 액자처럼 끼어들어 있는 소설로, 액자의 틀 속에 사진이 들어 있듯이 하나의 이야기 속에 또 다른 이야기 구조가 들어 있는 것이다. 즉 외부 이야기 속에 내부 이야기가 들어 있는 구성 방식으로, 외부 이야기가 액자의 역할을 하고 내부 이야기가 핵심 이야기가 된다.

8 한스 – 홍방울새 : 자기희생적이며 진정한 우정이란 무엇인지 그 자신의 고민과 행동으로 보여 준다.

방앗간 주인 – 물쥐 : 자신이 우정을 위해 하는 만큼 보상받길 원하며 또 자신의 편의를 위해 우정을 이용한다.

가든파티 _ 캐더린 맨스필드

1 생의 이면을 보여주는 장치로서 기능한다. 로라가 주최하는 파티를 준비하는 가운데 바로 옆동네에 사는 가난한 마차꾼의 죽음을 통해 세상의 불행은 나와 멀지 않은 곳에서 항상 존재하고 있다는 것을 보여 준다.

2 주변 사람들의 기대를 저버릴 수가 없어서이다.

3 세리던 부인 : 로라의 어머니로 부유층의 가치관을 잘 대변하고 있는 인물이다. 그녀는 가난한 마차꾼의 죽음 따위는 안중에도 없다.

조스 : 이기적이고 계산적이다. 때문에 타인의 불행에는 관심조차 없다.

4 이 작품의 주제인 우리 인생에 공존하는 행복과 불행의 대비를 단적으로 보여 주는 말이다.

5 바구니와 레이스 달린 옷 : 알량한 양심을 드러내고자 먹다 남은 음식으로 채운 바구니와 레이스가 치렁치렁하게 달린 사치스러운 옷이 부끄러웠던 것이다.

6 힘들어 보이는 악사들을 두고 아버지에게 말하는 대목을 통해 악사들에 대한 동정과 연민을 느낄 수 있다. "악사들에게 뭔가 마실 것 좀 갖다 드려야 하지 않을까요?"

7 이 작품은 죽음의 그림자가 삶에 보이지 않게 드리워지 듯, 찬란한 아침 햇빛과 저녁의 어둠이 교차하는 기하학적인 구도가 예측할 수 없는 비극적 삶의 무드와 신비를 투명하게 불러일으키는 데에 있다. 그러나 이 작품이 우리에게 주는 감동은 순진무구한 주인공 소녀가 세상을 향해 보이는 인간적인 연민과 그것을 통해 작가가 나타내는 비판적 사회의식이다.

8 생의 희로애락은 우리 주변에 산재해 있다. 내가 기쁨을 느끼는 이 순간에도 어떤 이는 불행을 겪고 있는지도 모를 일이다. 인생이라는 것은 이처럼 양면성을 가지고 있다.

9 이 작품이 특히나 인정받고 또 설득력 있게 읽혀지는 이유는 주인공인 로라가 일반적인 사람들의 행동과 심경을 잘 나타내주기 때문이다. 어떤 이도 극단적으로 행동하기는 쉽지 않으므로 로라의 고민들을 아주 현실감 있게 느낄 수 있다.

마크하임 _ 로버트 루이스 스티븐슨

1 환경결정론은 사회학 이론으로서 인간의 모든 생활양식, 즉 문화는 자연이 부여한 조건에 의하여 결정된다고 보는 입장을 말한다. 자연환경이 절대적인 영향력을 미친다는 이 이론은 극단적인 경우에는 역사와 전통, 사회적·경제적 요인들, 기타 문화적 요인들에 의해서 사회발전이 이루어진다는 것을 부정한다.

'마크하임'은 비참한 상황 속에 자신이 오랫동안 놓여져 있어 악인이 되었다고 생각하고 있다.

2 인간은 선한 존재로만 혹은 악한 존재로만 규정지을 수 없다고 말하고 있는 작품이다. 주인공 마크하임이 악한 마음에 사로잡혀 있다가 비로소 선한 마음으로 돌아설 때의 고민의 과정이 이 소설의 핵심이다.

3 인간에게 내재된 나쁜 면을 형상화한 인물이다. 인간은 내면에 존재하는 선과 악, 이 두 가지 면으로 고민하고 혼란스러워하는 것이다. 작가는 이런 면을 정체 불명의 사내로 대신 이야기하고 있는 것이다.

4 마크하임의 말을 통해서, 자신이 비참한 상황 속에 오랫동안 방치되었기 때문에 자연 마음도 나쁘게 먹게 되고, 악행도 가책없이 저지르게 되었다고 하였다.

5 '지킬 박사와 하이드 씨' : 지킬 박사는 지성적이며 인자한 사람으로, 인간 내면에 있는 선악의 모순된 이중성을 약품으로 분리할 수 있을 것이라는 생각에서 약품을 만들어 복용한 결과, 악의 원천이자 화신인 하이드 씨로 변신하기에 이른다. 그런데 시간이 갈수록 하이드 씨에서 지킬 박사로 변하는 것, 즉 악에서 선으로 바뀌는 것이 힘들게 되고 마침내 돌이킬 수 없는 살인을 저지른다. 그러나 체포되려는 순간 자살, 지킬 박사일 때 남긴 유서를 통해 모든 것이 폭로된다.
'마크하임' 은 '지킬 박사와 하이드 씨' 와는 달리 선이 악을 이길 수 있고, 선한 마음이 인간을 더 크게 지배하고 있다는 것을 보여 주고 있다.

6 직접적인 계기는 바깥에서 들려오는 크리스마스 찬양 소리를 들으면서이다. 그 노랫소리를 통해 자신의 내면에 희미하게 남아 있는 악을 미워하는 마음을 깨닫게 되는 것이다.

7 인간이 인간으로 불려질 수 있는 것은 양심이 있고 또 선한 마음이 있어서이다. 그 부분에 천착해서 내용을 기술하면 된다.

8 환경에 의해 자신의 악행을 용서받을 수 있다면, 가난한 가운데에서도 남을 도우며 사는 이들을 어떻게 설명할 수 있는가?

크리스마스 캐럴 _ 찰스 디킨스

1 이 작품의 주제를 이야기하면 된다. 바로 인간의 잘못을 뉘우침으로써 완성되는 크리스마스 정신이다.

2 생전의 친구였던 마레가 유령이 되어 나타나 그의 과거와 미래의 모습을 보여줌으로써 스크루지는 전연 다른 사람으로 변화되기에 이른다. 이 과정을 통해 스크루지는 인생의 참의미가 무엇인지를 깨닫게 되었고, 결국 나누고 베푸는 기쁨을 알게 되어 크리스마스를 생애 처음으로 행복하게 맞이하게 된다.

3 "돈도 한푼 없는데 빚은 갚아야지, 일년 동안 죽어라고 일을 해도 동전 한푼 저축도 못 하는 신세를 한탄하는 날 아니야? 난 크리스마스를 축하한다고 돌아다니는 바보 놈들이 모조리 죽이고 싶도록 얄미워."와 같은 대화글 속에서 유추할 수 있다.

4 고아원, 양로원 : 공짜로 밥먹여 주는 곳

[스크루지] 돈! 오! 맙소사 런던 시내만 해도 부모 없는 불쌍한 고아가 몇 천 명이나 됩니다. 또 의지할 사람이 없어서 어려운 생활을 하고 있는 노인들도 많습니다. 고아원은 없소? (혼잣말로) 이런 빌어먹을 놈들!

[신사] 많이 있죠.

[스크루지] 양로원은?

[신사] 있습니다.

[스크루지] 그럼 공짜로 밥먹여 주는 곳이 다 있단 말이군요.

5 크리스마스 날의 교회 종소리 : 환희와 행복에 겨워 종소리를 듣는다.

칠면조 : 보브에게 크리스마스 선물로 선사한다.

6 자린고비 설화

구두쇠 영감이 조기를 천장에 매달아 놓고 밥 한 술 먹을 때마다 쳐다보게 했다는 이야기. 구두쇠이며 인색한 사람의 전형을 이야기해서 더욱 유명하다.

옹고집전

옹진 고을에 사는 심술 사납고 인색하며 불효막심한 인물인 옹고집의 이야기.

이 두 이야기의 주인공들은 하나같이 인색하기만 한 인물로서 나중에 벌을 받거나 하는 등의 큰 일을 통해 잘못을 뉘우치지만 '크리스마스 캐럴'의 주인공인 스크루지 영감은 유령의 도움을 받기는 하였지만 자신의 내면에서 일어난 심적 변화를 계기로 완전히 새로운 사람이 된다는 점에서 다르다.

7 무엇보다도 선(善)을 추구하는 인간의 본성을 그리고 있다는 면에서 시대와 장소를 초월하여 많은 사람들의 사랑을 받고 있다. 악한 인물이 변화되어 따뜻한 인간애를 회복한다는 이야기가 널리 사랑받는 것은 기본적으로 인간성의 밑바탕에는 선을 추구하는 본성이 깔려 있다는 의미로도 해석할 수 있다.

8 어느 시대마다 스크루지와 같은 인물은 있다. 재산이 많으면서도 가난한 이들을 돕는 데 인색한 이들, 돈을 모으는 일 말고는 아무런 가치를 못 느끼는 이들, 이익을 위해서라면 수단과 방법을 가리지 않는 이들은 모두 우리 시대의 스크루지라 할 수 있다.

가림출판사 · 가림M&B · 가림Let's에서 나온 책들

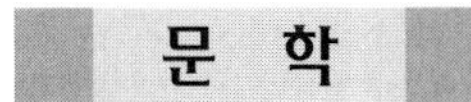

문 학

바늘구멍
켄 폴리트 지음 / 홍영의 옮김 / 신국판 / 342쪽 / 5,300원

레베카의 열쇠
켄 폴리트 지음 / 손연숙 옮김 / 신국판 / 492쪽 / 6,800원

암병선
니시무라 쥬코 지음 / 홍영의 옮김 / 신국판 / 300쪽 / 4,800원

첫키스한 얘기 말해도 될까
김정미 외 7명 지음 / 신국판 / 228쪽 / 4,000원

사미인곡 上 · 中 · 下
김충호 지음 / 신국판 / 각 권 5,000원

이내의 끝자리
박수완 스님 지음 / 국판변형 / 132쪽 / 3,000원

너는 왜 나에게 다가서야 했는지
김충호 지음 / 국판변형 / 124쪽 / 3,000원

세계의 명언 편집부 엮음 / 신국판 / 322쪽 / 5,000원

여자가 알아야 할 101가지 지혜
제인 아서 엮음 / 지창국 옮김 / 4×6판 / 132쪽 / 5,000원

현명한 사람이 읽는 지혜로운 이야기
이정민 엮음 / 신국판 / 236쪽 / 6,500원

성공적인 표정이 당신을 바꾼다
마츠오 도오루 지음 / 홍영의 옮김 / 신국판 / 240쪽 / 7,500원

태양의 법
오오카와 류우호오 지음 / 민병수 옮김 / 신국판 / 246쪽 / 8,500원

영원의 법
오오카와 류우호오 지음 / 민병수 옮김 / 신국판 / 240쪽 / 8,000원

석가의 본심
오오카와 류우호오 지음 / 민병수 옮김 / 신국판 / 246쪽 / 10,000원

옛 사람들의 재치와 웃음
강형중 · 김경익 편저 / 신국판 / 316쪽 / 8,000원

지혜의 쉼터
쇼펜하우어 지음 / 김충호 엮음 / 4×6판 양장본 / 160쪽 / 4,300원

헤세가 너에게
헤르만 헤세 지음 / 홍영의 엮음 / 4×6판 양장본 / 144쪽 / 4,500원

사랑보다 소중한 삶의 의미
크리슈나무르티 지음 / 최윤영 엮음 / 신국판 / 180쪽 / 4,000원

장자-어찌하여 알 속에 털이 있다 하는가
홍영의 엮음 / 4×6판 / 180쪽 / 4,000원

논어-배우고 때로 익히면 즐겁지 아니한가
신도회 엮음 / 4×6판 / 180쪽 / 4,000원

맹자-가까이 있는데 어찌 먼 데서 구하려 하는가
홍영의 엮음 / 4×6판 / 180쪽 / 4,000원

아름다운 세상을 만드는 사랑의 메시지 365
DuMont monte Verlag 엮음 / 정성호 옮김
4×6판 변형 양장본 / 240쪽 / 8,000원

황금의 법
오오카와 류우호오 지음 / 민병수 옮김 / 신국판 / 320쪽 / 12,000원

왜 여자는 바람을 피우는가?
기젤라 룬테 지음 / 김현성 · 진정미 옮김 / 국판 / 200쪽 / 7,000원

세상에서 가장 아름다운 선물 김인자 지음
엄마가 두 딸에게 주는 인생의 지침서. 같은 여성으로서의 엄마, 친구로서의 엄마, 삶의 등대로서의 엄마가 딸들에게 바라는 점, 두 딸을 키우면서 세운 교육관 등이 솔직하게 담겨 있다. 또한 딸

들과 주고받은 편지, 메모는 서로 교감하는 부모와 자녀의 사이를 말해주는 일종의 답안으로 제시되고 있다.
국판변형 / 292쪽 / 9,000원

수능에 꼭 나오는 한국 단편 33 윤종필 엮음 및 해설
수능 시험에 대비하기 위해 중고등학교 시절에 반드시 읽어두어야 할 한국 문학의 대표적인 단편 33선을 엄선하여 수록. 이 책에 수록된 대표 단편들은 청소년기의 간접 경험을 위한 매체, 세대를 초월하는 교류 수단, 삶의 윤활유인 활력소가 되어 줄 것이다.
신국판 / 704쪽 / 11,000원

수능에 꼭 나오는 한국 현대 단편 소설 윤종필 엮음 및 해설
1960~1970년대를 대표하는 단편소설을 엄선하여 수록. 현행 교과과정에 적합한 작품들을 엮어 청소년들의 학습에도 도움이 되도록 하였고, 더불어 소설 작품을 읽음으로써 간접 경험을 할 수 있게 하였으며, 풍부한 상상력을 키워갈 수 있도록 하였다. 각 작품에 대한 요점 정리도 해놓아 학습 효과도 높일 수 있다.
신국판 / 364쪽 / 11,000원

건 강

식초건강요법
건강식품연구회 엮음 / 신재용(해성한의원 원장) 감수
가장 쉽게 구할 수 있고 경제적인 식품이면서 상상할 수 없을 정도로 뛰어난 약효를 지닌 식초의 모든 것을 담은 건강지침서!
신국판 / 224쪽 / 6,000원

아름다운 피부미용법 이순희(한독피부미용학원 원장) 지음
피부조직에 대한 기초 이론과 우리 몸의 생리를 알려줌으로써 아름다운 피부, 젊은 피부를 오래 유지할 수 있는 비결 제시!
신국판 / 296쪽 / 6,000원

버섯건강요법 김병각 외 6명 지음
종양 억제율 100%에 가까운 96.7%를 나타내는 기적의 약용버섯 등 신비의 버섯을 통하여 암을 치료하고 비만, 당뇨, 고혈압, 동맥경화 등 각종 성인병 예방을 위한 생활 건강 지침서!
신국판 / 286쪽 / 8,000원

성인병과 암을 정복하는 유기게르마늄
이상현 편저 / 캬오 샤오이 감수
최근 들어 각광을 받고 있는 새로운 치료제인 유기게르마늄을 통한 성인병, 각종 암의 치료에 대해 상세히 소개.
신국판 / 312쪽 / 9,000원

난치성 피부병 생약효소연구원 지음
현대의학으로도 치유불가능했던 난치성 피부병인 건선 · 아토피(태열)의 완치요법이 수록된 건강 지침서. 신국판 / 232쪽 / 7,500원

新 방약합편 정도명 편역
자신의 병을 알고 증세에 맞춰 스스로 처방을 할 수 있고 조제할 수 있는 보약 506가지 수록. 신국판 / 416쪽 / 15,000원

자연치료의학 오홍근(신경정신과 의학박사 · 자연의학박사) 지음
대한민국 최초의 자연의학박사가 밝힌 신비의 자연치료의학으로 자연산물을 이용하여 부작용 없이 치료하는 건강 생활 비법 공개!! 신국판 / 472쪽 / 15,000원

약초의 활용과 가정한방 이인성 지음
주변의 흔한 식물과 약초를 활용하여 각종 질병을 간편하게 예방 · 치료할 수 있는 비법제시. 신국판 / 384쪽 / 8,500원

역전의학 이시하라 유미 지음 / 유태종 감수
일반상식으로 알고 있는 건강상식에 대해 전혀 새로운 관점에서 비판하고 아울러 새로운 방법들을 제시한 건강 혁명 서적!!
신국판 / 286쪽 / 8,500원

이순희식 순수피부미용법 이순희(한독피부미용학원 원장) 지음
자신의 피부에 맞는 관리법으로 스스로 피부관리를 할 수 있는 방법을 제시하고 책 속 부록으로 천연팩 재료 사전과 피부 타입별

팩 고르기. 신국판 / 304쪽 / 7,000원

21세기 당뇨병 예방과 치료법 이현철(연세대 의대 내과 교수) 지음
세계 최초 유전자 치료법을 개발한 저자가 당뇨병과 대항하여 가
장 확실하게 이길 수 있는 당뇨병에 대한 올바른 이론과 발병시
대처 방법을 상세히 수록! 신국판 / 360쪽 / 9,500원

신재용의 민의학 동의보감 신재용(해성한의원 원장) 지음
주변의 흔한 먹거리를 이용해 신비의 명약이나 보약으로 활용할
수 있는 건강 지침서로서 저자가 TV나 라디오에서 다 밝히지 못
한 한방 및 민간요법까지 상세히 수록!! 신국판 / 476쪽 / 10,000원

치매 알면 치매 이긴다 배오성(백상한방병원 원장) 지음
B.O.S.요법으로 뇌세포의 기능을 활성화시키고 엔돌핀의 분비효
과를 극대화시켜 증상에 맞는 한약 처방을 병행하여 치매를 치유
하는 획기적인 치유법 제시. 신국판 / 312쪽 / 10,000원

21세기 건강혁명 밥상 위의 보약 생식 최경순 지음
항암식품으로, 다이어트식으로, 젊고 탄력적인 피부를 유지할 수
있게 해주는 자연식으로의 생식을 소개하여 현대인들의 건강 길
라잡이가 되도록 하였다. 신국판 / 348쪽 / 9,800원

기치유와 기공수련 윤한홍(기치유 연구회 회장) 지음
누구나 노력만 하면 개발할 수 있고 활용할 수 있는 기 수련 방법
과 기치유 개발 방법 소개. 신국판 / 340쪽 / 12,000원

만병의 근원 스트레스 원인과 퇴치 김지혁(김지혁한의원 원장) 지음
만병의 근원인 스트레스를 속속들이 파헤치고 예방법까지 속시원
하게 제시!! 신국판 / 324쪽 / 9,500원

김종성 박사의 뇌졸중 119 김종성 지음
우리나라 사망원인 1위. 뇌졸중 분야의 최고 권위자인 저자가 일
상생활에서의 건강관리부터 환자간호에 이르기까지 뇌졸중의 예
방, 치료법 등 모든 것 수록. 신국판 / 356쪽 / 12,000원

탈모 예방과 모발 클리닉 장정훈 · 전재홍 지음
미용적인 측면과 우리가 일상적으로 고민하고 궁금해 하는 털에
관한 내용들을 다양하고 재미있게 예들을 들어가면서 흥미롭게
풀어간 것이 이 책의 특징. 신국판 / 252쪽 / 8,000원

구태규의 100% 성공 다이어트 구태규 지음
하이틴 영화배우의 다이어트 체험서. 저자만의 다이어트법을 제
시하면서 바람직한 다이어트에 대해서도 알려준다. 건강하게 날
씬해지고 싶은 사람들을 위한 필독서!
4×6배판 변형 / 240쪽 / 9,900원

암 예방과 치료법 이춘기 지음
암환자와 가족들을 위해서 암의 치료방법에서부터 합병증의 예방
및 암이 생기기 전에 알 수 있는 방법에 이르기까지 상세하게 해
설해 놓은 책. 신국판 / 296쪽 / 11,000원

알기 쉬운 위장병 예방과 치료법 민영일 지음
소화기관인 위와 관련 기관들의 여러 질환을 발병 원인, 증상, 치
료법을 중심으로 알기 쉽게 해설해 놓은 건강서.
신국판 / 328쪽 / 9,900원

이온 체내혁명 노보루 야마노이 지음 / 김병관 옮김
새로운 건강관리 이론으로 주목을 받고 있는 음이온을 통해 건강
을 돌볼 수 있는 방법 제시. 신국판 / 272쪽 / 9,500원

여혈과 사혈요법 정지천 지음
침과 부항요법 등을 사용하여 모든 질병을 다스릴 수 방법과 우
리 주변에서 흔하게 접할 수 있는 각 질병의 상황별 처치를 혈자
리 그림과 함께 해설. 신국판 / 308쪽 / 12,000원

약손 경락마사지로 건강미인 만들기 고정환 지음
경락과 민족 고유의 정신 약손을 결합시킨 약손 성형경락 마사지
로 수술하지 않고도 자신이 원하는 부위를 고치는 방법을 제시하
는 건강 미용서. 4×6배판 변형 / 284쪽 / 15,000원

정유정의 LOVE DIET 정유정 지음
널리 알려진 온갖 다이어트 방법으로 살을 빼려고 노력했던 저자
의 고통스러웠던 다이어트 체험담이 실려 있어 지금 살 때문에 고
민하는 사람들이 가슴에 와 닿는 나만의 다이어트 계획을 나름대
로 세울 수 있을 것이다. 4×6배판 변형 / 196쪽 / 10,500원

머리에서 발끝까지 예뻐지는 부분다이어트 신상만 · 김선민 지음
한약을 먹거나 침을 맞아 살을 빼는 방법, 아로마요법을 이용한
다이어트법, 운동을 이용한 부분비만 해소법 등이 실려 있으므로

나에게 맞는 방법을 선택해 날씬하고 예쁜 몸매를 만들 수 있을
것이다. 4×6배판 변형 / 196쪽 / 11,000원

알기 쉬운 심장병 119 박승정 지음
심장병에 관해 심장질환이 생기는 원인, 증상, 치료법을 중심으로
내용을 상세하게 해설해 놓은 건강서. 신국판 / 248쪽 / 9,000원

알기 쉬운 고혈압 119 이정균 지음
생활 속의 고혈압에 관해 일반인들이 관심을 가지고 예방할 수 있
도록 고혈압의 원인, 증상, 합병증 등을 상세하게 해설해 놓은 건
강서. 신국판 / 304쪽 / 10,000원

여성을 위한 부인과질환의 예방과 치료 차선희 지음
남들에게는 말할 수 없는 증상들로 고민하고 있는 여성들을 위해
부인암, 골다공증, 빈혈 등 부인과질환을 원인 및 치료방법을 중
심으로 설명한 여성건강 정보서. 신국판 / 304쪽 / 10,000원

알기 쉬운 아토피 119 이승규 · 임승엽 · 김문호 · 안유일 지음
감기처럼 흔하지만 암만큼 무서운 아토피 피부염의 원인에서부터
증상, 치료방법, 임상사례, 민간요법을 적용한 환자들의 경험담
등 수록. 신국판 / 232쪽 / 9,500원

120세에 도전한다 이권행 지음
아프지 않고 건강하게 오래 살기를 바라는 현대인들에게 우리 체
질에 맞는 식생활습관, 심신 활동, 생활습관, 체질별 · 나이별 양
생법을 소개. 장수하고픈 독자들의 궁금증을 풀어줄 것이다. 신
국판 / 308쪽 / 11,000원

건강과 아름다움을 만드는 요가 정판식 지음
책을 보고서 집에서 혼자서도 할 수 있는 요가법 수록. 각종 질병
에 따른 요가 수정체조법도 담았으며, 별책 부록으로 한눈에 보는
요가 차트 수록. 4×6배판 변형 / 224쪽 / 14,000원

우리 아이 건강하고 아름다운 롱다리 만들기 김성훈 지음
키 작은 우리 아이를 롱다리로 만드는 비법공개. 식사습관과 생활
습관만의 변화로도 키를 크게 할 수 있으므로 키 작은 자녀를 둔
부모의 고민을 해결해 준다. 대국전판 / 236쪽 / 10,500원

알기 쉬운 허리디스크 예방과 치료 이종서 지음
전문가들의 의견, 허리병의 치료에서 가장 중요한 운동치료, 허리
디스크와 요통에 관해 언론에서 잘못 소개한 기사나 과장 보도한
기사, 대상이 광범위함으로써 생기고 있는 사이비 의술 및 상업적
인 의술을 시행하는 상업적인 병원 등을 소개함으로써 허리병을
앓고 있는 사람들에게 정확하고 올바른 지식을 전달하고자 하는
길라잡이서. 대국전판 / 336쪽 / 12,000원

소아과 전문의에게 듣는 알기 쉬운 소아과 119
신영규 · 이강우 · 최성항 지음
새내기 엄마, 아빠를 위해 올바른 육아법을 제시하고 각종 질병에
대한 치료법 및 예방법, 응급처치법을 소개.
4×6배판 변형 / 280쪽 / 14,000원

피가 맑아야 건강하게 오래 살 수 있다 김영찬 지음
현대인이 앓고 있는 고혈압, 당뇨병, 심장병 등은 피가 끈적거리
고 혈관이 너덜거려서 생기는 질병이다. 이러한 성인병을 치료하
려면 식이요법, 생활습관 개선 등을 통해 피를 맑게 해야 한다. 이
책에서는 피를 맑게 하기 위해 필요한 처방, 생활습관 개선법을
한의학적 관점에서 상세하게 설명하고 있다.
신국판 / 256쪽 / 10,000원

웰빙형 피부 미인을 만드는 나만의 셀프 피부건강 양해원 지음
모든 사람들이 관심 있어 하는 피부 관리를 집에서 할 수 있게 해
주는 실용서. 집에서 간단하게 만들 수 있는 화장수, 팩 등을 소개
하여 손안의 미용서 역할을 하고 있다.
대국전판 / 144쪽 / 10,000원

내 몸을 살리는 생활 속의 웰빙 항암 식품 이승남 지음
암=사형 선고라는 고정 관념을 깨자는 전제 아래 우리 밥상에서
흔히 볼 수 있는 먹거리로 암을 예방하며 치료하는 방법 소개. 암
환자와 그 가족들에게 희망을 안겨 줄 것이다.
대국전판 / 248쪽 / 9,800원

마음한글, 느낌한글 박완식 지음
훈민정음의 창제원리를 이용한 한글명상, 한글요가, 한글체조로
지금까지의 요가나 명상과는 차원이 다른 더욱 더 효과적인 수련
으로 이제 당신 앞에 새로운 세계가 펼쳐진다.
4×6배판 / 300쪽 / 15,000원

웰빙 동의보감식 발마사지 10분 최미희 지음, 신재용 감수
발이 병나면 몸에도 병이 생긴다. 우리 몸 중에서 가장 천대받으면서도 가장 많은 일을 하는 발을 새롭게 인식하는 추세에 맞추어 발을 가꾸어 건강을 지키는 방법 제시. 각 질병별 발마사지 방법, 부위를 구체적으로 설명하고 있다. 텔레비전을 보면서 하는 15분의 발마사지가 피로를 풀어주고 건강을 지켜줄 것이다.
4×6배판 변형 / 204쪽 / 13,000원

아름다운 몸, 건강한 몸을 위한 목욕 건강 30분 임하성 지음
우리가 흔히 대수롭지 않게 여기고 하는 습관 중에 하나가 목욕일 것이다. 그러나 이제 목욕도 건강과 관련시켜 올바른 방법으로 해야 한다. 웰빙 시대, 웰빙 라이프에 맞는 올바른 목욕법을 피부 관리 및 우리들의 생활 패턴에 맞추어 제시해 본다.
대국전판 / 176쪽 / 9,500원

내가 만드는 한방생주스 60 김영섭 지음
일반적인 과일·야채 주스에 21가지 한약재로 기본 음료를 만들어 맛과 영양을 고루 갖춘 최초의 웰빙 한방 건강음료 만드는 법 60가지 수록!! 각 음료마다 만드는 법과 효능을 실어 우리 가족 건강을 지키는 건강지침서의 역할을 한다. 국판 / 112쪽 / 7,000원

몸을 살리는 건강식품 백은희·조창호·최양진 지음
스트레스에 시달리는 현대인들에게 자연 영양소를 공급해 주는 건강기능식품에 관한 상세한 정보를 담고 있다. 나에게 필요한 영양소는 어떤 것이 있으며, 어떻게 섭취했을 때 가장 큰 효과를 얻을 수 있는 지 등을 조목조목 설명해 놓은 것이 눈에 띈다.
신국판 / 384쪽 / 11,000원

건강도 키우고 성적도 올리는 자녀 건강 김진돈 지음
자녀를 둔 부모라면 가장 먼저 생각하는 것이 자녀의 건강일 것이다. 특히 수험생을 둔 부모라면 그 관심은 말로 단정지을 수 없다. 수험생 자신이나 부모가 알아야 한 평소 건강 관리법, 제일 이겨내기 힘든 계절인 여름철 건강 관리법, 조심해야 할 질병들에 대해 예방법, 치료법을 상세하게 소개하고 있다.
신국판 / 304쪽 / 12,000원

알기 쉬운 간질환 119 이관식 지음
간염이 있는 사람이 술잔을 돌릴 경우 간염이 전염될까? 우리는 간이 소중한 존재임을 알면서도 혹사시키는 일이 많다. 간염 전염 및 간경화, 간암 등에 대한 잘못된 지식을 제대로 잡아주고 간과 관련된 병을 예방하는 법, 병에 걸렸을 때 치료하고 관리하는 법 등을 상세히 수록하여 간을 건강하게 지킬 수 있도록 해준다.
신국판 / 264쪽 / 11,000원

밥으로 병을 고친다 허봉수 지음
우리가 하루 세 끼 식사에서 대하는 밥상이 우리의 건강을 지켜주는 최고의 건강지킴이다. 이 간단 명료한 진리를 알면서도 우리는 다른 방법으로 건강을 지키려고 한다. 건강을 지키는 일은 어렵고 특별한 일이 아니라 보통의 밥상에서 지킬 수 있는 일임을 강조하고 거기에 맞는 실제 사례를 제시하여 비슷한 사례에서 응용할 수 있게 내용을 구성하고 있다. 대국전판 / 352쪽 / 13,500원

알기 쉬운 신장병 119 김형규 지음
신장병은 특별한 증상이 없어 조기진단이 힘들다고 한다. 그러나 진단과 치료의 혜택으로 완치를 할 수 있는 병이라고도 한다. 일상생활 속에서 신장병을 파악할 수 있는 자가진단법, 신장병을 검사하고 치료하는 방법, 신장병과 관련 있는 질병들을 일반인들이 이해하기 수준에서 설명하고 있다. 또한 신장병과 관련 있는 생활 속의 정보를 부록으로 수록하여 내용의 깊이를 더해 주고 있다.
신국판 / 240쪽 / 10,000원

교 육

우리 교육의 창조적 백색혁명
원상기 지음 / 신국판 / 206쪽 / 6,000원

현대생활과 체육
조창남 외 5명 공저 / 신국판 / 340쪽 / 10,000원

퍼펙트 MBA IAE유학네트 지음 / 신국판 / 400쪽 / 12,000원

유학길라잡이 Ⅰ - 미국편
IAE유학네트 지음 / 4×6배판 / 372쪽 / 13,900원

유학길라잡이 Ⅱ - 4개국편
IAE유학네트 지음 / 4×6배판 / 348쪽 / 13,900원

조기유학길라잡이.com
IAE유학네트 지음 / 4×6배판 / 428쪽 / 15,000원

현대인의 건강생활
박상호 외 5명 공저 / 4×6배판 / 268쪽 / 15,000원

천재아이로 키우는 두뇌훈련
나카마츠 요시로 지음 / 민병수 옮김
머리가 좋은 아이로 키우기 위한 환경 만들기, 식사, 운동 등 연령별 두뇌 훈련법 소개. 국판 / 288쪽 / 9,500원

두뇌혁명 나카마츠 요시로 지음 / 민병수 옮김
『뇌내혁명』하루야마 시게오의 추천작!! 어른들을 위한 두뇌 개발서로, 풍요로운 인생을 만들기 위한 '뇌' 와 '몸' 자극법 제시.
4×6판 양장본 / 288쪽 / 12,000원

테마별 고사성어로 익히는 한자
김경익 지음 / 4×6배판 변형 / 248쪽 / 9,800원

生생 공부비법 이은승 지음
국내 최초 수학과외 수출의 주인공 이은승이 개발한 자기만의 맞춤식 공부학습법 소개. 공부도 하는 법을 알면 목표를 달성할 수 있다고 용기를 북돋우어 주는 실전 공부 비법서.
대국전판 / 272쪽 / 9,500원

자녀를 성공시키는 습관만들기 배은경 지음
성공하는 자녀를 꿈꾸는 부모들이 알아야 할 자녀 교육법 소개. 부모는 자녀 인생의 주연이 아님을 알아야 하며 부모의 좋은 습관, 건전한 생각이 자녀의 성공 인생을 가져온다는 내용을 담은 부모 및 자녀 모두를 위한 자기 계발서. 대국전판 / 232쪽 / 9,500원

한자능력검정시험 2급 한자능력검정시험연구위원회 편저
국어사전식 단어 배열, 내용을 쉽게 이해할 수 있도록 도와 주는 일러스트, 기출 문제의 완전 분석을 바탕으로 한 예상 문제 수록 등 한자능력검정시험 2급을 준비하는 사람들을 위한 완벽 대비서. 4×6배판 / 472쪽 / 18,000원

한자능력검정시험 3급(3급II) 한자능력검정시험연구위원회 편저
4급 한자를 포함한 3급·3급II 배정한자 1817자 각 한자에 대한 어원 및 실용 사례를 수록하였다. 각 한자의 배열은 가, 나, 다… 의 국어사전식 배열을 채택하여 음만 알아도 한자를 쉽게 찾을 수 있게 하였다. 또한 한자의 이해를 돕는 일러스트, 3급·3급II 한자를 포함한 실생활에 응용할 수 있는 생활 한자 코너를 배정하여 학습의 깊이를 더해주고 있다. 끝으로 기출문제 분석에 맞춘 예상 문제와 쓰기 배정 한자를 실어 3급·3급II 한자 학습을 완전하게 익힐 수 있게 하였다. 4×6배판 / 440쪽 / 17,000원

한자능력검정시험 4급(4급II) 한자능력검정시험연구위원회 편저
국어사전식 단어 배열, 4급 한자 1000자 필순 수록, 생활에서 활용할 수 있는 활용 한자 요점정리, 생활 속에서 자주 쓰이는 약자, 한자의 이해를 돕기 위한 일러스트와 유래 설명, 4급 한자 1000자를 응용한 한자 심화 학습, 기출 문제를 완전 분석한 후 그에 따라 엄선한 예상문제 수록 등 4급 한자 익히기와 시험에 대비하는 모든 사람들을 위한 완벽 대비서. 4×6배판 / 352쪽 / 15,000원

한자능력검정시험 5급 한자능력검정시험연구위원회 편저
국어사전식 단어 배열, 5급 한자 500자 따라 쓰기, 생활에서 활용할 수 있는 활용 한자 요점정리, 생활 속에서 자주 쓰이는 약자, 한자의 이해를 돕기 위한 일러스트와 유래 설명, 기출 문제를 완전 분석한 후 그에 따라 엄선한 예상문제 수록 등 5급 한자 익히기와 시험에 대비하는 모든 사람들을 위한 완벽 대비서.
4×6배판 / 264쪽 / 11,000원

한자능력검정시험 6급 한자능력검정시험연구위원회 편저
국어사전식 단어 배열, 6급 한자 300자 따라 쓰기, 생활에서 활용할 수 있는 활용 한자 요점정리, 한자의 이해를 돕기 위한 일러스트와 유래 설명, 기출 문제를 완전 분석한 후 그에 따라 엄선한 예상문제 수록 등 6급 한자 익히기와 시험에 대비하는 모든 사람들을 위한 완벽 대비서. 4×6배판 / 168쪽 / 8,500원

한자능력검정시험 7급 한자능력검정시험연구위원회 편저
국어사전식 단어 배열, 각 한자 배우기에 도움이 되는 일러스트를 곁들이고 한자의 구성 원리를 설명해 놓아 한자 배우기가 재미있고 쉽다. 또한 따라쓰기를 통해 한자 익히기를 완전하게 끝낼 수

있도록 하였으며 활용 예문을 다양하게 예시해 놓았다.
4×6배판 / 152쪽 / 7,000원

한자능력검정시험 8급 한자능력검정시험연구위원회 편저
8급 한자 50자에 대해 각 한자 배우기에 도움이 되는 일러스트를
곁들이고 한자의 구성 원리를 설명해 놓아 한자 배우기가 재미있
고 쉽다. 또한 따라쓰기를 통해 기본 한자 익히기를 완전하게 끝
낼 수 있도록 하였으며 기본 50개의 한자를 활용한 예문을 다양하
게 예시해 놓았다.   4×6배판 / 112쪽 / 6,000원

볼링의 이론과 실기
이택상 지음 / 신국판 / 192쪽 / 9,000원

취미 · 실용

김진국과 같이 배우는 와인의 세계 김진국 지음
포도주 역사에서 분류, 원료 포도의 종류와 재배, 양조 · 숙성 · 저
장, 시음법, 어울리는 요리와 와인의 유통과 소비, 와인 시장의 현
황과 전망, 와인 판매 요령, 와인의 보관과 재고의 회전, '와인 양
조 비밀의 모든 것'을 동영상으로 담은 CD까지, 와인의 모든 것
이 담긴 종합학습서.   국배판 변형양장본(올 컬러판) / 208쪽 / 30,000원

경제 · 경영

CEO가 될 수 있는 성공법칙 101가지
김승룡 편역 / 신국판 / 320쪽 / 9,500원

정보소프트 김승룡 지음 / 신국판 / 324쪽 / 6,000원

기획대사전 다카하시 겐코 지음 / 홍영의 옮김
기획에 관련된 모든 사항을 실례와 도표를 통하여 초보자에서 프
로기획맨에 이르기까지 효율적으로 활용할 수 있도록 체계적으로
총망라하였다.   신국판 / 552쪽 / 19,500원

맨손창업 · 맞춤창업 BEST 74 양혜숙 지음
창업대행 현장 전문가가 추천하는 유망업종을 7가지 주제별로 나
누어 수록한 맞춤창업서로 창업예비자들에게 창업의 길을 밝혀줄
발로 뛰면서 만든 실무 지침서!! 신국판 / 416쪽 / 12,000원

무자본, 무점포 창업! FAX 한 대면 성공한다
다카시로 고시 지음 / 홍영의 옮김 / 신국판 / 226쪽 / 7,500원

성공하는 기업의 인간경영 중소기업 노무 연구회 편저 / 홍영의 옮김
무한경쟁시대에서 각 기업들의 다양한 경영 실태 속에서 인사 ·
노무 관리 개선에 있어서 기업의 효율을 높이고 발전을 이룰 수
있는 원칙을 제시.   신국판 / 368쪽 / 11,000원

21세기 IT가 세계를 지배한다 김광희 지음
21세기 화두로 떠오른 IT혁명의 경쟁력에 대해서 전문가의 논리
적이고 철저한 해설과 더불어 매장 끝까지 실제 사례를 곁들여 설
명.   신국판 / 380쪽 / 12,000원

경제기사로 부자아빠 만들기 김기태 · 신현태 · 박근수 공저
날마다 배달되는 경제기사를 꼼꼼히 챙겨보는 사람만이 현대생활
에서 부자가 될 수 있다. 언론인의 현장감각과 학자의 전문성을
접목시킨 것이 이 책의 특성! 누구나 이 책을 읽고 경제원리를 체
득, 경제예측을 할 수 있게 준비된 생활경제서적.
신국판 / 388쪽 / 12,000원

포스트 PC의 주역 정보가전과 무선인터넷 김광희 지음
포스트 PC의 주역으로 급부상하고 있는 정보가전과 무선인터넷
그리고 이를 구현하기 위한 관련 테크놀러지를 체계적으로 소개.
신국판 / 356쪽 / 12,000원

성공하는 사람들의 마케팅 바이블 채수명 지음
최근의 이론을 보완하여 내놓은 마케팅 관련 실무서. 마케팅의 정
보전략, 핵심요소, 컨설팅실무까지 저자의 노하우와 창의적인 이
론이 결합된 마케팅서.   신국판 / 328쪽 / 12,000원

느린 비즈니스로 돌아가라
사카모토 게이이치 지음 / 정성호 옮김
미국식 스피드 경영에 익숙해져 현실의 오류를 간과하고 있는 사

람들을 위한 어떻게 팔 것인가보다 무엇을 팔 것인가를 설명하는
마케팅 컨설턴트의 대안 제시서! 신국판 / 276쪽 / 9,000원

적은 돈으로 큰돈 벌 수 있는 부동산 재테크 이원재 지음
700만 원으로 부동산 재테크에 뛰어들어 100배 불린 저자가 부동
산 재테크를 계획하고 있는 사람들이 반드시 알아두어야 할 내용
을 경험담을 담아 해설해 놓은 경제서.   신국판 / 340쪽 / 12,000원

바이오혁명 이주영 지음
21세기 국가간 경쟁부문으로 새로이 떠오르고 있는 바이오혁명
에 관한 기초지식을 언론사에 몸담고 있는 현직 기자가 아주 쉽게
해설해 놓은 바이오 가이드서. 바이오 관련 용어 해설 수록.
신국판 / 328쪽 / 12,000원

성공하는 사람들의 자기혁신 경영기술 채수명 지음
자기 계발을 통한 신지식 자기경영마인드를 갖추어야 한다는 전
제 아래 그 방법을 자세하게 알려주는 자기계발 지침서.
신국판 / 344쪽 / 12,000원

CFO 교텐 토요오 · 타하라 오키시 지음 / 민병수 옮김
일반인들에게 생소한 용어인 CFO, 즉 최고 재무책임자의 역할이
지금까지와는 완전히 달라져야 한다. 기업을 이끌어가는 새로운
키잡이로서의 CFO의 역할, 위상 등을 일본의 기업을 중심으로 하
여 알아보고 바람직한 방향을 제시한다.   신국판 / 312쪽 / 12,000원

네트워크시대 네트워크마케팅 임동학 지음
학력, 사회적 지위 등에 관계 없이 자신이 노력한 만큼 돈을 벌 수
있는 네트워크마케팅에 관해 알려주는 안내서.
신국판 / 376쪽 / 12,000원

성공리더의 7가지 조건
다이앤 트레이시 · 윌리엄 모건 지음 / 지창영 옮김
개인과 팀, 조직관계의 개선을 위한 방향제시 및 실천을 위한 안
내자 역할을 해주는 책. 현장에서 활용할 수 있는 실용서.
신국판 / 360쪽 / 13,000원

김종결의 성공창업 김종결 지음
누구나 창업을 할 수는 있지만 아무나 돈을 버는 것은 아니다라는
전제 아래 중견 연기자로서, 음식점 사장님으로 성공한 탤런트 김
종결의 성공비결을 통해 창업전략과 성공전략을 제시한다.
신국판 / 340쪽 / 12,000원

최적의 타이밍에 내 집 마련하는 기술 이원재 지음
부동산을 통한 재테크의 첫걸음 '내 집 마련'의 결정판. 체계적이
고 한눈에 쏙 들어 오는 '내 집 장만 과정'을 쉽게 풀어놓은 부동
산재테크서.   신국판 / 248쪽 / 10,500원

컨설팅 세일즈 Consulting sales 임동학 지음
발로 뛰는 영업이 아니라 머리로 하는 영업이 절실히 요구되는 시
대 상황에 맞추어 고객지향의 세일즈, 과제해결 세일즈, 구매자와
공급자 간에 서로 만족하는 세일즈법 제시.
대국전판 / 336쪽 / 13,000원

연봉 10억 만들기 김농주 지음
연봉으로 말해지는 임금을 재테크 하여 부자가 될 수 있는 방법
제시. 고액의 연봉을 받기 위해서 개인이 갖추어야 할 실무적 능
력, 태도, 마음가짐, 재테크 수단 등을 각 주제에 따라 구체적으로
제시함으로써 부자를 꿈꾸는 사람들이 그 희망을 이룰 수 있게 해
준다. 국판 / 216쪽 / 10,000원

주5일제 근무에 따른 한국형 주말창업 최효진 지음
우리나라 실정에 맞는 주말창업 아이템의 제시 및 창업시 필요한
정보를 얻을 수 있는 곳, 주의해야 할 점, 실전 인터넷 쇼핑몰 창
업, 표준사업계획서 등을 수록하여 지금 당장이라도 내 사업을 할
수 있게 해주는 창업 길라잡이서.
신국판 변형 양장본 / 216쪽 / 10,000원

돈 되는 땅 돈 안되는 땅 김영준 지음
부동산 틈새시장에서 성공하는 투자 노하우를 신행정수도 예정지
및 고속철도 역세권 등 투자 유망지역을 중심으로 완벽하게 수록
해 놓은 부동산 재테크서.   신국판 / 320쪽 / 13,000원

돈 버는 회사로 만들 수 있는 109가지
다카하시 도시노리 지음 / 민병수 옮김
회사경영에서 경영자가 꼭 알아야 할 기본 사항 수록. 내용이 항
목별로 정리되어 있어 원하는 자료를 바로 찾아 볼 수 있는 것이
최대의 장점. 이 책을 통해서 불필요한 군살을 빼고 강한 근육질

을 가진 돈 버는 회사를 만들어 보자. 신국판 / 344쪽 / 13,000원

프로는 디테일에 강하다 김미현 지음
탄탄하게 자리를 잡은 15군데 중소기업의 여성 CEO들이 회사를
운영하면서 겪은 어려움, 기쁨 등을 자서전 형식을 빌어 솔직 담
백하게 얘기했다. 예비 창업자들을 위한 조언, 경영 철학, 성공 요
인도 담고 있어 창업을 준비하는 사람들에게 도움이 될 것이다.
신국판 / 248쪽 / 9,000원

머니투데이 송복규 기자의 부동산으로 주머니돈 100배 만들기 송복규 지음
재테크 수단으로 새롭게 각광 받고 있는 부동산을 이용한 재산 증
식 방법 수록. 부동산 재료별 특성에 따른 맞춤 투자전략을 제시
하고 알아두면 편리한 부동산 상식도 알려준다. 현직 전문 기자의
예리한 분석과 최신 정보가 담겨 있는 부동산재테크 가이드서.
신국판 / 328쪽 / 13,000원

성공하는 슈퍼마켓&편의점 창업 나명환 지음
슈퍼마켓이나 편의점을 창업하려고 하는 사람들을 위한 창업 가
이드서. 어느 위치에 얼마만한 크기로, 어떤 상품을 갖추고 어떤
마인드로 창업하고 영업해야 대형할인점과의 경쟁에서 살아남을
수 있는지 등을 저자의 실제 경험과 통계, 전문가들의 의견을 바
탕으로 상세하게 소개. 4×6배판 변형 / 500쪽 / 28,000원

대한민국 성공 재테크 부동산 펀드와 리츠로 승부하라 김영준 지음
새로운 재테크 수단으로 세간의 관심을 모으고 있는 부동산 펀드
와 리츠에 관한 투자 안내서. 리스크 없이 투자에 성공하기 위해
서 알아두어야 할 주의사항, 펀드 및 리츠 관련 상품 설명, 실제로
투자되고 있는 물건을 수록하여 책을 통해서 실전 투자감각을 익
힐 수 있게 하였다. 신국판 / 256쪽 / 12,000원

주 식

개미군단 대박맞이 주식투자
홍성걸(한양증권 투자분석팀 팀장) 지음
초보에서 인터넷을 활용한 주식투자까지 필자의 현장에서의 경험
을 바탕으로 한 주식 성공전략의 모든 정보 수록.
신국판 / 310쪽 / 9,500원

알고 하자! 돈 되는 주식투자 이길영 외 2명 공저
일본과 미국의 주식시장을 철저한 분석과 데이터화를 통해 한국
주식시장의 투자의 흐름을 파악함으로써 한국 주식시장에서의 확
실한 성공전략 제시!! 신국판 / 388쪽 / 12,500원

항상 당하기만 하는 개미들의 매도·매수타이밍 999% 적중 노하우
강경무 지음
승부사를 꿈꾸며 와신상담하는 모든 이들에게 희망의 등불이 될
것을 확신하는 Jusicman이 주식시장에서 돈벌고 성공할 수 있는
비결 전격공개!! 신국판 / 336쪽 / 12,000원

부자 만들기 주식성공클리닉 이창희 지음
저자의 경험담을 섞어서 주식이란 무엇인가를 풀어서 써놓은 주
식입문서. 초보자와 자신을 성찰해볼 기회를 가지려는 기존의 투
자자를 위해 태어났다. 신국판 / 372쪽 / 11,500원

선물·옵션 이론과 실전매매 이창희 지음
선물과 옵션시장에서 일반인들이 실패하는 원인을 분석하고, 반
드시 지켜야 할 투자원칙에 따라 유형별로 실전 매매 테크닉을 터
득함으로써 투자를 성공적으로 할 수 있게 한 지침서!!
신국판 / 372쪽 / 12,000원

너무나 쉬워 재미있는 주가차트 홍성무 지음
주식시장에서는 차트 분석을 통해 주가를 예측하는 투자자만이
주식투자에서 성공하므로 차트에서 급소를 신속, 정확하게 뽑아
내 매매타이밍을 잡는 방법을 알려주는 주식투자 지침서.
4×6배판 / 216쪽 / 15,000원

역 학

역리종합 만세력 정도명 편저 / 신국판 / 532쪽 / 10,500원
작명대전 정보국 지음 / 신국판 / 460쪽 / 12,000원

하락이수 해설 이천교 편저 / 신국판 / 620쪽 / 27,000원
현대인의 창조적 관상과 수상
백운산 지음 / 신국판 / 344쪽 / 9,000원
대운용신영부적 정재원 지음 / 신국판 양장본 / 750쪽 / 39,000원
사주비결활용법 이세진 지음 / 신국판 / 392쪽 / 12,000원
컴퓨터세대를 위한 新 성명학대전
박용찬 지음 / 신국판 / 388쪽 / 11,000원
길흉화복 꿈풀이 비법 백운산 지음 / 신국판 / 410쪽 / 12,000원
새천년 작명컨설팅 정재원 지음 / 신국판 / 492쪽 / 13,900원
백운산의 신세대 궁합 백운산 지음 / 신국판 / 304쪽 / 9,500원
동자삼 작명학 남시모 지음 / 신국판 / 496쪽 / 15,000원
구성학의 기초 문길여 지음 / 신국판 / 412쪽 / 12,000원

법률 일반

여성을 위한 성범죄 법률상식 조명원(변호사) 지음
성희롱에서 성폭력범죄까지 여성이었기 때문에 특히 말 못하고
당해야만 했던 이 땅의 여성들을 위한 성범죄 법률상식서. 사례별
법적 대응방법 제시. 신국판 / 248쪽 / 8,000원

아파트 난방비 75% 절감방법 고영근 지음
예비역 공군소장이 잘못 부과된 아파트 난방비를 최고 75%까지
줄일 수 있는 방법을 구체적인 법적 근거를 토대로 작성한 아파트
난방비 절감방법 제시. 신국판 / 238쪽 / 8,000원

일반인이 꼭 알아야 할 절세전략 173선 최성호(공인회계사) 지음
세법을 제대로 알면 돈이 보인다. 현직 공인중계사가 알려주는 합
법적으로 세금을 덜 내고 돈을 버는 절세전략의 모든 것!
신국판 / 392쪽 / 12,000원

변호사와 함께하는 부동산 경매 최환주(변호사) 지음
새 상가건물임대차보호법에 따른 권리분석과 채무자나 세입자의
권리방어기법은 제시한다. 또한 새 민사집행법에 따른 각 사례별
해설도 수록. 신국판 / 404쪽 / 13,000원

혼자서 쉽고 빠르게 할 수 있는 소액재판 김재용·김종철 공저
나홀로 소액재판을 할 수 있도록 소장작성에서 판결까지의 실제
재판과정을 상세하게 수록하여 이 책 한 권이면 모든 것을 완벽하
게 해결할 수 있다. 신국판 / 312쪽 / 9,500원

"술 한 잔 사겠다"는 말에서 찾아보는 채권·채무 변환철(변호사) 지음
일반인들이 꼭 알아야 할 채권·채무에 관한 법률 사항을 빠짐없
이 수록. 신국판 / 408쪽 / 13,000원

알기쉬운 부동산 세무 길라잡이 이건우(세무서 재산계장) 지음
부동산에 관련된 모든 세금을 알기 쉽게 단계별로 해설. 합리적이
고 탈세가 아닌 적법한 절세법 제시. 신국판 / 400쪽 / 13,000원

알기쉬운 어음, 수표 길라잡이 변환철(변호사) 지음
어음, 수표의 발행에서부터 도난 또는 분실한 경우의 공시최고와
제권판결에 이르기까지 어음, 수표 관련 법률사항을 쉽고도 상세
하게 압축해 놓은 생활법률서. 신국판 / 328쪽 / 11,000원

제조물책임법 강동근(변호사)·윤종성(검사) 공저
제품의 설계, 제조, 표시상의 결함으로 소비자가 피해를 입었을
때 제조업자가 배상책임을 겨야 하는 제조물책임 시대를 맞아 제
조업자가 갖춰야 할 법률적 지식을 조목조목 설명해 놓은 법률서.
신국판 / 368쪽 / 13,000원

알기 쉬운 주5일근무에 따른 임금·연봉제 실무
문강분(공인노무사) 지음
최근의 행정해석과 판례를 중심으로 임금관련 문제를 정리하고
기업에서 관심이 많은 연봉제 및 성과배분제, 비정규직문제, 여성
근로자문제 등의 이슈들과 주40시간제 법개정, 퇴직연금제 도입
등 최근의 법·시행령 개정사항을 모두 수록한 임금·연봉제실무
지침서. 4×6배판 변형 / 544쪽 / 35,000원

변호사 없이 당당히 이길 수 있는 형사소송 김대환 지음
우리 생활과 함께 숨쉬는 형사법 서식을 구체적인 사례와 함께 소

개. 내 손으로 간결하고 명확한 고소장 · 항소장 · 상고장 등 형사
소송서식을 작성할 수 있다. 형사소송 관련 서식 CD 수록.
신국판 / 304쪽 / 13,000원

변호사 없이 당당히 이길 수 있는 민사소송 김대환 지음
민사, 호적과 가사를 포함한 생활과 밀접한 관련이 있는 생활법률
전반을 보통 사람들이 가장 궁금해하는 내용을 위주로 하여 사례
를 들어가며 아주 쉽게 풀어놓은 민사 실무서.
신국판 / 412쪽 / 14,500원

혼자서 해결할 수 있는 교통사고 Q&A 조명원(변호사) 지음
현실에서 본인이 아무리 원하지 않더라도 운명처럼 누구에게나
닥칠 수 있는 교통사고 문제를 사례, 각급 법원의 주요 판례와 함
께 정리하여 일반인들도 쉽게 이해할 수 있도록 내용 구성.
신국판 / 336쪽 / 12,000원

생활법률

부동산 생활법률의 기본지식
대한법률연구회 지음 / 김원중(변호사) 감수
신국판 / 480쪽 / 12,000원

고소장 · 내용증명 생활법률의 기본지식
하태웅(변호사) 지음 / 신국판 / 440쪽 / 12,000원

노동 관련 생활법률의 기본지식
남동희(공인노무사) 지음 / 신국판 / 528쪽 / 14,000원

외국인 근로자 생활법률의 기본지식
남동희(공인노무사) 지음 / 신국판 / 400쪽 / 12,000원

계약작성 생활법률의 기본지식
이상도(변호사) 지음 / 신국판 / 560쪽 / 14,500원

지적재산 생활법률의 기본지식
이상도(변호사) · 조의제(변리사) 공저 / 신국판 / 496쪽 / 14,000원

부당노동행위와 부당해고 생활법률의 기본지식
박영수(공인노무사) 지음 / 신국판 / 432쪽 / 14,000원

주택 · 상가임대차 생활법률의 기본지식
김운용(변호사) 지음 / 신국판 / 480쪽 / 14,000원

하도급거래 생활법률의 기본지식
김진홍(변호사) 지음 / 신국판 / 440쪽 / 14,000원

이혼소송과 재산분할 생활법률의 기본지식
박동섭(변호사) 지음 / 신국판 / 460쪽 / 14,000원

부동산등기 생활법률의 기본지식
정상태(법무사) 지음 / 신국판 / 456쪽 / 14,000원

기업경영 생활법률의 기본지식
안동섭(단국대 교수) 지음 / 신국판 / 466쪽 / 14,000원

교통사고 생활법률의 기본지식
박정무(변호사) · 전병찬 공저 / 신국판 / 480쪽 / 14,000원

소송서식 생활법률의 기본지식
김대환 지음 / 신국판 / 480쪽 / 14,000원

호적 · 가사소송 생활법률의 기본지식
정주수(법무사) 지음 / 신국판 / 516쪽 / 14,000원

상속과 세금 생활법률의 기본지식
박동섭(변호사) 지음 / 신국판 / 480쪽 / 14,000원

담보 · 보증 생활법률의 기본지식
류창호(법학박사) 지음 / 신국판 / 436쪽 / 14,000원

소비자보호 생활법률의 기본지식
김성천(법학박사) 지음 / 신국판 / 504쪽 / 15,000원

판결 · 공정증서 생활법률의 기본지식
정상태(법무사) 지음 / 신국판 / 312쪽 / 13,000원

처 세

성공적인 삶을 추구하는 여성들에게 **우먼파워**
조안 커너 · 모이라 레이너 공저 / 지창영 옮김
사회의 여성을 향한 냉대와 편견의 벽을 깨뜨리고 성공적인 삶을
이루려는 여성들이 갖추어야 할 자세 및 삶의 이정표 제시!!
신국판 / 352쪽 / 8,800원

聽 **이익이 되는 말** 話 **손해가 되는 말**
우메시마 미요 지음 / 정성호 옮김
직장이나 집안에서 언제나 주고받는 일상의 화제를 모아 실음으
로써 대화의 참의미를 깨닫고 비즈니스를 성공적으로 이끌기 위
한 대화술을 키우는 방법 제시!! 신국판 / 304쪽 / 9,000원

성공하는 사람들의 **화술테크닉** 민영욱 지음
개인간의 사적인 대화에서부터 대중을 위한 공적인 강연에 이르
기까지 어떻게 말하고 어떻게 스피치를 할 것인가에 관한 지침서.
신국판 / 320쪽 / 9,500원

부자들의 생활습관 가난한 사람들의 생활습관
다케우치 야스오 지음 / 홍영의 옮김
경제학의 발상을 기본으로 하여 사람들이 살아가면서 생활에서
생각해 볼 수 있는 이익을 보는 생활습관과 손해를 보는 생활습관
을 수록, 독자 자신에게 맞는 생활습관의 기본 전략을 설계할 수
있도록 제시.   신국판 / 320쪽 / 9,800원

코끼리 귀를 달긴 원숭이-히딩크식 창의력을 배우자
강충인 지음
코끼리와 원숭이의 우화를 히딩크의 창조적 경영기법과 리더십에
대비하여 자기혁신, 기업혁신을 꾀하는 창의력 개발법을 제시.
신국판 / 208쪽 / 8,500원

성공하려면 유머와 위트로 무장하라 민영욱 지음
21세기에 들어 새로운 추세를 형성하고 있는 말 잘하기. 이러한
추세에 맞추어 현재 스피치 강사로 활약하고 있는 저자가 말을 잘
하는 방법과 유머와 위트를 만들고 즐기는 방법을 제시한다.
신국판 / 292쪽 / 9,500원

등소평의 **오뚝이전략** 조창남 편저
중국 역사상 정치 · 경제 · 학문 등의 분야에서 최고 위치에 오른
리더들의 인재활용, 상황 극복법 등 처세 전략 · 전술을 통해 이
시대의 성공인으로 자리매김하는 해법 제시.
신국판 / 304쪽 / 9,500원

노무현 화술과 화법을 통한 이미지 변화 이현정 지음
현재 불교방송에서 활동하고 있는 이현정 아나운서의 화술 길라
잡이서. 노무현 대통령의 독특한 화술과 화법을 통해 리더로서,
성공인으로서 갖추어야 할 화술 화법을 배우는 화술 실용서.
신국판 / 320쪽 / 10,000원

성공하는 사람들의 **토론의 법칙** 민영욱 지음
다양한 사람들의 다양한 욕구를 하나로 응집시키는 수단으로 등
장하고 있는 토론에 관해 간단하고 쉽게 제시한 토론 길라잡이서.
신국판 / 280쪽 / 9,500원

사람은 칭찬을 먹고산다 민영욱 지음
현대에서 성공하는 사람으로 남기 위해서는 남을 칭찬할 줄도 알
아야 한다. 성공하는 사람이 되기 위해서 알아야 할 칭찬 스피치
의 기법, 특징 등을 실생활에 적용해 설명해놓은 성공처세 지침
서. 신국판 / 268쪽 / 9,500원

사과의 기술 김농주 지음
미안하다는 말에 인색한 한국인들에게 "I sorry."가 성공을 위한
처세 기법으로 다가온다. 직장, 가정 등 다양한 환경에서 사과 한
마디의 의미, 기능을 알아보고 효율성을 가진 사과가 되기 위해
갖추어야 할 조건을 제시한다. 신국판 변형 양장본 / 200쪽 / 10,000원

취업 경쟁력을 높여라 김농주 지음
각 기업별 특성 및 취업 정보 분석과 예비 취업자의 능력 개발, 자
신의 적성에 맞는 직종과 직장 잡는 법을 상세하게 수록.
신국판 / 280쪽 / 12,000원

유비쿼터스시대의 블루오션 전략 최양진 지음
나날이 치열해지는 경쟁 환경 속에서 최후의 웃는 사람이 되기 위
해서는 시대의 흐름에 빨리 적응하고, 정보를 신속하게 받아들이

며, 남과는 다른 튀는 행동을 해야 한다고 저자는 주장한다. 유비
쿼터스시대를 맞아 생존 경쟁에서 살아남는 지혜, 전략을 현실 점
검을 바탕으로 세우는 방법 제시.
신국판 / 248쪽 / 10,000원

명 상

명상으로 얻는 깨달음 달라이 라마 지음 / 지창영 옮김
티베트의 정신적 지도자이자 실질적 지도자인 달라이 라마의 수
많은 가르침 가운데 현대인에게 필요해지고 있는 인내에 대한 이
야기. 국판 / 320쪽 / 9,000원

어 학

2진법 영어 이상도 지음
2진법 영어의 비결을 통해서 기존 영어학습 방법의 단점을 말끔
히 해소시켜 주는 최초로 공개되는 고효율 영어학습 방법. 적은
시간을 투자하여 영어의 모든 것을 획기적으로 향상시킬 수 있는
비법을 제시한다. 4×6배판 변형 / 328쪽 / 13,000원

한 방으로 끝내는 영어 고제윤 지음
일상생활에서의 이야기를 바탕으로 하는 영어강의로 영어문법은
재미없고 지루하다고 생각하는 이 땅의 모든 사람들의 상식을 깨
면서 학습 효과를 높이기 위한 공부방법을 제시하는 새로운 영어
학습서. 신국판 / 316쪽 / 9,800원

한 방으로 끝내는 영단어 김승엽 지음 / 김수경 · 카렌다 감수
일상생활에서 우리가 무심코 던지는 영어 한마디가 당신의 영어
수준을 드러낸다는 사실을 깨닫게 하는 영어 실용서. 풍부한 예문
을 통해 참영어를 배우겠다는 사람, 무역업이나 관광 안내업에 종
사하는 사람, 영어권 나라로 이민을 가려는 사람들에게 많은 도움
을 줄 것이다. 4×6배판 변형 / 236쪽 / 9,800원

해도해도 안 되던 영어회화 하루에 30분씩 90일이면 끝낸다
Carrot Korea 편집부 지음
온라인과 오프라인을 넘나들면서 영어학습자들의 각광을 받고 있
는 린다의 현지 생활 영어 수록. 교과서에서 배울 수 없었던 생생
한 실생활 영어를 90일 학습으로 모두 끝낼 수 있다.
4×6배판 변형 / 260쪽 / 11,000원

바로 활용할 수 있는 기초생활영어 김수경 지음
다양한 상황에 대처할 수 있도록 인사나 감정 표현, 전화나 교통,
장소 및 기타 여러 사항에 관한 기초생활영어를 총망라.
신국판 / 240쪽 / 10,000원

바로 활용할 수 있는 비즈니스영어 김수경 지음
해외 출장시, 외국의 바이어 접견시 기본적으로 사용할 수 있는
상황별 센텐스를 수록하여 해외 출장 준비 및 외국 바이어 접견을
완벽하게 끝낼 수 있게 했다. 신국판 / 252쪽 / 10,000원

생존영어55 홍일록 지음
살아 있는 영어를 익힐 수 있는 기회 제공. 반드시 알아야 할 핵심
센텐스를 저자가 미국 현지에서 겪었던 황당한 사건들과 함께 수
록, 재미도 느낄 수 있다. 신국판 / 224쪽 / 8,500원

필수 여행영어회화 한현숙 지음
해외로 여행을 갔을 때 원어민에게 바로 통할 수 있는 발음 수록.
자신 있고 당당한 자기 표현으로 즐거운 여행을 할 수 있도록 손
안의 가이드 역할을 해줄 것이다. 4×6판 변형 / 328쪽 / 7,000원

필수 여행일어회화 윤영자 지음
가깝고도 먼 나라라고 흔히 말해지는 일본을 제대로 알기 위해 노
력하는 사람들에게 손안의 가이드 역할을 하는 실전 일어회화집.
일어 초보자들을 위한 한글 발음 표기 및 필수 단어 수록.
4×6판 변형 / 264쪽 / 6,500원

필수 여행중국어회화 이은진 지음
중국에서의 생활이나 여행에 꼭 필요한 상황별 회화, 반드시 알아
야 할 1500여 개의 단어에 한자병음과 우리말 표기를 원음에 가

깝게 달아 놓았으므로 든든한 도우미가 되어 줄 것이다.
4×6판 변형 / 256쪽 / 7,000원

영어로 배우는 중국어 김승엽 지음
중국으로 여행을 가거나 출장을 가는 사람들이 알아두어야 할 기
초 생활 회화와 여행 회화를 영어, 중국어 동시에 익힐 수 있게 내
용을 구성. 신국판 / 216쪽 / 9,000원

필수 여행스페인어회화 유연창 지음
은행, 병원, 교통 수단 이용하기 등 외국에서 직접적으로 맞닥뜨
리게 되는 상황을 설정하여 바로바로 도움을 받을 수 있게 간단한
회화를 한글 발음 표기와 같이 수록하여 손안의 도우미 역할을 해
줄 것이다. 4×6판 변형 / 288쪽 / 7,000원

바로 활용할 수 있는 홈스테이 영어 김형주 지음
일반 가정생활, 학교생활에서 꼭 알아야 할 상황별 회화 · 문법 ·
단어를 수록, 유학생활 동안 원어민 가족과 살면서 영어를 좀더
쉽게 배울 수 있도록 알려주는 안내서. 신국판 / 184쪽 / 9,000원

레포츠

삼바 축구, 그들은 강하다 이수열 지음
축구에 대한 관심만으로 각 나라의 축구팀, 특히 브라질 축구팀에
애정을 가지고 브라질 축구팀의 전력 및 각 선수들의 장단점을 나
름대로 분석하고 연구하여 자신의 의견을 피력하고 있는 축구 길
라잡이서. 신국판 / 280쪽 / 8,500원

마라톤, 그 아름다운 도전을 향하여
빌 로저스 · 프리실라 웰치 · 조 헨더슨 공저
오인환 감수 / 지창영 옮김
마라톤에 입문하고자 하는 초보 주자들을 위한 마라톤 가이드서.
올바르게 달리는 법, 음식 조절법, 달리기 전 준비운동, 주자에게
맞는 프로그램 짜기, 부상 예방법을 상세하게 설명하고 있다.
4×6배판 / 320쪽 / 15,000원

퍼팅 메커닉 이근택 지음
감각에 의존하는 기존 방식의 퍼팅은 이제 그만!!
저자 특유의 과학적 이론을 신체근육 운동학에 접목시켜 몸의 무
리를 최소한으로 덜고 최대한의 정확성과 거리감을 갖게 하는 새
로운 퍼팅 메커닉 북. 4×6배판 변형 / 192쪽 / 18,000원

아마골프 가이드 정영호 지음
골프를 처음 시작하는 모든 아마추어 골퍼를 위해 보다 쉽고 빠르
게 이해할 수 있도록 내용이 구성된 아마골프 레슨 프로그램서.
4×6배판 변형 / 216쪽 / 12,000원

인라인스케이팅 100%즐기기 임미숙 지음
레저 문화에 새로운 강자로 자리매김하고 있는 인라인 스케이팅
을 안전하고 재미있게 즐길 수 있도록 알려주는 인라인 스케이팅
지침서. 각단계별 동작을 한눈에 알아볼 수 있도록 세부 동작별
일러스트 수록. 4×6배판 변형 / 172쪽 / 11,000원

배스낚시 테크닉 이종건 지음
현재 한국배스스쿨에서 강사로 활약하고 있는 아마추어 배스 낚
시꾼이 중급 수준의 배스 낚시꾼들이 자신의 실력을 한 단계 업그
레이드 시킬 수 있도록 루어의 활용, 응용법 등을 상세하게 해설.
4×6배판 / 440쪽 / 20,000원

나도 디지털 전문가 될 수 있다!!! 이승훈 지음
깜찍한 디자인과 간편하게 휴대할 수 있다는 장점 때문에 새로운
생활필수품으로 자리를 잡아가고 있는 디카 · 디캠을 짧은 시간
안에 쉽게 배울 수 있도록 해놓은 초보자를 위한 디카 · 디캠길라
잡이서. 4×6배판 / 320쪽 / 19,200원

스키 100% 즐기기 김동환 지음
스키 인구의 확산 추세에 따라 스키의 기초 이론 및 기본 동작부
터 상급의 기술까지 단계별 동작을 전문가의 동작사진을 곁들여
내용 구성. 4×6배판 변형 / 184쪽 / 12,000원

태권도 총론 하웅의 지음
우리의 국기 태권도에 관한 실용 이론서. 지도자가 알아야 할 사
항, 태권도장 운영이론, 응급처치법 및 태권도 경기규칙 등 필수
내용만 수록. 4×6배판 / 288쪽 / 15,000원

건강하고 아름다운 동양란 기르기 난마을 지음
동양란 재배의 첫걸음부터 전시회 출품까지 동양란의 모든 것 수록. 동양란의 구조·특징·종류·감상법, 꽃대 관리·꽃 피우기·발색 요령 등 건강하고 아름다운 동양란 만들기로 구성.
4×6배판 변형 / 184쪽 / 12,000원

수영 100% 즐기기 김종만 지음
물 적응하기부터 수영용품, 수영과 건강, 응용수영 및 고급 수영 기술에 이르기까지 주옥 같은 수중촬영 연속사진으로 자세히 설명해 주는 수영기법 Q&A. 4×6배판 변형 / 248쪽 / 13,000원

애완견114 황양원 엮음
애완견 길들이기, 애완견의 먹거리, 멋진 애완견 만들기, 애완견의 질병 예방과 건강, 애완견의 임신과 출산, 애완견에 대한 기타 관리 등 애완견을 기를 때 반드시 알아야 할 내용 수록.
4×6배판 변형 / 228쪽 / 13,000원

건강을 위한 웰빙 걷기 이강옥 지음
건강 운동으로서 많은 사람들의 관심을 모으고 있는 걷기운동을 상세하게 설명. 걷기시 필요한 장비, 올바른 걷기 자세를 설명하고 고혈압·당뇨병·비만증·골다공증 등 성인병과 관련해 걷기운동을 했을 때 얻을 수 있는 효과를 수록하여 성인병을 예방하고 치료할 수 있도록 하였다. 대국전판 / 280쪽 / 10,000원

우리 땅 우리 문화가 살아 숨쉬는 옛터 이형권 지음
우리나라에서 가장 가보고 싶은 역사의 현장 19곳을 선정, 그 터에 어린 조상의 숨결과 역사적 증언을 만날 수 있는 시간 제공. 맛있는 집, 찾아가는 길, 꼭 가봐야 할 유적지 등 핵심 내용 선별 수록. 대국전판 올컬러 / 208쪽 / 9,500원

아름다운 산사 이형권 지음
우리나라의 대표적인 산사를 찾아 계절 따라 산사가 주는 이미지, 산사가 안고 있는 역사적 의미를 되새겨 본다. 동시에 산사를 찾음으로써 생활에 찌든 현대인들이 삶의 활력을 되찾는 시간을 갖게 한다. 대국전판 올컬러 / 208쪽 / 9,500원

골프 100타 깨기 김준모 지음
읽고 따라 하기만 해도 100타를 깰 수 있는 골프의 전략·전술의 비법 공개. 뛰어난 골프 실력은 올바른 그립과 어드레스에서 비롯됨을 강조한 초보자를 위한 실전 골프 지침서.
4×6배판 변형 / 136쪽 / 10,000원

쉽고 즐겁게! 신나게! 배우는 재즈댄스 최재선 지음
몸치인 사람도 쉽게 따라 하고 배우는 재즈댄스 안내서. 이 책에 실려 있는 기본 동작을 익혀 재즈댄스를 하면 생활 속의 긴장과 스트레스를 털어버리고 활력을 되찾을 수 있으며, 다이어트 효과도 얻을 수 있다. 4×6배판 변형 / 200쪽 / 12,000원

맛과 멋이 있는 낭만의 카페 박성찬 지음
가족끼리, 연인끼리 추억을 만들고 행복한 시간을 보낼 수 있는 서울 근교의 카페를 엄선하여 소개. 카페에 대한 인상 및 기본 정보, 인근 볼거리 등도 함께 수록하여 손안의 인터넷 정보서가 될 수 있게 했다. 대국전판 올컬러 / 168쪽 / 9,900원

한국의 숨어 있는 아름다운 풍경 이종원 지음
우리 나라의 숨어 있는 아름다운 풍경을 찾아 소개하는 여행서. 저자의 여행 감상과 먹거리, 볼거리, 사람 사는 이야기가 담겨 있어 안내서라기보다는 답사기라고 할 수 있다. 서정과 사진이 풍부하게 담겨 있는 그곳에 가고 싶다 시리즈 4번째 책.
대국전판 올컬러 / 208쪽 / 9,900원

사람이 있고 자연이 있는 아름다운 명산 박기성 지음
산을 좋아하는 사람들을 위한 산 안내서. 한번쯤 가보면 좋을 산을 엄선하여 그 산이 갖는 매력을 서정성 짙은 글로 풀어 놓았다. 가는 방법과 둘러 보아야 할 곳도 덤으로 설명.
대국전판 올컬러 / 176쪽 / 12,000원

마음의 고향을 찾아가는 여행 포구 김인자 지음
일상 생활에서 벗어나고 싶다면 우리 국토의 진정한 아름다움을 느끼게 해주는 포구로 가보자. 그 곳에서 사람냄새, 자연이 어우러진 역동성에 삶의 의욕을 되찾을 수 있을 것이다. 시인이자 여행가인 김인자 님이 소개하는 가볼 만한 대표적인 포구 20곳 수록. 볼거리, 먹거리와 함께 서정성 넘치는 글로 포구의 낭만, 삶의 현장을 소개. 대국전판 올컬러 / 224쪽 / 14,000원

골프 90타 깨기 김광섭 지음
90타를 깨고 싱글로 진입할 수 있게 해주는 실전 골프 테크닉서.

스트레칭, 세트 업, 드라이버 스윙, 샷, 어프로치, 퍼팅, 벙커 샷 등의 스윙 원리를 요점을 짚어 정리해 놓았으므로 골퍼 자신의 잘못된 스윙을 바로잡는데 많은 도움이 될 것이다. 또한 연습장에서 스윙 연습을 하는 방법도 수록해 골프의 재미를 한층 더 배가시켜 즐길 수 있게 하였다. 4×6배판 변형 / 148쪽 / 11,000원

생명이 살아 숨쉬는 한국의 아름다운 강 민병준 지음
물놀이를 하는 아이들, 재첩을 잡는 사람들, 두물머리에 서 있는 연인들. 이 모습은 우리 나라의 강변에서 볼 수 있는 정겨운 장면이다. 우리 나라의 대표적인 강 15곳을 엄선하여 찾아가는 법, 먹거리, 잘 곳 등을 함께 수록. 또한 강과 연관 있는 인근의 볼거리를 수록하여 가족이나 연인 사이에는 추억을 만들고, 자녀와는 역사공부도 할 수 있게 내용을 아기자기 하게 꾸민 강 여행서.
대국전판 올컬러 / 168쪽 / 12,000원

틈나는 대로 세계여행 김재관 지음
다른 나라를 알고 다른 문화를 알고자 하는 노력은 결국 내 자신의 정신세계를 풍요롭게 하는 일이다. 그리고 여행이 정신세계를 풍요롭게 하는데 좋은 도구가 될 수 있다. 이 책에는 도전과 모험을 꿈꾸는 사람이라면 한 번은 가보아야 할 세계의 오지에 대한 이야기가 실려 있다. 저자가 엄선한 28개국의 오지에 대한 감상, 교통편, 알아두면 편리한 상식 등이 수록되어 있으므로 여행지에 대한 사전 지식을 쌓는데 많은 도움이 될 것이다.
4×6배판 변형 / 368쪽 / 20,000원

수능에 꼭 나오는

세계 단편 〈영미권〉

2005년 10월10일 제1판 1쇄 발행

옮긴이/지창영
엮은이/윤종필
펴낸이/강선희
펴낸곳/가림출판사

등록/1992. 10. 6. 제4-191호
주소/서울시 광진구 구의동 57-71 부원빌딩 4층
대표전화/458-6451   팩스/458-6450
홈페이지 http://www.galim.co.kr
e-mail galim@galim.co.kr

값 10,000원

ⓒ 가림출판사, 2005

저자와의 협의하에 인지를 생략합니다.
무단 복제·전재를 절대 금합니다.

ISBN 89-7895-212-7 13840

**자비 출판 안내

다양한 취향과 개성이 표출되면서 출판 분야 또한 다양화되고 소량화되어 갑니다. 가히 다품종 소량 출판의 시대라 할 수 있습니다.

가림출판사에서는 숨은 원고를 발굴하여 세상에 선보이고자 하는 취지로 주문형 출판을 해 드립니다. 아끼는 원고를 책으로 만드시려면 저희 가림출판사에 문의하시기 바랍니다. 20년 이상의 출판 경험을 활용하여 적절한 가격으로 귀하의 품위를 지켜 드립니다. 자비 출판이란 저자가 제작 비용을 부담하고 출판사가 제작과 사후 관리를 담당하는 시스템입니다. 다음과 같은 부대 사항을 당사에서 대행해 드립니다.

- 원고를 책으로 제작
- 출판등록과 국제 문헌번호(ISBN) 부여
- 대한출판협회에 납본
- 판권 보장
- 당사 거래 전국 서점에 유통 및 관리

자세한 내용은 저희 출판사로 문의해 주시기 바랍니다.

TEL : 02 - 458 - 6452   FAX : 02 - 458 - 6450
E-mail : galim@galim.co.kr